STAR OF THE NORTH

D. B. JOHN

大衛·約翰——著　聞若婷——譯

北方的光明星

媒體書評與各方推薦

出色的懸疑小說……書中那些高度還原、非常具可讀性的朝鮮風光，很值得獲得獎勵。

——《出版者週刊》星級書評

經過全面研究，節奏快，相關性強……讀起來很棒。

——《圖書館雜誌》星級書評

關於地球上最不透明的國家的非凡故事……就算你把《北方的光明星》當成純粹的虛構小說，也是非常出色的懸疑作品。

——《書目雜誌》星級書評

最好的懸疑小說提供的東西遠不只是提高讀者的脈搏。在《北方的光明星》中，有著地緣政治的複雜性……以及，金正日政權下對生活的精彩描寫。

——《衛報》

非凡、聰明、精巧，充滿懸念。若你今年想嘗試一項新事物，請閱讀《北方的光明星》。

——李・查德

這是一個難以言喻的作品，精明、精巧，時事間諜的故事……我強烈推薦這本書給想了解這個陰暗國家及其祕密政權的人。

——《密蘇里人報》

《北方的光明星》與我以前讀過的其他任何書都不一樣，它是個以祕密行動、間諜、信仰等元素精心設計的小說，也是一個關於倖存者的故事。故事由三個複雜且眞實的角色講述，每個角色都在與自己心中的魔鬼作戰。約翰刻劃了北韓及其人民的艱辛，但他們卻從未失去他們的人性。絕對是一顆星星。

——《失蹤之後》（*Still Missing*）作者 雪薇・史蒂文斯（Chevy Stevens）

一個錯綜複雜的間諜故事，將讀者帶入北韓的黑暗政權中。眞正的明星顯然是大衛・約翰劈啪作響的文字，將人性和尊嚴帶入了最受壓制的國家。

——《短距墜落》作者 馬修・費茲西蒙斯

謹以此書紀念 Nick Walker（1970-2016）

關於北韓，有太多事比小說更離奇。它是世襲制的馬克思主義君主政體，人民遭到封閉，與外面的世界隔絕。人民接收到的訊息是他們生活在富饒而自由的土地上，然而卻有孩子因為父母犯了思想罪而被送進集中營，飢餓更成為當權者施行政治控制的手段。這樣一個國家多年來的所作所為，外面的人可能根本難以置信，更別說能夠理解，因此讀者可能會想知道這本小說中有哪些元素引用自事實。

有鑑於此，本書書末有一篇〈作者後記〉，由於提及重要劇情，請讀者務必先讀完小說本文再讀這篇文章。

＊內文附註作者韓文名詞註解。

序幕

南韓
白翎島
一九九八年，六月

秀敏失蹤那一天，風平浪靜。

她在看男孩用漂流木生火。潮水轟隆隆地湧向海岸，帶來聳入天際、漸漸轉爲帶點灰白的粉色雲層。她一整天都沒看到任何船，沙灘空無人煙。這片天地只屬於他們兩個人。

她舉起相機，等著他轉頭。「在動……？」稍晚之後，她拍下的照片會秀出一個四肢健壯、笑容羞澀的十九歲青年。他的膚色在韓國人中算深的，肩膀上還結著薄薄一層鹽，看起來就像個採珠人。她把相機遞給他，他替她也拍了一張。「人家還沒準備好啦！」她笑著說。這張照片中的她正把臉上的長髮往旁邊撥。她的眼睛閉著，表情透露出純粹的滿足。

火漸漸旺起來了，木頭發出低吟和迸裂的聲音。在動把一只老舊的平底鍋放到火上，用三塊石頭穩穩地架住，往鍋裡倒了點油。然後他躺在她身邊，那裡的沙柔軟而溫暖，位置只比漲潮時的印記高一點；他用手肘支起上半身，凝視著她。她的項鍊吸引他的目光，日後這件首飾將代表無限的傷痛和追憶。細細的銀鍊子上掛著小巧的銀墜子，墜子是老虎的形狀，代表朝鮮虎。他用指尖輕觸它。秀敏拉著他的手按在自己胸前，他們開始親吻，額頭相抵，唇與舌纏綿愛撫。他散發海洋、綠薄荷、墨魚和萬寶路香菸的氣味，他細細的鬍鬚搔著她的下巴。她已經無意識地在腦中草擬一封航空郵件，把這一切詳詳細細地說給姊姊聽。

平底鍋裡的油開始滋滋作響。在動煎了一尾墨魚，兩人配著辣椒醬和飯糰大快朵頤，一邊看著太陽沒入海平面。天上的雲化作火焰和煙霧，大海就像遼闊無邊的紫色玻璃。等他們吃完了，他拿出吉他，開始用他沉靜而清澈的嗓音唱起〈石島〉，同時眼中含著火光望著她。歌曲的節奏與浪濤一應一和，她滿懷幸福地確信自己會永遠記住這一刻。

他的歌聲卻突然中斷了。

在動直直盯著海的方向，身體像貓一樣弓著。接著他把吉他往旁邊一推，整個人跳起來。

秀敏順著他的視線望過去。火光下的沙灘蒼白而遍布凹陷，再無其他，只有雷鳴般的碎浪打上岸來，在沙灘上鋪成一片扇形的黯淡白沫。

這時她看見了。

碎浪後方的一小片區域，離海岸線大約一百公尺遠處，海水開始翻攪、沸騰，把水擾動成蒼白的泡沫。一道噴泉開始升起，在殘存的天光下僅依稀可見。接著伴隨「嘶」的一聲，一束強勁的水流往上噴，就像鯨魚用呼吸孔噴氣。

她站起來，伸手牽住他的手。

翻騰的海水就在他們眼前開始分開，好像有人把海掰開一樣，露出一個閃閃發亮的黑色物體。

秀敏感覺五臟六腑都捲成一團。她並不迷信，但她打從心裡感覺某種邪惡的物事正在對她現形。她的所有直覺、身體的每束肌肉纖維都叫她快逃。

霎時間，一道光照得他們目盲。被橘色光環圍繞的光束從海面聚焦在他們身上，使他們目眩神迷。

秀敏轉過身，拉著在動一起跑。他們在又軟又深的沙地上踉蹌而行，所有隨身物品都顧不著了。但是他們才跑出沒幾步，就被另一幅景象驚得停在原地。

山丘的陰影中冒出許多戴著黑色面罩的人影，正朝他們奔來，手裡拿著繩子。

【傳真發送檔】

日期：一九九八年六月二十二日　檔案編號：734988 / 220598

應首爾西大門區大韓民國警察廳之要求，由仁川地方警察廳所做之報告

依令須判定最後曾在六月十七日下午兩點半被目擊之兩名失蹤人士，是否在失蹤前已離開白翎島。高恩澤督察敬呈：

一、由白翎島渡輪站取得之監視錄影畫面顯示，有極高的可能在相關時間區間，並無與失蹤人士外型相似之人士登上渡輪離開該島。結論：失蹤人士並未搭乘渡輪離開該島。

二、根據海岸防衛隊之報告，在失蹤人士最後被目擊的時間段，該區域並沒有其他船隻活動。由於該島離北韓相當近，附近的海上活動均受到高度管制。結論：失蹤人士並未搭乘其他船隻離開該島。

三、一名當地居民昨日在豆石海灘的營火餘燼旁，發現一把吉他、鞋子、衣物、相機，以及皮夾；皮夾中有現金、渡輪返程票、證件和借書證，均屬失蹤人士所有。兩份證件均符合祥明大學提供之個人資料。這兩份證件分別屬於：

朴在勳，男性，十九歲，首爾禿山洞的永久居民，其母住在白翎島。

秀敏．威廉斯，女性，十八歲，美國公民，三月來韓就讀大學。

四、今日上午七時，海岸防衛隊以直升機進行範圍超過五海里之海空搜救行動。並無發現失蹤人士之蹤跡。結論：兩人均在游泳時遭逢意外而溺斃。據海岸防衛隊所言，該片海域海象平穩，卻有異常強勁之暗流。屍體至今可能已被帶至相當遠的距離。

若蒙允准，我們將終止直升機搜救行動，並提請通知失蹤人士之家人。

第一部

結黨者或階級敵人的種子，無論其身分，均須消滅三代。

——金日成，一九七〇年
主體五十八年

1

華盛頓特區
喬治城
二〇一〇年，十月第一週

潔娜猛然被自己的呼吸變化給驚醒，嚇得想大叫。

她呼吸得很用力，雙眼瞪大，視野被噩夢的濾鏡給扭曲變形。在夢境與清醒之間這令人困惑的幾秒內，她總是全身動彈不得。慢慢地，房間的立體空間在朦朧中成形。暖器裡的蒸氣發出細微的嘶嘶聲，遠方的鐘樓噹噹地報時。她嘆了口氣，再度閉上眼睛。她的手舉到脖子上，它在那兒，有銀色小老虎的細銀鍊子。它總是在那兒。她掀開羽絨被，感覺冷冽的空氣像一層薄亞麻布披在她出汗的身體上。

她身旁的床上默默出現一個凹痕。幽微的光線中，一對橙中帶綠的眼睛有如兩面小鏡子。貓彷彿憑空出現，彷彿來自另一個空間，彷彿是被鐘聲給召喚出來的。「嘿。」她說，輕撫牠的頭。

鬧鐘收音機的電子數字前進了一格。

「——務卿譴責這次發射是『威脅該地區的安全、極具挑釁意味的行動……』」

廚房的地磚對她的赤腳來說有如冰塊。她倒了牛奶給貓，用微波爐熱了她在咖啡壺裡找到的咖啡，一邊小口啜著，一邊繃緊神經聽著她手機裡累積的語音留言。雷維醫師打來提醒她早上九點有約診。《東亞季刊》的編輯想和她討論論文出版的事，還用不祥的口吻問她有沒有聽說今天早上的新聞。時間較往前的幾則留言說的是韓語，全都是她母親留的。她略過中間幾則，聽第一則——邀請她週日到安南岱爾吃午餐——她母親的語氣威嚴而受傷，潔娜感覺愧疚像胃酸逆流一樣湧上來。

她手捧咖啡盯著窗外陰鬱的院子，卻只能看見她明亮的廚房映在窗戶上的倒影。她必須勉強自己才願意承認，那個回望著她、眼神空洞、體重過輕的三十歲女人正是她自己。

她在琴椅下找到球鞋和堆成一堆的運動褲，紮起頭髮，走到外頭寒冷的O街上，正好對上郵差毫無笑意的目光。**沒錯，老兄，我是黑人，而且我住在這一區。**她開始跑步，經過樹下有如網點的樹蔭，前往河岸邊的曳船道。今天早晨的喬治城有種「斷頭谷」的氛圍，一道凜冽的東北風挾著樹葉越過有如刻了髮絲鋼紋路的灰色天空，一顆顆南瓜從窗口和門階上不懷好意地斜睨著。她還沒熱好身就放開腳步快跑，運河上吹來的風颳走她髮絲上的噩夢。

☆

男人露出疲憊的笑容。「妳不跟我聊的話，我們是不會有任何進展的。」潔娜感覺到在這誘哄的話語底下，藏著他厭倦的基石。他的膝頭擱著筆記本，現在他已屈服，開始隨意塗鴉。她的目光集中在糾纏於他鬍鬚間的糕餅碎屑，就在他嘴巴右邊。「妳說妳作了同樣的噩夢？」

她慢慢吐氣。「每次都有些微的差異，但基本上是一樣的。我們已經談過很多次了。」她不假思索地摸了摸喉間的項鍊。

「如果我們沒有探索到核心，妳還是會繼續作噩夢。」

她的頭頹然後躺向沙發椅背，視線在天花板上尋求話語，卻什麼也沒找到。

他揉了揉眼鏡鼻架底下的鼻樑，用某種惱怒和安心交雜的眼神望著她，好像他已經走到了地圖邊緣，可以心安理得地放棄這趟旅行。他闔上筆記本。

「我在想，妳是不是應該去找喪慟諮商師？也許那是問題的關鍵？妳還在經歷喪親之痛。我知道已經十二年了，但是對某些人來說，時間的治癒效果比較慢。」

「不用了，謝謝。」

「那我們今天爲什麼要見面呢？」

「我的普拉諾信吃完了。」

「我們談過這件事。」他捺定性子說，「普拉諾信對於妳的原始創傷並沒有功用，這種創傷造成妳的——」

她站起身，伸手拿外套。她穿著白襯衫和窄管黑長褲，這是她的工作服；閃亮的黑髮在腦後鬆鬆地挽起。「抱歉，雷維醫師，我有一堂課馬上就要開始了。」

他嘆口氣，伸手拿他桌上的空白處方箋。「我所有的患者都叫我唐，潔娜。」他一邊快速寫字一邊說，「我告訴過妳了。」

☆

眼前出現的畫面彷彿是在太空裡開了扇窗。中國是上百萬個光點，一座座新興城市是由鹵素和霓虹構成的俗麗團塊。多不勝數的城鎮和村莊，像是無煙煤之間的鑽石閃爍光芒。在投影布幕的右下角，長崎和橫濱的造船廠以及貨櫃港朝夜色投射出燦爛的琥珀色鈉燈光，而日本海和黃海之間的南韓，由發光的濱海公路鑲出花邊，其廣大的首都首爾更像是一朵璀璨的菊花。然而投影畫面的正中央卻是一片漆黑。那裡不是海洋，是一個國家，一片沒有燈光、充滿陰影的多山之地，只有首都散發微弱的白熾光，像是灰燼裡的餘火。

坐在環繞講台的半圓形階梯式座位上的學生，都默默盯著這張衛星照片。

「你們今天早上應該都聽說了。」潔娜說，「北韓昨天又發射了一枚銀河三號運載火箭。如果事實眞如他們所聲稱的，這項科技發展的出發點是和平的，是爲了把光明星[1]衛星送到軌道上以監測農作物，那麼他們看到自己國家的夜晚就是這幅景象……」

「光明星就是『明亮的星星』？」

潔娜打開講台的燈。提問的是個韓裔美籍女孩。這名稱確實諷刺，在布幕上有如銀河的光點中，北韓就像個黑洞。

「對，也可以解釋爲耀眼的星星或嚮導星。」潔娜說，「這個名稱在北韓有很重要的象徵意義，有人知道爲什麼嗎？」

「對金氏政權的狂熱崇拜。」戴著紅襪隊棒球帽的男孩說——又是韓裔學生，是個脫北者，潔娜推薦他領獎學金。

她轉向布幕，快速切換一張張照片，平壤空無車輛的大街、凱旋門和團體操表演一閃而過，然後她找到她要的照片了。全班掠過一波笑意，但學生的表情都很專注。照片中，一排排衣著樸素的公民對著一幅全身肖像鞠躬，肖像的主角是個面帶微笑的肥胖男子，身穿很合身的米色休閒夾克和相配的長褲。肖像周圍擺滿紅色秋海棠，下方有一句用紅色油漆寫成的韓文標語，內容是：**金正日是二十一世紀的嚮導星！**

「根據國家的官方神話。」潔娜說，「『親愛的領袖』是一九四二年在日軍占領韓國的一座游擊隊祕密基地裡出生的。白頭山上方的天空中出現一顆明亮的新星，預示了他的降生。他本人有時候也被稱為『光明星』。」

教室後方有人說：「他媽媽是處女嗎？」全班都在竊笑。

這時教室上方的燈大放光明，學院院長走進來。潔娜的上司朗尼恩教授五十多歲，但他低垂的肩膀、領結和燈芯絨外套使他看起來有將近七十歲，而他乾枯氣虛的嗓音更像是有八十歲。

「我錯過笑話了嗎？」他越過老花眼鏡上緣打量學生，然後湊到潔娜耳邊說：「威廉斯教授，我千百個不願意打擾妳，但可以請妳跟我來嗎？」

「現在？」

在教室外的走廊上，院長說：「教務長剛剛打給我，我們有一位來自……不透明政府單位的訪客。」他對她困惑地笑了一下。「他想要見妳。妳知道是怎麼回事嗎？」

「不知道，長官。」

☆

瑞格斯圖書館是座有拱頂的哥德式建築，收藏古文物研究方面的書。此時圖書館幾乎空無一人，只有一個穿著深灰色西裝的男人以側身對著他們站著。他手拿咖啡杯，正在觀賞草坪上一場臨時舉辦的足球賽。

朗尼恩教授清了清喉嚨，男人轉過身來。他沒有等人介紹，直接走上前來熱情地與潔娜握手。「查爾斯．費斯克。」他說，「服務於戰略研究中心。」他個子很高，體格健壯，年約六十出頭。他的鼻子偏圓，鼻頭有個凹陷，頭髮已經一片銀白且鬈曲，像是地毯的綻線。

「威廉斯博士是敝校外交暨國際事務學院的『助理』教授。」朗尼恩仍然不無困惑地說，「我們還有更爲資深的同仁，他們可能更——」

「謝謝你，先生，這樣就行了。」男人說，並且把咖啡杯遞給他。

朗尼恩盯著杯子看了一會兒，受到恭維般垂下頭，然後像個中國朝臣倒退走出門外。門關上，他們身旁沒有別人了，潔娜唯一的想法是她惹上某種麻煩。這個人以詭異的專注在觀察她。關於他的一切細節，從騎兵般的儀態、快要把人骨頭捏碎的握手力道，到一板一眼的客套，在在散發出「軍方」的味道。

他說：「很抱歉從課堂上把妳拖走。」他的低沉嗓音控制得宜。「我可以稱呼妳爲潔娜嗎？」

「我可以問這是怎麼回事嗎？」

他同時微笑和皺眉。「妳對我的名字沒有印象？妳父親從沒提到我嗎？」

她讓眼神保持溫和、鎮定，但她內心暗暗一懍，每當有人哪怕是稍微表示認得她的家人，她都會出現這種反應。

「不，我不記得我父親提過一位查爾斯．費斯克先生。」

「我跟他一起待過訊號情報部門，派駐在首爾的美國第八軍團。噢，那已經是好多年前的事了，妳都還沒出生哪。他是整支駐軍中軍階最高的非裔美國人，妳知道嗎？」

她什麼也沒說，只是繼續迎視他的目光。她的腦海深處有個記憶在蠢動。她記起她的叔叔賽追克，在棺木垂放進地底時往上頭潑土，她的手臂緊抱住痛哭失聲的母親，空氣中瀰漫濕樹葉的氣味，而隔著一段距離以示敬意、站在送葬隊伍旁的，是一排穿著軍用長大衣的男人，他們在軍號吹奏時脫帽淋雨，之後才重新戴上軍帽，帽簷拉得低低的。她憑直覺確信這個男人也在其中。

鐘樓的鐘聲響起，她瞥了一眼手錶。

「妳要到三點才有課。」他說，「我請教務長重新安排了妳的課表。」

「你說你做了什麼？」

「我跟他說我需要妳在國家安全的事務上給我建議。」

潔娜太訝異了，不禁脫口而出：「狗屁。」

他慈藹地看著她，像是睿智的叔公看著刁蠻的姪孫女。「我們邊吃午飯我邊解釋吧。」

☆

潔娜跟在費斯克寬闊的背後，讓領班帶他們去座位。餐廳位於三十六街的一棟聯邦時期排屋建築中，以馬術主題的古董和法國里摩日瓷盤妝點。美國開國元勛的肖像從鑲著木板的餐廳上方俯視著盈滿男性低喃交談聲的室內。她覺得自己完全不該出現在這裡，因而頗爲不悅。這個聲稱認識她父親的男人，這個強行占據她行程的陌生人，以爲所欲爲成性者的輕鬆態度把她的抗議掃到一邊。

「波士頓龍蝦很棒喔。」他說，輕輕抖開他的餐巾，對她露出的微笑彷彿今天是要爲她慶生。

「我眞的不餓——」

「咱們先來十二顆生蠔當開胃菜好了。」

他詢問侍者某幾種醬料各有何獨到之處，點了一瓶聖愛美濃紅酒，試喝，倒了兩杯（她的反對再次被微笑給忽視）。這是賣弄良好教養的場合，她很懷疑對她有利的成分占了幾分。潔娜謹慎地啜了一口酒，承認再繼續抗拒這融洽的氣氛是沒用的，她慢慢感覺自己的不悅轉變成好奇。

她說：「我父親從來不談他在軍中的朋友或同袍，我一直以為——」

「他很注重隱私，我想妳也知道。」

她閃過一個念頭，認為這或許是某種精心布置的騙局。

「你跟他有多熟？」

「熟到在他的婚禮擔任伴郎。」

這倒是出乎意料。她腦中立刻浮現父母結婚的地點，那座位在首爾、毫不起眼的紅磚路德教堂。在她的想像中，在場的一向只有父母兩人和牧師。她母親的家人避得遠遠的，不肯按照習俗舉行第二場韓式婚禮，事後多年也拒絕與母親來往。

「他帶著妳母親到維吉尼亞州後，我一直有跟他保持聯絡。後來我們兩人一起在貝爾沃堡服役……」

他開始追憶舊事，重新提起關於她父親的傳奇和軼事，那都是她出生前或年幼時發生的事；有些故事她聽過，有些她從未耳聞，不過事實愈來愈明顯，這個人對她父親知之甚詳。他甚至對比較近期的家族史也瞭若指掌，包括她家族的衰敗——她父親酗酒、被開除軍籍，她母親為了家計而做起婚禮企劃師的小生意——這一切他都以充滿善意的語氣提起。他像個細數家族起落的老朋友，不時看她一眼，還不忘將生蠔浸入紅酒醋和檸檬汁裡，再送入喉嚨。突然間她意識到話題將導向何方，心中不由得升起一陣驚慌。他像滑冰一樣繞著她絕口不提的話題，慢慢縮小圈子，逐漸逼近那道她不願去看的深淵。

他注意到她的不安，停止說話，叉子舉在半空。他嘆口氣，靠向椅背，對她露出挫敗的微笑，好像在告訴她他將卸下所有僞裝。他用溫和的語氣說：「妳在擔心我會提到妳妹妹。」

這些字像石頭一樣從他嘴裡滾落。潔娜整個人僵住了。嗡嗡的交談聲和餐具敲擊瓷盤的聲音都淡化成背景音，她能聽到自己的呼吸聲。

下一道菜被呈到他們面前，但潔娜繼續瞪著他。

「妳知道。」他柔聲說道，「我有時候覺得，眞正値得談的事，正是我們死都不想提的事。」

她試著讓語氣保持平穩，說：「你到底是誰？」

他的表情出現微微的變化，變得比較冷漠嚴肅。「我是個情報員，而且我眞的認識妳父親。我已經觀察妳很長一段時間了，妳不需要如此詫異。」他掰下一塊麵包，邊塗奶油邊望著她。他的眼睛是像浮石般的淺灰色，此時露出令人不安的直率眼神。「妳是在畢業典禮上致詞的學生代表，學術成績優異到破錶。妳是全國資優生獎學金得主，智商之高破了維吉尼亞州的紀錄。妳的博士論文出類拔萃，將妳穩穩送上平步青雲的學術生涯。〈勞動黨作爲金氏王朝之權力工具，由一九四八年至今的演變〉。對，我讀過了。妳在兩種文化環境下成長，學習兩種語言。去年妳在中國吉林省待了三個月，精熟妳對北韓方言的掌握度。妳體態健美、運動能力良好，曾打進少年盃跆拳道錦標賽決賽。妳有跑步的習慣。妳獨來獨往，妳嚴守祕密。妳的個性極爲獨立。這些才能與特質組合在一起，讓我們無法忽視。」

「我們是指？」

「我們是中情局，潔娜。」

潔娜脫口發出低嗚。她感覺自己被人設計了，而且愚蠢到沒有警覺。緊接而來的是憤怒，因爲她意識到關於她父親的回憶被人當成了誘餌。

「先生……」她把刀叉擱下來，擺在幾乎沒動過的主菜旁邊。「你在浪費你自己還有我的時間。」她摸著口袋裡的手機，思考現在把這個人迫使她調動的課表再改回來算不算太晚。「我該回去上課了。」

「放輕鬆。」他和藹地說，「我們只是聊聊天。」

她把手提包掛到肩上，作勢站起身。「謝謝你的午餐。」

儘管他音量不大，他的男低音還是輕易切穿餐廳內的嘈雜聲。「昨天韓國標準時間上午六點，北韓東北方的東海衛星發射場發射了一枚光明星火箭，觸犯了多條聯合國安全理事會的決議。它載運的不是衛星，這項科技完全是帶有敵意的。」潔娜僵住了。「我們追蹤了這次發射的火箭，火箭的第三節掉進菲律賓海，美國第七艦隊搶在北韓之前先行打撈起來。他們在測試長程熱核導彈的隔熱罩，很快就會將導彈對準我們的西岸了。妳的餐點都快涼了。」他吃了起來。「烤海鱸淋上香檳醬……」他閉上眼睛，「完美。」

她的腦中嗡嗡掠過一幅幅畫面，她幾乎沒注意到自己又坐了下來。「我的天啊。」她喃喃地說。她突然想到一顆流星掠過太平洋高空的景象。光明星。「這表示——」

「我要妳跟我一起工作。」他說話時滿嘴都是熱騰騰的食物，「執行祕密任務。」

她連眨了兩下眼。「我……不是做中情局的料。你可能以爲你對我瞭若指掌，但你不知道我每星期要看一次心理醫生，我還因爲作噩夢而吃藥。」

他對她露出愉快的笑容，她這才發現他也知道這些事。

「我負責招募探員的工作已經幾十年了，可以說這讓我培養出心理學方面的能力。威廉斯博士，妳可能是我遇過最具潛力的人選。」他親暱地湊向她。「妳不只是聰明而已，妳還具備服務國家的強烈個人動機。」

她警覺地看著他。

「妳知道我在說什麼。」他的語氣再次充滿同情。「我沒有答案可以給妳。妳可能永遠都不會知道妳妹妹那天在海灘上究竟出了什麼事。但我能提供祕密，提供一種可能性，有朝一日可能會有一扇門開啓，妳可能就會知道。她的失蹤始終在妳心頭作祟，我說的對吧？它讓妳寒冷而孤寂，它讓妳不信任任何人、任何事，只相信妳自己。」

「秀敏淹死了。」她無力地說，「就只是這樣。」

他的嗓音降至低語，現在他小心翼翼、字斟句酌。「沒有發現屍體。她可能淹死了……」他仔細審視潔娜，判讀她。「但妳不能排除別的可能……」

潔娜閉上眼睛。這是她最私密的信條，現在卻被人否定了。「她淹死了，我知道她淹死了。」她鬱鬱不樂地嘆口氣。「如果你知道光是要說出這句話，就花了我多少年的努力……」

她停下來，用力吞了吞口水，爲突然湧上的眼淚而別開目光。

他還來不及阻止，她已經離開餐廳。她衝出門來到街上，大口大口吸著空氣，然後以最快的速度走回大學。風吹拂她的頭髮和外套，還讓樹葉繞著她旋轉。

1 光明星（kwangmyongsong）：「明亮的星星」或「嚮導星」之意。有時指的是金正日，同時也是北韓太空衛星計畫的名稱。

2

北韓，兩江道
白岩郡
同一週

文太太在採松茸的時候，氣球降了下來。她看著它滑翔穿過樹林，無聲無息地落在狐狸小徑上。它的本體熒熒發亮，天光直接穿透它，但她知道這不是靈體。她走近一瞧，發現這是個長度約兩公尺、正在消氣的聚乙烯筒狀物，底下用細繩攜帶一個小塑膠袋。**怪了**，她心想，一邊吃力地蹲下來。不過其實她本來就隱隱約約有所期待。最近這三個晚上，西方的天空都有一道彗星，只是她還無法拿定主意它代表的是好事還是壞事。

她豎耳傾聽，確認這裡只有自己一個人。什麼動靜也沒有，只有森林裡慣有的窸窣聲，以及一隻斑鳩突然飛起來的拍翅聲。她用採松茸的刀子割開塑膠袋，伸手進去摸索，訝異地拉出兩雙全新的保暖羊毛襪，然後是一個手搖式小手電筒，還有一包塑膠打火機。不止這些：有個紅色紙盒，蓋子上有巧克力餅乾的圖片。盒子裡有十二塊餅乾，以鮮豔的紅白相間包裝袋獨立包裝。她拿起其中一個，舉到光線充足處細看。**巧克力派**，她用唇語讀著。**南韓製造**。文太太轉頭望著氣球飛來的方向。風能把這玩意兒一路從南方送過來？多飛個幾里[2]，它就要落在中國了！東方的天空讓紅光像血一樣由樹頂滲透下來，但她沒看到更多氣球，只有一群飛來過冬的野雁。這是個好預兆。森林低語、嘆息，告訴她該離開了。她看著手中的巧克力派，禁不住誘惑，撕開包裝咬了一口。巧克力和棉花糖的滋味在她舌頭上化開。

噢，我的老祖宗啊。

她把餅乾緊壓在胸口。這東西很值錢。

她感覺興奮又慌亂，很快地把各項物品放回塑膠袋，再把塑膠袋收進她的籃子，藏在柴薪和蕨菜底下。然後她沿著森林步道蹣跚而行，邊走邊舔嘴唇。她走到貼著田地邊緣的小路時，聽到一群男人的叫嚷聲。

有三個人穿過田地奔向森林——農場主管本人，後頭跟著其中一個牛車夫以及身上掛著步槍的士兵。

該死。

他們看到氣球落下來了。

☆

她一整天都在田裡默默幹活兒，與同單位的婦女一同連根拔起玉米莖，沿著用紅布條標示出來的犁溝移動。有個女人說，天剛亮時有人看見敵人的氣球。軍隊一直在把這些氣球射下來，廣播則警告大家別去碰它們。

山上颳來的寒風冷到像會咬人，布條被吹得啪啪作響。文太太的背很痛，膝蓋也讓她吃足苦頭。她寸步不離她的籃子，什麼也沒說。她看到田地遠端的邊緣今天只有一個衛兵，正無聊地抽著菸。她在想，其他人是不是都去找氣球了。

六點鐘，瞭望塔的警報聲響起，她便匆匆走回家。遠方白頭山的山頂正轉爲深紅色，懸崖峭壁尖利地襯著傍晚的天空，村莊的房屋聚集在山谷的一處斜坡上，此刻卻籠罩在黝深的陰影裡。黨的臉孔無所不在——在石匾上刻的文字裡，在描繪親愛的領袖站在金黃麥田中的彩色玻璃壁畫裡，在稱頌他父親——偉大的領袖——永恆生命的高聳方尖碑裡。煤煙從小屋的煙囪飄出來，這些小屋是整齊的白色，屋頂鋪著瓦片，屋後有小菜圃。四周極爲寂靜，她能聽到農場的公牛在哞哞叫。氣溫降得很快，她的膝蓋腫脹得發疼。

她推開她家的門，看到泰賢盤腿坐在地上，抽著一根手捲菸。在裸露的燈泡照射下，他臉上的皺紋和凹痕一覽無遺，就像地力已耗竭的田地。

她看得出來他這一整天什麼事也沒做。但是對她來說，顧全丈夫的面子是很重要的，所以她微笑說道：「我眞高興我嫁給你。」

泰賢迴避她的眼神。「幸好我們之中還有人是開心的。」

她把籃子放到地上，拔掉腳上的橡膠靴。電力隨時都會中斷，所以她將煤油燈點起放上矮桌。屋內的混凝土地板一塵不染，睡墊都捲得整整齊齊；她那些上了釉的泡菜甕在鐵製爐子邊排成一排；牆上掛著用噴槍塗繪的臉孔，兩位領導的肖像，父與子，都用特殊的布擦拭得乾乾淨淨。

泰賢在打量籃子。她在森林裡沒找到半朵松茸，除了蕨菜和玉米莖之外也沒有任何食材可以拿來煮湯，不過至少今晚，他不會失望。她從籃子裡拿出塑膠袋給他看。「掛在一個氣球上。」她壓低嗓音說，「**從下面的村子來的**。」

泰賢聽到南韓的代稱，瞪大眼睛，眼光緊盯著她的手，看她把每樣東西取出來，放在他面前的地板上。接著她打開餅乾盒，把她吃剩的那一半巧克力派給他。他的嘴巴慢吞吞地動著，細細品嚐那天堂般的美妙滋味，然後他伸出手握住她的手，這動作讓她心碎。

明天她要撒鹽祭拜山靈，她說，然後到惠山市去把餅乾賣掉。有了賣餅乾賺來的錢，她就能——

有人用力敲了三下門。

冰冷的恐懼掠過兩人。她把那些東西一股腦掃到矮桌下才去開門。門口站著一位年約五十歲的女人，手裡提著裝電池的提燈。她的頭上包著一條看起來挺油膩的頭巾，連身工作服的袖子上別著紅色臂章。她的臉就跟水泡一樣不討喜。

「有人在森林裡找到一個敵人的氣球，裡面的包裹被拿走了。」她說，「保衛部[3]警告我們不要碰它們，它們運送的是有毒化學物質。」

文太太鞠躬。「朴同志，如果我們看到那種氣球，一定會通報的。」

女人嚴厲的眼神從文太太身上移到她身後的房間，看向坐在地上的泰賢，她輕蔑地瞇起眼睛。「所有人都要在八點以前到集會所去。」她邊說邊轉身離開，她的提燈燈光沿著小徑舞動，「今晚的主題是在工作場所應有的正確革命態度……」

文太太把門關上。「有毒化學物質，鬼才信！」她喃喃道。

她在爐子上點火準備做晚飯，泰賢則仔細研究氣球帶來的每一件物品，把它們湊到煤油燈旁。

他撫摸襪子的觸感，把羊毛貼到臉上；他轉動手電筒的小小手把，將光束對準天花板；他用手指滑過標籤和品牌名稱，它們來自那個神祕的平行宇宙：南韓。這時那個塑膠袋吸引了他的目光。

「這裡面還有別的東西。」他把袋子拉開。

這天早上文太太急著離開森林，沒注意到袋子底部還有一綑傳單。他把一張傳單湊到燈光下。

「『致我們在北方的兄弟姊妹，我們是你們在南方的同胞！我們的禱詞中始終有你們，我們想念你們、關心你們受的苦難。我們懷著喜悅的心，等待南北重聚的那一天，藉由**我們的主耶穌基督**的愛……』」

泰賢瞇眼細瞧傳單，嗓音中注入極度的警覺。

「『使那一天加速到來吧。奮起對抗那些騙徒，他們說你們富足而自由，事實上你們貧窮且遭到箝制。兄弟妹妹們，金正日是個暴君！他的殘酷和對權力的貪慾是永無止境的。你們飢寒交迫，他卻像個皇帝住在宮——』」

他沒能再唸一個字，手中的傳單就被抽走了。文太太聽到自己的呼吸聲急促而紊亂，她猛地一把撈起他腿上剩餘的傳單，果斷地穿過房間、打開爐門，把它們全都塞到木炭上。

泰賢抬頭盯著牆上的肖像，張著嘴巴，就在這一刻，斷電了。在煤油燈搖曳的光芒中，兩位領袖的眼睛似乎會發光，泰賢的臉上浮現一種被判刑的表情。「保衛部……」他悄聲說。他開始用手指梳過頭髮，這是他的習慣，表示他希望某件事沒有發生。「他們會知道……」他的嗓音很沙啞。「他們會知道我們讀過這些話，他們會從我們的表情看出來，他們會逼我們認罪……」他看著妻子，渾身流露出動物般的恐懼。「把這些東西帶回去妳發現的地方……」

可是文太太正盯著爐子小小玻璃門後的火焰，看著傳單變黑、蜷曲。

剛才那些話中的某部分使她回到過去。她彷彿是上輩子聽過那個名稱，至少有五十年沒聽過了。我們的主耶穌基督……一個從歷史中抹除的名字。突然間，記憶像是祕密抽屜般打開：她的母親和一群大人待在門窗緊閉的房間裡，有人看著一本又大又重的書唸出經文，室內點著一根蠟燭，眾人齊聲唸誦一些話。還有唱歌。輕悄而柔和的歌聲。

羔羊無怨走向前，肩負世人的罪愆……

她基於長久以來的習慣，把這記憶推回黑暗裡，跟其他記憶一起鎖起來。她轉頭看她丈夫，他正把臉埋在掌心裡。

「沒有人會知道的。」她說。

她打開前門，走到寒冷的屋外。天空滿天繁星，而在西方山脈上方的低空，就是那道拖著兩條尾巴的明亮彗星。

---

2 里（ri）：韓國距離單位，約等同於四百公尺（四分之一英里）。

3 保衛部（Bowibu）：國家安全保衛部是北韓人見人畏的祕密警察單位，也負責控制集中營。

3

維吉尼亞州，安南岱爾

潔娜的母親仍住在潔娜和妹妹成長的那棟房子裡。那一排已褪色的護牆板平房坐落在離馬路稍遠的位置，馬路兩旁林立著已成熟的七葉樹。前院草坪疏於照料，散落著枯葉，但旗杆上的旗子仍隨風飄揚，代表第一代美國人的驕傲。

潔娜的車開上車道時，韓氏豐滿的身影已來到前門。她穿著在濟州島買的紀念圍裙，塗上新的梅紅色口紅，搭配她的泡沫燙髮型，讓她看起來就像一盆花。潔娜半蹲下來吻她，聞到一絲雞蛋花香水味。

「妳瘦得像根筷子。」韓氏說，雙手捧著潔娜的臉。她審視女兒一會兒，好像在搜尋線索——新衣服、精心打理的髮型、化妝品——或許能看出她是否快樂，或是更重要的，是否在和某人交往。

房屋裡瀰漫著複雜的香氣，包括烤牛肉和某種用焦糖和薑烹調的食物。

「歐瑪[4]，好香喔！」潔娜一邊說，一邊穿過屋子走進小小的飯廳。「妳不該費這麼大工夫……」

突然間，她心中警鈴大作，疑心乍起。

桌上擺著三套餐具。最好的瓷器和桌布都登場了，十二道色彩繽紛的飯饌[5]整齊排列，包括豆芽菜、泡菜、菠菜、烤海苔片和炸小魚乾等。她看到餐具櫃上放著一瓶冰過的燒酒[6]——這個家鮮少容許喝酒——她知道自己走進陷阱了。

「甜心……？」韓氏脫掉了圍裙，露出身上時髦的上衣和過緊的裙子。她拉提臉部肌肉擺出女主人的笑容，正越過女兒肩膀望向客廳。潔娜轉過身。

一個年約四十的男人站在房屋另一端，旁邊是擺有家庭照的櫻桃木桌。他朝她鞠躬，露出禿了一塊的頭頂。

「很榮幸認識妳，智敏『孃』[7]。」他說。

潔娜畏縮了一下。

「這位是成正希。」韓氏用高亢而做作的語氣說，「他在費爾法克斯開房地產經紀公司。」她拉著潔娜的手朝他走去。「他人很好，答應今天來給這房子估價。」

「在星期天？」

「我跟成博士說歡迎他留下來吃午飯。」只要韓氏覺得某人需要美化一番，她都會給人家冠上「博士」頭銜。她以說悄悄話的姿態大聲說：「我認識成先生『您[8]』在首爾的阿姨；他弟弟在三星電子擔任業務專員。」

「我很樂意。」男人說，「只要智敏『孃』同意的話。」他說了一口道地的家鄉韓語，不像潔娜在家習慣講的、第二代式的破韓語。她講的韓語中還會夾雜英語和俚語。除了她母親，沒有人叫她智敏。

廚房傳來油脂燒熱的嘶嘶聲響。

「失陪一下。」韓氏邊說邊調高女主人笑容的瓦數，「我得去看看午飯怎麼樣了。智敏，妳帶成博士看看房子吧？」

她把時間點算得恰到好處，潔娜心想。

潔娜無意填補兩人間的沉默，男人的手指不安分地顫動，好像需要抽菸。爲了給他的手找事情做，他摘下眼鏡用手帕擦拭。

「妳母親說妳住在喬治城一間英式地下室公寓，一定租金很貴、坪數又小吧。」

「我有收入，成先生，而且我的貓一點也不占空間。」

她沒按照規矩使用敬語，不過他似乎渾然未覺，反而露出微笑，彷彿收到了提示。

「也許妳很快就需要大一點的居住空間了，孩子比貓更需要地方活動。」

潔娜感覺低落感結結實實地壓下來。「我目前把重心放在教學上。」

男人的眼神微微變嚴厲一點，兩人之間漫開另一段沉默。

如果任何人問她喜歡哪種類型的男人，她從來就無法想像也無法形容，但她知道絕不會是世界上任何一位成先生——背負族長制家族包袱的移民。對她構成吸引的男人極少，但是因爲某種令人沮喪的反比定律，卻有太多男人受到她吸引，大批追求者評估她身上有什麼創傷和誘人之處，畢竟這冷淡的混血女孩已經三十歲了。

她妹妹的目光由放著加框照片的桌子上射過來，與她四目相接，彷彿在對她示警。妹妹脖子上的銀鍊子閃亮，與她漂亮的薑褐色肌膚形成對比，那膚色有如格子鬆餅淋上糖漿，跟照片中站在她身旁的母親韓氏那白瓷般的臉相較，要黝黑許多。

成先生順著她的目光望去。「妳的畢業照。」他說，彎下腰去仔細看照片。

她考慮糾正他，但她的嘴搶先動起來。「那個，成先生，我母親是一片好意，她擔心我，覺得她有責任替我介紹……事實上……我不想浪費你的時間。」

詫異的神色在他臉上逗留了一會兒，但她幾乎能看見他在提醒自己：他現在不是在韓國。

因此他點點頭，準備好談判。

「妳對我很坦白，我很欣賞這一點。我可受不了那種掩著嘴笑、男人說什麼都唯唯諾諾的女士。但是智敏『孃』，我要誠實地告訴妳……」

她牛仔褲口袋裡的手機嗡嗡振動。她知道當著他的面接電話非常不禮貌，但她仍接了。

她立刻認出那是查爾斯．費斯克的聲音。「打開亞洲新聞台——現在！」他掛斷了。

「我也希望可以委婉一點。」成先生說，「可是說到妳要跟背景良好的家庭結親，恕我冒昧，有些因素是必須忽略不提的……」

她拿起電視遙控器，一台一台地切換，直到她找到那一台。

「妳不是血統純正的韓國人……」

螢幕中有個髮色灰白、身穿淡藍色套裝的亞裔女士正在舉行記者會。麥克風架了好幾排，鎂光燈狂閃，沒有笑容。

男主播在說：「明天石戶太太將會在日內瓦這裡向聯合國人權理事會提出證據。據悉，她將告訴調查員受害者有數百名之眾，分別來自至少十二個國家，她將敦促理事會進一步對金氏政權施壓，要求他們向受害者家屬透露資訊……」

那位女士舉起一張照片，照片中是個穿校服的男孩，她開始用日語發表聲明。口譯員以帶著法國腔的英語蓋過她的聲音說話。

「我的兒子十四歲時，在我們家鄉附近的海灘消失了……我們現在知道他是被綁架……並且被帶到了北韓……」

低頭看著聲明稿的石戶太太抬起頭，面向攝影機。

「……用的是潛水艇。」

潔娜周圍的空氣變得稀薄。突然間一切都不存在了，只剩下她和螢幕中的女人，那個女人正竭力忍住淚水，引得鎂光燈又一陣狂閃。

一些聲響滲透進來，不過感覺很遙遠。叮叮噹噹的聲音，她母親用托盤裝著三個小酒杯走過來。前門砰地關上；有輛車發動引擎。

「歐瑪……」潔娜低聲說，眼光離不開螢幕。口譯員繼續翻譯，嗓音聽起來異常疏離。

「我相信我的兒子……還活著……在北韓……」

「怎麼回事？」韓氏說，「電視怎麼開著？」

韓氏轉頭望向窗戶，看到成先生的車子開走。

潔娜聽到母親放下托盤，頹然坐進沙發中，聲音無力、疲倦地開口說道：「我只是想幫忙。大部分韓國女孩到了妳這年紀都已經結婚了。我只是希望妳認識優秀的男人……我想給妳一場我沒有經歷過的像樣婚禮……」

潔娜仍然盯著螢幕，震驚到動彈不得。這段新聞快結束了。然後石戶太太不見了。

「……在新羅酒店舉行的接待會，這場盛宴比照皇室水準，有加長禮車、絲質韓服[9]、乾冰機，應有盡有。」

「歐瑪。」她轉向母親，聲音失去所有力量，「秀敏失蹤的時候……」

韓氏抬起頭，潔娜這才發覺她在化妝品底下的臉是多麼蒼老。

「秀敏被上帝藏起來了。妳爲什麼要讓我心情更壞呢？」

後來潔娜回到家，從床底下取出舊的餅乾盒。她已經很多年沒有打開它了。她拿出裡頭的東西，一一擺在床上：秀敏的皮夾，裡頭裝著她的借書證、韓元零錢、渡輪返程票，以及她們兩人合拍的證件照，她們當時十六歲，擠在快照機裡扮鬼臉；秀敏的相機包，裡頭帶有一粒粒白沙；還有她的相機，警方從相機裡取得那兩張照片。

秀敏的照片有一點模糊。她閉著眼睛在笑，T恤領口上緣隱約可見一條銀鍊子，就是潔娜現在戴著的這條。背景中的沙丘煥發帶紅色的金色光芒，右上角則是正在升起的月亮。第二張照片是那男孩，潔娜後來知道他叫在動。他跪在沙子上，只穿著泳褲，邊切魚邊抬頭看鏡頭。他的臉一半在陰影中，一半被斜射的陽光給鍍了金。照片左側看得到一把吉他盒的頂端，它躺在沙子上，男孩的身後是平靜而黑暗的海洋。

就在這兩張照片拍了不久後……多久？一小時？半小時？幾分鐘？……她妹妹和這男孩就從地表消失了。

潔娜把臉埋進被單。**我的天啊**。這麼多年來她都錯了嗎？

她說不上爲什麼，但她有種強烈的感覺，確定自己接下來做的選擇很重大且決絕，沒有回頭的餘地。

費斯克提高音量以壓過雞尾酒宴會的嘈雜聲，她聽到鋼琴聲和歡騰的談笑聲。她等了一會兒，讓他能移到比較安靜的位置。

「妳看了嗎？」他問。

「那個在日內瓦的女人，石戶太太……你爲什麼……？」

「北韓綁架人的通報案件有幾百件，只有她的故事提到潛水艇。這能解釋爲什麼……我想應該要讓妳知道。」

潔娜感覺貼在耳朵上的手機在燃燒。

他小心翼翼地說：「明天她在聯合國作證以後，我可以給妳看檔案。」

「不。」潔娜心不在焉地說。她的心思在遙遠的白翎島，在那個與她隔著隆隆波濤、面朝西方的海灘上。十二年來，這是第一項與秀敏有關的證據，像是從深鎖多年的門上鑰匙孔吹出來的海風。她才不要讓一個諜報單位把線索過濾、刪減之後才交到自己手上。「我要和她見面，石戶太太……」她堅定地說，「我要親耳聽她說。」

---

4 歐瑪（omma）：母親（非正式用語）。

5 飯饌（banchan）：搭配韓式主餐的小菜，例如炸魚、烤海苔或泡菜。

6 燒酒（soju）：透明無色的傳統韓式烈酒，用米、小麥、大麥或馬鈴薯釀成，喝時通常不摻水。

7 —孃（-yang）：在正式場合對女性的尊稱。

8 —您（-nim）：或是「先生『您』」（seonsaeng-nim），一般翻譯為「老師」。這是對富有知識和技藝的資深人士使用的敬語。

9 韓服（hanbok）：整套赤古里裙的合稱。

4

北韓，平壤市
金日成廣場
勞動黨建黨六十五週年紀念
二〇一〇年，十月十日，星期天

來自中國的髒空氣籠罩城市，使得天光被漫射得十分厲害，位在河對岸、從廣場看去通常無比宏偉吸睛的主體思想塔，現在只剩下米黃色的輪廓。

趙尙浩坐在南側爲他一家人保留的座位區眺望風景。他在外務省位職中校，那套鮮少穿著而依然硬挺的軍禮服現在令他渾身發癢流汗，相當不舒服。他可以清楚地看到左側的人民大學習堂，以及領導階層接受敬禮的梯形閱兵台。沿著勝利街一路望過去，遊行隊伍將從那個方向過來，現在街道兩側已站滿密密麻麻的沉默人群。大廣場本身被排列得整整齊齊的軍人占據，幾千名陸軍、海軍、空軍和勞農赤衛軍各就其位，有如作戰地圖上的連隊。在部隊後方是一片一路延伸到大同江岸的紅色和粉紅色人海，五萬人民站成筆直的行列，高舉代表金日成花的小束紙花，偉大的領袖的靈魂將永垂不朽；這些花也代表金正日花，屬於他受人愛戴的兒子。

他感覺有人輕拍自己的肩膀，轉頭看到姜將軍的大臉，露出金牙笑得臉都皺起來，他兩個已進入青春期的女兒跟他坐在一起。姜將軍用口音很重的英語小聲說：「早安，趙中校，你今天好嗎？」

兩個女兒掩著嘴偷笑。姜將軍是從軍隊退伍後當上外交官的，他最近一直在跟趙中校練習說英語，好爲去西方的高級任務做準備。

「我一切無恙，姜將軍，多謝關心。」

趙中校一手攬著他九歲兒子的肩膀，大家都叫他兒子「小書」，不過他現在已記不起這個笑話的由來了。男孩戴著少年先鋒隊的紅領巾，動著嘴唇默數廣場上的陣形，直到他打了聲響嗝，逗得趙中校和太太在一旁偷笑。在場的女性都穿著五彩繽紛的傳統服裝赤古里裙[10]，趙中校認爲他的妻子是其中最漂亮的。她塗了粉的臉是完美的橢圓形，搽了暗紅色的口紅，讓她的笑容顯得不那麼狡黠，髮上還夾著他在北京買給她的珠母貝髮夾。

「總共有二十四個分隊。」小書悄聲說，仰著臉看他，「但我沒把樂隊算進去。永浩伯父在哪？」

趙中校瞥向他右邊的空座位。永浩到哪去了？他還眞會挑場合遲到。

現場的寂靜開始給人一種壓迫感。一群鴿子突然飛起來，翅膀拍擊的聲音在廣大的空間迴蕩。頭頂有六個巨大的氣球在輕輕擺動，分別繫在廣場四周的不同位置，氣球上有國旗的星形圖案。勞動黨總部的屋頂上，就在偉大的領袖的肖像正上方，有保衛部的便衣人員在用雙筒望遠鏡盯著群眾。

趙中校的右方出現一陣騷動，是永浩來了，他正在向一位軍服上綴滿勳章的老太太道歉，這老太太是一個大家族的族長，家族成員幾乎坐滿了這一排座位，現在每個人都站起身好讓永浩能通過。他挨挨蹭蹭地朝趙中校走來，活像個遲來的婚禮賓客，對同排座位的每個人賠笑。

「抱歉，老弟。」他邊說邊坐下來，「你一定不能相信我要說的消息……」趙中校的哥哥臉色蒼白、雙手發抖，要不是他的嘴巴露出藏不住的好心情，趙中校一定會膽顫心驚。他湊過來，趙中校聞到他的口氣有一絲甜甜的燒酒味。「他們要給我最高的職位。」

「眞的？第一副部長？」

永浩咯咯笑。「比那更棒。」他湊到趙中校耳邊，把音量降到說悄悄話的程度。「你面前是新任——」

人群突然緊張起來。廣場中央的樂隊領隊舉起了指揮杖。靠河的位置有兩面巨幅LED螢幕亮了起來；左邊的螢幕寫著「朝鮮勞動黨千秋萬世！」，右邊寫著「金正日是二十一世紀的嚮導星！」。軍號高舉；樂隊奏起〈朝鮮的將軍〉的前奏，樂音透過擴音器放送於每棟建築，一排排的觀眾都站了起來。從人民大學習堂屋簷底下開始的掌聲逐漸累積強化，現在化作歡呼湧入廣場，男女老幼都把手舉在頭頂鼓掌，並且用盡全力大叫：「萬歲！萬歲！萬歲！[11]」這聲音眞是震撼天地。

「我看到他了！」小書揪著趙中校的袖子大叫，「我看到他了！」

五萬名百姓都隨著節奏搖晃手裡的紙花，製造出不斷變幻的紅色和粉紅色圖案。幾百隻白鴿被放入空中，在上方盤旋。

金正日的身影遠遠出現在閱兵台上，後面跟著一群政治局成員、資深黨幹部，以及穿著鑲金邊沙色軍服的將軍。人聲增強到深入人心的吼叫。那個偉人輕輕揮手向人群致意，彷彿在向眾人賜福，趙中校感覺到他的力量像從太陽射來的箭矢。**親愛的領袖，親愛的將軍**。這個男人穿著樸素的工作服，多麼謙卑啊！他爲了人民的福祉承受了多少辛勞，顯得多麼憔悴啊！

淚水刺痛趙中校的眼睛，幾乎就在同一刻，他周圍的所有人都開始啜泣。歡呼聲中夾雜著號哭，姜將軍的大臉哭到都扭曲了，還不忘鼓掌，他的兩個女兒也發出歇斯底里的哭聲。

趙中校彎下腰，讓小書爬到他肩膀上。把他高舉起來一點也不費力，他好輕。趙中校哽咽地喊道：「你能有快樂的童年要謝謝誰？」

「偉大的領袖金日成和他天佑的兒子金正日，朝鮮的將軍！」他大喊。

趙中校的太太拍著手，摻了睫毛膏的眼淚沿著她臉頰流下。「萬歲！」她叫道。

穿透霧霾滲透而下的陽光，照在遙遠將軍們的軍裝上閃閃發光，吸引趙中校的目光看向閱兵台上和他們稍微隔著一段距離站著的深色人影，那是一個穿著黑色中山裝的矮胖青年，親愛的領袖的幼子。人群也注意到他了，因爲現在竊竊私語聲往四面八方傳開，使得掌聲也隨之消退。人們在談論那個青年，他的臉就像佛陀一樣豐潤而安詳，好像一尊新的神明在他們眼前現身。

「阿帕[12]，那是誰？」趙中校的兒子問。

「一個由天上下凡的偉人。」趙中校說，「有一天，等你大一點，他會成爲你的老師和嚮導。」

永浩再次湊向趙中校的耳朵。「他們要讓我當那個新男孩個人祕書處的處長。」他說，並朝著閱兵台上那個矮胖青年——親愛的領袖的兒子——點點頭，「還要給我上校的榮譽軍階……」

趙中校詫異地轉頭看他，一邊把小書從肩膀上放下來。

「再過幾個星期就會正式宣布了。」永浩說。

樂隊奏起〈紅旗飄飄〉，第一個戴著頭盔、高舉軍旗的陣列——來自前線的砲兵隊——開始踢著正步朝人民大學習堂前進。軍靴頓地的聲音震動地面。鼓聲爲他們打拍子，掌聲增強到狂熱的程度。

「你不是在開玩笑吧？」趙中校蓋過噪音問道。他大笑一聲，用力跟哥哥握手。「你讓我們都與有榮焉啊！你跟阿帕說了嗎？我看他會驕傲死了。」但趙中校還沒來得及湊到另一邊把消息傳給妻子，永浩一把抓住他的手臂。

「有一項但書，老弟，我現在告訴你是希望你不要擔心……」他的笑容變得有點不確定，「這個層級的人事任命，先決條件是我的階級背景必須完美無瑕……保衛部會進行完整的調查。」

「那是當然的。」趙中校一時之間有點困惑，「他們一定會跟歐瑪還有阿帕談——」

然後他突然想通了。

簡稱保衛部的國家安全保衛部將要調查的，並不是他們敬愛的養父母。這對父母擁有堪爲模範的階級背景，當年收養了兩個悲慘的男童，當作親生骨肉撫養成人。即將被攤在陽光下的是他親生父母的資訊，他和永浩從來就不知道的資訊。他的胃裡蓄積了一汪冰冷的恐懼。

他轉回頭面向遊行隊伍。朝鮮人民軍海軍的一個分隊正在行進，他們穿白衣戴白帽，手持裝上刺刀的ＡＫ－７４步槍，咆哮著：「金正日！金正日！」群眾也加入叫喊。

「放輕鬆。」永浩說，「風險很低。」

「我們對我們的親生父母和祖父母一無所知，我們不知道我們流著誰的血。」趙中校不敢相信自己竟會這麼說。「哥，不能讓他們調查，你得放棄這個職位。」

「拜託，看看我們，你眞的認爲我們是資本主義者的後代，或是爲南方效命的叛徒，還是共犯的後代嗎？」

「我們並不知道。」

「我們親愛的領袖去年才在萬景台說過，革命要實現，靠的是我們的思想和行動，不是家族背景。時代在改變了。再說，黨很感念我的付出，知道這是我掙得的……」

永浩愈說愈小聲，臉上突然蒙上一層陰霾。他個子很高，皮膚有些坑坑巴巴，眼神犀利而聰慧，指甲啃得露出嫩肉。他的唐裝剪裁隱藏住他因爲新陳代謝過快而瘦得像鐵絲的身材。他的手指顫抖，需要抽菸。趙中校知道，在平壤複雜的政治圈裡，他的哥哥是個高明的玩家，不過他從來不談自己的工作。假如有人問起，他總說自己負責籌募資金。

「如果你判斷錯誤。」趙中校冷冷地說，「有可能發生什麼事，還需要我來說嗎？」

永浩的好心情似乎已煙消雲散，趙中校聽出他聲音中的焦慮。「老弟，我怎麼可能回絕領袖提供給我的職務？我跟你說了不用擔心，我受到保護。」

趙中校思考著。的確，永浩是「入幕之賓」，亦即受到保護的菁英幹部，但他突然有種憤世嫉俗的想法，覺得即使身居那樣的高位，也沒有人能犯了惡劣血統的罪而不受罰。

樂隊在演奏〈千萬人要成爲槍爆彈〉。女兵旅的一個小隊正經過閱兵台，穿著尼龍絲襪的腿整齊劃一地邁著步伐，好像是一整部機器人在動。趙中校心想，其實挺妙的，女人的身體比男人更適合踢正步。勝利街上跟在女兵後頭的是各種軍事裝備——坦克、飛彈發射器和裝甲運兵車——均排得整整齊齊，準備登場演出。

趙中校的妻子察覺他的情緒變化，因而停止歡呼。

「來。」永浩伸手從外套裡拿出一個小禮盒給趙中校，禮盒的材質是上等的白色卡紙，「你可以用這個讓那些白惡魔刮目相看。在你去國外出訪時。」

但是趙中校還沉浸在自己的思緒中。他忘了禮數，沒有向哥哥道謝，只是把盒子收進口袋。

典禮結束後，由於趙中校的司機被卡在一長串政府官員的座車中，趙中校、他的妻子和小書便走二十分鐘的路回到他們在中區域的住宅區。主要幹道都擠滿離場的人民和軍隊，整座城市仍因為遊行的喧騰而騷動。他們前方有幾百名穿著白襯衫的學生走在西門街正中央，正要返回金日成大學；他們舉著高高的長形布條，邊走邊唱歌。

「光榮的朝鮮！你的星光永遠燦爛。
我們跟隨親愛的領袖，奮勇向前作戰！」

在濛濛的秋季天光下，每棟建築似乎都沐浴著勝利的光輝。小書在和母親聊著對抗日軍的少年英雄，但趙中校保持沉默，滿腦子都在想著保衛部的官員打開檔案，翻掘出老舊的出生紀錄，把他從未聽聞的親生家人名字和面孔都攤在陽光下。他們需要多少時間？他沒有概念。一股恐懼痙攣般掠過他體內。

☆

回到家以後，他關上書房門，讓自己的呼吸穩定下來，並且叫自己冷靜。永浩是「入幕之賓」的一員！沒有一個國家機關，包括保衛部的祕密人員、正規的警察，或是軍隊，能夠在領袖本人未明確允許的情況下動他一根汗毛。再說，他親生家人的過去有什麼值得擔心的呢？他的祖父母一定是窮得一清二白的農民，整天在豬糞裡找吃的，就跟上兩代的所有人一樣。他拿起五斗櫃上的玻璃酒瓶，給自己倒了杯干邑白蘭地，然後把一卷錄音帶放進音響。他在手中旋轉酒杯，靠坐在扶手椅裡，跟著披頭四名曲〈嘿，朱迪〉的副歌哼唱。有一份很短的清單列出被歸類爲無害的西洋流行歌曲，他賄賂人民大學習堂負責管理音樂的人，替自己將那些歌曲錄成錄音帶。他感覺自己漸漸放鬆了。永浩的升遷將爲家族帶來榮耀和無比的威望，他這是杞人憂天。

他突然間想起永浩送自己的禮物，便從軍服口袋拿出來打開。盒子裡是個用薄棉紙包著的皮夾，材質是柔軟的粒面皮革，附著用英語寫的標籤：**義大利手工縫製**。這皮件漂亮極了。他哥哥從哪找來這麼奢侈的物品？他用手指撫過那些多餘的卡片格——沒有半個朝鮮人有信用卡——然後撐開放鈔票的夾層。他看到那裡放了三張美國的百元鈔，看起來硬挺到像是當天早上才從印鈔機送出來的。**像是新印出來的**，他心想，當他把一張鈔票舉到燈光下細瞧，他隱約聞到一絲新鮮的油墨味。

---

10 赤古里裙（chima jeogori）：傳統韓式服裝，包括高腰長裙chima和短外套jeogori。在北韓，這種服裝是日常穿著，但在南韓通常只有特殊場合才會穿。

11 萬歲（man-sae）：北韓群眾會高呼的一句口號，表示勝利或是祝當權的金氏統治者長命百歲。這個詞源自中國，乃是祝願皇帝有一萬年壽命之意。

12 阿帕（appa）：父親（非正式的用語）。

5

瑞士，日內瓦
左岸
湖景酒店
二〇一〇年，十月中

潔娜抵達她的旅館時，早晨的交通尖峰時段才剛要開始。旅館位在左岸，離湖濱步道和波光粼粼的日內瓦湖只有兩、三個街區遠，她能從堅實而富庶的公寓建築間空隙瞥見一抹湖景。她的房間附有小小的陽台，俯瞰著滿是商店的街道和一個街車站牌。如果她伸長脖子扭著頭看，還能看到在晨曦下耀眼而雪白的阿爾卑斯山。她疲憊地躺在床上，聽著呼呼行駛的街車，心想這麼吵怎麼休息啊。結果她幾乎立刻就陷入沉睡。

這整個星期秀敏都在她身邊，像是獲得自由的神燈精靈。她在浴室的鏡子裡看到秀敏在她身後，透過鏡面上的水蒸氣望著她。她在彈鋼琴時，有那麼令人汗毛直豎的一瞬間，她彷彿看到右邊有第二雙手在陪她一起彈。她會在三更半夜驀然驚醒，深信聽到秀敏悄聲呼喚她的名字。她的睡眠充滿跟妹妹有關的夢，夢境的色彩濃郁而飽和，比她醒來時看到的晦澀世界顯得更眞實。這些夢境總是無可避免地往下陷落，透過睡眠地殼上的裂罅掉到更黑暗的層次，掉進噩夢的水底地獄，但她早就習慣了。

☆

智敏先出生。秀敏在三十二分鐘後跟著她脫離子宮，因此每當她們用韓語交談時，秀敏都叫她「姊姊」。智敏最好的朋友是她的複製品：秀敏擁有跟她一樣的笑聲、一樣的想法、一樣的DNA。她們的習慣和怪癖難以區別，她們各自是對方的延伸。她們有不把一句話講完的共同習慣，別人跟她們說話時，她們都會歪著頭用手指捲繞頭髮。她們熱愛列清單，會在手腕套上彩色束髮圈來提醒自己。她們沒有方向感，很容易迷路，哪怕只是在購物中心。兩人都不肯吃水煮蔬菜，如果有人提到水煮蔬菜，她們還會做出想吐的表情。她們如果沒有睡足九小時就會有起床氣。

這對雙胞胎在安南岱爾的成長過程沒有什麼特殊的。她們家的收入足夠過日子，父親很縱容她們，母親很嚴格。她們比鄰居家的孩子用功，不過沒像中國孩子那麼用功，在體育和音樂方面表現傑出，一起上鋼琴課。每逢星期天，她們會和母親一起參加在聯合衛理公會舉行的韓國人集會。她們就和她們認識的所有女生一樣追逐時尚潮流。

然而智敏．威廉斯和秀敏．威廉斯在各方面都很醒目。不光是她們令人訝異的智慧。她們散發一種知足的特質，一種既害羞又外向的個性，讓別人立刻就想和她們親近。在學校裡，她們自稱潔娜和蘇西，這對雙胞胎名聲響亮，半是韓裔，半是美國非裔，頭髮紮起來是濃密的一大束，帶著雀斑的臉無所畏懼，身段有如運動員一樣靈動——十三歲那年，她們是曲棍球場上的明星，也是全校最高的女孩。十六歲的時候，她們打進維吉尼亞州校際跆拳道錦標賽的決賽。她們在練習的時候互相出拳，男孩們都不想跟她們交手。她們不缺朋友，但她們都知道自己眞正的朋友只有一個，當你擁有這樣的朋友，別的朋友怎麼都比不上。她們是只容得下兩名會員的俱樂部成員，調皮搗蛋是她們在韓氏強力管束下放鬆的方法。

她們的臥室門上釘著成績單，好讓她們每天一醒來就能提醒自己要奮發向上。在韓氏的字典裡，任何項目上屈居第二都等於失敗，不過雙胞胎幾乎沒在任何項目上拿過第二。

她們青春期過了一半時，因爲共同探索身體的發育情形而興奮不已；她們在對方臉上塗抹化妝品、爲對方設計髮型，各自成爲對方的鏡子。吃晚飯的時候，她們會趁母親背過身時悄悄把泡菜吐在手帕裡——充滿大蒜味的口氣是接吻殺手。韓氏絕對禁止她們和男孩約會，但她們有許多現成的理由可以離開家——去上跆拳道課、去朋友家、去圖書館——母親的法律可以輕易規避。熄燈以後，智敏會爬到秀敏床上，跟她悄聲談論男生，她們雙腿交纏、手指相交，側躺在枕頭上面向彼此，距離近到能吸入對方呼出的氣。

她們的父母總是告訴她們，她們遲早要面臨離別，不過雙胞胎始終不懂爲什麼這是不可避免或是必要的事。她們剛過完十八歲生日不久，兩人分別在上大學前去過空檔年。秀敏參加首爾祥明大學舉辦的音樂先修班，智敏則到國會山莊某個參議員的辦公室當實習生。

她們在華盛頓杜勒斯國際機場相擁而泣。智敏送妹妹一件幸運符，一條掛著銀質小老虎的銀鍊子，老虎代表韓國。這是她第一次在妹妹不在場時買下的物品。秀敏立刻把它戴在脖子上。登機廣播唸到她的班機了，離別的時刻痛苦萬分。雙胞胎握著對方的手不肯放開，她們的父母也苦惱起來。韓氏的表情充滿愧疚，好像正目睹某種不必要的殘酷實驗在上演。秀敏搭著電梯消失在視線之外，智敏立刻就思念起她的妹妹。

當那股感覺來臨時，她正在家中的後院看書——連接她與秀敏的基因束輕輕顫抖，不管她們在哪裡，這種連結都不會消失。她的腹部先是有種內臟收縮的感覺，下一秒她便體驗到體內湧起一股排山倒海的恐慌，然後洩去，留下蓄積在口腔裡的唾液。她打到秀敏在首爾住的學生宿舍，但她不在，雖然正是早餐時間。接下來一整天，以及隔天，秀敏都音訊全無，證實了智敏早已知道的事情。她變得極度焦躁，在屋子裡來回踱步，扯自己的頭髮，完全沒胃口吃東西。父母問她怎麼了，但她只能說秀敏有危險。隨著日子一天天過去，她看著父母的困惑演變成憂慮，最後進展成慌亂，因爲秀敏始終沒有回他們電話。

後來，電話帶來消息。智敏知道這就是那通通知的電話，因爲她的父親道格拉斯沉默了許久，只是聽著另一端的聲音，然後他伸手握住韓氏的手。南韓仁川地方警察廳的一位高督察問他有沒有收到女兒的音訊，她已經三天沒回大學宿舍了。

高督察說有個住在白翎島的女人通報她十九歲的兒子失蹤了，他和一個韓裔美籍女孩去了海灘，一直都沒有回來。女人堅信她的兒子是和秀敏私奔了。督察承認這不無可能。他說偶爾會有青少年情侶逃離家庭施加的壓力，不過在幾乎所有案例中，他們都會在一、兩天之內與家人聯絡。

有一家首爾八卦報取得秀敏和在動的大學證件照，發布了一篇報導，標題是「你看到羅密歐與茱麗葉了嗎？」，還附上通報熱線。警方在所有公車站和火車站張貼官方的失蹤協尋海報。照片中的秀敏戴著項鍊，智敏還提供詳細的描述，這是她確定秀敏會隨身佩戴的唯一一樣東西。接下來不到一週，已經有人分別在釜山、仁川、東草、大邱，甚至是遙遠的濟州島看到他們。高督察提醒道格拉斯和韓氏別抱太大的希望，這些目擊報告最後都無疾而終。

韓氏整個人都分崩離析了。她時而呈現淚眼汪汪的歇斯底里狀態，堅持秀敏隨時都可能打回家，時而露出智敏從未在她身上見過的眼神空洞、無精打采的陌生表情。道格拉斯扛起一切，他命令智敏待在家裡，深怕她會傷害自己或是試圖跑去首爾。他一連多天懇求地詢問她，秀敏有沒有什麼祕密是他該知道的？她是不是有什麼刻意對父母隱瞞的煩惱？她的人生有什麼不如意，使她要跟幾乎不認識的男孩私奔？她的父母緊攀住這一線希望，希望秀敏只是被愛沖昏頭，很快就會回家。

智敏知道妹妹沒有私奔。她根本無法想像她會不告訴自己就做出這樣的決定。她也做出後來證實是正確的判斷，亦即秀敏才剛認識那個叫在動的男孩，所以還沒寫信跟自己說他的事，她一定會寫一封親密的長信來分享新聞。

道格拉斯獲准休假，暫離貝爾沃堡，踏上前往南韓的鬱悶之旅。他花了一個月時間打聽和尋覓，地毯式搜索白翎島的各片海灘，把女兒的照片拿給任何願意看的人，這個尋找失蹤女兒的高大黑人引來不少側目。他跟在動的母親見了面，她跟他一樣毫無頭緒且心煩意亂。他們握著彼此的手、哭泣、禱告。「我兒子很強壯。」她說。她拒絕相信他溺死了。她和道格拉斯在首爾的梨泰院洞商圈發送印有小情侶照片的傳單，並且到網咖和練歌房[13]（ＫＴＶ）找人，逃家的少年常去這些場所找工作。他們見了高督察，他溫和地告訴他們，最單純的解釋通常就是正確答案。遺留在海灘上的隨身物品強烈顯示那對戀人是在游泳時出了事。最後道格拉斯回家時，已經不是原本的他。

智敏的父母像是被極其顯著的空虛給籠罩。要是發現了屍體，他們還能爲秀敏哀悼，讓女兒入土爲安，那麼假以時日，他們的悲慟也許能夠稍微緩解；然而他們的孩子就這麼消失了，不留下一點痕跡，這開始慢慢蠶食他們的心。韓氏從一個無所不知的女人變成一無所知的女人。她一向精力旺盛到坐都坐不住；現在她服用鎮靜劑，把整個下午都睡掉。某天早上她走出家門，一直到隔天早餐時間才回來，彼時他們都急得報警了。她回來時臉部浮腫、染著汙跡，衣服也髒兮兮的。智敏問她去了哪裡，她只是目光呆滯地瞪視著。道格拉斯開始酗酒。秀敏失蹤後六個月，他被軍隊開除。

智敏思念妹妹的程度嚴重到她出現生理上的疼痛。她和秀敏一向在彼此產生的氣流中行動，一向住在彼此的溫暖和光芒中。現在她一個人頂著寒冷的逆風，沒有任何庇護。空虛根本不足以形容她的感受。然而……智敏無法眞心哀悼她的妹妹，她體內像是有一盞不肯熄滅的常燃小火，在對她說秀敏還活著。她們兩人曾經太多次不需言語便心意相通，曾經隔著一段距離交流絕望或喜悅的心情——不是透過電話或信件，而是藉由某種基因上的磁力——而她感覺到雙胞胎妹妹的存在。當她身邊的所有人都開始放棄、認爲秀敏已死，她從這個連結充滿生命力的力量中尋求慰藉，儘管她知道事實和邏輯都與它相悖。如果秀敏沒死，她去了哪裡？她爲什麼要走？

智敏讓這些疑問在腦海中打轉，不斷建構當時在海灘上發生什麼事，又予以排除，她幾乎徹夜未眠，直到迎來曙光，她醒悟到如果自己不順應預感起而行動，她一定會瘋掉。她要親自去一趟南韓。她沒向父母提及自己的動機，不希望若是她錯了，又要害他們重新經歷一遍傷痛；但她不認爲她錯了。秀敏還活著，她**知道**是這樣。她給他們的說詞是，她若能親眼看一看那片海灘會很安慰，於是韓氏答應帶她去。不過智敏設法獨自一人去見高督察。

高督察的妻子來應門。這棟屋子位於山丘上林蔭茂密的住宅區街上，能俯瞰仁川的港口，離往白翎島的渡輪啓程地點不遠。智敏被帶進屋子，來到縈繞著茉莉花香和番茄藤清香的遊廊。一朵木槿襯著蔚藍的天空，紫得放肆。高督察坐在一張籐椅上。智敏對他鞠躬行禮。

他對她表達同情和慰問之意，他說那是他退休前經辦的最後一件案子。「妳可憐的妹妹，還有那個男孩子，他們原本有大好的未來……」他爲她倒了杯棗茶。他的面容強悍而憂鬱，頭髮細而白，剪得非常短，像是剛結過早霜後的草地。「就這麼淹死了，雖然……」他停頓一下，攪拌茶湯，「我承認當時連我都有點懷疑。海面很平靜，他們又都強壯而健康。」

「他們沒有淹死。」智敏堅定地說，「我相信他們還活著，我感覺得到我妹妹，我不是在幻想。我要求重新開啓調查。」

高督察越過杯子邊緣審視她。

「妳……認爲他們可能是被綁架了？」

智敏臉上掠過一道陰影。這是她努力不去想的可能性。

他沉默了一會兒，看著茶變涼，斟酌他要說出口的話。「很遺憾，雖然它能帶來的安慰已經只有一點點了，我還是沒辦法給妳這份希望。妳妹妹和那男孩沒有登上返回仁川的渡輪，也沒有搭另一艘船離開。白翎島位在敏感的地區——離北韓的海岸線只有二十公里。只有極少數船隻獲准靠近它，而在妳妹妹失蹤的那天晚上，海岸防衛隊回報那附近並沒有任何船隻。」他抿了口茶，瞇眼望向海平面。仁川港在正午的陽光下閃閃發亮，海面點綴著貨櫃船。「如果有人綁架了妳妹妹和那男孩，那他們可就是在海岸防衛隊的眼皮底下犯案。」他憐憫地看著智敏。「我認爲那是不太可能的。我真的很遺憾，但我的結論沒有變。他們溺水了。」

智敏還來不及說話，遊廊的拉門就滑開了。高督察的妻子把一只信封遞給他。

「啊，對了。」他把信封轉交給智敏。信封是封好的，上頭印著案件號碼。「上星期白翎島的牧師在豆石海灘上發現這個，夾雜在被沖上岸的海藻之間。他交到警察局，東西符合妳提供的描述。」

信封裡裝著透明的塑膠證物袋，袋子裡是一條細細的銀鍊子。那隻小老虎已經被海水侵蝕成綠色。項鍊上的勾環斷了。

智敏甦醒時，高督察正用報紙給她的臉搧風。她感覺到遊廊堅硬的木地板貼著她的耳朵，眼前看到轉了九十度角的釉彩花盆。她慢吞吞地轉為仰躺，直直盯著他，感覺有個聲音在她胸腔裡往上升，最後化為嗥叫從她嘴巴吐出來。她的身體開始顫抖，怎麼都不肯停下來。她感覺到一個令她癱瘓、痛苦萬分的傷口，好像她的心臟被撕成兩半，其中一半被人扯出她的身體。她對現在置身其中的這麼強烈的痛根本就沒有準備。

她的孿生妹妹死了。

智敏回家時彷彿被掏空了，徹底變了個人。看到那條不在主人身上的項鍊，以最讓她受到打擊的方式粉碎了她的信念。她被迫面對事實，先前她是哄騙自己相信不可能的答案。

與孿生妹妹分離的她並沒有眞實的自我。秀敏一直是完整的智敏的其中一半。構成她的自我的「我們」被摧毀了，她的心裡不眞的存在「我」的概念。現在她成了半個人，茫然不知該如何在這世界上行走。秀敏死了，但她還烙印在智敏的身體上、心裡、靈魂中。她將永遠和一個鬼魂共存。

隔年九月，她進入巴爾的摩的約翰霍普金斯大學就讀大一，但現在的她與她的生活和周圍的人都呈現脫離狀態。疲倦感占據她全身心，她無法用心跟任何人互動，也不在乎。她一直待在宿舍裡，不去上課也不吃東西。她從不出現在學生餐廳或交誼廳。有些人試著找她攀談，卻看到一個神思恍惚的年輕女人，像是飄浮在某個黑暗而深邃的水面漣漪上。她足不沾地，沒有重量地在漆黑而空曠的空間裡飄蕩。曾經讓人一見到她就綻開笑容的外向個性消失了。她失去了她的好奇心、她的友善、她的樂觀。她深深縮到自己內心裡。她的朋友一個個遠去。她放棄了曲棍球，她闔上鋼琴蓋，有許多年不曾再打開。就連她的名字——智敏，似乎都像回憶一樣褪色，直到她再也不以那個名字自稱。對外界而言，對她自己而言，她都是潔娜。

到了第一學期的聖誕節時，她的輔導老師要她去接受精神科諮商。

潔娜在西維吉尼亞州一間位於山丘和橡樹林間、與世隔絕的機構待了兩個月。精神科醫師的診斷結果是某種類型的創傷後壓力症候群。那位男醫師對她說，她現在感覺到的麻痺、不敢置信和倖存者的愧疚都是哀悼過程至關重要的一部分，她需要一個階段一個階段去經歷。「不斷重溫妳所不能控制的事件是很正常的反應，這表示妳的心智正試著慢慢接受巨大的變化。」

每天晚上她都和秀敏一起待在那片海灘上。她牽著她的手，與她一起走過每一刻，並窮究所有細節。每次心跳，每次眨眼，沿著沙灘走向海水邊緣的每一步。她改變對話、時機、角度，可是不管她按下多少次「重播」，並且從頭再看一遍，結局永遠都一樣。秀敏淹死了。

「可能要花很多年時間，但時間會治癒一切。」精神科醫師告訴她。聽他這麼說，潔娜冷冷地睨著他。她知道這是謊言。時間只是一段刑期，至死方休。

她的指導教授對於在春季學期末又見到她感到很驚訝，但潔娜已經決定要把研習當成她的應對策略。想到要放長假——有大把時間讓她的心智產生內爆——就使她充滿恐慌。研習是她的庇護所，也是她的救贖。她開始藉由讀書來隔絕自己與痛苦，除非跟她的課業有關，否則她對世界上的一切都不聞不問。從她坐下來吃早餐開始，一直到她在床上睡著、書本和紙張從她手中滑落，她都在讀書。她把頭髮燙直，再加上體重減輕，她看起來和原本的智敏判若兩人。有人建議她不能疏忽了體能，於是她開始練習耐力跑，這種運動不需要組隊也不需要夥伴，她還爲了練跆拳道而買了一件鬆垮垮的白色新道服[14]。她趁一大早體育館還沒有人的時候獨自訓練，用立式沙包練習掌擊，用側踢和迴旋踢讓自己出一身大汗，每種招式都盡量伸展身體，無比專注。她喜歡她認知中跆拳道的「道」，亦即力量源自速度和策略，而不是力量與暴戾。

她以最優異的成績畢業時，已經獲准加入博士研究計畫。她的畢業論文條理分明，且在她提早完成畢業論文前，就已經在學術期刊上發表了好幾篇關於東亞地緣政治學的學術論文，並頗受好評。她的同窗都注意到她的才華。之後她向喬治城大學申請教職，校方委婉地告訴她，其實沒有人和她競逐這個職位：它是她的囊中物。

同一年，道格拉斯罹患肝癌去世。旁人勸他戒酒，他卻置之不理；他的健康狀態急遽惡化，而他似乎並不在乎。

「現在只剩我們倆了。」韓氏用她現在慣用的奇怪嬌滴滴嗓音對她說。她和潔娜的角色對調了。失親之痛使母親退化成嬰孩，潔娜必須時時留意她，每星期關心她的狀況。韓氏變得執迷於替潔娜找到好歸宿，好像這是她身為母親必須完成的最後一項職責，然後她便也可以消逝了。

在高督察家遊廊上的那一天是一條分際線，把潔娜的人生一分為二，清楚明確得就像岩層能顯示出地質年代。在那一天之前，各種事件都有次序、都很明白；在那一天之後，一切都糊成一團。她慢慢地將混沌雕刻出一種存在狀態。她每週見一次雷維醫師，每週探望一回母親。季節更迭，學期、學生來來去去。她服用普拉諾信來緩和噩夢，但噩夢多半繼續糾纏，同樣的夢，一遍又一遍，無限迴圈。男孩彈吉他給她妹妹聽，他們兩人沐浴在金色的天光下。夜幕降臨，他們手牽著手朝大海走去。海浪升高，黑暗而黏稠，接著一波駭人的巨浪鋪天蓋地而來。秀敏張開嘴尖叫，發出來的聲音卻是鈴聲。鈴聲再度響起，潔娜醒過來，這才發覺是床邊的旅館電話在響。

那一瞬間，她不知道自己身在何處。她暈眩地接聽電話。

「威廉斯博士？我打電話的時機不恰當嗎？」

「不會。」

「我是石戶明子太太。」對方帶著日本口音，嗓音像瓷器一樣薄脆。「能不能麻煩妳二十分鐘後到美麗湖岸酒店和我碰面？我時間不多，而我知道妳從很遠的地方來找我說話。」

13 練歌房（noraebang）：韓國版的卡拉OK，這類場所備有私密性高、隔音效果佳的房間，可租給一群好友同歡。

14 道服（dobok）：練習諸如跆拳道之類的韓國武術時所穿的寬鬆服裝。

6

北韓，兩江道
惠山市

文太太離開村子的時候，天還暗著。開放式卡車的車斗擠滿女人，個個裹得緊緊的禦寒。現在車子卡在一檔，這車是俄國製的，比她還要老。她咬緊牙關，跟大家一起痛苦地沿著髮夾彎山路往下開，當車子經過松樹斷崖時把她們往外甩，她就閉緊雙眼。沒多久，馬路穿過了釘滿墳墓的山麓丘陵，那些墳墓在黎明的天光下拉出長長的影子。

他們又轉了一個彎，她突然能從很高的視角俯瞰惠山市，它就像廣大的墓園一樣沿著山谷盆地擴展開來。幾百棟低矮的平房被泥土小巷和陰暗的街道分隔，細暖氣管吐出的煙與鴨綠江上飄起的白霧融爲一體。文太太打了個冷顫。她看到北方那一尊偉大的領袖的巨大青銅像，背對著中國巍然矗立。她在朝陽中瞇起眼睛打量它。*從這裡看，你只不過跟我的拇指一樣大。*她的白內障又惡化了。

很多年了，她唯一會去的城市就是惠山市，而它看起來實在荒涼得很，就算是她都這麼認爲。坑坑巴巴的馬路，一頭孤牛拉著木車。在平房之間聳立著幾棟牆面龜裂的破爛公寓樓房。一群男人跟鄉下人一樣坐在路邊，什麼也不做，漫無目的地等待著。還有一座曾經遠近馳名、現在卻悄無聲息的工廠。

她步行走完最後一個街區的路，來到市中心，暫時停下腳步，在路邊的水溝裡洗去臉上的塵土。她正用圍裙擦乾水，突然眼角餘光看到有點動靜。有兩個孩子就在她後面，其中一人穿著大了好幾號的骯髒軍大衣。「走開！」她高聲說，趕在他們偷走她的籃子前一把抓起籃子。她得處變不驚。每個角落都有「花燕子[15]」，指的是流浪兒，他們就像播種期的燕子一樣成群結隊，扒人家的口袋還有搶包包。爲了尋求保護，她跟在一列準備上工的工廠工人後頭。

市中心是一座大廣場，火車總站、國家銀行、美容院、藥房都坐落其上，以及一間強勢貨幣商店，非法的兌換商像蒼蠅一樣繞來繞去；除此之外，還有一棟有廊柱的宏偉大廈：勞動黨的分部，建築上用巨大的紅字組成標語，成爲全廣場最醒目的物體。**金正日有如天，廣納所有人民！**

她走進火車站大門，立刻發現自己身處另一個世界。貨場上熱鬧非凡：口操北京話的商人扛著一大袋一大袋的商品，四處可見飽經風霜的阿朱瑪[16]比手畫腳地講價，兩個少年兵背著步槍在巡邏。大約有五十個攤位排成一列又一列，有些攤位拿藍色的美國米袋做成天篷。俯衝下來的鳥兒發出叫聲，讓幾百個女性商人的叫賣聲變得更加喧嚣。

「薩薩唷[17]！」快來買喔。

文太太掩住口鼻。她的靴子踩在混凝土地上，感覺有點黏腳。她經過一塊塊防水布地墊，上頭擺出油亮的狗肉、豬肉和禽肉。馬鈴薯堆成山，有她的腰那麼高。除了食物以外的貨品，全都印著中文字。清潔劑、陶器、她叫不出名稱的電器。不管她往哪兒看，都是白花花的鈔票在轉手，每張臉都被錢給點亮。也有一種躁動的氛圍，有股急迫感，好像這蓬勃的事業隨時都可能因爲平壤一時興起而遭到禁止。有兩個街頭情報販子在遊蕩、看著、聽著，她隔得老遠就注意到他們了。

她走到一排攤位的盡頭，看到一間鬧嚷嚷的露天食堂，客人都埋頭吃著熱湯飯。攜帶式瓦斯爐上滋滋作響的平底鍋飄出黃色的熱氣，她突然發現自己飢腸轆轆。她要先吃點東西，再替她的巧克力派找個買家。

她後頭響起一個聲音。「阿朱瑪，要不要買點東西治治妳的皺紋？」

她轉頭，看到一個老太太拿著紙扇指著展示商品，全是灰撲撲的傳統藥材。一瓶瓶曬乾的菌類、鹿的胎盤膏，五花八門的廢物。*哼，皺紋咧。*

「租一個攤位多少錢？」文太太問。

「五千韓元，親愛的。」那女人說，一邊用扇子搧走食堂飄來的熱氣。

「一個月？」

「一個星期。」文太太震驚的表情讓她歪著嘴笑了，「離擴音器更近的位置有比較便宜的攤位。」

文太太一邊等著她的豆子羹上桌，一邊轉著念頭。*五千韓元！*誰付得起啊？泰賢賺得比她多，但他的薪水不過一個月兩千韓元，而且還不一定每個月都領得到錢。自從煤礦坑被水淹了以後他就沒去工作了，而他們給他的配給券連個屁都不值。

一碗熱騰騰的羹啪地放在她面前的桌上，她嗅了嗅，聞起來很香、很新鮮。她吃了一口。很可口。她注意到隔著滿滿人潮的另一側，還有另外兩間和這裡類似的簡易食堂，店老闆都使出渾身解數招徠生意。*在這種地方還能吃到這麼好吃的東西……*有個衣著破爛的小女孩鑽到桌子底下，一把抓起一條軟骨，又跑走了。

「一百五韓元，阿朱瑪。」腰上繫著放錢腰包的年輕女人收走文太太的空碗，並對她說道。文太太一摸圍裙口袋便僵住了。

她的錢不見了。

她慌忙地檢查另一個口袋。也是空的。

「花燕子。」年輕女人同情地說，「那些小蘿蔔頭無所不在……」

文太太往她的籃子裡翻找，提心吊膽地掀開布，然後舒了一口氣。她的珍寶還在。

「我可以用這個付帳。」她說，拿起一個巧克力派。

年輕女人看到紅色包裝袋，眼睛瞪得好大。她把文太太的手往下按，以免被人看到。

「妳確定？」她說著，偷偷接過巧克力派塞進腰包，然後壓低嗓音。「阿朱瑪，如果妳還有更多個，我付錢跟妳買，每個二十元人民幣。」

強勢貨幣？文太太面不改色地說：「我想每個三十元人民幣差不多。」說實話，她對中國的人民幣一元值多少錢幾乎沒有概念，但這年輕女人看起來挺老實的，而文太太看人很準。

「妳有多少個？」

「十個。」

年輕女人把空碗放下，不理會某個大聲點餐的男人，拿出一小塊報紙迅速計算。她嬌小而苗條，有雙很有魅力的大眼睛，只可惜其中一眼有輕微的斜視。她的頭髮燙得鬈鬈的，用一塊向日葵黃的頭巾包起來。她的腳小到她穿的是童鞋。

「我要花幾分鐘去取錢。來……」她走到廚房區，帶著一塊蘸了辣椒粉的糯米腸[18]回來。她對文太太露出甜美的微笑，還微微鞠躬。「阿朱瑪，您一邊吃一邊等我吧。我姓邕，不過大家都叫我小鬈。」

文太太讓出她在長椅上的座位，去靠著橋的鐵柱子坐，曬曬太陽。她看得出這一頭是市場中租金較低的位置——商人沒有攤位。他們把商品直接擱在地上的草蓆上。她慢慢吃著糯米腸，享受辣椒帶來的灼熱，辣椒讓這種食物更容易下嚥。在她頭頂，擴音器發出抖動的嗓音，背景音是激勵人心的音樂。「**……對抗萬千敵軍，勇敢地挺過霜雪和飢餓，紅旗在行伍前飄搖……**」她看著右邊的月台上聚了一群人，迎向來自江界市的火車，火車哐噹哐噹地進站，車勾互相撞擊，上方的電纜擦出火花，隨之而來的是一股公廁的臭味和黃銅的燒灼味。

小鬖上氣不接下氣地回來，往文太太手裡放了三張紅色鈔票。巧克力派賣出去了。「如果妳還有任何**下面的村子**來的東西。」她悄聲說，「妳知道到哪裡找我。」她擠擠眼睛，走了。文太太盯著手裡的鈔票。

她穿過廣場，走到有兌換商徘徊的強勢貨幣商店。她沒有要換錢的意思，只是想知道自己擁有多少。其中一人帶她到角落裡談，那時候她才真的訝異得合不攏嘴。他拿出總計超過四千韓元的破爛鈔票，要跟她換她的三百元人民幣。她難以置信地倒抽一口氣。她丈夫兩個月的勞力，等同於南韓來的十個巧克力餅乾？她既想大哭又想大笑。她羞愧地意識到自己將對泰賢隱瞞這件事，她無法忍受看著他顏面掃地。

她把人民幣緊緊攥在拳頭裡，從兌換商身邊走開。

「嘿，阿朱瑪！好啦，我給妳優惠匯率……」

她回到市場裡，下巴抬得高高的經過那個賣傳統藥材的老太太。

人生給你三次機會，她心想。**這是其中一次**。

不到一個小時，她已經完成採買。一袋五公斤裝的米和五公斤的乾麵條、一公升上好的烹飪用油、一袋米穀粉、幾罐糖漿、芥末醬、魚高湯、豆瓣醬，還有她最大的投資項目：一個新的鋼製平底鍋。

這裡有人挨餓，有人乞討，有人交易。

她準備好了。

15　花燕子（kotchebi）：指北韓的流浪兒童，他們就跟燕子一樣，一直都在尋找食物和棲身之處。在一九九〇年代的饑荒期間，花燕子數量大增，他們的父母死於飢餓之後，他們便移居到城市裡。

16　阿朱瑪（ajumma）：對較年長的已婚婦女的稱呼，有時可以翻譯為「阿姨」。在某些情境下，這是一種尊稱，但有時也可能帶有貶義。阿朱瑪常用來指稱有威嚴、強勢、勤奮、嚴格的女人。

17　薩薩唷（sassayo）：「快來買喔。」道薩薩唷（tteok sassayo）：「快來買米糕喔。」

18　糯米腸（soondae）：即血腸（牛或豬的腸子），裡頭填塞泡菜、飯或辣豆瓣醬。

7

瑞士，日內瓦
白朗峰碼頭
美麗湖岸酒店

「他在我們家那條街的街尾失蹤，靠近海灘。他剛練完足球，跟朋友說了再見，準備回家寫寫功課然後吃晚餐。當時路燈才剛亮起來。他十四歲。我們都快崩潰了。」

石戶太太攪了攪她的飲料，喝了一口。這間店名很謙虛的茶室是建於歐洲「美好年代」的挑高沙龍，擺設著鍍金的椅子和錦緞編織的幕帘，此刻石戶太太和潔娜是唯一一桌客人。落地窗框出明信片一般的湖景，人工噴泉「大噴泉」一飛沖天。阿爾卑斯山頂的天空讓室內充盈著晶瑩剔透的光線，在枝形吊燈上折射出璀璨的亮點。房間另一頭有個剃光頭、身上西裝繃得緊緊的男人，坐在門邊看守著。石戶太太說，瑞士有關當局堅持提供保鑣保護她，以免北韓派殺手阻止她向聯合國提出證據。「要是他們想讓我閉嘴，老早就會殺了我。他們才不在乎全世界怎麼看他們。」

潔娜猜想石戶太太大約六十歲，她穿著優雅的海軍藍套裝，搭配美麗的日式珍珠首飾，頭髮白如灰燼，臉上布滿憂傷造成的皺紋，但她有種懾人的氣勢，宛如殘破的絕世美人。她像女王一樣直挺挺地坐著，潔娜從她的姿態中看出一個母親在承受了最不幸的命運後——被人偷走了孩子——維持尊嚴的決心。她解釋說自己能講一點點韓語，因爲她曾爲東京現代重工業公司的總裁工作，不過她還是用英語塡補談話的空檔。她把她的兒子修造在學校拍的照片放在兩人中間的桌面上。稚氣的圓臉。他長得很可愛。

「我先生幾乎立刻就報案說他失蹤了。縣警隊不分晝夜地搜尋，一星期後，他們把這張照片刊登在所有地方報紙上。他們連一條線索都沒有，就好像夜晚直接把他吞沒了似的。當然，我們也懷疑他會不會是離家出走，有些青少年會做這種事。我們總是不鎖門、總是留一盞燈，以備我們不在家時他回來了。

「一年拉長到五年，五年拉長到十年，雖然誰都不說，我們夫妻倆都放棄了，相信他死了。住在那座濱海小鎭變成難以忍受的事。後來我先生的公司把他調到大阪，這對我們來說求之不得。

「修造失蹤十一年後，我們接到一通電話，讓我們的生活天翻地覆。對方是《東京新聞》的記者，他告訴我，有一個北韓突擊隊員到首爾執行祕密任務，結果失手被捕。南韓情報官員訊問這個突擊隊員，他承認他所屬的單位多年來綁架了幾十個人，把他們帶到北韓。其中一個是從我們住的小鎭帶走的十四歲男孩。」

她茫然地搖搖頭。

「我們的兒子在北韓？我們連作夢都沒想過會有這種事。但一切都吻合，時間和日期。那是修造沒有錯。這個突擊隊員就從人行道上把他擄走……」石戶太太暫時停頓，吞了吞口水。「……在海灘上綁住他、塞住他的嘴，把他裝進屍袋拉上拉鍊，再用橡皮艇帶走他……前往待命中的潛水艇。」

潔娜後頸的汗毛豎了起來。

「他去北韓的一路上都又哭又叫。他們立刻就叫他開始工作。想想看，一個十四歲的孩子要教北韓間諜日本的習俗和俚語，好讓他們能滲透日本。或許他們還認爲可以給他洗腦，把他變成間諜吧。年幼的孩子很有可塑性。

「我們要求北韓立刻釋放他。在我們的政府強力施壓後，北韓政權終於承認他們帶走了修造。接著他們告知我們，修造後來染上精神疾病，四年前上吊身亡，死時二十一歲。」她講到「歲」時嗓音啞了。她一定費了極大的心力才能維持平靜，潔娜看得出這位女性的外表其實不堪一擊。「我不相信他們。」她說，語調很不平穩，「我怎麼能相信他們說的任何一個字？我相信修造還活著……」

石戶太太從手提包裡拿出手帕擦眼睛。潔娜別開視線，想握住她的手，但石戶太太並沒有散發很容易親近的特質。兩人之間漾開一段靜默，只聽見白朗峰碼頭上人來人往的聲響，還有洛桑的渡輪接近凸碼頭時發出的笛聲。潔娜不願意逼她，卻情不自禁。「妳剛才說……潛水艇。」

石戶太太清清喉嚨，再開口時語氣已恢復平穩，她迅速控制住情緒。「一艘鯊魚級海軍間諜潛艇，從北韓的馬養島海軍基地出發執行任務。根據那個突擊隊員所說，那是很大的潛水艇。」她對潔娜露出悲傷的笑容。「沒有人想到是用潛水艇。妳妹妹很可能就是被同一艘船艦給擄走的，這能解釋她爲什麼會在無人知曉的狀況下徹底消失。」

一股電流竄過潔娜，她同時感覺到開心以及胃部有種令她反胃的收縮。

這句話，終於有人說出來了。

「一直有人告訴我不可能是綁架。」她喃喃道。

保鑣站起身，指了指手錶。

「抱歉。」石戶太太邊說邊起身，「我得趕飛機回大阪去了。」她微微鞠躬，伸出手讓潔娜跟她握手。「希望有朝一日妳能和妹妹團聚。」她開始朝門口走。

「那個被逮捕的北韓突擊隊員……」潔娜說，「叫什麼名字？」

即使背對著，潔娜仍看得出她身體一僵。

「申光守。」她輕聲說，轉回身來。「他叫申光守。他被羈押在南韓東岸的浦項監獄。」

她的表情一沉。

「妳去見過他？」

「沒有……」她遲疑著，「他是被監禁在高度戒護區的A級囚犯，不允許訪客探視。不過我取得南韓政府的許可，跟他通過話……我並不希望妳面臨同樣的體驗，甚至不認爲這麼做能幫妳了卻懸念。不過有時候……從邪惡口中的謊言還是有可能洩出幾絲眞相。」

☆

石戶太太走了以後，潔娜一個人在茶室裡走來走去。她內心激蕩著強烈到極點的震驚、憤怒和興奮，以致於她都不知道該如何自處了。她這輩子感覺需要來一杯的狀況屈指可數，而現在算是其中一次。

她在大廳酒吧鬧嚷嚷的法語和德語交談聲中聽到美國人的聲音。她背對著那些人，選了鋼琴邊吧檯的高腳椅坐下，迷惑地看著一排排裝在背光水晶酒瓶中的歐洲利口酒，最後點了一杯傑克丹尼爾威士忌加可樂。鋼琴手似乎注意到她，他隨興彈奏的旋律轉爲憂傷。她點的飲料送到她面前，她喝了一大口，她的手在顫抖。

她是被潛水艇帶走的。

她搖搖頭，這實在不可思議，就像有人告訴她：「妳妹妹變成美人魚游走了。」這麼多年來，在她想像中命定的一刻，不管是她或任何人都不曾考慮過有可能是潛水艇。

她體內深處湧起一股對她自己的怒氣。*妳這麼容易就失去希望了嗎？妳沒聽到妳的直覺一直以來是怎麼說的嗎？妳不慚愧嗎？*

酒保一邊擦亮玻璃杯，一邊警覺地留意她。她又喝了一大口酒，感覺顫抖開始平緩下來，於是慢慢吐了一口氣。

她還活著。天啊，她還活著。

潔娜的皮膚起了雞皮疙瘩，感覺有種黑暗的事物在她體內張開翅膀。既然石戶太太能取得許可聯絡獄中的北韓綁架犯，她也可以。她要跟那個抓走秀敏和在動的惡魔講話，她要——

「妳知道，在這個城鎮想要喝醉，還有比較便宜的酒館可以去。」她背後有個低沉而熟悉的聲音說。

她閉上眼睛。*不會吧。*

潔娜在高腳椅上轉身。「拜託別跟我說這只是巧合。」

查爾斯·費斯克露出父親般的笑容。他穿著西裝，不過摘掉了領帶，好像剛結束漫長的會議。「石戶太太很了不起吧？」他坐到她隔壁的高腳椅上，「像是日本版的梅莉·史翠普。」

「你在這裡做什麼？」她說，沒能掩飾語氣中的不快。

「只是過來打聲招呼。世界經濟論壇就快開始了。」他壓低音量。「跟妳說個祕密：這是從我們可敬的盟友身上榨取情報的大好機會。妳知不知道這間旅館在戰爭期間被稱爲『美麗諜報酒店』？這座酒吧會爬滿蓋世太保間諜和金髮雙面諜，她們的吊襪帶裡藏著氰化物膠囊。」

潔娜嘆口氣。「那個，先生，我很感謝你替我聯絡石戶太太，眞的很感謝，但現在我需要一點私人空間——」

「我想帶妳去見一個人。」

她想到如果自己的人生有所不同，她或許會沉迷於自己是個有魅力的年輕女人的事實上，在日內瓦湖湖畔的高級旅館酒吧裡，身邊有個風度翩翩而博學的男士相伴，但現在她只覺得受到騷擾。她不想讓自己跟費斯克之間的關係進一步升溫。他想要操控她以達到他自己的目的，這是毋庸置疑的。然而，他又表現出對她明顯的欣賞，樂於與她相處，使她不由自主地露出微笑。她望著他的大鼻子和鬈曲的銀髮，還有那張堅毅、睿智、醜陋的臉，深思。她想，他的魅力是一種誘惑，誘惑她服從他的意念，而她並不像自己認爲的那麼刀槍不入。

他帶著她穿過哈布斯堡大廳時，她意識到打從她一進到這間旅館就有種不安的感覺是源自於什麼了。到處都有保全人員。戴著奧克利牌太陽眼鏡的男人站在角落裡，觀察著，對著領夾式麥克風說話。到了五樓，他們踩上鋪著厚地毯的大廳，這裡有另外兩個戴著無線電耳機的男人。費斯克引導她走過一道走廊，走廊間掛著用聚光燈打亮的十九世紀繪畫，來到一扇配有安全通行系統的亮漆木門前。他按鈴，有個看起來很幹練、拿著桌曆的女人開了門。「進去吧。」她對他說，「可是拜託——只能五分鐘。」

他們進入一間大而豪華的套房，到處擺滿一束束鮮花。房間每個角落都有法蘭西第二帝國風格的獸爪抓球足造型扶手椅和絲質長沙發。巨大的拿破崙時代壁爐占據一整面牆，左右各有一尊綴有流蘇燈罩的高桌燈。

潔娜聽到有個女人在一扇門後說話。她覺得好像聽過那低沉的嗓音，但她有太多事要分心，無暇辨認。那扇門開了，一名穿著三件式西裝的俐落黑人青年示意他們進去。

那個女人把腳蹺在沙發上，背對著他們講手機。她的嗓音很渾厚，頗為低沉，在這個房間裡顯得太大聲、太惱人。潔娜瞥向費斯克，他用一根手指示意她什麼也別說。天花板上由光組成的圖案在變幻，那是從湖面反彈而來的陽光。她聽到傳眞機咔咔、呼呼的聲音。那女人的金髮做成僵硬的造型，一個穿著粉紅色制服的年輕女髮型師正在收拾吹風機和梳子，收完就離開房間了。女人終於講完電話，說了聲「萬能的耶穌基督啊」，把手機拋給穿西裝的黑人青年。潔娜聞到她的香水味，是很濃的柑橘味。

她站起來面向他們，對他們露出燦爛的、蓄勢待發的笑容，接著潔娜就發現自己在跟美國國務卿握手。

8

北韓，平壤市
金日成廣場
外務省

趙中校的這一天有個頗爲平凡的開始。跟兩個委員會開了冗長乏味的會議；午餐菜色是飯糰和烏賊，在他的長官姜將軍的辦公室裡吃的，姜將軍很固執地繼續跟趙中校練習英語會話。**我跟兩個女兒到山上走路，後來我們去「撬」廳吃了些「隨」果。**下午他跟護衛司令部第一總局的人開了場後勤會議，規劃親愛的領袖正式出訪中國的事宜：三列武裝火車隨侍，十幾班火車取消班次來騰出軌道；他經過的每一個車站都要安排朝鮮人民軍武裝特遣隊，還要派飛機送新鮮的魚肉野味給他，再把垃圾載回來。難怪這個偉人鮮少出國。（護衛司令部還要求把領袖的尿液和糞便收集起來送回平壤，以免任何外國勢力取得他的ＤＮＡ。趙中校謹愼地建議他們自行處理這個項目，因爲他的官階太低，不配執行這麼優越的工作。）

到了六點，他坐在工作單位的政治讀書會現場——今晚的演講主題是主體思想詩作的革命原則——把殘餘的全部精力都用在忍住打呵欠上頭。他已經快累癱了，感覺大腦被一層羊毛給裹住。他的眼睛好像被擦洗過，小得在眼眶裡都卡不住。

自從閱兵典禮以來，他就沒有睡過一晚好覺，已經持續將近一個星期了。他每次想到永浩即將獲得升職的事，情緒就會大起大落，而這頻率是每小時好幾回。這一刻他感到無比興奮，幾乎不能呼吸；下一刻他又擔憂到快要歇斯底里。針對他們**真正的家世**背景做調查？他們眞正的家世。這風險高得離譜！永浩怎麼能這麼做？

今天早上天還暗著他就醒了，全身被汗浸濕。他在豎著耳朵等待樓梯間靴子頓地的咚咚聲，等待搥門的聲音。人們會在夜裡失蹤，總是在夜裡失蹤。他幻想保衛部人員進入他的臥室，用明亮的光束照他的眼睛，他們要來逮捕他，因爲他的家人，他「眞正」的家人，他連他們的名字和長相都不知道的家人，是階級叛徒、破壞分子、革命的敵人，而他和永浩這對血液裡繼承了祖先罪行的兄弟，活生生地背叛了高貴的領袖的信任。然後他抹了抹臉，吸氣，吐氣。他眞正的家人應該只是種稻或鏟糞的下等人，沒什麼好擔心的。

七點半，讀書會結束了，趙中校回家和妻子還有小書共進晚餐，然後他陪了小書一會兒，輔導他寫功課。接著他擠出一點時間，在書房不安穩地小睡了半小時，十點左右又回到外務省，跟他的同事一起迎接工作日中比較重要的部分——寫報告和公報、分析情資，還有一直待命到夜深。晚上是親愛的領袖精力最旺盛的時段，隨時可能打電話給各官員。資本主義者不能理解金正日的這個精闢見解：論激勵效果，恐懼一點也不輸貪婪。

趙中校十點鐘再度走進外務省大門時，他的部門長官在寬敞的大廳一隅等他。那男人一見到趙中校就摁熄手裡的香菸。「他們要你去頂樓。」

「什麼？」恐懼像一縷冰冷的空氣沿著趙中校的脖子往下吹。「爲什麼？」

他的長官上下打量他。「把領帶拉直，我得立刻帶你上去。」他伸手抵在趙中校後腰，開始推著他穿過大廳。「快一點，拿出千里馬[19]的速度。」

趙中校驚惶到快窒息了，好像有人用繩子勒住他的氣管。**果然發生了！他們查出什麼了？**

長官跟著趙中校走進老式電梯，電梯門用力拉上，他們緩慢上升的咔咔聲伴隨著馬達的嗡鳴聲。長官不發一語，直到他們上升的高度完全脫離大廳，他才開始低語。

「姜將軍被抓了，今天晚上，在他家。」長官的聲音因慌亂而沙啞，「罪名是從事間諜活動。整個部門一片混亂……」

「姜將軍？」趙中校瞪著他，「有什麼證據？」

對方搖搖頭。「那不重要，他被人指控，他完蛋了。」

電梯裡暗淡的燈泡因爲電流的關係瞬間亮了一下，然後又暗下去。

趙中校的腦袋開始快速運轉。從事間諜活動是很模糊籠統的罪名，不過傳染力很強。你很容易發現這種罪名存在於小團體中，甚至會影響整個部門。

他馬上就要被指控爲姜將軍從事間諜活動的共犯嗎？噢，該死的列祖列宗啊。因爲血緣而有罪，因爲遺傳而有罪。還是他們在他眞正家人過去的背景中查出了什麼來……能夠當作鐵證……？

電梯在頂樓顫抖了一下，停住了。趙中校一出電梯，電梯門就在他背後關上，發出鐵摩擦的尖銳聲響。他轉頭看到長官往下通過地板，臉像歌舞伎裡的惡魔一樣被打上光。

什麼都別承認，他用嘴形說。

寂靜的白色走廊通往一間候見室。他鮮少進入外務省供領導階級使用的區域，就算來也一定是跟著姜將軍。他開始慢慢地走，經過牆上一幅幅油畫。那都是「三大革命」時期留下來的巨幅古典畫作。農民隔著豐收的田地向彼此歡呼；一個高爐工人抹著額上的汗水。他的鞋子踩在有暖氣的拼花地板上，發出槍聲一般的回音，他感覺自己的驚惶轉變爲異樣的平靜，幾乎像是接受了，如同他於公開處決時，在那些犯人臉上看到的全然認命表情。他對妻兒的愛賦予他的心情深深的沉痛。現在誰來照顧他們？

當他走近時，一名穿著軍服的女祕書從桌旁站起來。她對他微笑，他很可悲地湧現感激。她舉起一根手指示意他等一下，試探地敲了敲木板門，然後把門拉開。「長官，趙尚浩中校來見您。」

門內發出一聲悶哼，她把雙扇門都打開，露出燈火通明的大辦公室，它散發木頭亮光蠟的氣味。年約五十歲的男人站在辦公桌後頭，正在整理散落的文件。

「進來，趙同志，進來。」外務省第一副相頭也不抬地說。勞動黨的紅旗立在桌子一側，有如劇場裡的布幕，他上方牆上的「父與子」肖像正俯瞰著一切。辦公室左側有個玻璃櫃，裡頭擺著印在純白紙張上的神聖革命文本；右側有三扇垂著網狀窗簾的高窗，俯視著金日成廣場上零星幾盞燈。

趙中校慢吞吞地走進去，很在意左右兩側他的視覺盲點。

第一副相漫不經心地朝一張茶几點點頭，茶几上擺著一個舊銀質俄國茶壺和幾個瓷杯。

「自己倒杯茶吧。」

室內還有另外兩個人，都坐在面向辦公桌的厚實扶手椅上。兩人都沒有回頭向他打招呼，但趙中校認出第一黨書記那身量身訂做的中山裝，他蹺著腿，把一根香菸斜斜地舉在臉旁，就像電影裡演的日本資本主義者。另一個人是外務相本人，他乾癟如龜的頭從肩膀上的許多肩章之間伸出來。趙中校本能地迅速評估眼前情勢。他頗為確定他可以忽略坐在扶手椅裡的兩人，甚至包括外務相在內，他只在處理國家事務時才會被請出來。室內真正的權力中心是站在辦公桌後的男人——第一副相。他穿著沒有佩章的樸素褐色上衣，散發金正日般的絕對權威感。

趙中校倒了杯茶，感覺全部人的目光都集中在他背上。室內瀰漫著一股緊張而專注的氛圍。他察覺他們剛才正在談論他。

「坐。」

趙中校坐下以後，第一副相繞過桌子，坐在他正前方的桌子邊緣，手指輕輕叩擊木頭桌面，並且用嚴肅而評判的眼神盯著他看。他的長相是標準的共產黨員——稀疏的頭髮、又濃又黑的眉毛，以及把眼睛放大的金屬框眼鏡，像是狡詐的貓頭鷹。

「你的直屬長官姜將軍已經不在了。」他以確切的口吻說。趙中校感覺背上迸出一滴汗。「所以我們決定把他去西方的任務交託給你。」

趙中校或許是過於震驚而笨拙地張大嘴，惹得第一副相皺起眉頭。「我可以告訴你，我們不是輕率地交付這項任務。」他的語氣帶著些微譏諷。「它攸關國家，非常重要，沒有犯錯的餘地。問題在於：你能勝任嗎？」

趙中校直挺挺地坐在椅子邊緣，把茶杯放在膝上，不過他寧可站著。他聽到自己說：「我願意竭盡所能，長官，這是我的光榮，也是職責。」

第一副相揮揮手，把這公式化的回應掃到一邊。他若有所思吁了一口氣，扠起手臂。「我這兩位同事認爲你還太青澀了，而且也太年輕了，才三十三歲。你從來沒跟西方人周旋過。」

「我的英語能力有相當水準，長官。」

「嗯——對。」他轉過身瞄著桌上的文件，趙中校看見自己上下顛倒的照片。他意識到那是他的個人檔案，從中央黨部調閱的，那裡存放著所有公民的祕密檔案。他們整個人生都含括在內：孩提玩伴的名字、酒癮或賭癮、對婚姻不忠、他們說過的任何可解釋爲背叛的話。「英語讓你在應付那些豺狼虎豹時有一定的優勢。我也可以告訴你，將你列爲人選，你的家庭背景是很重要的因素……」

「我的家庭背景？」趙中校感覺心臟變得像奶油一樣軟塌。

第一副相走回他的椅子邊，從辦公桌上的胡桃木盒裡取出一根菸，用一個很大的黃銅桌上型打火機點著。

「我們知道你的兄長被選爲我們親愛的領袖幼子的處長。」他說，用力吸了一口菸，烏黑的眼睛定定地看著趙中校。煙霧伴隨著他的話語飄出，他措辭很謹慎。「假以時日，雖然我們都希望那個日子還很遙遠，不過如果能有個值得信任的聯絡人，就在繼承者身邊……對我們來說很有用處。」

趙中校的頭皮一陣發麻，好像有人提到了神祕事件。他從沒聽過任何人提到繼承的事。這種概念很危險，因爲它隱然承認親愛的領袖只是凡人，而黨教導的是領袖的生命是一串連綿不絕的天佑奇蹟，把所有人民平凡的壽命加起來都難以匹敵。即使死亡，他也會不朽。

現場的靜默似乎等同於讓趙中校加入祕密團體的許可。

接著第一副相說：「我們要派你去紐約，開啓跟美國人的協商。」趙中校膝蓋突然灼熱地一痛，他弄灑了滾燙的茶。「你的目標是盡可能從他們身上榨取最多的現金和物資援助。」

「領導階層需要強勢貨幣。」第一黨書記說著，傾向前把菸灰撣到厚重的玻璃菸灰缸裡，「很急。」

終於，外務相本人明確說出究竟需要多少強勢貨幣。趙中校以爲自己聽錯了，他的腦袋掙扎著跟上對話節奏。那是天文數字啊，一廂情願的數字。他怎麼可能說服美國人答應這種要求？

「有任何疑問嗎？」老外務相說。

趙中校的腦筋一片空白。最後他說：「我有什麼籌碼？」

第一副相瞄了另外兩人一眼，三人交換了某種祕密眼神。「你會有談判的本錢的，現在你還不必知道。」

大家都摁熄香菸，四人同時起身。趙中校立正站好。第一副相再度繞過桌子，與另外兩個人排成一列面向趙中校，然後他態度隆重地舉起一張紙。

「在此傳達我們親愛的領袖之命令……」金正日所親筆寫下要跟美國人協商的諭令，以高亢而洪亮的嗓音正式交付給趙中校。神聖的話語已出口，他感覺他的人生就此改變。

他們大喊：「將軍萬歲！」

然後他們要他退下。

他正要離開房間時，第一副相說：「對了，趙中校，你晉升為上校了。恭喜。」

☆

趙上校在回家途中，透過後座的車窗看著首都沒有路燈的街道默默掠過。有太多洶湧的情緒包圍他，以致於他幾乎無法抓住某一個想法去思考。他感到既鬱悶又歡快。被派到美國出任務代表他獲得很大程度的政治信任，大到他感到一股希望湧現——亦即他不必害怕保衛部調查他家世背景的事。

可憐的姜將軍，費盡心力練的英語會話全都成了一場空。他們連他的女兒一起逮捕了嗎？

汽車彎進高麗飯店雙塔後側的街道，再開個幾公尺，就到了社區大門的條紋路障前。兩個戴著頭盔的人民保安部女警用手電筒照了照車牌和車內，看到趙上校的臉時俐落地敬禮。柵門向旁邊滑開，車子轆轆地沿著彎路走，這條路很亮，因為路旁的邊石間嵌著小小的反光燈。在刺眼的車頭燈照射下，遲開的白鷺花彷彿在眨眼。車子在第五院停下，趙上校向他的司機道了晚安。一隻夜鶯在銀杏樹枝頭啼囀。他的諾基亞手機顯示此時剛過午夜十二點。

腎上腺素在他的胸腔歌唱，他用跳的登上樓梯。等他告訴妻子這個消息，她就不會介意被他吵醒了。他推開他家的公寓門，感覺血液結凍。玄關地板上放著一雙擦得晶亮的靴子。客廳傳出喃喃的說話聲。驚惶像是氣體通過液體在他體內往上竄，他無聲地脫了鞋，悄悄走向陰暗的走廊，同時拉長耳朵去聽，然後他打開燈火通明的客廳的門。永浩站在裡面，軍裝大衣披在肩頭。他對趙上校露出燦爛的笑容，張開雙臂擁抱他。

「我想你會想立刻知道，老弟……」

永浩手裡拿著一瓶軒尼詩黑金剛干邑白蘭地，剛把一束粉紅色杜鵑花送給趙上校的妻子，她的雙眼因睡意未消而浮腫。她把花湊到鼻尖，盡力露出開心的模樣。永浩從上了漆的木櫃裡拿出兩個酒杯。

「調查員直接打電話給我了。」他說，一邊拔掉酒瓶的木塞，往酒杯裡倒酒，「結果好得超出我們的想像範圍。」

「什麼結果？」

「我們的本姓是黃，紀錄顯示我們眞正的祖父在一九五〇年九月，參加釜山戰役時戰死。他死後獲得授勳，因爲他抵擋美國人直到用光子彈，好讓戰友能撤退……」永浩搥了一下趙上校的胸膛，大聲歡呼。「直到用光子彈！我們是烈士的孫子！那簡直使我們成爲半神啊，老弟。更棒的還在後頭呢。我們眞正的父親是極受敬重的空軍將軍，十年前去世。」他把一杯酒塞進趙上校手裡，拿自己的酒杯跟他碰杯。趙上校發現他哥哥已經頗有醉意。「我不是跟你說不會有問題嗎？」他一口乾杯，臉皺了一下。

趙上校聽到這個消息，短暫地亢奮了一下，又感覺臉上的笑容退去。這不合理啊。

「哥……如果我們出生在那樣的家庭，爲什麼會被送到孤兒院？」

永浩聳聳肩。「我們的父親一定是有情婦，而我們就是情婦生的孩子，誰知道呢？這也不是什麼稀奇的事。那不重要啦，我們的血是乾淨的，我們的血來自一等戰爭英雄。」

趙上校無視永浩，環顧客廳，默默消化今晚這第二顆震撼彈。他看到幻想中眞正的母親那模糊的影像，他沒辦法直接看清她的臉孔，但她就在他的視線邊緣，在黎明時分的陰暗竹林裡，像個神話人物。現在他幻想她含著淚把一對幼子送進公立孤兒院。她被迫面臨哪些可怕的選項？

永浩坐進扶手椅，捏著長褲褲腿上整齊的褶痕。「調查員想結案了，黨急著要宣布我的任職令。還有聽好喔：他們想舉辦一場小型慶祝會，介紹我們認識從沒見過的兄弟姊妹。」

「我們還有兄弟姊妹？」趙上校暈沉沉地說。

他突然間感覺被安心感席捲，就像溫暖的泉水湧向他。他看著牆上「父與子」的肖像，那兩張臉回望著他，充滿權威和謎樣的平靜。如釋重負的感覺使他大方起來。「你餓不餓？我們冰箱裡有瑞士乳酪，還有一罐伊朗魚子醬。」趙上校的妻子不發一語地轉身走向廚房。

永浩給兩人再倒了一杯白蘭地。他每次來拜訪都會帶一瓶酒，趙上校不止一次好奇他哥哥究竟多有錢。在黑市裡，這種酒一瓶就要價一百美元。

「我也有消息要告訴**你**。」趙上校說，他突然很想取悅他的兄長。

「你要去在美國猴子的屁股底下點火。」永浩說，隨著酒液下肚而打了一個嗝，「你比我勇敢。」

「你知道？」趙上校放下酒杯。

「今天下午聽說的。恭喜啊！不過跟你說件事，你可別說出去啊，老弟：你的姜將軍老早就失寵了，他非走不可。」

趙上校愣住了。他自己也說不上爲什麼，但他替姜將軍覺得被耍了，被羞辱了。

永浩大口大口地吃著乳酪配餅乾，連聲謝謝也沒顧得上對趙上校的妻子說，而她表示她要回去睡了。就一個瘦得像竹竿的男人來說，永浩的胃口一向很好。他撥掉嘴邊的餅乾屑，然後想起了什麼，伸手到公事包裡拿出一包又大又厚的東西，它用紙膠帶嚴密地纏裹著。

「你替我保管這個，鎖在安全的地方，等你要出國時再拿出來。到了紐約後要親手把它交給中大使。」

趙上校疑惑地看著他。

「只是行政作業。」永浩清了清喉嚨，「還有一些資金。他知道我要給他。」

趙上校接過包裹，它異常地重，像一包米。永浩很有技巧地避免對到他的眼神。趙上校心中掠過一陣不安，不過永浩工作的祕密性質再度懸在他們之間，趙上校不能打探。

永浩告辭，向弟弟道晚安，他們緊緊擁抱，但在趙上校感受到的親密感之下，他覺得兩人之間出現他無法解釋的裂隙。

永浩走到門口，幾乎像是臨時才想起地說道：「對了，老弟，那個包裹啊，要放在外交郵袋裡，別放在你的行李箱，知道嗎？」

19 千里馬（Chollima）：東亞文化中經常可見的神獸飛馬。在北韓，這名稱指的是當權者激勵勞工達到超出配額的產量之計畫，等同於毛澤東的大躍進或蘇聯的斯達漢諾夫運動。

9

瑞士，日內瓦
白朗峰碼頭
美麗湖岸酒店

「嗨，威廉斯博士。」國務卿握住潔娜的手肘，用藍色大眼睛定定地望著她，像是在對一匹頭好壯壯的小馬表示友善。「費斯克對妳的專業讚譽有加，很高興有妳加入我們。」

潔娜露出不確定的微笑。「我好像沒有同意——」

「送點咖啡來這裡。」她越過潔娜的肩膀叫道。她的嗓門可眞夠大的，幾乎沒有降低音量便接著說：「你們兩個都坐下吧。」

潔娜發現她剛才穿上的是旅館附的白色拖鞋。她的髮型無懈可擊，不過妝還沒化好，而且身上穿的是已經褪色的衛斯理學院體育隊運動衫。那張無人不知的臉既熟悉得令人不安又全然陌生，好像潔娜從未見過她。她在媒體上的形象完全不曾透露她的個人魅力，或是個頭矮小的事實。

那個看來幹練的女助理端著擺在托盤上的銀咖啡壺和三個杯子走進來，國務卿堅持要把托盤接過去，不嫌麻煩地親自幫大家倒咖啡。潔娜知道這是位高權重之人的手段，藉此表現他們不拘禮節。這種行爲似乎在說：**我或許是比較高等的人物，但我也可以跟你們一樣。**

費斯克瞄潔娜的眼神洩露滑稽的淘氣。

「沒人該死地知道該拿北韓怎麼辦。」國務卿邊把咖啡杯遞給他們邊說，「包括總統在內。」她給他們倒的是很濃的黑咖啡，沒問他們需不需要牛奶或糖。「國際制裁、孤立、威脅、獎賞、現金賄賂——通通無效。我們見鬼地已經一籌莫展了。平壤那個男人在笑我們。說實話，我根本不想理會他，但他上星期又發射一枚火箭，我可不能當作沒事。」她喝了一口咖啡，目光銳利地掃向潔娜，頗有挑戰意味。

潔娜望著費斯克求救。「我……不知道金正日的科技發展得這麼快。」她模稜兩可地說。

「眞的。」國務卿微微搖頭，表示對世界局勢的發展感到不可思議。「一個還在打冷戰、有核武的小小共產黨流氓政權，現在竟能對洛杉磯直接構成威脅。」

「我不是軍事專家，女士。」

國務卿傾身靠近潔娜，看起來有點遲疑，好像在考慮能不能信任她到把機密告訴她。又是掌權者的伎倆，潔娜想：讓你以爲你是在場最重要的人。

「我需要知道怎麼應付一個把國家所有財富都花在火箭上、讓人民挨餓的神經病，我需要……」她兩手一攤表示無助，「……針對他思考模式的精闢見解，心理學分析。我們對付的不是理智的腦袋。」

「這話不對。」潔娜說，「金正日是以一種偏執、扭曲的方式，在進行極度理性的思考。他是個生存者，用高明的技巧打他的一手爛牌。他的武器讓他在面對我們時很安全，人民飢餓則保證他在家裡很安全。他的人民滿腦子只有下一餐的著落，根本無暇想到反叛。而且爲了保有權力，要殺多少人民他都下得了手。」

國務卿嘆了口氣。「總之：我們很快就必須進一步對他施壓，或是給出他要的東西。但鬼知道他要什麼？」

潔娜已經忘了她在酒吧時的憤慨，此時腦中充滿發光的連結。她在想金正日。他矮胖、理智，嗓音輕柔，有輕微口吃，所以他從不發表公開演說。他個性偏執而善變，冷漠，缺乏同理心。從他彆扭的外型就可看出自我鄙夷被拱上權力頂峰會變成什麼樣子。

「他眞正想要的是什麼……？」她轉向窗戶。遠處的夏慕尼白朗峰潔白耀眼，雲霧在日影下繚繞。「在他心裡……我敢說他希望全世界尊他已逝的父親金日成爲萬人景仰的神，對他則視爲神之子、救世主。我認爲他想重新統一韓國，替幾世紀來一直被侵略、被玷汙的純正而無辜的民族復仇，對象是中國、日本、美國。開啓一場統一之戰將是他對革命最崇高的貢獻，光耀他父親的成就，贈予他兒子的禮物。他知道唯有掌握至高無上的權力，他才能成功。他答應和我們協商，只是爲了爭取時間擴充軍備。跟他談判是沒有意義的。」

國務卿發出輕蔑的笑聲。「他眞的認爲他能用武力攻占南韓？」

「他覺得師出有名。而且我猜他很快就會行動，他現在健康狀況走下坡，必須考慮到他在歷史上的地位。他會用飛彈對準洛杉磯，是爲了確保我們不會插手，他知道一般美國人不願意爲了遙遠的半島而甘冒被核彈攻擊的危險。」

「他會眞的用嗎？」

潔娜訝異地發現自己從未想過他會不會眞的按下按鈕，不過她毫無疑問。「會。」

國務卿沉默了。她似乎放下了公眾人物的角色，潔娜覺得她看起來疲憊而渺小，全世界的煩惱都壓在她肩上。

最後她說：「我們有任何選項嗎？」

「妳**唯一**的選項可能就是什麼也不做。」潔娜說。

「不可能，國會會把我當早餐吃了。」

費斯克說：「先發制人攻擊不列入考慮。首爾離北韓邊界只有六十公里，我們的盟友將遭受恐怖的報復。」

他們三人都站起身面向窗戶，思考著。現在阿爾卑斯山上的霧被一束束光給捅破。

「我們可以採取一項行動。」潔娜說。

「我洗耳恭聽，威廉斯博士。」國務卿的語氣疲倦而嘲諷。

潔娜直視她的眼睛。「殺了金正日。」

國務卿發出心虛的笑聲。「我們靠近不了他的。」

☆

三十六小時後，潔娜回到華盛頓，她睡不著，她的身體還在過歐洲中部時間。她打給費斯克，怕要是等到早晨，自己又會改變心意了。

在旅館的會議結束後，他陪她走去搭電梯，她的思緒還深深沉浸在剛才討論的事項中，幾乎沒注意他跟她握手道別。

「希望妳重新考慮我的提議。」他說，「我需要妳幫忙，迫切需要。」

電梯門正要關上時，她轉身面向他。

對於這個決定，她沒有清楚或有說服力的理由，倒是有很多反對的理由——她要放棄她的學術事業，放棄她在喬治城大學的終身職位，以後再也拿不回來。但她感覺有一扇門爲她而開，她有種深沉而難以說明的感覺，覺得這扇門通往秀敏。

費斯克的手機進入語音信箱。

在她寂靜的公寓裡，她的聲音聽起來微弱而冷靜。

「如果你要我……我加入。」

10

北韓，兩江道
惠山市

多年前，還是偉大的領袖的時代，文太太是個廚師。她會用蕎麥自己擀麵條，做成冷麵——香濃的冷湯加上滷豬肉和辣芥末醬。她做的蘿蔔泡菜整個夏天都放在陶甕裡發酵，並用薑和大蒜調味，其滋味可口到連她那生了病整天躺在鋪墊上的婆婆，都不得不出言讚美。

偉大的領袖保佑著他們，就像太陽讓小麥成熟。他是所有人的父親，是先知，在他面前花兒會綻放、積雪會消融。「稻米就代表社會主義。」他對他們說，經過多年來的大豐收和滿田野飛揚的紅旗子，他的話彷彿成了不證自明的眞理。

但是父親死了，世界變了。權柄傳給了兒子——親愛的領袖，於是文太太學會飢餓也代表社會主義的道理。原本像機械般固定每個月兩次發放的配給制度，是餵飽所有人的工具，開始變得不定時，最後瓦解。農場主管找來軍隊保護糧倉，結果正是被派來守護糧倉的士兵把糧食搶得一點不剩。泰賢的煤礦場不再支付薪水。隨著斷電的情況愈來愈頻繁，產量也愈來愈稀少，最後完全中斷。

最悽慘的那幾個星期，不管是村子裡或惠山市都找不到一粒玉米；城市裡的鋼鐵廠和鋸木廠不再吐出濃煙，大白天街道上就一片死寂，只見屍體和行屍走肉，他們餓到出現幻覺。文太太每天都長途跋涉進入森林，雖說她手臂上垂著鬆垮垮的皮，關節也痛到即使只把一隻腳舉到另一隻腳前面都疲倦不已。在這種時候，她的心智會背叛她，拿多年前她煮過菜色的回憶來折磨她。恰到好處、滋滋作響的烤薄牛肉片[20]。淋上辣味藥念醬[21]的蒸鳥蛤。她快要暈過去時，會躺在松樹之間的青苔上，呼喚她母親和父親的靈魂，他們就會在她面前現身。光從他們身上透過去，他們的話音和嘴巴的動作不一致，但他們的聲音就和鈴聲一樣清晰。他們叫她不要閉上眼睛，他們叫她不要睡著。

她學會哪些根莖可以吃、哪些吃了舌頭會腫起來。她在湯裡加蕁麻和覆盆子葉，看起來就有菜了；再加些小小的蝸牛，看起來就有肉了。她煮麵時會煮上一個鐘頭，讓麵條看起來粗一點。她把橡實磨成糊狀，用糖精添加甜味，做成又小又苦的糕餅。

饑荒愈來愈嚴重，她的東搜西撿不足以滿足所需。那一天，她看到村子裡的幾個孩子在牛糞中挑找沒消化的種子來果腹，她心中有什麼東西變了，永遠地變了。她一輩子都正直而誠實，可是現在她開始偷農場的工具，變賣換取幾杯玉米。她在夜裡潛入鄰居家院子，挖出他們尚在甕裡發酵的泡菜，跟泰賢一起享用。她死皮賴臉地跟自己也在挨餓的朋友討穀子。她看見飢餓把村民逼得發瘋。新墳被人挖開，裡頭的屍體不翼而飛。父母從自己的孩子手裡搶走食物。她很慶幸她已經沒有孩子要照顧了，對自己說這句話是種安慰，能夠緩和回憶帶來的痛苦。她的背上沒有嬰兒，也沒有一雙小腿亦步亦趨地跟著她。

在認識飢餓之前，你不認識自己。

親愛的領袖感覺到人民的苦難，替他們流下淚。「這場艱困的行軍之路，有我陪你們一起走。」他對他們說。「能夠挺住這些試煉的人，將成爲眞正的革命者。」電視新聞播出他吃著馬鈴薯做的簡樸餐食，表示與人民一齊受苦，但是在文太太眼裡，他那富裕的肚腩看起來比以前更大。在村子的入口處出現一句新標語，寫在長長的紅色告示板上。

吃得千里苦，
獲得萬里福！

文太太讀到這句標語，知道它是狗屁。她仰望著親愛的領袖站在金黃麥田中的彩色玻璃壁畫，當下就在心裡發了個誓。**我永遠不會再對你有任何期待了**。如果饑荒再度發生，她會做好準備。

村民開始逃避工作，只要有東西可用來賄賂主管就會偷懶。他們在自家後院貧瘠的土地上種馬鈴薯和花豆，在森林裡搜括蕈菇和莓果。文太太在屋頂上牽了南瓜藤，用罐子貯藏扁豆和米，在屋後種大蒜和洋蔥。到了採收季節，她睡在星空下守衛她的作物。她對體系的信任已蕩然無存。那些以他人為優先的善良之人，是最先餓死的人。親愛的領袖沒有任何作為來幫助他們。當幾十萬人口裡含著雜草死去，糧食短缺的問題就這麼自行找到了出路。

☆

她決定做米糕，用簡單的商品在第一天試試水溫。她用糖漿添加甜味，把飯捏成濕潤的凝膠狀糰子，在每個米糕頂端放一顆藍莓和杏仁。她把米糕像花朵一樣排在鎳盆裡，用一塊布蓋住。她沉默地準備著，拿氣球帶來的手搖式手電筒照明。她正準備出門，一把鑰匙叮叮地在她家門鎖裡轉動，接著門開了，門口站著兩個戴著白手套的公務員。朴同志跟他們在一起，手裡握著一個大圓環，環上掛著幾十把鑰匙。

文太太早就習慣在這時候擺出愉快而樂觀的表情。「不要吵醒我丈夫。」她悄聲說。

那兩個公務員走向牆上的「父與子」肖像，把兩幅肖像取下來，用白手套滑過玻璃和相框，再歪著手指對著光細看，檢查有沒有一粒灰塵。她每天都擦拭這兩幅肖像——即使在霉斑可能鑽到玻璃底下的雨季，這兩幅肖像都光可鑑人——但她總是提心吊膽地旁觀他們作業。那兩個人極其慎重地把肖像掛回牆上，朝她點點頭，正要離開，其中一人看到桌上的手搖式手電筒。

該死。

他盯著它看了一會兒，便走出門外。她驚恐地看到他在對朴同志耳語。那女人臉色一沉，沒脫靴子便走進屋內。她用兩根手指捏起手電筒，好像它是什麼腐爛的東西。現在文太太想起手電筒上印有「南韓製造」的字樣，感覺心臟在胸腔裡翻轉。

「公民，妳從哪裡得到這個？」女人的聲音沒有起伏，但眼睛散發真正帶有敵意的光。

「在惠山市。」她撒謊，「請別弄掉了，我是用半公斤蘑菇換來的。」

女人帶著冷冷的懷疑打量她，然後離開。

詛咒那個女人和她的祖宗十八代！

文太太匆忙去趕開往惠山市的卡車。白頭山吹來的風冷到能讓人心跳停止，但她感覺自己不斷在冒汗。她怎麼沒有想辦法賄賂那個老婊子呢？不行，太危險了。她看得出哪些人願意略施小惠，哪些人不動如山。卡車歪歪倒倒、一彈一跳地駛出村子，她感覺恐懼像顆腫瘤在她體內膨脹。

☆

車站的時鐘顯示上午九點整。偉大的領袖的臉露出蘊含父愛的微笑，迎接湧進來搭早晨火車的人群。一陣吵雜的靜電音宣布往茂山郡的火車離站了。

天空湛藍，帶著刺骨的寒意。文太太來到市場廉價的一端，在鐵橋底下看到同樣那十幾個女人，蹲在那兒顧她們的草蓆。有兩、三個人用油漆罐做成的小火爐爲食物保溫。客人已經在四處遊逛，買一份熱熱的點心當早餐。擴音器刺耳地放著軍歌，背景音是清脆的行軍腳步聲。

文太太四處張望，尋找買了巧克力派的年輕女人——她的外號是叫小鬈吧？——的向日葵黃頭巾，結果訝異地發現對方先看到她了，還熱情地和她打招呼。「今天早上天氣不錯呀，阿朱瑪。」她在外套外面圍著印有鮮豔花朵的圍裙，並且用髮夾把她的髮鬈都塞到頭巾裡。她似乎散發著熱力，某種發乎於內的滿足使她和其他女人顯得不同，那些女人年紀都大得多，用骯髒的衣物裹在身上抵禦寒冷。

「我要租攤位的話要付錢給誰？」文太太問。

小鬈笑了。「別擔心，他會主動找妳。」

但是當文太太放下她的盆子，痛苦地彎著膝蓋坐到混凝土月台上，她感覺其他女人都不友善地望著她。她在草蓆上盡可能舒適地坐定，深吸一口氣填滿肺部，加入那些女人的叫賣聲。

「道薩薩唷！」快來買米糕喔。

幾乎是立刻就有個穿著綠色長大衣的士兵，拉著好友的袖子朝文太太的草蓆走來。「買兩個。」他說。

「一個五十韓元。」她用報紙把米糕包起來。那兩個士兵看起來非常年輕——外貌粗勇，臉上的皮膚又硬又黑，背上背著步槍。他們把髒兮兮的紙鈔塞到她手裡，轉身離開。

「阿朱瑪，眞好吃！」其中一人回頭喊道，嘴巴塞得滿滿的。

文太太看著手心裡的紙鈔。他們給她的錢不夠。那些女人還在冷眼旁觀。

「妳明天另外找個地方吧。」旁邊有個聲音對她說，「我們可不希望讓他們以爲可以在這裡占便宜。」她在人行道上的鄰居是個老奶奶，身上裹著層層疊疊的衣物，只露出一個黃鼻子。她的草蓆上擺著一瓶瓶中國威士忌，還有堆成金字塔的手捲香菸。

這群女人眞是難相處。她們販賣乾藥草、一袋袋炸小魚、電池和塑膠玩具，或是違法的銀色光碟——她知道那一定是違法物品，因爲她們把它藏在草蓆底下。可是當小鬈跟她們說話時，就連這些強悍的老鳥也不禁彎著嘴笑了。那個女人就像一道純粹的陽光。她沒在食堂裡幫忙時，就在自己的草蓆上賣餃子。她的女兒年約十二歲，和她坐在一起看守收入。

到了午餐時間，文太太遇上第一項眞實的考驗。顧客像蜜蜂一樣簇擁在草蓆周圍，而她找錢的速度太慢——「快點，阿朱瑪，我們像是在海邊度假嗎？」——但她很快就發現一件有趣的事。她眞的能賣掉商品。

「道薩薩唷！」

客人似乎覺得她很有親切感，常停下來攀談。**我的臉一定看起來很老實**，她心想。但是令她沮喪的是，這似乎加深了她和其他女人的距離。下午三、四點，她試了好幾次想打好關係，主動提議替她們看著商品讓她們能去辦事，或是在她們沒零錢時拿零錢跟她們換，然而她們在她面前還是壓低嗓音說話。她彷彿被一道不信任構成的封鎖線圍住，她猜得到爲什麼，她不怪她們。就算再怎麼慈眉善目的鄰居，都有可能是保衛部的線民。

來自咸興市的火車進站，它已經遲了四天，人群再度湧現。空氣中瀰漫著油味和鋼鐵焊接的臭味。文太太看著一群繫紅領巾的小小少年先鋒隊隊員跟著老師走。她三不五時會在車站擠滿人潮的時候，看到一些女人突然冒出，行爲古怪，不是在人群裡穿梭，就是在角落裡閒蕩，對著單獨行動的男人拋媚眼。文太太別開目光，不去批判她們。在饑荒時期，連村裡的姑娘都做過這種事。讓她害怕的是年紀比較大的青少年。有些是小混混，幾個人聚在一起，臉色乖戾地在市場周圍遊蕩，其中有些人一臉憔悴、表情遲鈍，不時撞上行人，或是眼神發直地望著不存在的事物；還有一些人靠著牆壁癱坐，口中唸唸有詞，表情看起來介於狂喜和絕望之間。

快到傍晚的時候，警察來找她。

對方有兩個人，戴著人民保安部的帽子。他們在她的草蓆前停下腳步，她低下頭，幾乎碰到地面。那些女人再次冷眼旁觀。

較年輕的警察有張平凡而圓扁的臉，像是鏟子，臉上帶著無禮的笑容；另外那個警察比較資深，似乎能喊得出每個女人的名字，她後來知道他是張警官。他或許曾有張俊俏的臉，而他現在仍自以爲如此。

「妳是惠山市的居民嗎？」他問。

「白岩郡，長官。」她說，音量壓得低低的。

她感覺周圍所有人都坐直身體。年輕警官收起笑容。

「妳有離開白岩郡的許可證嗎？」資深警官問。

「有，長官。」

她把她的身分證明手冊遞給他。農場主管核可的旅行通行證是她用一瓶玉米酒換來的，主管皺眉的表情清楚表示下回她得奉上更好的賄賂物。

警官檢查她的身分證明手冊，仔細翻看每一頁，文太太感覺胃直往下沉。*不要在這些女人*

面前問我為什麼是那個地方的工人——

「十月十八日集體農場！」他揚起眉毛說。

她感覺臉變得滾燙。

他蹲下來，平視她的眼睛，但好奇意味大於恐嚇。「妳犯了什麼罪，嗯？」

文太太盯著草蓆。

「好吧，阿朱瑪。」他邊說邊站起來，把身分證明手冊拋回她懷裡。「每週兩千韓元租妳這個位置，今天回家前付錢給我。」

他們走了以後，她感覺周圍的女人微微放鬆了一點。剛才發生的事似乎消除了一些她們對她的忌憚。當她看向她們時，她們開始迎接她的目光。

一天將結束，天空變成深橘色，刺骨的北風從中國東北九省颳下來，捲起車站角落的煤灰。然而還是有許多人站在沒有亮燈的月台陰影中，等待不按時刻表走的火車。鐘塔上亮起一盞電燈，照耀偉大的領袖的臉。

市場各處紛紛亮起筆型手電筒，搖搖曳曳地照著商品和錢。文太太的米糕賣到只剩三個，她把草蓆捲起來。她凍得手指頭都僵了，膝蓋也又腫又痛。她的圍裙口袋裡裝著今天的收入，超過兩千韓元。她想要讓第一天的成功振奮心情，但沒能交到朋友令她很在意。小鬈是唯一願意跟她說話的人。

她難以抗拒想看看那筆錢的衝動，把口袋拉開一條縫，開始用指尖數鈔票。

一道影子蓋在她身上。

其中一個青少年就站在她面前，擋住她的光源。她忙不迭地往後縮，好像他是一頭野豬，她把外套合攏蓋住圍裙口袋。

「聽說妳的米糕好吃極了。」他輕聲說。一盞經過的燈短暫地照亮他的臉龐。他的眼神失焦，嘴裡缺了幾顆牙，瘦得跟昆蟲一樣，蒼白的手指看起來像是珊瑚。

他看起來好迷惘、好孤獨，文太太心軟了。「來。」她說，把最後三個用報紙包著的米糕給他。

他露出笑容，她這才看出他年紀有多小。「我可以用這個付帳。」他說，露出掌心裡一塊摺得方方的紙，大小跟郵票差不多。

「那是什麼？」

「冰毒[22]。」他簡略地說。

文太太不解地望著他。「去吧。」她說。

男孩帶著食物跑掉了。

她身邊迸出一個刺耳沙啞的聲音，過了一下她才發現是隔壁攤位的「威士忌奶奶」在笑。「妳這傻子。」她發出帶著痰的乾笑聲，「那小子嗑那玩意兒嗑到昏頭了。一小包冰毒能買到二十公斤的米呢。」笑聲引來一陣帶有液體聲的咳嗽。那女人咳出一坨黏液，把它啐到混凝土地上，文太太閉上眼睛不去看。

「冰毒是什麼？」她難掩嫌惡地問。

「妳遲早會知道的。」

就在此刻，尖銳哨音響起，市場整個靜下來。文太太以爲哨音表示火車將至，直到看見僅剩的幾個客人像兔子一樣往四面八方逃竄。突然間，周圍充斥著女人咒罵和哀鳴的急切氣音。

「如果我是妳，我不會亂動。」威士忌奶奶說。

「所有賣家，待在原位！」擴音器發出鋼鐵般的聲音，「待在我們看得見的地方。」

十來個穿著制服的男人拿著強力手電筒分散進入市場。大家匆匆忙忙地收起商品和錢，收入悄悄交給同謀和幫手，然後他們迅速溜進橋底下的陰影，再沿著鐵軌跑開。

警察在市場中穿梭，用手電筒照亮每個賣家的臉。她先前見過的那兩人——張警官和鏟子臉——也在隊伍中。他們似乎簇擁著一個官員，那是個禿頭男人，臉頰削瘦到半張臉都籠罩在陰影裡。他穿著象徵勞動黨的褐色短褂。某個警察扶他站上一只木箱，他的目光掃視一排排攤位，每個賣家都面向他。

「勞動黨中央委員會有令。」他高聲說，「未滿五十歲的婦女不得在任何市場做生意，此項規定即刻生效。」

女人們面面相覷。

「規定又改啦？」威士忌奶奶碎唸。

「這次又有什麼莫名其妙的理由？」另一個人說。

文太太舉起手來遮擋照到她眼睛的手電筒光束。她聽到張警官喃喃地告訴官員，這座市場沒有人違反新的規定，這時官員注意到小鬈。他抬起手臂指向她。警察紛紛把手電筒對準她，形成一道明亮的強光。在聚光燈的焦點中，她顯得嬌小而脆弱，像是受困在獵人陷阱裡的鹿。

「公民，站起來。」

有一個警察走向她，取走她的身分證明手冊。

「姓名：邕率珠。」他說，「年齡：二十八歲。」

「邕率珠，妳正式的工作地點是哪裡？」官員問。

小鬈美麗的笑容消失了，她的眼光在官員臉上逡巡，像是想跟他講道理，但那些光照得她什麼也看不見。

她無力地說：「四月十五日維尼綸工廠。」

「妳是紡織工？」

「長官。」

「國家的紡織工爲什麼會在火車月台上賣吃的東西獲取私利？」

小鬈的女兒在她身後，用呆滯而驚恐的眼睛盯著母親。小鬈的臉色變得煞白，頭偏向一側，好像剛被打了一耳光。

「我問了妳一個簡單的問題。」他說。

空氣緊繃，沒人移動分毫。

文太太感覺熱血湧上來。她在農場上見過這種事。有些可憐的太太被指控背棄社會主義，事實上她只不過是想讓餐桌上有食物。然而她們甚至還沒搞清楚狀況，就已經脖子被套上繩圈，接受人民審判。

「公民，如果妳不回答……」

官員因爲一個老婦人慢慢站起來而分了神，在混凝土地上坐了一天，她的膝蓋很痛苦地伸直。所有目光都集中在她身上，女人們臉上掠過恐懼和驚惶。

「我想替這位可敬的同志節省一點寶貴的時間。」文太太說，「邕太太是我家的朋友，她無私地奉獻時間來幫我——我這個老女人搬也搬不動東西，又害怕一個人行動。她是幫忙我做生意，長官。邕太太本身沒有賣東西。」

強光照在她身上，她只能瞇眼用眼角餘光打量那個官員。他的禿頭光滑得跟屁股蛋一樣。他還來不及說話，張警官便說：「書記同志，我們還要帶您去其他市場，再晚就關了……」

有幾秒鐘時間，誰也沒發出半點聲音。不過接著那個官員便發出吃力的悶哼聲爬下木箱，警察放低手電筒離開，女人們再度回到陰影中。片刻之後，所有人不約而同地吁了一口氣。

靜默被一個拍擊聲打破。文太太轉頭看。同樣的聲音又響起。後頭有個女人在鼓掌，起初很慢，後來又有另一個人加入。接著威士忌奶奶也拍手。突然間，每個女人都在歡呼，給她熱烈的掌聲。有人喊道：「萬歲！」大家都響應。小鬈走過來握住她的手，但她的臉很嚴肅。「噢，阿朱瑪，多麼了不起的一席話。」她說，「我該怎麼謝妳？」

現在所有人都聚到文太太身邊，不斷向她點頭致意，並且自我介紹。「我是李太太，阿朱瑪。如果妳需要糖或米穀粉，找我就行了……」「李太太，阿朱瑪，我隨時都可以替妳換件新外套……」「金太太，阿朱瑪……」「權太太……」「朴太太……」「我是吳太太。」威士忌奶奶說，「我在河對岸有很好的中國人脈……」

感覺就像有人撥動開關，她們的臉龐突然煥發暖意和友善。只有小鬈古怪地盯著她瞧，她的表情直接刺穿她，像是想在文太太的心裡尋找什麼。這讓她非常不安。

有個女人從酒瓶倒了一塑膠杯的啤酒給她，但文太太笑著婉拒，說她們的友情就是她最看重的事物；另一個人送了她一雙新手套，文太太一開始也想拒絕，但接著她把手套握在手中。這是中國製的手套，材質是最粗劣的尼龍。這手套讓她心生一計。「這是誰在賣的？」她問。

☆

她精疲力盡地回到村子時，那道彗星仍掛在西方的天空，它散發的藍綠色光芒亮到她能看見鐵軌。她頭頂的天空被幾百萬顆小小的星星刺破。現在她把她買的兩個大旅行袋拖著走，僵硬的關節痛得要命。她走近家門，那扇門籠罩在很深的陰影裡。她正要朝門把伸出手，台階上有某個捲成一團的東西突然舒展開來，嚇得她大叫。那是個小男孩，他跳起來穿過房屋之間的空隙跑走了。

當她看見泰賢的臉，她的所有恐懼又都鮮活起來。他在桌子旁抽菸，等著她，身旁的煤油燈在他臉上映出枯槁的凹洞。

「朴同志來過了。」他說。手捲菸在他指間顫抖。「那兩個袋子裡裝著什麼？」

「朴同志的線民剛才在門口的台階上。」她說。

她把袋子放到地上，開始拉開拉鍊。她得趕緊向泰賢解釋她的計畫，趁著——

他們轉向窗戶。紛沓的腳步聲沿著一排排房屋之間的巷弄接近，她隔著玻璃看到對面牆上映著不斷移動的黃色燈光。

搥門聲粗暴到她以為門會裂開。

她快速站起身開門。

「請進。」她說，好像她在等客人上門喝茶，還做了個九十度的深鞠躬。三個穿制服的男人沒脫靴帽，就踩著重重的腳步進到屋裡。朴同志跟在他們後頭溜進來，在門口徘徊。其中一個男人看著手中的名單。

「文聖愛，妳跟我們走。妳丈夫也是。」

「我們被逮捕了嗎？」文太太問。

那個人什麼也沒說，但朴同志的嘴巴一直努力憋著幸災樂禍的奸笑，現在她實在忍不住要講話了。「妳當然被逮捕了，妳這老婊子。妳發現敵人的氣球卻沒有通報，妳還離開農場，違反妳的刑罰。」

這時候她注意到牆邊放的兩個大袋子，眼睛瞪大了。

文太太用平靜語氣對眾人說話。「我今天的確沒有到農場工作，我去惠山市做買賣……」

「許同志。」朴同志彈了一下手指，很失望她這麼輕易就招認了。

「……而我賺的錢都在這兩個袋子裡，是要給你們的指揮官的。」

文太太再次深深鞠躬。

一行人都望向袋子，表情疑惑而不快，但他們確實被勾起了好奇心。朴同志臉上的笑容驀然消失。

文太太彎下腰繼續拉開拉鍊，然後把袋子整個打開。其中一個袋子裝滿幾百雙中國製的尼龍手套；另一個袋子則裝著同樣數量的尼龍襪。

「請把這些交給你們上級長官，讓他發送給白岩郡居民，當作親愛的領袖賜予的禮物。」

她從眼角餘光看到泰賢臉上驚奇的表情。

---

20 烤薄牛肉片（bulgogi）：字面意思是「火肉」，這是深受喜愛的韓式料理。切成長條狀的薄牛肉片醃過之後放在烤盤上烤得滋滋作響，然後用一片爽脆的萵苣捲起來入口；這類烤盤經常是放在餐廳桌子的中央，現烤現吃。

21 藥念醬（yangnyeomjang）：醬油加入大蒜、辣椒、乾燥辣椒片、洋蔥和芝麻。

22 冰毒（bingdu）：韓式俚語，指的是結晶甲基安非他命。

11

維吉尼亞州，威廉斯堡
中情局訓練機構
培里營
二〇一〇年，十月第三週

潔娜從日內瓦回國後沒幾天，便開車到位於蘭利市中情局總部門口的安全路障前。費斯克告訴她，喬治城大學已經同意解除她的職務，但在那之前仍不免小小抗議了一番，說現在學期正進行到一半，而且也很好奇一位資淺教員怎麼會具備攸關國家安全的知識。聽起來完全就是朗尼恩教授的口吻嘛。這強化了她的感覺，認定自己在做對的事。

第一天早晨，她在一個沒有窗戶、加裝隔音設備的房間裡，被連接在一台測謊器上，回答關於她過去的是非題；到了下午，她接受心理測量評估，對方針對她個人的正直與誠實問了些古怪的多重選擇題，並且依照一套祕密評分系統爲她打分數。接下來幾天，她拍了照、印了指紋、掃描虹膜、用棉棒採集唾液中的ＤＮＡ、尿液檢驗有無毒品反應。她得知她的背景已經被調查過了。一切都發生得很快，毫不拖泥帶水，她的候選資格彷彿走的是快速通關。費斯克爲她破例，沒有按照規定讓她在總部做些文書工作當作預備階段。她來到蘭利的十天後，就發誓要捍衛美國憲法。有人給了她一份短清單，上頭列出她被允許帶進培里營的衣物和盥洗用品；

培里營是位於威廉斯堡的祕密中情局訓練機構，中情局內部的人都暱稱它爲「農場」。

直到她坐上車窗貼著深色貼紙的巴士，看到十一個同梯的國家祕密行動處培訓生——三個女的，八個男的——她才開始覺得緊張。他們都散發類似的氣質：自信、警醒、健壯。有幾雙眼睛懷疑地打量她，因爲她是空降到祕密訓練計畫中的菜鳥，她感覺潛藏的恐懼攪起她的焦慮。只有座位跟她隔著走道的那個男人饒富興味地看著她。他個子很高，嘴唇飽滿，手臂肌肉壯實，是拉丁裔或中東人。她別開目光。

約克河上飄來低垂的秋霧，一群人在一棟鹽盒式雙層舊農舍前面下了車。隨著暮色降臨，在周圍這廣大土地上分布的筒倉和穀倉都褪成了灰色，實際上它們掩飾著幅員遼闊的祕密機構。這批新兵在外圍已經先通過兩層保全設施，現在他們的手機和個人物品也被收走，面對在農舍台階上等候他們的費斯克，不禁感覺自己進入一個封閉的教團，把所有的世俗羈絆都留在外頭。費斯克憔悴的大臉有一部分掩在陰影中。他向他們抬起手打招呼，也或許那是一種賜福。

突如其來的螺旋槳引擎聲使他們抬頭看。一架死神無人偵察機有稜有角的薄片機翼從雲層裡冒出來，朝著隱密的小型機場降落。

費斯克帶他們進入農舍，遠離噪音。這座農舍似乎只是個道具，是隱藏底下設施的崗亭。一部很大的載貨電梯帶他們到更低的樓層，費斯克在那兒的平板螢幕上掃描掌紋，另外還有雷射光讀取他的眼球。一道門開了，發出加壓的嘶嘶聲，他們走進一條地底走廊，那裡有嗡嗡作響的資料庫、淨化過的空氣，還有能無聲無息開啓的巨大鎢製保全門。

新兵默默地跟著他。潔娜的眼睛忙不過來，想把一切盡收眼底。他們來到一塊看起來像是某種情報室的區域，另外六個新兵戴著耳機坐在螢幕前，畫面看起來像粒子粗糙的監視器影像，後來潔娜才醒覺那是用夜視效果拍攝的無人機動態連續鏡頭。

費斯克坐在一張桌子邊緣，扠著手臂面向大家。他穿著黑色休閒外套和牛仔褲，這讓他看起來更老，像是準備去打保齡球的爺爺。他望著他們一會兒，表情平靜，帶有保護慾。

「你們爲什麼要加入？」他輕聲說，但每個字都清晰可聞，好像他各自跟每個人獨處一室。他橫掃的目光看見所有人。「你們加入是因爲你們相信自由，你們相信建立我們國家的理想──有那麼一陣子，這些理想像是日出一樣在全世界擴展。今日，那些理想在各處節節敗退。你們可能認爲我們的自由使我們強壯，別傻了，只有警覺能讓我們強壯。在五千年的人類文明中，主宰人類命運的多半是專制，而不是民主。在民主制度盛放的短暫期間，它就像被諸多掠食者環伺的珍禽異獸，它的生命很短暫，它的死亡很慘烈。偏執的力量再度聚集，擬出與我們作對的計畫。它們壯了膽子，相信我們的自由使我們墮落、充滿矛盾、毫無遮蔽。我們這快樂的少數人，是自由的捍衛者。我們是好人，我們要站在前線。所以你們加入了，你們選擇了光明而非黑暗。」他的眼睛閃著光，好像他在說出重大而悲哀的真相。「但是這場戰役是在黑暗中進行，經常不能有所顧忌或本於良知。如果我們的敵人贏了，科技會使他們的暴政更強大、更猖獗。但如果我們贏了，不會有人歌頌我們的榮耀，不會有人記錄我們的勝利。我們只求榮譽，不求名聲。」

他朝他們點點頭，站起身。

「接下來十個月，你們會被逼到生命的極限。有些測驗你們知道，有些不知道，除非你們沒通過測驗，發現自己被踢出這裡。不是在場的每個人都能撐到結業，成爲行動人員。成功的人會成爲中情局的菁英。歡迎來到『農場』，盡力而爲吧。」

潔娜和另外三個同梯的女學員被帶到一間狹小的宿舍房間，裡頭排著幾張行軍床。她們其中一個是伊朗裔美國人，理著美國大兵式平頭，她說了聲「嘿」，下巴一抬，「我叫艾莎。」

潔娜知道那不是她的眞名，因爲她自己昨天才領到她的新身分資訊，附上一張駕照，她必須把那些資訊都背起來。她是梅莉安·李，來自波士頓傳教山區的獨立記者。檔案中包含一份長達十頁的打字稿，那是她的生平傳記，細數她的學歷、她父母的姓名和出生日期、她的社會安全碼以及工作簡歷，甚至還附上一條條連結，都是她爲《波士頓環球報》寫過的報導。

潔娜微笑伸出手。「我叫梅莉安。」

隔天天剛亮，這四個女人就集合起來跑了十一公里的長跑，然後向男性學員自我介紹。

「曼南戴茲。」在巴士上打量過她的拉丁裔高個子說。他咧嘴一笑。

他們的早晨在上午六點拉開序幕。格鬥訓練和野戰訓練占據了一天中大部分時間。傍晚則在教室裡學習基本的間諜情報技術，從加密開始。學習間諜情報技術很符合潔娜喜歡紀律的個性和擅長的研究方法，雖然這門技術的主要目的令她深感不安。行動人員最重要的角色就是暗中吸收線民——被鎖定爲目標的人，在威脅、利誘或勸說之下把他們國家的祕密出賣給中情局。她在第一個星期花了很多時間思索這件事，試著想像自己執行任務——或許在某間旅館裡，看著某個倒楣的異國外交官臉色變得灰白，因爲她拿出各種證據來質問他：收回扣、欠賭債、召男妓，而他的大使館對此當然一概不知。她會等到他充分醒悟到自己的狀況多麼值得驚恐，然後在恰當的時機拿出誘餌：錢——很多的錢——或是提供在美國的庇護，抑或是由中情局付帳讓他生病的孩子接受昂貴的醫療。她可能再也不會見到他，但他是她的掌中物。她會經營他，用雙方說好的信號和情報點系統接收他的情報。

感覺太卑鄙了，這不符合她的本性，但每次一想到秀敏，她的內疚就會消失。她接受這些訓練是爲了對付一個有罪的流氓國家，一個囚禁她妹妹的監牢。爲了達到目的，她要把「農場」能教她的所有暗黑技藝通通學會。那表示她得迎向野戰訓練的懲罰，她覺得那可真是人間煉獄。

☆

每一回，她的指導老師都會把她逼到耐力的極限，把她丟在遙遠的沼澤區，只給她一個羅盤，每次在靶場沒射中目標，都叫她趴下去做伏地挺身，不管她用的武器是貝瑞塔、葛拉克或是AK－47；再之後他們把她逼得更緊，讓舊的極限變成日常。到了下午，她渾身瘀青、精疲力盡、受盡羞辱。她猜想，若不是她在某一項技能上勝過所有學員——有些學員原本是海軍陸戰隊員——她的成績可能會墊底。在解除對手武裝（包括槍和刀）的課程中，她懂得將對準自己武器的殺傷力導向別的方向，翻轉攻擊者的手腕，使得武器朝向對方，甚至將其過肩摔。H梯看得目瞪口呆。「妳從哪學來這一招？」艾莎問。潔娜聳聳肩。她沒提自己學過跆拳道，她的過去與別人無關。

指導老師並不反對大家社交——新兵有充分的自由到「農場」的酒吧相約喝杯啤酒、打打撞球——但每個人都察覺自己不該信任任何人，所以都惜字如金。任何事都可能是測驗。有一天傍晚，她一個人在餐廳裡看書，那是她看了很多遍仍然陶醉其中的契訶夫作品，這時曼南戴茲把托盤放到她面前，逕自坐了下來。

「梅莉安．李，妳跑到哪裡去了？」

她的所有肢體語言都在說「滾開」。「十九世紀的俄國。」

「我一直希望能在酒吧遇到妳呢。」

她闔上書。他看起來對他們受到的限制感到有點好笑。因爲無法暢所欲言，他們的對話陷入沉默，而在沉默中，他外型上的特點變成她難以忽視的事。濃密而閃亮的黑髮，挺直的鼻樑，鼻尖是優美的一個點，以及超級大的手掌。

她眞希望他沒來找她攀談。後來她滿腦子都是性。

☆

慢慢的，漸漸的，她讓自己對早晨麻木，並且加強疏導和管束她的挫敗感。她讓自己的頭腦靜下來，專注一致。一個月快過完了，她開始抓到訣竅。她的射擊進步了，以致於她能單手擊中多個移動的目標、單手拉貝瑞塔手槍的滑套上膛退膛。她是在高速迴避駕駛測驗中唯一受到讚揚的學員，贏得全梯的敬意。她和同梯之間培養出淡淡的同志情誼，她訝異地發現自己對喬治城或是「農場」外的世界竟然不怎麼懷念。但是就在她感覺自己融入團體的時候，現實再度咬了她一口。

在威廉斯堡進行監視訓練時，H梯分成了兩隊。任務內容是尾隨情報來源到他去的任何地方，之間要不停換人跟蹤，以免情報來源發現他們或甩掉他們。

輪到潔娜時，暮色已至。她要接替的跟蹤人員是曼南戴茲。他坐在公園長椅上盯著情報來源——留有顯著海珊小鬍子的男人，他在對街的星巴克喝咖啡，雙方距離大約一百公尺。「那傢伙已經待了半個小時。」他說。

潔娜訝異地看到曼南戴茲從口袋拿出一小瓶威士忌，打開瓶蓋，喝了一口。然後他把臉埋進掌心。「『農場』快把我逼瘋了。」他說，「我感覺自己快要變成該死的生化人了。」他用朦朧的眼神望著她，露出微笑。「我非得做點有人性的事不可，妳懂嗎？」

她無法解釋事情是怎麼發生的，總之突然間他們已經在接吻，舌頭交纏，他帶著酒味的呼吸熱熱地吹在她臉上，他的鬍碴刮得她皮膚辣辣痛痛的。她的手從下方伸進他的襯衫。當她稍微離開他，讓自己喘口氣時，她發現他的眼神不再迷濛，而是銳利地聚焦在她臉上。

她出於直覺轉頭看向星巴克。情報來源已經不見了。

曼南戴茲沒有笑容。「我接到的命令是阻止妳完成妳的命令。」

他走開了，對著她看不見的某人打了個手勢。

潔娜縮起膝蓋抵住下巴，在長椅上坐了許久，體會那熟悉的孤單。

我真的適合做這一行嗎？

☆

來到「農場」三星期後，H梯的培訓生被告知他們可以回家過週末。潔娜想要去看她母親。有一輛巴士會載他們去華盛頓特區。他們開出外圍的路障後才過了兩分鐘，就有一輛白色廂型車迅速超越巴士，擋在巴士前面煞車，把窄路整個堵死。車還沒完全停下，車門已經滑開，三個一身黑的蒙面男子跳下車，大聲喊叫。後方傳來尖銳的輪胎聲，新兵們警覺地回頭，看到另一輛相同的車停在他們後方，把巴士前後包夾。其中一個蒙面男子上了巴士，揮舞手中的葛拉克。「手放在腦袋後面，所有人下車！」

他們像人質般魚貫下車。

潔娜和另外四個人被粗暴地拉上一輛廂型車。不出幾秒，他們的手被銬在背後，頭套上頭套，坐在車子長條狀的堅硬地板上，由其中一人看守著，迅速駛離現場。「不准講話！」當其中一人大膽地提問時換來一句大吼。

她能猜到接下來是什麼狀況。H梯剛上過審問課以及對抗審問的技巧，這將是地獄般的耐力大考驗。

頭套被拿掉時，她獨自待在陰暗的地下室裡，牆壁布滿霉斑，空氣裡瀰漫著下水道的臭味。她的手仍被銬在背後；椅子用螺絲鎖在地上。她身旁有一張很大的木桌，桌上空無一物。

一扇門打開，走進一個臉色蒼白、金髮有點稀疏的男人。他的襯衫領口沒有扣。「妳是中情局的間諜。」他講話帶有中歐或俄國口音。「這不是測驗。」

好極了，她心想。「我是個記者。」

「妳叫什麼名字？」

「梅莉安．李。」

「妳的駕照是這麼寫的。妳是美國間諜，妳的眞名叫什麼？」

潔娜直視著他。「我說了我的名字是梅莉安．李，我是波士頓來的獨立記者。」

他微微偏著頭，不慍不火地說：「這是妳自己選的。」

門又開了，兩個穿黑T恤的男人走進來。他們解開她的手銬，把她抬到木桌上。他們兩人都爬上桌子。一人用膝蓋夾住她的頭；另一人坐在她的腿上並壓住她的手臂，讓她動彈不得。有人往她臉上蓋了一塊毛巾，這倒是出乎她意料之外。她突然間驚慌失措，接著聽到有水倒進金屬水桶的聲音。

「我們開始吧。」金髮男人說，「妳的眞名叫什麼？」

她掙扎大叫，但根本不可能動得了。水開始往她臉上潑，幾秒後，她開始出現嘔吐反射，他們停手。她在咳嗽，胸腔劇烈起伏，她努力緩過氣來。**嗯，不是典型的水刑，但⋯⋯耶穌基督啊！**只要再一下子，她就會開始溺水了。他們拿掉她臉上的毛巾，她全身都在顫抖。蒼白男人的臉俯視著她，等待著。

潔娜瞪著他，肺部恢復運作。「梅莉安．李。」

隔天她被隔離在一間有強光照射的囚室裡，再隔天她被鎖在一個很小的房間，那裡黑得伸手不見五指，而且像在冰箱裡一樣冷，他們一天只給她吃一餐麵包和水。監視器不分晝夜地盯著她。潔娜用她唯一知道的方式回應這一切。她退到內心深處那個孤獨的疆域，與秀敏進行長時間的幻想對話，她從這些對話中得到了安慰，汲出了力量。雖然長久以來，她都在孤立中自立自強，她仍然能與她的雙胞胎妹妹建立這富有生命力的連結。她偶爾會聽到慘叫聲，猜測她的同梯都被隔離在同一棟建築的一間間囚室裡。

她每次接受審問，梅莉安．李的假身分都會一層一層被剝除，像是洋蔥皮，直到只剩下名字還沒透露。隨著時間過去，現實和模擬之間的界線開始模糊，以致於她已經不再肯定這是測驗。

在第四或第五天，她的雙手銬在前面坐在審問室裡，金髮男人說她是婊子，還甩她耳光。那兩個穿黑T恤的惡霸站在她身後看著，她猜想這沒什麼特殊理由，純粹是爲了增添威脅和羞辱意味。這一耳光打得並不重，但她已經無計可施，而這一掌觸及她內心深處的痛點。效果來得又快又猛，她連想都沒想便從座位上跳起來，單腳在原地旋轉九十度，右腿伸出去用力踢金髮男人的胸部上方。他向後飛出座位，雙腿舉在空中，一頭撞上暖器。她躍向在她右後方的男人，藉著衝力前踢他的下巴底部。在電光石火般的瞬間她又轉身，迴旋踢攻擊她左後方的男人，以騾子的力道踢中他的太陽神經叢，亦即人體軀幹上那一條腹部肌肉沒有完全包覆的脆弱地帶。這三招都是基本的跆拳道動作。

一個惡霸捂著下巴，另一個彎著腰呻吟。潔娜居高臨下地站在金髮男人面前，伸出雙手。「把手銬解開。」

「瘋狂的婊子。」男人緊閉雙眼，手摸著後腦杓。「重點是看你們能撐多久，不是送我們進他媽的醫院。」他講話沒了俄國口音。「我們結束了。」他對著監視器大喊。

片刻之後，費斯克走進房間。他若有所思地皺著眉。潔娜一看到他，肩膀就垮了。

「請送我回家。」她說，「我受夠了。」

「我們要回『農場』去。」

「為什麼？」她的喉嚨哽住了，感覺淚水湧上來。「我又搞砸了，我要離開。」

費斯克雙手插進口袋，帶著古怪的笑容看著她。「所有人到最後都說出了真名，但妳沒有。事實上……就我所知，妳是第一個藉由反抗結束審問的培訓生。」

她停止哭泣。

「妳剛改寫了教學手冊。」他說。突然間他漲紅了臉，無法克制地大笑。「我一定要弄到這段影片。」

「你作夢。」金髮男人說，「我現在就把它洗掉。」

☆

那天晚上她躺在行軍床上，身體累到像是死了，腦袋卻還嗡嗡作響、轉個不停。不知為何，她在想她的父親。**整支駐軍中軍階最高的非裔美國人**。這個傳說太強大，他一生其他的事蹟都在它的陰影裡，她從未好好去探究。她的父親，道格拉斯・威廉斯上尉，極度矜持溫和，是她始終沒有眞正認識的人。然而他、韓氏、秀敏和智敏曾經是很親密、充滿愛的一家人，他們共同相處的時光，是她一生中最珍貴的事物。用任何方法都找不回的事物。

她醒悟到，她做這件事不只是爲了秀敏。她來這裡的原因，是什麼呢？復仇？

她的心彷彿打開一道閥門，她感覺一股寒意湧入她的血管，直接延伸到指尖和趾尖，使她的皮膚冒出雞皮疙瘩，呼吸也變慢了。她在黑暗中瞪大眼睛。對，這就是復仇。她已經準備好毫不留情地對付摧毀她家庭的人。她準備好將所有顧忌擺在一邊，讓那些帶走秀敏的人付出代價。

她在改變，她感覺得出來。迷惘了十二年，她變得……穩紮穩打，專注一致。她的心被清晰冰冷的單一目標給鍛鍊成鋼。她打了個冷顫，把被子拉起來蓋住肩膀，側過身去盯著黑暗中的牆壁。

費斯克說對了，她確實具備服務國家的強烈動機。

☆

那女孩專心地研究著螢幕中的新聞畫面，她每隔一會兒便會在一份名單上的某個名字旁打勾。潔娜越過她的肩膀，看出那是上個月在金日成廣場舉行的大遊行。新聞攝影機對準金正日那矮胖的小兒子停留了一會兒，那被欽點的繼承人正對著經過面前的火箭發射器開心地拍手。女孩的頭髮綁成日本動漫中女學生常有的髮辮，使她看起來像是只有十四歲。「我在設法弄清楚誰得寵、誰失寵……？」她抬頭瞄了潔娜一眼說道，「根據他們跟金正日站的距離遠近來判斷。看久了你就能感覺到誰是重要人物。」

蘭利的北韓分析員——全都是常春藤盟校出身的年輕亞裔美國人——占據了巨大的辦公室農場的一個「獸欄」，這個辦公室農場是明亮的圓形開放式空間，由幾百個分析員共同使用。潔娜和她的同梯今天來參訪這個區域，H梯開始上間諜情報技術的分析課程了。她看見廣大空間的另一端，艾莎在向處理伊朗的小組自我介紹，曼南戴茲巨大的身影則在和古巴分析員交談。

隔壁隔間坐著梳著刺蝟頭的年輕人，他正在翻看好幾份《勞動新聞》，那是北韓的國家日報。

「我在查勞動黨用詞方面的變化。」他說，緊抿著嘴唇把呵欠憋回去，「宣傳活動強調的重點有什麼改變，諸如此類的……」

潔娜很困惑。**這是情報分析？**

他們的主管是團隊中唯一的非亞裔人士。他是個死氣沉沉、下盤很寬的男人，姓西姆斯，他用濕冷的手跟潔娜握手，然後透過無框眼鏡瞇著近視眼看她。他的領帶跟眼睛一樣，都是運河河水的顏色。

他帶她進入蘭利一間反竊聽的安全會議室裡，開口說出流利的韓語，讓她十分訝異。他們才剛坐下來，他就投下震撼彈。

「中情局在北韓境內沒有線民。」

他的語氣很有耐性且單調。

「真的嗎？我……」潔娜把一束髮絲夾到耳後，「……想我很訝異全世界最大的情報組織竟然連一個——」

「或許妳看太多驚悚片了。」他邊說邊苦笑，「我們在那裡沒有情報來源。朝鮮人民軍裡沒有我們安插的高階軍官，沒有幻想破滅的科學家洩露核彈祕密，金正日的歡樂組裡也沒有心懷不軌的美女。什麼都沒有。」他摘掉眼鏡，擦拭了一下，舉起來對著光照。少了這副眼鏡，他的臉像是缺乏地形變化的荒原。「那不表示我們沒試著吸收線民。但不需要由我來告訴妳，那個政權對人民的監視是非常徹底的。電話和信件都被監看，廣播和電視都只能接收到國家的頻道，旅行被嚴格管控，人民的思想都受到陶塑和監控。只要越線一步，那個人就會變成懷疑的對象。線民的網絡滲透到每一個社會階層，從政治局到監獄集中營無處不在。」

潔娜往後靠。「脫北者帶來情報——」

「那是當然，但他們逃出來的路線往往漫長曲折，等他們的情報傳到我們這裡，早就過時幾個月甚至幾年之久了。」

「你找來全國最聰明的一群孩子，在外面做著冷戰時期的猜測工作。」她說，「研究遊行時站的位置？**克里姆林宮學**？現在這門學說的實用價值，不是跟還有蘇聯的時代一樣低落嗎？」

西姆斯嘆了口氣。「北韓對全世界封閉自己，訊號情報也沒什麼斬獲。北韓人民不發出一點聲音——沒有網路活動，非常少的手機通訊，無線電訊號也不多，沒人聊天。那個國家很安靜。而且很暗。」他靠向椅背，十指交錯抵在腦後，露出濕了兩片的腋下。「他們給了妳不可能的任務，梅莉安．李。我敢說妳能成功在北韓經營人脈的機率是——低於——零。」他對她露出不懷好意的笑容。「妳能做的只有解讀跡象……還有從上面看。」

「從上面看？你是說……像是用Google Earth？」

「不是，李小姐，不是像用Google Earth。」

在新總部大樓地底深處一間發著螢光的控制室裡，一連串的衛星畫面一張接一張呈現在巨大的電腦螢幕上。「我們在那上頭有很多裝備。」西姆斯邊說邊抬起手往上一掃，「朝向地球的太空望遠鏡……飛在兩萬一千公尺高空的洛克希德U－2偵察機……雷達成像的間諜衛星——那些壞蛋可以看穿雲層……」

坐在螢幕前面的「瞇瞇眼」——間諜衛星分析師的暱稱，總共大約有二十個人，清一色是男性。潔娜越過其中一人的肩膀，看到亞洲某地的衛星全景畫面——褐色的山脈，點綴著小棉花球般的雲朵；一塊萊姆綠的稻田。西姆斯對他說：「借我用一下。」傾向前把食指放到觸控板上。畫面慢慢變大了。潔娜愈來愈驚奇地看著田野和山脈轉化為一叢叢金合歡樹還有一條長長的泥土路，最後聚焦在一輛軍用吉普車上，後座坐著一個軍官。她能看到他肩飾上的星星，以及他手裡的手機。西姆斯退後一步站直身體，扠起手臂。「不久之前從低地軌道拍攝的，大約在兩百公里高。鏡頭會自動調整，避免熱氣和氣流造成的影像變形。」他轉向她，帶著淺淺笑容。「機密的軍事科技。」

潔娜繼續盯著螢幕。北韓是一座有著銅牆鐵壁的堡壘……**屋頂卻向天空敞開**。

☆

那天傍晚在「農場」，潔娜提出請求，要在間諜情報技術的分析課程中專門研究衛星地理空間情報，因為這門領域跟她受過的訓練最相關。隔天她便收到一個加密的連結，讓她能登入蘭利「瞇瞇眼」的安全伺服器。

她從沒看過這樣的細節。感覺像是她擁有了超能力，因此她把玩了一會兒，學著去操控它。光譜成像的解析度無懈可擊。放大，直到一平方公尺的大小，畫面都仍清晰無比。「瞇瞇眼」用箭頭和文字標出一座還沒蓋好的飛彈發射井，她能看見休息時間出來抽菸的焊工，能讀到東興山山坡上刻著的紅字標語：**黨怎麼說——我們怎麼做！**一隻狐狸沿著撒滿松果的小徑奔跑；一個老太太在火車月台上從平底鍋裡舀出燉湯端給客人。潔娜把畫面往南移到非軍事區，即構成與南韓的邊界的武裝荒地，看到大批部隊的營地帳篷。往東朝向海岸，她看到一座鬼城，布滿鐵鏽和煤灰而死氣沉沉，她再度放大，看到街道上有一群群衣衫破爛的孩子在遊蕩。

她感覺自己全知全能、無所不視，像是飛掠這片暗黑之地的復仇天使。在某個天氣晴朗的寒冷早晨照的一張照片裡，幾千個囚犯排成一列列等待點名，他們消瘦的身軀在地面投下長長的影子。這是十五號集中營：耀德集中營，被判有罪之人將連同三代的血親送進採石場和玉米田做苦工。**我看見你們了**，她心想，仔細審視那些拖著一車車岩石、有如螞蟻的人影。**你們沒有被遺忘**。她在清津附近尋找二十二號集中營，但影像不夠完整。那座集中營大到包含農場、煤礦場和工廠，全都靠奴隸和奴隸的孩子賣力工作，那些孩子在集中營出生，對他們來說集中營就是全世界。

她注意到，「瞇瞇眼」幾乎從不分析或標記北韓政權這方面的犯罪證明。「他們優先關注的是軍事目標。」西姆斯告訴她。

這話讓她靈機一動。

她用電子郵件提出請求，要針對東北海岸的馬養島海軍基地做間諜衛星分析。不到幾分鐘，她就收到另一個安全連結，能連到一些加了註解的高解析度畫面，一些箭頭標出旱塢、維修庫和隱藏在防爆混凝土底下的潛艇修理塢。有些潛水艇甚至被拍到在水面上進出修理塢。「潛水艇：羅密歐級（一千八百噸）」、「微型潛水艇：鮭魚級（一百三十噸）」，還有——

讓她全身掠過一股寒意的——「潛水艇：鯊魚級（一百八十噸）」。

它看起來像某種返回巢穴的掠食性魚類。一艘鯊魚級潛艇，石戶太太是這麼說的。從馬養島海軍基地出發執行任務。要不是船頭周圍的海水濺出白色碎浪，那暗綠色的艦身幾乎是隱形的。

而到了馬養島之後，他們又會帶秀敏去哪裡？可是每次她用目光搜尋以馬路或鐵軌與東北海岸相連的其他地區時，她都會被別的東西徹底引開注意力。

那些影像不斷吸引她的目光，幾乎違背她的意願，就像八卦雜誌裡的花邊新聞，它證明了金正日過著什麼樣的生活。他的街道上有孩子在乞求幾粒米，「二十一世紀的嚮導星」本人卻在全國各地養著十七棟富麗堂皇的居所。私人橢圓形賽馬跑道旁連著草地圍場；她看到籃球場以及一個個被花團錦簇的露台圍繞的無邊際泳池，都以柵門隔離，閒人勿近。他有幾棟居所是避暑行宮，屋頂鋪著碧綠的屋瓦；有幾棟居所四周有噴水池的華美花園，還有種滿樟樹的獵場。其中一棟房子是時髦的海灘別墅，停車場裡的跑車和重機多得像一支艦隊。他在平壤北邊的主要住所由四具地對空飛彈發射器保護著（「瞇瞇眼」用箭頭標了出來），娛樂施設包括有滑水道的泳池、靶場和河邊的凸碼頭，他有一艘公主遊艇停在那裡。他在鄉間的地產則有許多高爾夫球車來來去去。她從兩百公里的高空拉近鏡頭，看到那些高爾夫球車在露水間留下的轍痕，也看到草地上的灑水器。一座私人火車站裡停放著他奢華的武裝火車。到了晚上，整個國家都因爲電力缺乏而籠罩在烏賊墨汁般的黑暗中，金正日的每一座宮殿卻都戒備森嚴、燈火通明，在黑暗中連成一個星座，這是爲了讓來回巡視的間諜衛星更難鎖定他人在哪裡。

但是眞正讓她想像力爆發的是他在元山海灘附近的別墅。在別墅的周邊區域內有溫室、養牛的牧草地以及大片野花，雞群就養在山澗水畔。柿子樹上結滿焰橘色的果實。她看到著名的果園，謠傳那些果樹是用精製糖施肥的，因此蘋果長得又大又甜。她幻想那些蘋果放在大盤子裡，在他奢侈享受的盛宴中奉上桌，女孩爲了娛樂他的密友們跳舞、解衫，而永遠保持警覺的他則在那些被酒染紅的臉上尋找思想犯罪的蛛絲馬跡。

整個國家都在潔娜眼前。所有的輪廓、結構、場域和網絡都攤在她的眼皮子底下。山脈和森林；監獄和宮殿。

皇帝——士兵——平民——奴隸。

秀敏，妳在哪裡？

12

紐約市上空
二〇一〇年，十一月第三週

三個人影朝他飄浮而來。姜將軍和他的兩個女兒。「他教我英『以』。」姜將軍說，指著趙上校，他女兒的笑聲在大理石牆壁間迴蕩。姜將軍的胸膛布滿亂七八糟的彈孔，身體已經腐爛。他肥碩的頰肉從臉上剝離，像是對半切開的酪梨。他從趙上校的頭上掠過。趙上校站在類似機場裡那種電動步道上，沿著一條沒有盡頭的長廊滑行。小書在他身邊，握著他的手。他們看到遠方有藍白色的光，像是星光，隨著他們接近而變亮，愈來愈亮，直到整條長廊都被它塡滿。他滿懷愛意緊緊握著男孩的小手，但他的兒子卻掙扎著想鬆開。「阿帕。」他叫道，「我們得離開。」

「如果我們離得太遠就會凍死。」趙上校對他說。

「如果我們離得太近就會燒死！」

趙上校突然驚醒。他耳中有種加壓的耳鳴，讓外界的聲音變得模糊。他揉揉眼睛，只隱約聽見那個帶有華語口音的悅耳嗓音宣布飛機即將降落在甘迺迪國際機場。在他前面的幾排座位坐著他的使節團成員，他們的臉都貼向窗戶。他把遮陽板往上推，對著粉紅色的天光猛眨眼。一縷縷棉花糖掠過機翼表面，然後他聽見液壓式的嗚咽聲，飛機便向下進入灰色的世界。機艙遇到亂流而顫動著，接著突然間，雲層散開，他俯瞰郊區的房屋，像是火柴盒，小小的汽車在它們之間穿梭。趙上校詫異地看著這景象。他這輩子從沒想像過自己會進入美帝這頭野獸的肚子裡。

☆

在機場的外交人員貴賓室，北韓的常駐聯合國代表申大使以及他的副官一等祕書馬祕書負責迎接使節團。雙方鞠躬行禮並互道問候之詞，接著使節團便被護送著走向出口。申大使是個陰沉而魁梧的男人，嘴巴是直而細的一條縫，一頭灰髮全部往後梳。他粗魯而傲慢的態度立刻清楚表示整個團隊都由他指揮。趙上校馬上就對他產生反感。馬祕書身材清瘦、態度警醒，左臉頰上有個怪異的粉瘤，像是一隻黑色小水蛭。趙上校與他對到眼神，警惕地注意到他的眼神充滿慧黠。趙上校的團隊還包括另外四個人：兩個資淺外交官，年紀比趙上校小一些，兩人都是中央委員會成員的公子。他們各自要跟另外兩名成員之一共住雙人房，並隨時都會一起行動；那兩名成員是勞動黨政治安全部門的警官——不苟言笑、疑心病重。不管是趙上校或另外四人，誰都沒來過西方世界。

在鈉光燈的照射下，雨滴成了橘色的火花。他們的司機是個臭臉韓國人，在一輛黑色豐田廂型車旁等他們；他把車門滑開，趙上校看到儀表板上放著小型「父與子」肖像，並且特意朝向乘客。司機把他們的行李搬進後車廂，趁其他人上車時，申大使問：「你應該有個包裹要給我吧？」這個人一走出機場航廈就點起香菸。

「在外交郵袋裡。」趙上校說，他看到申大使呼出一口氣，混雜著緊張、安心和煙霧。

他們繫好安全帶，往城市的旅程展開了。趙上校因為在飛機上睡了一覺而精神抖擻，他熱切地看著成排的黃色計程車和公車，感覺腎上腺素在他的胸腔裡奔流，眼睛飢渴地看進所有細節。有那麼多不同型號和顏色的車輛啊。

想想你現在在哪裡……

申大使在座位上扭回身，開始對他們說明行程的細節，還有他們應該在美國人面前如何表現，那些美國人幾乎百分之百會試圖把他們趕進某種令人屈辱和不愉快的社交場合，而他們必須不計一切避免這種事發生。他的眼神快速移轉，顯示他是個疑心病重又壞脾氣的人。使節團態度恭敬地聽著，但他們的目光不停被窗外吸引。才不到幾分鐘，他們上了高速公路。西方地平線的烏雲正在散去，當紐約市的高樓大廈映入眼簾，它們的頂端在將逝的夕陽下閃著紅金色的光芒，在趙上校眼裡，這就像一座魔幻之城。**這是純粹的魔法啊**，他心想。他從未見過這樣的世界，哪怕是在想像中都沒有。有些尖塔莊嚴而古老，好像已經屹立了超過一世紀。他想像中的是充滿鏡面玻璃的未來感城市，像是上海。他在想他要如何對妻子和小書描述這個畫面。

井然有序的數個車道轉變成一條緩慢流動的鋼鐵寬河。很快地，廂型車越過了東河，加入像螞蟻一樣慢慢爬的車尾燈。**這裡是曼哈頓**。人行道起伏流動，上班族魚貫湧向地鐵站入口。開到下一個街區，一群人從一座劇院流瀉而出，談笑聲在乾冷的空氣中形成水霧。劇目的名字以幾千顆白色小燈泡拼成，好不閃亮。申大使仍在說話，好像想把他們的注意力從他們正在體驗的情緒衝擊上引開。廂型車跟在一輛白色加長型禮車後頭，一吋一吋地朝市中心前進。馬路上的孔洞噴出蒸氣。申大使在講美國人的媒體如何報導火箭發射的事，但趙上校連裝作在聽都沒有。他的車窗起了霧，他按下按鈕讓玻璃降下來，看到一個男人從牆壁上的機器裡取出現金，還有穿著螢光背心的工人。一座高塔側面的數位面板上有不完整的數字在滑動。他吸了一口氣。空氣裡有各種混雜的食物氣味——炸豬肉和洋蔥。一輛發出陣陣重低音的車從旁邊開過，車上坐著三張戴棒球帽的黑臉，他們連看都沒多看趙上校一眼。他抬起頭，看到一面巨大的內衣模特兒看板。

待過平壤，習慣了夜晚總是黑暗而空寂的街道，這些景象帶來的衝擊可不是蓋的。在他的國家，外國訪客會從機場直接被帶去萬壽台，在偉大的領袖腳邊獻花。但是這裡怎麼沒有雕像？怎麼沒有紀念碑？美國人竟容許紐約市直接作為它自己的代表。

號誌燈變紅，廂型車被困在大型車陣中，正好壓在斑馬線上。兩側行人都繞過他們的車過馬路。趙上校的眼睛在一張張臉孔上跳躍，看得入迷。沒有人穿軍服。黑人和亞洲人沒有穿著低等僕役的制服。他有種強烈的慾望想抓個人來聊一聊，他會說他們的語言！但幾乎就在同一瞬間，他知道他不會有這個機會。他連一分鐘和外國人獨處的時間都不會有。他必須時時刻刻都擺出冷冷的革命分子的態度。他在這裡絕對交不到朋友。

綠燈了，廂型車繼續往前爬。人行道上坐著一個戴著蓋耳帽的男人，手拿著保麗龍杯往前伸，趙上校想起他原本以為會在每條街上都看到毒販、娼妓和大批無業遊民。

到了羅斯福酒店，一面巨大的星條旗在金色門廊上方的旗杆上飄揚。廂型車靠邊停，使節團著魔般地下了車。趙上校看到他的隨扈們每個人都露出空洞的眼神，就像在戰場上留下心理創傷的士兵。他像是喝醉了一般，無法將大廳氣派的陳設看進眼裡。馬祕書在接待櫃檯替他們辦理住房手續，申大使雖然還在講話——他細細的嘴縫喋喋不休地吐出一連串單調呆板的話語——趙上校卻開始注意起四周那些衣著入時、營養狀態良好的人，那些高加索臉孔不時向他奇特的團隊投以目光，好像他們是來自外星文明的使者。他看看自己的同伴，現在以局外人的眼光看他們，突然間覺得丟臉，羞愧於那兩個惡霸警察身上穿的閃亮維尼綸西裝以及公家發的橡膠鞋，還有大家全都佩戴的偉大的領袖的笑臉領徽。

申大使建議大家各自到自己的房間休息一小時再去吃晚餐。那兩個政治警察先上去，把電視遙控器和床邊桌上基甸會提供的免費《聖經》收走，之後趙上校和兩個資淺外交官才跟上去。在電梯裡，趙上校對他們兩人說：「我們在這間旅館的時候……你們可以把領徽取下來。」那兩個外交官沒有回應，只是垂下目光。「我們不需要承受美國人的注視。」他補上一句，心卻感覺在往下沉，好像自己說了什麼無可挽回的話。

他的房間很大，有一張舒適的雙人床。房間內附設大理石牆面的浴室，裡頭預備了厚軟潔白的毛巾，看起來是專門供他一人使用的。他走到窗邊。天空像是橙色的濃湯，遮住了星星。在遙遠的下方是麥迪森大道，一輛消防車閃著紅藍寶石的光呼嘯而過，警笛聲忽高忽低，在燈火通明的峽谷中留下曲折的回聲。

他身後傳來兩聲敲門聲。

他打開門，看到馬祕書和一個黑人青少年站在門口，那青少年戴著像鼓的帽子。男孩拉著黃銅行李車，車上的行李堆到頂端。趙上校在暈頭轉向中竟完全忘了行李的事。他的心跳漏了一拍。

外交郵袋！

他看到自己的行李箱，男孩從行李堆中把它取出來，但郵袋卻不見蹤影。他努力隱藏驚慌，說他確定還有一件行李，在馬祕書的協助下，男孩把整個推車的行李都卸下來，他們才總算看到那個彌封起來、狀似圓筒運動包的灰色袋子，被壓在最底下而扁扁的。馬祕書對趙上校擺了個臭臉。趙上校用英語向男孩道謝。由於他已被叮囑過，給小費是一種墮落的資本主義者習慣，於是他給男孩一份英語版的《金日成的人生軼事》口袋本，他帶了一打來美國。

他把門關上，用背部頂住門。他怎麼會這麼蠢？他把郵袋放在床上，撕開彌封。他要立刻把包裹送去給申大使。但是他從郵袋中取出包裹時，胃部又收緊了。包裹側邊有一條裂口，從中露出牛皮信封內鋪的氣泡袋。他用手指沿著裂口摸過去。這不是被人割開的，而是被那些該死的行李壓得裂開了。他打開床邊的檯燈，伸手到裂口中輕輕觸摸。他的手指摸到玻璃紙。他摸到……磚塊般的物體……有好幾塊……包在玻璃紙內……

門被打開，趙上校嚇得跳起來，把檯燈撞得倒下去，燈泡由下而上照亮申大使的臉，使他的影子巨大地映在牆上。趙上校剛才一定是忘了扣上門鍊。

「麻煩把包裹給我，上校。」他伸出手。

在那瞬間，兩人帶著不加掩飾的敵意望著對方。

「我想問你這裡面是什麼。」趙上校說。

「公文、資金……」申大使含糊地說。他的聲音很平靜，眼神卻在警告他。他從趙上校手裡取走包裹。

☆

「我們要坐車去一間傳統韓式餐廳。」大家在大廳集合後，申大使如此宣布。「那裡的員工和店主很……支持我們。」他密謀般對趙上校補了一句，好像他們要被帶到戰區的安全屋。「我們在那裡可以放心談話。」

廂型車開到第四十五街時左轉，立刻陷入另一個堵車僵局。才過不到幾分鐘，他們的車已經動彈不得地困在一長串紅色車尾燈和廢氣中，有如即將凝固的岩漿。一個計程車司機按了喇叭，惹來另外一百部車用喇叭聲回應。申大使開始對馬祕書竊竊私語。

包裹的事讓趙上校深感不安。他並不信任申大使，而現在他所坐的廂型車被困在嘈雜的喇叭聲中，他本身又因時差感覺頭腦昏眩，更擴大了必須任由申大使擺布所感到的煩躁。最後他說：「我們不能下車用走的嗎？」

申大使遲疑了一下。「我們必須待在車上，直到抵達預定目的地。」

他們沉默地又坐了半小時，看著一棟直聳入雲的摩天大樓，它的樓頂有一根會變換顏色的杆子。紅色，白色，藍色。趙上校傾向前。「各位同志，我們不能在這裡枯坐一整晚。我斗膽建議我們讓司機留在車上，去那裡用餐……」

他們越過車頂，可以看到一間外部裝潢全由不鏽鋼板鋪成的餐廳。有個紅色霓虹燈告示牌在閃爍，寫著「二十四小時營業」。在臨街的一長條窗戶後面，是隔成一個個雅座的餐桌，就像火車上的餐車一樣。餐廳內部煥發吸引人入內的光輝，穿著平整粉紅色制服的女服務生端著堆滿食物的托盤走來走去。

「韓式餐廳已經爲你們準備好了……」申大使說。

「唔，這裡動都不動啊。」趙上校說。

一夥人面面相覷。一名資淺外交官對他的同事聳聳肩，而那個同事似乎不反對這個主意，但是申大使、馬祕書和兩名政治警察保持沉默，掂量著這麼做的後果。

趙上校打開車門。

「等一下！」申大使因不安而語氣緊張，「上校，你是不是忘了你人在哪裡？」

趙上校看著餐廳雅座的客人。四個青少年，兩男兩女，看起來像高中生，用吸管喝著可樂。一碗五顏六色的冰淇淋送到一個小男孩面前，他露出卡通般的興奮表情。**天底下的小孩子**

都是一個樣，他心想。一個穿著警衛制服的男人帶著疲憊的表情獨自用餐，他點了杯啤酒，跟替他點餐的女服務生說說笑笑。這些人都不像電影裡典型的美國人——瘦得跟竹竿一樣、有鷹勾鼻和金頭髮的壞蛋。

「我們沒什麼好怕的。」趙上校說，「除非你的意思是我們偉大的黨的思想體系無法保護我們免受貪吃的孩子和平凡食物的傷害……」

☆

餐廳內部有黑白相間的方格地板和一長條光亮的鋁金吧檯，女服務生都在那裡大聲喊出點單的內容。廚房在一扇雙開門後方，有舷窗式的窗口。吧檯後側陳列著一排水晶玻璃杯和酒瓶，上頭是由黃色和粉紅色霓虹燈彎成滿是泡沫的奶昔圖案。玻璃展示櫃裡有幾個旋轉架，架上擺著蛋糕和甜派，這些糕點都鋪滿油亮的水果。

一名女服務生替他們帶位，並發給他們包了護貝膜的菜單。「你們是哪裡人？」她邊擦桌子邊說。她身上的名牌寫著「潘」。

「朝鮮民主主義人民共和國。」中大使用平平的語調說。

「好喔！」她對他們嫣然一笑，便走開了。

他們坐定後，另一個女服務生端著兩個大托盤經過，把托盤上熱騰騰的盤子送到隔壁雅座的一家人。融化的乳酪和烤牛肉的綜合香氣跟隨著她。

或許是擔心自己的革命決心將被削弱，其中一個政治警察試著表達抗議。雖然他身型魁梧、相貌平庸，趙上校知道他實際上是傳統到古板的人。

「上校，我不確定這裡的食物很恰當。由於我們偉大的──」

「我了解你的反對，李警官。」趙上校飢腸轆轆，沒有心情引經據典，但他腦中突然蹦出一個調皮的念頭。「你沒認出那個托盤上是什麼食物嗎？金正日同志本人發明了『兩塊麵包夾一塊肉』──作爲餵飽我們大學生的解決之道。《民主朝鮮報》的一篇報導刊出他親自教導工廠裡的工人製做這種肉餅。美國人最卑鄙奸詐了，你得承認，他們極有可能從我們這裡偷走靈感。」

李警官皺起嘴唇，把此事記在心裡。

趙上校和申大使盡可能替其他人把菜單翻成韓語，而在翻譯過程中，他發現「兩塊麵包夾一塊肉」還伴隨著令人困惑的選項，可以選不同的醬汁和乳酪，也可以把牛肉換成雞肉或是辣豆。隨著趙上校大聲唸下去，圍在他周圍的夥伴愈是點頭贊許，因爲他們愈來愈堅信這些餐點確實源自天才中的天才本人的腦袋裡。爲了向他致敬，他們各自選了一種不同的漢堡，搭配著條和沙拉，並挑中了百威啤酒，因爲雖然他們知道他們自家生產的大同江啤酒在許多國家都被尊爲全世界最好的啤酒，這裡的菜單上卻沒有。

用餐時，趙上校發現自己跟所有人一樣，藉著討論與這趟出訪相關的陳腔濫調和實際層面來掩飾自己對餐點的喜愛。食材不但新鮮，而且分量充足。等他們的空盤被收走，他們接受了潘的推薦，又點了草莓乳酪蛋糕，接著還有咖啡，就連申大使都一副與世無爭的祥和表情。帳單送來後，申大使拿起來準備付帳，但趙上校從他手裡接過去，露出自信的笑容。他內心漲起一股自豪，覺得表現的機會來了。他打開義大利手工縫製的皮夾，裡頭裝著嶄新的百元美鈔，是遊行那天永浩送他的禮物；他付了帳，同時考慮給潘一本《金日成的人生軼事》，卻改變心意，留給她一筆豐厚的小費。

他們走到店外的人行道上，迎向冷冽清澈的夜晚。這座城市一點都沒有鬆懈的跡象，街道上滿是忙碌的車輛和行人。還有光——到處都是熾亮的光，商店即使已經打烊，櫥窗仍然亮著燈，以及——趙上校抬頭看——雖然員工都回家了，對面的辦公大樓依舊每層樓都沒熄燈。他搓搓雙手，正在期待沿著城市街道走回旅館會是怎樣的一場冒險，這時有個蓄著細八字鬍的中年男子從餐廳匆匆跑出來。他的名牌寫著「岡薩羅」。他手裡拿著趙上校的錢，另一手拿著散發藍光、看起來像小型掃描裝置的機器。

「呃，先生？我是經理，請問您能否換一種付款方式？這些鈔票是偽鈔。」

13

北韓，兩江道惠山火車站

這天天氣冷到足以使米酒結冰，但文太太還沒看過這座市場如此繁忙。停電使得進出惠山的兩條路線都停駛，兩列火車被困在車站，而受困的火車代表受困的顧客。

她的長椅擠著滿滿的用餐客人，還有一列人龍在排隊等候入座。蒸氣上升，煙霧散逸，筷子咔咔響。沒什麼人在交談，客人端起碗直接咂著嘴喝熱湯。天氣太冷了，坐都坐不住。天空像一片白金，隱然要下起雪來。

文太太放錢的腰包每分鐘都變得更鼓，塞滿骯髒破爛的韓元鈔票。她的瓦斯爐火力轉到最大，四個最大的平底鍋都在爐子上嘶嘶作響，而她的木炭用到只剩最後一袋了。小鬈和她的女兒在服務客人，被她雇來幫忙掌廚的威士忌奶奶則攪著一鍋香氣四溢的燉魚湯，這湯一碗賣三百韓元。她的團隊獨缺小奎一人。

「先端給警察。」她對小鬈低喃。她擔心食物會不夠。

車站裡傳來細微的歡呼聲，接著是擴音器的尖銳噪音，所有人都捂住耳朵。電力恢復了。

她終於看到了小奎，那男孩正彎來繞去地穿過草蓆和排隊的客人，動作像隻貓一樣安靜而低調。他拿起菸斗吸了最後一口冰毒，把它吸入肺的最深處，然後朝著中國的方向呼出白煙。

「別當著我的客人抽那玩意兒。」她說。

「我們很快就需要第二張桌子了。」他說，坐到米袋頂端他的老位子上。

嗶嗶的警笛聲響起，在月台另一端引起一陣小騷動。一輛敞篷式警用吉普車朝食堂慢慢開過來，迫使市場裡的賣家都把草蓆往內拉，爲車子讓道。文太太的排隊客人分開來讓車子通過。張警官下了車，以地主之姿走向她的廚房區，一邊搓著手一邊向客人點頭致意。鏟子臉開始從吉普車後頭把米搬下車，那些米裝在淺藍色的麻布袋裡，袋子上印有「聯合國世界糧食計畫署」的字樣。

「阿朱瑪。」張警官咧嘴一笑，露出一口整齊的黃板牙。「妳的表情比熱騰騰的水餃湯[23]還要『熱情』啊。」

「你要什麼？」

「我在想妳今天能不能付我人民幣……」

「你要收強勢貨幣的話可得給我打九五折，兌換商要收手續費的。」

雖然他的地位較高，她卻沒有使用敬語，她年齡比他大，而且她知道他賣給她的米是偷來的美國人贈品。

「妳說了算。」

他注意到小奎時突然臉色一沉，小奎又點起了菸斗，而他勾勾手指叫那男孩過去。小奎把菸斗遞給他，他擦了擦菸嘴，塞到嘴巴裡深深吸了一口。他吐氣時，文太太注意到他眼裡多了一抹令人不愉快的精光。

「對了，呃，還有一件事……」他湊向她的耳朵，她感覺麻煩要來了。「今天早上，保衛部在渭淵車站一列火車上逮捕了四個人……」他的聲音壓低成耳語，「罪名是持有《聖經》。

該死的口袋本《聖經》，阿朱瑪。」他的口氣帶有一絲酒精的甜味。「我跟妳一樣不希望保衛部在這個車站周圍查探，把所有人嚇個半死。」他意有所指地望著她。「有人趁乘客上車時發《聖經》給他們，咱們要確保這裡沒人做這種事。」

文太太嘆了口氣，他這是把責任推到她身上啊。「我會警告她們的，如果她們看到什麼風吹草動，你會第一個知道。」

「正是我想聽的話。」他挺直身體說道，「這事讓保衛部非——常敏感啊。」他用手指做出蟲子蠕動的動作。「他們不管往哪看，都會看到間諜和破壞分子……」

文太太目送他離去。

「眞是個混蛋。」小奎說。

☆

僅僅六個星期前，文太太第一次在月台上鋪草蓆賣米糕，當時她還是一個鄉下來的不懂行規的無名小卒。

她那幾百雙手套和襪子擺平了郡警，不但沒因爲擅離農場的工作崗位而被追究，反而跟警察成了同盟關係。他們遵照她的建議，把手套和襪子當作禮物發送給白岩郡的村民。正如她所預測，這個做法替他們贏得當地黨部的表揚，以及升遷。

隔天她回到市場時，又發生了一件事，讓她深信她的運勢是朝非常好的方向在發展。

市場的女人都在她的草蓆周邊圍成一圈，小鬈也在其中，一手掩飾著臉上的笑容。不管現在是什麼狀況，文太太都感覺到是她的主意。

「我們邀請妳加入我們的互助會。」楊太太說，她賣的是魚乾和電池。

文太太吃力地從地上爬起來，向楊太太鞠了一躬。她知道這是她們表達感謝的方式，因爲前一天晚上官員突襲市場時她救了小鬈，但她不明白所謂的互助會是什麼，直到賣塑膠玩具和無保存期限糖果的權太太向她說明，互助會是女人們建立的非正式團體，如果任何一個會員需要投資或是買通什麼人，其他人便會借錢給她。接著她們對她深深一鞠躬，便回到各自的攤位去了。

「現在就有一筆錢，阿朱瑪。」小鬈說，「拿去吧。」

「我能投資什麼？」文太太說，「我還不太會賣東西呢。」

「妳說妳廚藝不錯。」

這話讓文太太開始思考。「這倒是眞的……但我要的材料惠山沒有，我在這裡只做得出大家都在賣的那種湯麵和豆羹。」

小鬈再次用開朗而專注的表情望著她。她的眼睛大而清澈，其中一眼的輕微斜視爲她增添了迷人的柔弱感。她的嘴唇微張，帶著玫瑰石英的顏色，總是像要吐露什麼祕密似的。無論她的滿足從何而來，她都把它藏在心中帶著走，就像大地中蘊含的熱力。她頭上的向日葵黃頭巾很適合她。**妳會發光**，文太太心想。

「阿朱瑪，妳需要什麼材料？我去替妳張羅。」

文太太笑著擰了擰年輕女人的臉頰。「妳要到哪裡張羅新鮮的牛肉還有上等的豬肉？這裡什麼也沒有。」

小鬈壓低嗓音悄聲說：「中國。」

文太太的笑容消失了。

她就是這個時候知道小鬈去過長白縣，也就是鴨綠江另一側的中國，去過不止一次。她趁夜裡渡江，買通靠近她家河岸邊駐守一處狹窄林地的邊境衛兵，然後悄悄走過結冰的河面。

文太太驀地瞪大眼睛。「妳去中國做什麼？」

但是針對這個問題，小鬈有所迴避，只模糊地說跟中國商人有些來往。

「如果妳被抓了呢？」

「我受到保護。」她羞怯地說，垂下目光。

隔天天一亮，文太太就撒鹽祭拜山靈，並感謝她的祖先保佑她、賜給她好運。天上仍有幾顆星清楚地閃著寒光，但西方的彗星已經不見了。無論它預言著什麼樣的事件發展，現在都已經開始運作。她很確定是這樣。她在夢裡問過父母那道彗星代表什麼，不過他們是用謎語和詩句來回答她，而她不解其意。

羔羊無怨走向前……

「……肩負世人的罪愆。」她一邊喃喃自語，一邊走回屋子裡。

「呣？」泰賢在毛毯底下動了動身體，一條腿抽搐了一下。「妳那些該死的祖先現在又對妳說了什麼？」

那天稍晚，她用女人們的互助會湊出的借款買了一個新的中國製瓦斯爐、兩個超大的不鏽鋼平底鍋、一個長形的鑄鐵炭盤，還有一張烤架。小鬈堅持親自去搬回這些物品，拒絕文太太的提議，不肯雇用走私者。那天傍晚她悄悄過江到了中國的長白縣，隔天便帶著文太太清單上的所有物品回來。白魚和干貝；上等的新鮮豬肉和牛里脊肉，準備醃過之後再切成細條；牛骨；十幾種不同的香料；精製砂糖；生薑、人參、辣椒醬，還有——在十一月的惠山不可能取得的——鮮甜爽脆的萵苣。剩下的東西——豆瓣醬、大蒜、泡菜和乾麵條——文太太都在市場裡買到了。至於米，她得向警察把持的當地黑市購買。最後她找到一名木匠替她做了張便宜的松木桌，再用板條箱做了兩張長凳。

隔天，她看著桌子組裝起來，神經緊繃到每隔十分鐘就要跑一趟廁所。

蔬菜剝好皮、切好塊，米洗好了，肉醃好了。她的木炭存量充足。小鬈和她女兒待命中，威士忌奶奶繫上她最乾淨的圍裙，雖說那也沒多乾淨。早上八點整，她扭開瓦斯爐、點燃木炭。一小時後，「文家韓式烤肉」正式開張。

這一天的開頭進展緩慢，上午過了一半，沒做成幾筆生意，到了中午的來客數仍少到令人憂慮。但是過了中午，怪事發生了。小道消息口耳相傳，從車站傳到了外頭的廣場，食物的香味也是：烤牛肉、甜甜的炭煙、裝著魚湯和牛骨湯的兩個熱騰騰的鍋子飄出的蒸氣……剛過中午，她的長凳就幾乎坐滿了。

隔天中午，她的長凳不但完全被占滿，還有一小群客人在排隊等候，隊伍在一天內愈來愈長，即使稀疏的雪花開始像鵝毛一樣飄落也動搖不了他們。

她開始做生意滿一星期時，「文家韓式烤肉」已成爲惠山市的熱門話題。她的店外永遠都有一條人龍，包括市府官員和他們的家人。客人用韓元、人民幣、歐元，甚至是美金——黑市貨幣中的王者，文太太以前從沒見過——來付餐費，偶爾也用巧克力派來付帳。很快地，她已熟記好幾種匯率。她拒絕接受客人用冰毒買單，雖然她發現到處都有冰毒在流通。這種毒品已成爲一種貨幣。

不出兩星期她便還清了向互助會借的錢。她額外雇了走私者替她從長白縣運貨，還向警察要求增加白米的供量。從那時候起，她成了這座市場非正式的領袖。

然而成功帶來新的憂慮。黨內官員緊盯著她，看她有沒有違反交易規定，而那些規定就像風一樣善變。還有不管她往哪裡看，都會看到髒兮兮的小臉在窺探——花燕子，那些流浪兒餓到會撿地上的生玉米來吃。她曾給過他們一頓吃的，現在他們日日侵擾，偷食物、扒口袋。她需要保護。

這時候她想起幾個星期前她第一次來做生意時，那個看起來茫然無依的青少年，他曾想用一包冰毒來跟她買米糕。她形容他的外型——瘦得像昆蟲，眼神像巫醫——孩子們一聽就知道她說的是誰。他住在惠山市郊一間廢棄的裝瓶廠裡，他的名字是小奎。

她在破敗的工廠裡找到他，他正和一群不良少年抽冰毒，他們個個臭得像腐爛的莓果。

「這裡不安全唷，阿朱瑪。」他說，隔著一層白霧望著她。

「我要提供你一份工作。」她用手帕掩住口鼻，「還有一頓熱水澡。」

小奎十四歲，個子矮小，他母親在他五歲時把他遺棄在市場裡，自己去中國找吃的。他善於街頭鬥毆，擁有貓一般對危險的覺察力，是個道道地地的花燕子。當他沒有吸冰毒進入亢奮狀態時，文太太感覺他對人生有股深切的怨念。他說要是他能再見到母親，他要逼她看著他大口吃白飯。但是他已經無法清楚回憶她的長相。文太太能理解他的悲傷，她知道朝著一片空無伸手想找回失去的人是什麼感覺。對她來說，關於他們的回憶痛到難以承受，雖然他們還是會在夢裡找她。她把小奎護在她的羽翼下，就像已經認識他一輩子，他的年齡小到能當她的孫子。

文太太讓小奎想吃多少食物就吃多少食物，但她懷疑他其實光靠愛和感情就能活下去。他成爲她的護衛、守望者、消息來源，市場裡的事沒有小奎不知道的。在接下來幾週內，他小小的身體養壯了，直到他有足夠的力量統治花燕子。任何小孩子若想在惠山火車站扒人口袋或偷東西，都必須取得小奎的許可。沒有許可，他們就只能乞討。

張警官的吉普車倒車離開月台時，文太太想到如果有人知道是誰在發送違法的《聖經》，那人一定是小奎。她正準備問他，一波客人上門來，是一群被滋滋作響的烤薄牛肉片香味吸引的軍校學生。受困在此的那列火車乘客不顧寒冷，在她的食堂吃早餐、午餐、晚餐。這是她最忙碌、營收最豐盛的一天。然而接近傍晚時，氣溫降得更低了，市場的人也變得稀稀落落。她關掉瓦斯爐，把仍有餘溫的木炭送給花燕子。

掛在天空的月亮淡雅如絲，像是蜘蛛卵。惠山市的民宅窗戶透出幾盞幽暗油燈的光芒，但河對岸中國那一側長白縣上方的天空，卻因爲數不盡的路燈和霓虹燈而煥發琥珀色光輝。她聽說有些中國的城市，一年前還不存在。聽說那裡有直入雲霄的玻璃高塔。

女人們都在收拾攤位。文太太跟小奎一起坐在火盆前面，讓自己暖和起來，準備踏上歸途。她看著小奎那張既年輕又像老人的臉，看他把小紙包裡的白粉倒進菸斗。

「你就不能不碰那玩意兒嗎？」

火盆劈啪響，火舌舔了一下空氣，映照在他那雙被煙燻得呆滯的眼睛裡。他打著塑膠打火機，把火焰湊到菸斗底下，深吸了一口。「冰毒能帶走疼痛……帶走飢餓和寒冷。」他把菸斗送到她面前。

她揮手拒絕。

這時候火車警笛聲響起，聲音大到撕裂空氣，在山脈間迴蕩。車站裡立刻蒙上一層緊張氣氛，人們抓起行李和幼童，在陰影中衝向月台，口中大喊大叫。在車站杵了一整天往咸興的火車要開走了，文太太忽然想起她的疑問。

「是誰在發《聖經》？」

火車車門砰砰響，擴音器也劈劈啪啪地在宣布事項，吵得不可開交。在車站微弱的燈光下，她看到幾個家庭聚在月台邊緣，揮手向家人道別。

這畫面讓她暫時分心，當她轉回頭看小奎時，發現他在閃避她的視線。

「如果妳眞的想知道，阿朱瑪……」

帶著走私品的乘客在別人協助下爬上車頂，那裡不會有人搜查他們。哨音響起，在冰冷的空氣裡刺耳而清晰，緊接著是送行者高喊的祝福，然後火車開始慢慢動起來，嘎嘰嘎嘰地駛離車站。月台上的人群仍伸長手臂，把一包包食物和貨物傳上去給車窗內的人。

「……答案就在妳眼前。」

在一瞬間，火車上方的電纜爆出一陣火花，將整個場景照亮，就像用閃光燈拍攝的照片一樣清晰。

文太太感覺寒意深入骨髓，因而爬起身來。她起身之後停下動作，完全靜止地站著，不假思索地望向月台，現在它又籠罩在陰影裡。她說不上爲什麼，但某種直覺令她對片刻之前看到的事物有所反應。火花一閃所點亮的畫面固執地留在她的視網膜上，它帶來的衝擊太鮮明了，不會馬上褪去。

在卡其布與灰色布料之間有一種顏色格外醒目。

向日葵黃……她在月台上的人群裡看到鮮黃色的頭巾。有個年輕女人把小包裹遞給火車上的某人……在火車開始動以後。

她的心在胸中翻轉。

☆

這條泥土街道兩側都是低矮的小屋，屋外有鐵皮波浪板構成的圍籬，那棟屋子就位在街道的盡頭。文太太每經過一戶的家門，就會有狗對她叫。一條開放式排水管在月光下閃著幽光，水流朝著河而去，河就在街道盡頭外一百公尺遠，她能聽到冰面底下汩汩的河水聲。她輕敲大門，側耳傾聽。她右邊是一條沿著河延伸的小徑，那就是國界了，會有成對的衛兵在那條路上巡邏。對岸有陰暗的樹木朝河面伸出。這條河窄到她可以丟一顆小石頭，而它會落在中國。

屋門吱呀一聲打開，接著一把鑰匙咔咔地打開大門。它咧開一條縫，然後開大。「阿朱瑪。」小鬈詫異地說。她提著一盞油燈，它投射出淡白色的光。她頭上仍繫著黃色頭巾，髮全被包在裡面。她還來不及再說什麼，文太太看她的眼神就使得年輕女人的表情一變。那表情代表的不是困惑或愧疚，而是了然，表示預期已久的時刻終於到來，而她坦然接受。這個表情證實了文太太所有的恐懼。

小鬈站到一邊，讓她進屋。

爐盤上咕嘟咕嘟煮著晚餐。室內一塵不染，只有幾件簡陋的家具，還有牆上的「父與子」肖像。小鬈的女兒順伊坐在地上的一塊墊子上，正藉著燭光拆開一個包裹。牛皮紙的裂口露出一本口袋書的書背。

「《聖經》。」文太太喃喃道。

小鬈關上門，用背抵住，低垂著頭。

文太太用輕如耳語的聲音問：「妳惹上什麼事喔？」

於是小鬈抬起頭，叛逆般地輕聲說話。

「我們在……我們的教會裡大聲讀經。」

文太太感覺頭皮發麻。她已經好久好久沒有聽人講出這個詞。

小鬈的呼吸變淺了。「我們有八個人，每次都換地點，在不同人家裡聚會，但是阿朱瑪，在咸興、清津，甚至是平壤，都有人在偷偷信神。他們讀的經文是用手抄寫在小紙片上的。我知道藉由上帝的恩典，有些《聖經》會傳到他們手上。」

一陣寒意掠過文太太。光是聽到這些資訊都足以判她死刑。

「這些《聖經》……是哪來的？」

小鬈繼續望著她，她的眼珠閃著幽光，蘊含著激昂的情感。「河對岸的傳教士給的……我跟他們在長白縣見面……每次我去他們都會給我幾本。」

文太太感覺她體內那一球恐懼終於孵化，在她的五臟六腑間漫開。她悄聲說：「那些傳教士害妳面臨極大的危險。妳知不知道保衛部會怎麼對付在中國跟基督徒見面的人？」

「上帝保護著在中國的朝鮮人，祂也會在這裡保護我。」

文太太腦中敞開一條時間的裂隙。許久以前，她的父母在一間門窗緊閉的屋子裡朗誦一本書，小聲地唱歌。

現在她更加急切地說：「保衛部快要查到妳身上了。今天早晨張警官對我說，他們逮捕了好幾個帶著《聖經》的人。他們什麼都看得見，他們會找到妳。」

小鬈平靜的態度消失了，好像揭掉一張面具。她的臉孔扭曲，露出既狂喜又驚恐的複雜表情，文太太一時之間以爲她瘋了。

「如果我被抓，我就死，我願意死……」她的聲音在顫抖，「光是這麼想就讓我安慰，讓我有力量忍受這個地方的苦難，就像祂忍受著苦難。祂忍受苦難讓我們能活下去……」

文太太腦中亂成一片，破碎的記憶和困惑交錯。「妳說偉大的領袖？」

「不，阿朱瑪。」小鬈齜著牙露出苦笑。她的嗓門提高了，不太能控制自己的聲音。「不是他。他想在我們心中取代上帝，他想讓我們愛他而不是愛基督——」

文太太抬起手捂住小鬈的嘴，深怕隔牆有耳，深怕鄰居會在陰暗而安靜的屋子裡警覺地聽著。在寂靜中，她自己的呼吸聲也很濁重。

「那順伊呢？」文太太低聲說，指著坐在地上的女孩。「妳希望她也死在集中營裡嗎？因爲如果妳被逮到，就會發生那種事。」

小鬈激昂的表情褪去，她的叛逆燃燒殆盡，她看起來悲傷而疲憊。她開始啜泣。

「不。」她嗚咽地說，「我當然不希望那樣。」

女孩從地上站起來摟住母親。

文太太說：「聽我說，妳們兩個今天晚上就得到中國去。去找妳認識的傳教士幫忙，永遠別再回來。」

母女倆轉頭對望，兩人眼裡有種奇特的聽天由命。

「妳沒有時間考慮了。」文太太催促地說。她微微拉開窗板往外窺視，不過除了鐵皮波浪板圍籬和黑暗的前院什麼也看不見。街上很安靜。

打包沒花多少時間，她們的家當少得可憐。小鬈花了幾分鐘在院子裡挖開堅硬的地面，取出她埋的罈子，她在裡頭藏著人民幣，她們就要準備好出發了。

「把《聖經》留下。」文太太說，「我會毀了它們——」她迅速改口，「我會發出去。」

小鬈在發抖，順伊害怕地望著母親。她們開始回過神來，醒悟到自己將要做的事情有什麼意義。

「拿著這個。」文太太說，從她放錢的腰包取出厚厚一疊各國貨幣，「也許妳得買通妳不認識的邊境衛兵。」

小鬈心不在焉地把錢收下了。

「我們最好分頭離開。」文太太說，「成群結隊看起來很可疑。」

小鬈把爐子、油燈和蠟燭的火熄滅，打開屋門聽了聽。凜冽的夜風捲進屋內，唯一的聲響是冰面底下的河水聲。樹木靜止，沒有一絲微風。房屋屋頂上方的星星亮得像冰晶。空氣冷到會灼傷她們的喉嚨，因此母女拉起圍巾把臉包住。

順伊先走，躡手躡腳地穿過前院，來到鐵皮波浪板圍籬之間嵌的木門前。星光只讓人能勉強看見她。她慢慢打開門鎖，出去之後把門帶上。

她們等了兩分鐘，輪到小鬈了。她向文太太鞠躬，把房屋鑰匙交給她。「等我到了傳教士那裡，我會託走私者向妳報平安。」

文太太聽到自己說：「願上帝與妳同在。」

她讓屋門開著，目送小鬈穿過院子，慢慢拉開大門。

大門突然整個敞開，一條大狗狂吠，強光由街上照進院子。有個男人的聲音在大喊。一陣粗暴而模糊的騷動，小鬈叫出聲來。

文太太跳回屋子裡，用力把門關上。

她只瞥到一眼街上的狀況，卻足以知道災難已經無可挽回。四或五個保衛部的人，穿著深色長大衣。一條警犬。戴著手套的手抓著順伊，捂住她的臉不讓她發出半點聲音。

23 饅頭（mandu）：包肉餡的水餃，熱食料理。水餃湯（mandu-guk）是韓式餃子泡在牛肉湯或鯷魚湯裡的料理。

14

維吉尼亞州，蘭利市
殖民農場路一〇〇〇號
中情局總部

H梯的新兵興高采烈地登上往華盛頓特區的巴士，他們將展開整整一週的休假，離開「農場」回家過感恩節，這是他們從一個月前開始受訓以來第一次放假。潔娜揮手向他們道別，說她在威廉斯堡還有事要辦。事實上，費斯克命令她參加一場在蘭利舉辦的機密簡報，會上將有一位從首爾來參訪的南韓資深情報官員。

他年約四十歲，短小精悍，身穿迪奧西裝，講的英語帶有加州腔。「叫我麥克就好。」他說，像名流一樣對著東道主微笑。在場有幾名資深分析員，包括西姆斯，還有五角大廈來的五個穿著軍服、掛滿勛章的軍方人士。潔娜坐在費斯克右手邊。

眾人的注意力被引導至安裝在牆上的螢幕畫面。畫面中是美國海軍從菲律賓海撈起的銀河三號運載火箭的一部分。

「我們在這裡看到的是火箭的鼻錐和第三節。」年輕的分析員說，用游標指著。「大到能承載兩百公斤的彈頭——恰好等同於戰術核武器彈頭的重量。它飛行的高度意謂飛彈射程可達五千公里。隔熱罩重新進入大氣層時還是完整的。各位先生——還有女士——這是一次極爲成功的試射。北韓人當然不知道，因為我們搶先他們把證據從海裡撈走了，但是時間已經開始倒數。我們知道他們正在打造另外兩枚飛彈，而毫無疑問，目標是我們。」

他坐下來，由南韓特殊探員麥克．張接手。

「火箭科學他們是具備的。」他對著潔娜微笑、擠眼，「他們還沒琢磨透的是彈頭——這是我們握有最珍貴的情報。中情局在北韓境內或許沒有線民，但我的單位有。我的情報來源回報的事情都一樣：說到要打造小到可以裝在飛彈上的核武，北韓政權目前卡在二壘。他們可能還要兩年、五年，甚至十年才會發展出那樣的技術。」

「我不懂。」其中一位將軍說，他的下巴方而厚，嗓音粗啞。「如果他們沒有可以裝在火箭上的彈頭，為什麼要花幾百萬美金試射火箭？」

「虛張聲勢。」西姆斯扠起手臂表示。「發射的時機並非巧合——就在昨天北韓代表團抵達紐約的幾週前？我敢打賭他們會用這件事勒索我們，要我們給予一大堆援助……」

潔娜目光投向窗戶，思考著。窗外是廣大的停車場，停車場後方則是延伸到視線盡頭的栗樹和山毛櫸樹林，維吉尼亞的山丘正轉為琥珀色、紅色和金色。

我們遺漏了什麼。

她想著這幾天來她一直在看的間諜衛星影像。大部分都是「瞇瞇眼」棄而不用的檔案，因為看起來沒有軍事價值。但是北韓人精通詭計和隱匿……謠傳金正日的屋宅有些完全建於地底，幾公里長的隧道間有許多入口。如果他們能夠把某個東西藏在地表上的間諜毫不知情的地方，藏在「瞇瞇眼」不會去查的地方，也許他們確實有可以裝在火箭上的武器。可是那個地方在哪呢……？

她試著用北韓政權的思路去思考。*真正能夠隱藏武器的地方……是在資訊黑洞裡面。*

這時候她想到了。感覺好像有一顆冰塊沿著她的脊椎往下滑。

「我的情報來源還得知另一項耐人尋味的細節。」特殊探員麥克．張說，「當時金正日本人出席了在東海衛星發射場的試射活動，他的幼子兼繼承人也陪同在側。沒有照相機，沒有宣傳活動。一次祕密出訪……」潔娜瞪大眼睛。

簡報暫時中止讓大家休息一下，她趁這時候拉著費斯克的手肘，帶他來到遠離旁人的窗邊，其他人端著咖啡三三兩兩地站著交談。

她偏著頭背向房間，壓低音量說話。「他們可以在火箭上安裝武器，我相信麥克．張的情報是錯的。」

費斯克轉頭望著地平線，皺著額頭，彷彿她說出了他長久以來的恐懼。

她的話音急切而輕巧。「大費周章花幾百萬美元試射飛彈？金正日和他的繼承人都在場？他們一定有什麼法寶……一枚暗中開發出來的彈頭，在麥克．張的間諜不知道的地方。」

「哪裡呢？」費斯克轉向她，「我們用盡天空中的每隻眼睛盯著那個該死的國家。」

「一塊黑地，『瞇瞇眼』從來不看的一個地方……查爾斯，我需要獲得許可，要求間諜衛星掃描特定座標。」

他困惑地皺了一下臉，回頭面向窗外。「這要求遠遠超出培訓生的職權……」

她望向房間另一頭。西姆斯站在那兒用他呆板的聲音在和方下巴將軍說話。「我需要獲准進入位於低樓層的間諜衛星控制室……」

☆

「讓我搞清楚一點……」西姆斯的頭滿小的，潔娜心想；再配上他的腰圍，讓她聯想到保齡球瓶。她無法判讀他的表情——螢幕的亮光映照在鏡片上，在他臉上形成兩個空白的橢圓形——但他的語氣毫無疑問地帶有淡淡的嘲諷。「妳想要調整光譜成像間諜衛星的軌道，好仔細看看……一座監獄？」

所有「瞇瞇眼」都扭過頭來聽。

她冷冷地說：「二十二號集中營長五十公里、寬四十公里，大約等同於洛杉磯的面積。那裡有充足的空間隱藏武器計畫。」

「那裡什麼也沒有，它不過是個採礦集中營。」

「正因為如此，沒人能刺探裡面有什麼，除了用衛星之外。然而那裡的影像並不完整。」

他摘掉眼鏡，揉了揉眼睛。「梅莉安．李，為什麼是那座集中營？為什麼不是所有集中營？」

潔娜知道這只是一種預感，但這預感有她堅實的知識作後盾。脫北者、曾淪為囚犯的人，曾鉅細靡遺地做出證詞，詳述每一座地獄般的集中營內部運作的情況——除了一座之外。位於北韓偏遠東北角的二十二號集中營，從來不曾釋放過一名囚犯。也不曾有任何囚犯逃出來。

韓國標準時間上午六點五十一分，位於日本海上方地球同步軌道上的光譜成像間諜衛星ＫＸ－４Ｂ調整了軌跡。兩百公里高空望下的景象，是藍色和琥珀色交錯的黎明如漣漪般向西方擴散，將元山的海灘轉為一縷金黃。在短暫的片刻間，潔娜迷失在這美景當中，然後她設定的座標鎖定了，照片開始送入她的資料夾。她深吸一口氣。

看到它的第一眼使她胃部發冷。樹林茂密的高山和陰暗的側谷包圍著一片廣大的區域，那片區域全是灰燼和陰影。在集中營的宇宙中，二十二號集中營是個黑洞，對所有局外人來說都是禁區。外界對它僅有的些許了解，來自十年前叛逃的兩個前任衛兵供詞。根據他們的描述，那裡幾乎自成一國。公民分成兩種階級：衛兵和奴隸。五萬名飢餓的囚犯在礦坑和農場做苦工。衛兵隨時處於備戰狀態，有權任意毆打和殺害囚犯。全面控制營。有去無回之地。

她閉了一會兒眼睛，幻想自己又是學者。**按部就班，保持客觀。理性看待……冷靜面對。**但是當她放大畫面，她實在冷靜不下來。

她從最南邊的大門外開始看，看到把煤礦運出營區的鐵路。一條長長的壕溝構成陷阱，溝裡有森然的金屬尖刺。除此之外：一道通電圍籬，還有一片散落著電死老鼠的無人區。她的手指在觸控板上移動，視野越過圍籬進入營區。**瞭望塔、架著機關槍的掩體、行政辦公室。**太陽才剛要升起，一切都籠罩在山脈投下的深色陰影裡。有少數衛兵牽著狗在巡邏，沒見到任何囚犯。很大的點名場，有十個足球場那麼大，卻空無一人。到處都有裂縫和孔洞，從中升起煙霧——或許是地底深處在燒著煤炭[24]。她繼續移動。**化糞池、火車站、運煤車、焚化場。**一團火球像亮橘色的菊花盛開。**煉冶廠、工廠、囚犯村**……小小的破屋整齊排成棋盤狀，像是城市的街區。她把鏡頭拉遠。這些屋子在黑色地面上蔓延好幾公里，有幾千棟。**繼續移動……內部監獄、垃圾池、處決場、墳墓、墳墓、墳墓……囚犯。**一條條巨形人龍，像是軍隊一樣，在武裝衛兵的押送下走去上工，有些走向黑色田野，有些迂迴地穿過堆成錐狀的煤礦渣之間，走向礦坑的入口。其中一條人龍被飄浮的煙霧遮去一半。這是煉獄場景，是波希畫筆下描繪的地獄。看到這裡，她已經忘了自己搜尋的目標。

她聽到背後有動靜，是室內剩下的最後一個「瞇瞇眼」在拉上鋪棉外套的拉鍊。下班時間到了。

她對他說：「我可以把這設定成直播嗎？」

他走過來她的螢幕前。「可以啊，但畫面不會很清晰。」他傾下身輸入指令。「天啊……妳在看什麼？」

現在那些人龍在即時移動。與其說是行進，不如說他們拖著腳步移動，像是活死人軍團，身上披掛著骯髒破爛的灰布。他們在走路時，一旁的衛兵揮舞著長警棍。影像比先前要模糊很多。在成人之間夾雜著頭很大的兒童，他們無精打采地蹣跚而行；其他囚犯則白髮蒼蒼。所有人都拖著腳或是跛著腿。一名衛兵衝進人龍、警棍高舉，囚犯繞過倒地的人繼續前進，就像河水流經一塊石頭。等人龍終於走完了，潔娜看到煤渣路面上留下像是一只小布袋的東西。她切換回照片模式，截取高解析度的近照。那是一團側躺的破布和骨頭，是一名少女脆弱不堪的身軀。她那像瓷器一樣白的臉龐有一部分被遮住，頭髮披散在腦後。潔娜感覺到隔在她的客觀眼光和驚恐情緒之間的薄膜終於破了。她伸手捂住嘴。

她身後的「瞇瞇眼」似乎屏住了呼吸，潔娜現在明白爲什麼他的同事們鮮少觀看這類地方了。這會使他們承受成爲目擊者的壓力，他們將冒險看到一輩子都忘不掉的畫面。

自從她帶著秀敏沒有淹死的認知從日內瓦返國以來，她發現自己曾多次試著想像雙胞胎妹妹此時此刻的模樣。可是她再怎麼想像，看到的永遠都是十八歲的秀敏。她幻想她又能感覺到秀敏的存在，感覺到連繫她們的基因連結，但那連結纖細而微弱，像是古老星辰的光芒。如果她的心智伸出去搜尋現在的秀敏，她妹妹的臉便會顯得模糊、陰暗，好像她在結著霜的玻璃……或是煙霧後頭。現在可怕的恐懼攫住潔娜的心。這是秀敏的命運嗎？在這種地方？

當她終於在營地最北邊一座陰暗而狹窄的側谷裡找到它時，她的手錶顯示已經快要到子夜了。她知道那就是她在找的東西。它像是太空船一樣醒目，她猜想他們還沒來得及把它僞裝起來或是遮蓋起來。一條鐵軌把建築材料送到它的入口，而入口前方是……一座果園？那一排又一排的東西看起來像果樹，不過樹上絕對沒有果實。看到現在，她已經對營區裡的恐怖景象極為疲憊和痲木，以致於她的重大發現彷彿只是一個細節。

西姆斯在電話響了很久之後才接聽。她聽到一聲咳嗽，還有沖馬桶的聲音。「已經很晚了，梅莉安．李。妳最好有好料。」

「它在二十二號集中營裡。」

「『它』是指什麼？」

「一塊很大的現代化建築結構，屋頂上有最先進的空調設備，有不鏽鋼冷卻管，有碟形衛星，還有可以放置獨立發電機的附屬建物。這一切都用雙層通電圍籬包起來。」

「我相信這可以等到明——」

「北韓把它極為稀少的資源挹注在建造高科技設施上，還把這施設藏在超大集中營深處的隱密山谷裡。它距離東海火箭發射場只有二十公里。我猜那並不是他媽的室內溫水游泳池。你最好明天一早就叫局裡每一個『瞇瞇眼』都來查這個，否則我會跟中情局局長說它一直都在你的眼皮底下。」

☆

她哪裡有心情購物？O街的寧靜早晨對她來說充滿超現實的衝擊力。磚造聯邦大廈之間有一棟棟粉彩色的小木屋；大學曲棍球隊扛著球棍和設備；仰望天頂，銀色飛機在蔚藍天空留下一道水汽。事實證明她根本別想睡著，即使她揉了眼睛，營地的畫面還是印在她的眼裡，就像攝影底片。一個月來首度回到家、跟貓重聚（這陣子託她鄰居照顧），感覺當然很棒，但是她對家的看法有了變化。覆滿灰塵的客廳是她凍結在時間裡的前世，是她在進入「農場」以前的人生。她以前每天提著去喬治城上課的公事包，現在看起來像是某個陌生人棄置在鋼琴旁的物品。

這星期就要過感恩節了。她強迫自己專注，思考她需要買什麼。除了母親之外，她還邀請了叔叔賽追克一家。

「妳從來沒爲我們煮過菜呢。」韓氏在電話裡說。然後她用那種令潔娜想用鉛筆把自己戳瞎的密謀語氣說：「妳是不是認識什麼人了？」潔娜決定請大家來她家的其中一個原因，就是杜絕母親可能想的任何詭計，亦即找另一個追求者在安南岱爾伏擊她。

她推著購物推車沿乳製品走道走，感覺從未這麼格格不入。在平常日的早晨，待在雜貨店裡，周圍全是推著推車、身後跟著幼兒的媽媽，她們對這世界上的危險無知到令人困惑，她們不知道她是多麼努力在維持那岌岌可危的保障。原本正常而平凡的事物，現在看來瑣碎而怪異。

等她回到家，貓已餓得沿著琴鍵來回踏步。

她正把火雞往冰箱裡塞時，她的手機嗡嗡振動。

母親使出她的「隱藏來電號碼」絕招了。

「歐瑪，妳一整年就只有感恩節會吃美國餐，我**絕對不會**做韓國菜的。」

「呃，妳現在是透過擴音器發言，李小姐。」西姆斯冷冷地說，「『瞇瞇眼』團隊跟我在會議室……」她感覺自己漲紅了臉，「我們有百分之九十的把握，妳感興趣的目標是一間實驗室。」

「哪一種實驗室？」

「大概是化學實驗室。它的供水來自山中的一座湖，還有儲放氣體的氣槽。可能是致幻毒品，硬性藥物是他們主要的出口品之一……」

「爲什麼要在**那裡**蓋一座藥物實驗室？」她轉向窗戶。窗上凝結的水汽讓午後的天光有如一粒粒鑽石。「如果他們是在暗中研發武器，把實驗室設在受到全面控制的集中營裡就說得通了。沒有任何細節會洩露出來。」

「我們安排了更多雙眼睛盯著它，我們也會通知麥克·張……」對方停頓了一下，她以爲他們要結束通話了，這時其中一個「瞇瞇眼」說：「做得好，梅莉安·李。」其他人隨後喃喃地附和。

☆

失眠一整夜之後的早晨，讓人感覺很奇怪。對她來說，那種效果未必都是令她不快的。有時候在隔天，她的思緒會燃燒得更加明亮，像是快要燒到底的燭芯，火會突然旺起來；在這種時刻，她能別出心裁，做出一般人想不到的聯想。她綁起馬尾，挑選跑步要配的音樂。德弗札克。第九交響曲，最後一個樂章。

她沿著舊街車的鐵軌跑，朝著大學校園前進，冷冽的空氣讓她頭腦清晰。她調高交響曲的音量，加快腳步，她的身體開始熱起來了。

北韓在集中營裡蓋了一座新的高科技化學實驗室。她繞著曲棍球場跑了一圈，然後沿著小徑跑上山坡，朝著運動場和天文台去。

實驗室會做實驗，集中營提供隱密的環境，或是……

她愈跑愈慢，直到停下來。遠處的波多馬克河呈現桃金孃的綠色，在微陰的十一月陽光下波浪起伏。

那些實驗需要人類囚犯。

24 煤炭（yontan）：圓形的煤炭磚，北韓各地都燒這種燃料來取暖。

15

紐約市
東四十二街和第一大道交叉口
聯合國祕書處大樓
二〇一〇年，十一月二十二日，星期一

「準備好迎戰敵人了嗎？」

申大使跟趙上校並肩坐在後座，大使輕輕握了一下上校的肩膀，上校猜想這是爲了表示對他有信心，或是在警告他別搞砸了。自從在餐廳門口上演那尷尬的一幕以來，申大使就對他展現出戲謔而輕慢的態度，令趙上校深感不快。

永浩一定知道那些百元美鈔是僞鈔。想到他隻字不提便把僞鈔當作禮物送自己，趙上校非常震驚。這讓他對永浩有了不同的想法，好像他突然成了跟他深愛的哥哥截然不同的另一個人。但他提醒自己：散布那些僞鈔正是他們全都努力想達成的對美國人的反抗手段之一，趙上校試著把它視爲愛國舉動，而不去批判他的哥哥。

美國人派了一輛黑色的林肯領航員來羅斯福酒店接他，還有兩名國務院的外交保全人員騎機車護航。他猜想這是對他展現敬意的方式，但那支車隊就在眾目睽睽之下於門廊外等待，機車上旋轉的藍色警示燈吸引一小群看熱鬧的人，這景象讓他有種想拉肚子的恐慌感。

趙上校的一邊膝蓋在發抖。他沒有向坐在前排座位的兩名資淺外交官說半個字。他此刻最擔心的莫過於自己的英語能力會登不上檯面。

天空灰雲密布，飄著綿綿細雨。車隊轉進第一大道，他看到聯合國大樓的輪廓向上淡出、消失在低垂的雲層間，有如未完成的素描。沿著廣場林立的旗幟都疲軟地垂著。第一祕書馬祕書在大樓門口迎接禮車，護送他們穿過廣闊的大廳去搭電梯。到了十八樓，他們彎進一條走廊，接著便直接被請到一間會議室。四個美國人起身迎接，他們的座位在晶亮的木桌一側，桌上擺好了杯子、瓶裝水、筆記紙和鮮花。

美國駐聯合國大使克里斯．歐布萊恩比室內所有人都高。他帶著親切笑容從容地走向他們，手早早地便伸向前，好像他們是加入運動俱樂部的新會員。「上校，很高興在這裡見到你。」他說，熱忱地用力握了握趙上校的手。他的頭顱混雜著暗紅、粉紅和沙褐色，肩膀寬到不像是知識分子。

就像豺狼扮不成小羊……

「親愛的領袖金正日對我們對談的成功表達衷心的期盼。」趙上校毫無笑容地說。

眾人紛紛入座。窗戶框出一個風起雲湧的空白世界，像是虛無的維度。歐布萊恩用一篇漫漫之談當作開場白，陳述美國的立場。他的聲音很不適合演講，趙上校想。很憋、鼻音很重。他說的話了無新意，只不過歐布萊恩的語氣彷彿這些話是他和同事分享的想法與意見，而不是來自上級授權的講稿。一如往常，用理性和親切包裝傲慢。*上個月的火箭試射帶來深切的憂慮……違反了多條聯合國安全理事會的決議……侵犯人權……*還是那一套，毫不尊重朝鮮希望以自己的方式實現社會主義，假定它沒有權利武裝自己來防禦近在門外的敵人。趙上校在歐布萊恩發言時觀察他的同事。他的演說實在太枯燥乏味，他們似乎根本沒在聽，趙上校從他們的樣子看出洋洋自得的優越感，以及裝模作樣的嚴肅正經。其中一人拿著衛生紙在按壓領帶上的咖啡漬。無論趙上校走進會議室時多麼緊張，那些情緒都像窗外的雲一樣消散無蹤，現在窗戶在朝陽下燃燒般透入強光。他想到這個星期平壤街上到處都張貼的海報——一隻巨大的朝鮮拳頭砸向美國的國會大廈。

他受夠了歐布萊恩的聲音。他站起來，兩手握拳擱在桌上。原本看著筆記的歐布萊恩抬起頭，他的演說話音漸弱，中斷在鼻腔裡。美國人都瞪著他。

「你認爲我們的國家毫不在乎自己的尊嚴嗎？」趙上校平靜地問。

「不是的，先生，我們只是——」

「你是不是在告訴我們，我們不能照自己的規矩過活？」

歐布萊恩兩手一攤，又在故作理性，他的唇形貌似將提出抗議。現在還沒輪到趙上校發言，但他不管什麼既定框架。革命分子才不把外交禮節放在眼裡。他用清晰而克制的嗓音強而有力地陳述自己的立場。他提醒他們美國還欠他的國家一筆血債未還。他搖搖手指，預言假如他們再不停止干涉自己國家的內部事務，將有一片火海吞沒美國在首爾的傀儡勢力。

歐布萊恩皺著額頭表示理解。趙上校講完的時候，他露出不確定的笑容，用指尖撫平他沙褐色的頭髮。「我們稍微休息一下好了。」他說。美國人離開會議室時，趙上校看到其中兩人以困惑而戲謔的目光互看一眼，好像他們剛聽完一個醉漢在婚禮上致詞。

領帶上有咖啡漬的美國人待在桌邊的座位上沒動，他的鼻子很長，濃密的金髮梳成旁分頭。「恕我直言，趙上校……」他說的是韓語，不過帶著美語的節奏感，趙上校彷彿祖先的靈魂上身，覺得這種說話方式充滿惡意。「我們知道那裡在幹什麼，而且我們已經厭倦了。你們發射火箭，你們做出恐嚇的暗示，你們把緊張局勢推進到成爲危機的地步。你們會等到類似

『北韓面臨開戰！』的新聞標題出現，然後突然間，你們提出要對談。全世界都大大鬆了一口氣，把援助物資往你們那裡倒、對你們百般讓步。到現在爲止，勒索對你們來說一直很有用。但這次不會了，以後再也不會了。」他站起身，用英語補了一句：「門都沒有。」

☆

會議結束後，趙上校詢問洗手間怎麼走。進到洗手間後，他確認那裡只有他一個人，才往臉上潑水，看著鏡子裡的映影。他審視自己冷漠緊抿的嘴唇，以及空洞的眼神。有時候他彷彿不認得自己，或說不確定哪個才是眞正的他。他感覺到肩頸背部糾結成團的緊張，還有腹部那股熟悉的恐懼感。美國人沒有做出任何讓步，現在他得向平壤回報自己毫無斬獲的事實。

他走進十四樓北韓駐聯合國的辦公室，申大使、馬祕書和兩名資淺外交官都圍坐在桌上的免持話機邊。其中一名外交官正興奮地對著電話說話，頌揚趙上校發言的亮點以及美國人吃驚的表情。電話另一頭傳來第一副相本人贊許的悶哼聲。趙上校走上前，一把抓起話筒，打算單獨聽對方怎麼說。他吸了一口氣。這事沒辦法美化。

「第一副相同志，美國人不吃我們這一套。」

「放輕鬆，趙尙浩。就我剛才聽說的，你做得很好……」趙上校在長途電話嘶嘶、啪啪的雜音之外，聽出對方吸了一口香菸。「還有一天，明天你可以扭轉局勢……」背景音有人喃喃說了什麼，還有別的人在聽他們通話。「你會知道該怎麼做的。」

趙上校帶著不祥的預感把話筒放回去。第一副相沒有問他對談的過程，沒有下達命令告訴他明天的談話要運用什麼策略。外務省明明花了幾個月時間準備這幾場重要的對談，對方卻表現得像是結果無足輕重。他很奇怪地強調「明天」。趙上校突然間有種強烈的直覺：這只是一種託詞。

☆

他回到旅館時，感覺氣力用盡、精神緊繃。他知道他被放在一個裡外不是人的位置。他來到紐約是爲了接受敵人的進貢和賠償，因爲他們被火箭的威力和射程嚇壞了，可是美國人似乎根本就不怕。他腦中閃過一個有罪的、異端的想法——亦即改用比較含蓄、友善的方式，再加上一些妥協，反而能帶來更多收穫，讓美國人用比較正面的態度看待他的國家。可是隨著這種想法而來的是更了解陰暗的眞相——本來就沒有人想要改變美國人的態度。親愛的領袖這麼寫道：

美國人是我們永遠的敵人。
我們跟他們有不共戴天之仇。

他坐到床上，解開領帶，一時間把領帶往上拉，想像它是套索。他極度渴望跟有人性的對象說說話，像是他的妻子或是小書，小書的個性是那麼貼心，趙上校相信他根本不會有任何惡意的想法。他在學校幫忙飼養兔子，好供應皮草製作軍人的帽子，還會眼神發亮地聽老師講述金日成少年時期的傳奇故事。

他扣上門鍊，然後在電視邊緣摸找「開啓」鍵。不用遙控器也一定能開電視。他找到音量鈕，把音量調得很低。畫面中的背景是白宮的照片，一個膚色像紅磚的胖男人正伸出食指對著鏡頭猛戳，嚷嚷著「隱藏的社會主義」什麼的。趙上校轉台。另一個亢奮的聲音在介紹雪佛蘭最新車款 Silverado，四十八期零利率，申請者須接受信用調查。他再度轉台。一堆五顏六色、看起來不像趙上校認得的任何動物的毛茸茸生物在唱著「刷牙很重要之歌」。他關掉電視，在床上躺了一會兒，衣服仍穿得整整齊齊；他手指交錯枕在腦後，聽著這座城市的聲音，很快就乘著沮喪的翅膀飛進了夢鄉。

幾個小時後，他渾身大汗地醒來，在陌生的房間裡感到茫然無依。他不知道自己睡了多久。窗簾的縫隙外滲入一絲詭異的都市光芒，房間的輪廓開始在他周圍成形。

重重的搥門聲再度響起。

趙上校跳下床去開門。其中一個資淺外交官站在門外，情緒相當激動。他迅速掠過趙上校衝進房間，直奔電視，還興奮地說著話。睡意未消的趙上校跟不上他說話的速度，聽得一頭霧水。電視螢幕顯示房屋著火以及加油站爆炸的影片，畫面頂端打上「突發新聞」的字樣。加油站的招牌寫的是韓文。人群在尖叫，驚慌失措。有個女人一手各摟著一個嬰兒，努力奔跑。一輛軍用消防車發著一陣一陣的強光。他的國家在用大砲和米格戰鬥機攻擊延坪島，那是位於黃海的南韓島嶼。罹難的全是南韓海軍陸戰隊和平民百姓。

趙上校突然整個清醒過來，伸手去拿電話。

16

北韓，兩江道
惠山火車站

文太太聽不到自己的思緒，擴音器正以最高的音量在廣播。黨的演說者帶有雜音的嗓音充滿憤慨，還有一群集結起來的群眾在應和。每隔幾分鐘，廣播會被來自前線的新聞快報給打斷，不過誰知道前線在哪裡？

就某方面來說，這股噪音是她所歡迎的干擾。如果她的心思哪怕有片刻能安安穩穩地想到小鬈和順伊，想到她們被關在哪裡、現在有什麼遭遇，她便會感到讓腸子都打結的焦慮，必須用盡全力才不暈厥過去。她一夜沒睡，今天早晨第一個抵達市場。她一個一個告訴市場裡的女人這個消息。恐懼混雜著類似喪親的氛圍籠罩所有人。

保衛部把門踢開要進屋搜查的同時，她悄悄從小鬈家的廚房後門溜走。她發現自己置身一片小菜圃中，她從細鐵絲網的空隙鑽出去，躲在鄰居後院的豬圈裡。她在那裡待了好幾個鐘頭，蹲在結凍的穢物之間，聽著那些人徹底搜索小鬈的房屋，把天花板拽下來，地板掀起來。他們的手法井然有序、有條不紊，雖然他們應該一下子就看到他們要找的東西了：那四本口袋本《聖經》就放在地墊上。等他們走後，濃濃的雲層把星星一個接一個抹去。她四周陷入全然的漆黑，她得靠摸索的方式才能走出鄰居家的後院。她早就錯過回村裡的卡車了，於是她悄悄回到小鬈的房子裡，把後門打開，坐在亂七八糟的地板之間直到天亮。她在這種情況下根本別想休息。

她第二十度叫自己冷靜一點。她試著擺出平常一貫的樂觀表情。慌亂是很可疑的。事實上，在她得到資訊之前，慌亂根本沒有意義，而她一旦獲得資訊，解決辦法可能也隨之而來。不，一定會有解決辦法的。

少了小鬈和順伊幫忙端餐點給客人，小奎出手協助，但客人並不喜歡讓花燕子來招呼他們，因此他們只對他擺臭臉，沒說一個謝字。

她不停沿著月台張望，留意張警官的身影。她要找人幫忙，他是頭號人選。

她坐不住，醒悟到自己的心智仍然處於驚嚇狀態，或許因為如此，她眼前浮現的畫面才不令她特別驚訝。

有個年輕女孩的靈魂從草蓆和攤位之間沿著走道朝她走來。文太太眨了眨眼。

她年約十二歲，走得很慢，腳步有點踉蹌，好像她眼睛瞎了。她的臉上沾著骯髒的泥巴，臉色死白，眼神呆滯，一片打結的亂髮半遮住她的眼睛。她的衣服被扯破了，破破爛爛地掛在身上——而且她光著腳。這個細節把文太太嚇得魂不附體。

這是什麼樣的壞兆頭？恐懼像一道夜風陰陰地吹向她。

其他人也注意到女孩了。她們都盯著她，給她讓路。文太太掐了自己一把。

她沒有出現幻覺。

突然間，權太太尖叫一聲，奔向那女孩，將她一把摟進懷裡，於是文太太從恍惚狀態中整個清醒過來。那個幽魂是順伊。

女人們打發客人離開，自己丟下草蓆不管，全簇擁在女孩周圍，像是在保護一頭受傷的小鹿；她們把她帶到橋底下，遠離客人的目光和嘈雜的擴音器。

女孩開始劇烈顫抖。有人用毛毯裹住她，有人說要端熱茶。她眼睛瞪得老大，卻沒在看，也沒看見任何東西。李太太試著用濕布替她清潔臉頰，嘴裡說著「噓……」，雖然女孩沒發出半點聲音。文太太把女孩的臉頰捧在手中，她的眼裡重新閃現眞實感。

「阿朱瑪……」她跟她母親一樣，長著漂亮的弓形嘴唇。她說話完全用氣音，而且很奇怪地斷斷續續，好像是在說夢話。「我媽媽在哪裡？」

文太太瞥向女人們，她們的表情很驚駭。她把女孩的頭按向自己胸口，感覺死亡的陰影籠罩她們兩個人。

一顆小頭從女人們的圍裙間擠過來，小奎出現了。文太太說：「去找張警官，叫他馬上來這裡。快。」

☆

要到後來，女人們才能從順伊能告訴她們的片段中拼湊出眞實的事件經過。她在屋外掙脫了抓住她的保衛部人員，朝著河流跑。他們放出警犬到冰面上追她，牠攻擊她、撕扯她的衣服。河對岸有兩個中國男人在黑暗中蟄伏，他們可能是走私者或人口販子，他們把狗打跑，拉她爬上河岸，但後來她也從這兩個人身邊逃開了。她無法解釋是怎麼把鞋子弄不見的。天一亮，她就打赤腳悄悄越過結冰的河面回來這裡。

張警官發現自己被一張張板著的臉孔給包圍了。

「小鬈……在發《聖經》？阿朱瑪……拜託。」他的笑容僵在臉上，眼神四處飄移，搜尋脫身之道。「這是政治罪，很嚴重的。妳們問錯人了。」女人們的表情沒有變。「妳們要了解，保衛部不會跟我們分享這類罪行的資訊，我無權過問……」

李太太扠起手臂。「我本來想說你是隻膽小的老鼠，但你已經是一隻大『水蛭』了。」她往地上啐了一坨黏液。「總是伸著手討更多，可是輪到我們需要你幫忙時——」

「賄賂保衛部的價碼是多少？」文太太說，「把她放出來的價碼。」

張警官脖子一縮，好像她剛在他耳邊尖叫。他看看四周，不過沒有客人聽得到他說話。擴音器在廣播勝利音樂會，合唱團在唱著〈我們住在強盛大國〉。

他發出不安的笑聲。「妳是不能賄賂『他們』的。」

「這座城市每個人都有價碼，多少？」

張警官瞪大眼睛搖搖頭。他開口講話時結結巴巴。「如、如果有一萬人、人民幣，他們可、可能願意聽妳說話……但妳哪有那、那麼多錢……而且萬一他們不吃這一套怎麼辦？不行，不行，不行，不行……」

權太太沮喪地望著她。「一萬人民幣……」

小奎對到文太太的視線，用眼神傳達一個主意。他用聳肩代表問號。

火盆的琥珀色光芒映照在橋的鐵柱上，女人們都圍坐在火盆邊。文太太站起身。「如果我們動用互助會的力量籌出一半的錢，小奎會用冰毒換來剩下的一半。」

楊太太說：「我們會惹上麻煩嗎？」

「我不會把妳們牽扯進來。」文太太簡單地說，「沒必要讓所有人都冒險。我會爲這件事負責。」

眾人喃喃地表達抗議。

「為了小鬈，我們必須趁——」她瞄了順伊一眼，調整她的說法，「——趁有關當局做出決定前行動。順伊。」文太太柔聲說，「妳待在這裡不安全。今晚跟著小奎吧，他會把妳藏起來，等風頭過去。」

「但是誰要去跟保衛部交涉？」威士忌奶奶說。她那像烏龜的蠟黃臉龐從好幾層頭巾裡探出來。

「張警官會提起勇氣的。」文太太說，「否則我會親自上陣，讓他顏面無光。」

17

紐約市
東四十二街和第一大道交叉口
聯合國祕書處大樓

車隊抵達聯合國大樓時，被一組福斯新聞台的工作人員拍下來。趙上校的車門一打開，閃光燈便鋪天蓋地而來。他很訝異沒有美國警察在場阻止他發言，他對著攝影機反覆重申平壤授意的台詞——「我的國家不會縱容海域遭到非法入侵，因而採取強硬的回應」——之後他進入大廳。他情緒亢奮，資淺外交官隨侍在他左右兩側，申大使則跟在後面。馬祕書不知爲何不在場，不過趙上校根本沒注意到。親愛的領袖在東方，將炯炯的目光投射在他身上，爲了助他一臂之力而做了這件事。

這天對談時，桌子對面的臉孔沒有一絲戲謔。現在他說的每一個字分量都堪比坦克砲彈。紐約時間的午餐時分，平壤把晚報的頭條標題傳眞給他——「『攻擊外交』讓美國豺狼龜縮！」——再加上中央通訊社發布的國際新聞稿，形容他趙上校爲「戰士外交官」，並報導美國人「連滾帶爬地回到談判桌邊，深怕金正日同志將抽出革命寶劍！」。趙上校沉醉於他新的權威中。他開始提出他的要求。才過不到幾小時，歐布萊恩的團隊就開始隱隱提到他們可以做出讓步，好解除當前的危機。爲了進一步誘哄他們就範，趙上校也放軟了語氣。他作爲勝利者可以寬容一點。

他這意氣風發的一天只有被一個陰影破壞。馬祕書究竟到哪去了？

「他被重要的領事館事務給耽擱了。」趙上校問起時，申大使如此回答。**有什麼事能比這件事更重要？**趙上校再次憑直覺認爲事有蹊蹺。一天將結束時，美國人提供的條件差不多要拍板定案，而他的成功顯然非同小可，這個時候馬祕書仍然不知去向。

☆

趙上校在申大使的辦公室跟平壤講了很長時間的電話，向他們回報好消息。美國人要給的好處比第一副相期望的還要多——幾千噸的糧食援助和幾億美元的現金。他走出辦公室時，確認四下無人，便忍不住朝空中揮出一拳。他的心被興奮和寬慰脹得滿滿的，咧著嘴笑得像個孩子。該回家了。他按了鈕叫電梯，然後旋轉身子微微跳舞，電梯門開了，他跟歐布萊恩打了個照面。

「趙上校，我正好要來找你呢。」

趙上校進了電梯，歐布萊恩按了往大廳的按鈕。趙上校低著頭假裝整理袖口，他跟這個人沒有閒話家常的必要，正想著沉默是最恰當的狀態時，歐布萊恩已經轉朝向他，近乎親暱地握住他的手肘。

「我們安排了一場小小的雞尾酒會和晚宴，地點在，呃，曼哈頓的一個場地，我想你會喜歡的，那裡的名稱是二十一俱樂部……」

他露出親切的微笑——好像趙上校在這兩天的會談中所展現的強大敵意絲毫不影響他們個

人間的友好關係。

「只是很輕鬆的聚會，讓你感受一下紐約的待客之道……」

他那態度眞是充滿資本家可笑的虛僞！趙上校輕輕擺脫他的手。平壤給他的命令再清楚不過了：無論在任何情況下，代表團都不能跟敵人社交。

「朝鮮民主主義人民共和國代表團很遺憾必須拒絕你的邀請。」趙上校點了一下頭說道，「希望以後還有機會。」

歐布萊恩連眨了兩下眼睛。每經過一層樓，他的臉就漲得更紅一點，他說他很遺憾聽到這個答案，並承認他沒有預期到會這樣，因爲很不幸的是，要拒絕已經太晚了。趙上校團隊中的兩個資淺外交官原本在大廳等他，不過此刻正被帶到大門外的車上，要前往聚會現場。他們被告知他——趙上校——不久後就會跟他們會合。

趙上校整個傻眼。「你沒想過要先問問我嗎？」

兩天來被悶在瓶子裡的挫折感突然間從歐布萊恩的嘴巴爆出來。「老天爺，這是爲了討好你們，不是羞辱你們！」

趙上校怒瞪著電梯逐格下降的數字，現在它變換得似乎沒有之前快，他很怕自己會脫口罵出有損國格的話來。

「抱歉。」歐布萊恩喃喃道，一再用手指撫平他沙褐色的頭髮，「是我不對。」

到了大廳那一層，電梯門都還沒完全打開，趙上校已經奔過廣闊的大理石地板，引來保全的注目。他只花了幾秒就趕到大門口，到了外頭被泛光燈照亮的廣場，焦急地往旗幟林立的大道左右張望，呼出的氣息在夜晚的空氣中形成白雲。一排有司機的車像蛇一樣彎曲排列，都在等著接送執行外交任務的領袖、大使和隨員，可是他自己的代表團成員卻不見蹤影。他們已經走了。

他的襯衫冰冰涼涼地貼在後背的皮膚上。美國人這是在做致命的惡作劇嗎？他抬起眼皮望著聯合國大樓，它閃耀著世界各國的光芒，接著他以軍隊裡最粗魯的髒話咒罵美國人。歐布萊恩跑過來跟他一起站在人行道邊石上，氣喘吁吁。他的襯衫下襬從褲頭裡跑出來，領帶也歪了。

「這輛車會帶你去。」他只說了這句話，並指著一輛待命中的凌志。一名司機替他開著後門。趙上校看著歐布萊恩，眼神像對方是技高一籌的敵手。他別無選擇，只能上車。

片刻之後，當他把頭靠在後座冰涼的車窗上，凝視萊辛頓大道和公園大道上那些繁華的十字路口時，不禁感嘆人生的轉折是多麼戲劇化。今天他在平壤受到熱烈褒揚，明天他卻面臨解職處分，或更糟。他的勝利遭到破壞。他感到一股針對歐布萊恩愈來愈盛的怒氣，那傢伙對趙上校效忠的政權一點都不了解。它絕不縱容疏忽，不容許失誤。

車子彎進西五十二街，天空開始降下帶雪的雨，使得沿街的赤褐色砂石建築顯得陰暗而森然發亮。二十一俱樂部臨街的人行道上有個遮雨篷，頭戴高帽的門房站在遮雨篷下撐開雨傘，幾個警察則把一小群人擋開。趙上校急急地在口袋裡摸找印有偉大的領袖面孔的領徽，把它釘在鈕釦孔——這是他用來對抗美國薩滿教的護身符。如果這齣展現待客之道的戲碼是用來軟化他的計謀，他將讓他們看看自己是多麼堅貞不渝。

凌志靠邊停下，他的車門開了。相機閃個不停，人聲在雨中叫嚷。

「**金正日下台！**」有人在人群中猛力推擠，「**金正日下台！**」

趙上校被人半推著走下樓梯進入俱樂部，閃光燈仍然讓他眼前滿是橘色星星；他經過接待處，那裡站著四個健壯魁梧的男人，他們穿著西裝，戴著無線電耳機，他百分之百確定他們是美國的祕密警察；他沿著狹窄的走廊走，進入隱密的餐室。門靜靜地在他身後關上，他發現自己置身他從未眞正獲准進入的世界，甚至包括他去北京出任務的時候。

牆上鑲的深色木板映照出柔和的玫瑰色燈光，上面掛著在海上航行的雙桅縱帆船和快速帆船的繪畫，用聚光燈打亮。隱藏式擴音器裡傳出爵士小號的獨奏樂音。沿著鋪白桌布、擺好酒杯和銀質餐具的長桌望過去，房間另一端有個石造壁爐，在壁爐邊站著一群高個灰髮的男人，正用洪亮的聲音交談，配合誇張的手勢，散發有權有勢者不假思索的安之若素。他們站的位置離他自己的朝鮮隨行團稍遠——包括兩個資淺外交官和兩個政治警察——他們看起來像一群難民，用拳頭攥著馬丁尼酒杯的柄部，好像握的是小鏟子。這兩群人都轉向他，對話戛然而止。高個子美國人中的一人講了句什麼聰明話，惹來同伴的一陣呵呵笑。趙上校感覺臉頰發燙。

他身後的門又開了，又胖又壯的歐布萊恩走進來，一手把微濕的沙褐色頭髮從臉上撥開，他出了很多汗，看起來懊惱又緊張，不過很快就讓表情柔和成更歡迎的神態。他帶著趙上校走向那群高個子男人，開始一一介紹，雙方不斷握手，並用極度好奇的目光彼此打量，在這過程中，趙上校了解了歐布萊恩爲什麼要繃緊神經。

聚在他眼前的這群人，包括：世界知名的前國務卿，現在嘴角下垂、彎腰駝背；穿著深綠色軍禮服的資深陸軍將軍；華爾街執行長……以及前美國總統。這些人今晚齊聚一堂，全是爲了見他，趙尚浩，朝鮮人民軍陸軍的一個上校。他得緊緊抿住嘴唇來憋笑。**這些美國人有夠白痴的！**他好像有神功護體，今天這是第二次他惡劣的處境有了美好的轉折。如果他的勝利是塊蛋糕，這就是蛋糕上的蜂蜜。不管美國人秀出這一串傑出人士的用意何在——展現權力、威嚇、凸顯他們有決心想要改變他的國家未來走向——他們都完全錯估了這樣一群人對於家鄉廣大的朝鮮人民有怎樣的意義。這些人光是和他見面，都等於在親愛的領袖至高無上的尊前卑躬屈膝，像是把臉貼在地上那般致上他們的敬意。平壤的宣傳機器將會運轉到超出它的極限。

「你好，先生。」前總統用沙啞的嗓音慢吞吞地說，還瞄了瞄趙上校的領徽，好像它是第二顆頭。有個攝影師舉起相機捕捉他們握手的一幕。趙上校擺出一副冷漠的表情。前總統則露出歡快的笑容；又大又圓的鼻子和粉裡透紅的膚色使他看起來有點像聲色犬馬之徒。他的頭髮在相機的閃光燈下白得像灰燼。

「趙先生，告訴我今天在延坪島究竟發生什麼事。」

趙上校想起這位前總統曾經跟親愛的領袖見面相處過，於是恭敬地回答他的問題。

「你幫我跟金主席說，他這是讓整個該死的區域都處於不穩定狀態……」

華爾街執行長加入對話，他鼻子很尖，讓趙上校聯想到戴著眼鏡的白頭海鵰；他問到北韓爲什麼不學學新中國廣開經濟大門，人家可是獲得巨大的成功。

「朝鮮民主主義人民共和國始終走在社會主義的正途上。」趙上校邊說邊從托盤上接過一杯馬丁尼，「我們人民的幸福並不仰賴貪婪地追求利潤。」

「當然，但是利潤可以塡飽他們的肚子。」

唯有當趙上校跟那個陸軍將軍談話時，他才提高警覺。那個將軍用冷冷的銳利眼神打量他，介紹的人說他叫查爾斯．費斯克。

「趙上校，我今天來是想說服你，核武不是你的國家該走的路。」

「將軍。」趙上校說，他用插著牙籤的橄欖攪拌馬丁尼，「要不是有核武，今晚我的小小國家又怎麼會受邀來到這樣的地方，和你喝一杯酒呢？」

費斯克仰頭大笑，眞誠而粗俗的笑。「說的有理。」

這時候趙上校因爲其中一個資淺外交官喧鬧的說話聲而分神，那個資淺外交官正在跟歐布萊恩聊天。他對上那個外交官的眼神，及時向他投射警告，阻止他拿取第二杯馬丁尼。

「告訴我。」費斯克向趙上校湊近一些說，「你們把那些長程飛彈打扮得漂漂亮亮，假裝是衛星火箭……」

趙上校感覺頸後的汗毛都豎了起來。

「……你們期望能在上頭裝什麼武器？」

這個人是在挑釁嗎？

「當我沒問好了。」費斯克說，「我只是好奇而已。」他微笑表示歉意，但他的眼神冰冷，而且語氣帶有一股輕蔑。

趙上校挺起胸膛。「我們有絕對的權利進行和平的太空計畫。」

「唔。」費斯克啜了一口飲料，轉身面向其他人。「也許是我多慮了，也許你們在那座閃亮的新實驗室裡烹煮的是完全無害的東西……」

趙上校瞪著費斯克。這個人對他非常無禮，而且他完全不知道對方在說什麼。

「啊！」費斯克的目光對著趙上校肩後露出笑意，「終於。」

一個身穿深色絲絨雞尾酒會禮服的窈窕女子過來加入他們。在趙上校看來，她的膚色幾乎像非裔美國人，而且很漂亮，但她的頭髮和眼睛像亞洲人。那身貼身禮服凸顯了她的美，不過朝鮮女人絕對不會這麼不端莊地把肩膀露出來。

費斯克開始介紹她，但她已經用涼涼的手握住趙上校的手，並且以精準無比的北韓方言說明她是替費斯克將軍工作的特殊顧問。

「我叫梅莉安·李。」

18

紐約市
西五十二街
二十一俱樂部

賓客們在餐桌兩側入座時，潔娜看到趙上校的臉上暫時出現狼狽的表情。別人給他安排的座位，既不在前總統旁邊、也不在前國務卿旁邊，而是在桌子末端的潔娜對面，離他的隨行人員很遠。她把手提包由肩頭滑下，對他粲然一笑，他以困惑的表情回應，不確定她是在奉承他還是消遣他。

背景音樂播放著〈午夜情深〉的鋼琴改編曲。燈光調暗了，將桌布和銀質餐具都籠罩在奢華的光芒中。有個戴著無線電耳機的侍者總管帶著一群身穿黑色西裝褲的女侍進場，她們開始將桌上每個杯子斟滿酒，在賓客之間傾身的姿態有如芭蕾舞者。

費斯克在等待，他的盤算是現場氣氛愈歡快，那些北韓人愈有可能放鬆戒備，透露平壤那個男人心裡在想什麼；那個男人殘忍而精準地看準了時機，促使美國政府拱手讓出幾億元美金，藉此消除一場短暫而刻意的危機，而且他讓人驚詫地展現了他可以在未受挑釁的情況下主動攻擊。針對延坪島進行的突擊讓東京到華盛頓都警鈴大作，新聞播出後才過了四十分鐘，費斯克已經在白宮戰情室一場折磨人的會議上，被迫向國家最高統帥當面承認中情局的情報工作出現重大失誤，後者從正式晚宴會場趕來，手裡拿著一杯酒，帶著明顯冷淡的表情聽費斯克陳述。

今天晚上在二十一俱樂部舉辦的招待會儘管早在幾個月前就安排好了，現在卻有了更大的利用價值。「我不在乎是不是得在他們他媽的飲料裡加烈酒！」費斯克當時大聲說，「我們有兩小時可以霸占他們，那就是我們的窗口。我們來軟的、來硬的，能問出多少是多少。」這個緊急狀況也使得同樣令人不安的另一件事，在蘭利的危機清單排序上往前挪：亦即兩天前的夜裡潔娜在二十二號集中營發現的祕密實驗室。她懷疑這是火箭計畫中的致命一環，「瞇瞇眼」也一致贊同。她就此事寫了一份報告呈給中情局局長本人，現在每天都有人從運行軌道上監看那個座標。

費斯克使出渾身解數，努力說服某些大人物不要出席今晚的宴會——有他們在場，北韓人不太可能降低戒心。但是潔娜望著桌邊的一張張臉孔，她看得出費斯克料錯了。北韓人有機會見到前總統，個個變得紅光滿面，而幾杯雞尾酒下肚，就連這個姓趙的混蛋都變得侃侃而談、易於親近。座位安排是經過精心設計的。「如果由女人來跟他談話，我們會更有優勢。」費斯克對她說，「他會毫無防備。妳要使盡一切辦法，對他施展魅力，哄他開心，引出他好的一面。」

「一坨屎有好的一面嗎？」

每個人都就座之後，北韓駐聯合國大使（潔娜記得他姓申）凶神惡煞般的壯碩身軀走進廳內。她由趙上校微微變得冷漠的眼神看出他不喜歡這個人。女侍倒酒的時候，她持續觀察他的臉。潔娜見過很多脫北者，但這是她第一次跟金氏獨裁政權中理直氣壯的成員面對面打交道。她就像個動物學家，看到自己花了許多年追蹤的物種，眼光便離不開了。

光線集中在他的酒杯杯柄，把他的臉給照亮。高高的顴骨，濃密的頭髮向後梳順，底下是比例優美的頭顱。**他有種宣傳海報的調調**，她心想。她不確定自己覺得他算不算英俊。那雙眼睛帶著一股傲慢，使他的面容隱隱透著暴戾之氣。但他的服裝挑不出毛病。他的西裝量身訂做，搭配很適合的領帶和袖釦。不知情的旁觀者可能認爲他是南韓企業集團的主管，譬如說現代汽車或三星集團，除了他的領徽上那張輝煌的小臉。這古怪的物品提醒她朝鮮半島含括兩個平行宇宙。

她的目光由領徽往上移，發現他也在看她。他眨眨眼，像是察覺自己失禮了。感覺好像兩人在進行尷尬的初次約會。僵局一定會打破的，只是誰也不知道如何下手。

「抱歉。」他用英語說，抿了一口酒，「我從來沒遇過妳這個種族的人會說北方方言。」

「我這個種族？」

一支湯匙輕敲杯緣。

「總統先生、各位貴客、各位女士先生……」

歐布萊恩站了起來，歡迎來自朝鮮民主主義人民共和國的客人。潔娜撫平鋪在大腿上的餐巾，藉此掩飾緊張不安。她的手心在出汗。歐布萊恩以他輕柔帶有鼻音的嗓音絮絮叨叨，輕描淡寫地帶過這兩天的會談。他微笑指向趙上校，後者仍然面無表情。

「打從我擔任外交工作以來，還從來沒有人說我是『將被一心一意的團結武器擊潰的反社會主義者政治侏儒……』，」聽眾低頭暗笑，不確定歐布萊恩這麼說是否恰當，不過接著在正好的時機：「至少，沒有人當著我的面這麼說……」他們大笑，於是從一開始就盤桓不去的緊繃氣氛得到宣洩，就連趙上校看起來都被逗樂了。「不管我們有哪些意見相左之處……」歐布萊恩在笑聲中繼續說，「……而且數量很多，但我相信我們雙方都同樣追求更進一步的信任與理解，在國家安全方面，以及最終的——和平……」

前國務卿用帶痰的嗓音喃喃地說「說得好、說得好」。

「……我希望今晚的招待會有助於建立和平。」歐布萊恩舉杯，「敬和平。」

「敬和平。」每個人都說，聲音交疊。

杯子清脆相碰，桌邊漾開慷慨的幽默，因爲以和平爲名義的俗氣交易暫時從美國人的肩上移除了重量。

女侍開始把裝在籃子裡的圓麵包送上桌。

「食物是世界共通的語言。」前總統大聲說，把餐巾掖到襯衫領口中。

潔娜說：「上校，你喜歡紐約嗎？」

趙上校掰下一塊麵包嚼著，皺著眉頭思考。「我聽說資本主義者的城市普遍可見腐化的現象，但我尚未得見。譬如說毒品交易、性交易、慈善廚房等等之類的。」

他可真討人喜歡。

第一道菜放到他們面前，是新英格蘭蛤蜊巧達湯。

「我想平壤是沒有罪孽的吧。」她說。

「整體來說，確實如此。」他點點頭，對她的諷刺語氣渾然不覺，「不過，當然，任何城市都有人犯罪，平壤也不例外。」

對話停滯了。她受的訓練沒能讓她充分準備好應付這種場面。在他的注意力被別人引開之前，她可能只有一、兩次機會對他下工夫——這時間不足以讓她建立友誼、刺探疑慮、搞清楚他的想法。她若想有任何收穫，不是要給他灌迷湯就是要出言挑釁，而她憑感覺認爲他不是可以輕易討好的人。

她舉起酒杯，越過杯緣望著他，說：「我很好奇，北韓城市裡最典型的犯罪有哪些呢？間諜活動、破壞活動、反革命計畫、批評親愛的領袖……等等之類的？」

趙上校瞇起眼睛，警覺到對方有嘲弄意味。「社會主義面臨許多危險。」他說，「美國自己也有威脅到你們生活方式的敵人。」他傾向前，表情挖苦而機智。「我相信美國對待敵人的方式也大同小異。」

「我們沒有二十二號集中營，如果你指的是那類的對待方式。」

雖然潔娜話說得很輕，晚餐桌上卻在此刻恰巧出現了靜默的空檔，因爲眾人尚未因酒意而打開話匣子。她用眼角餘光瞄到有好幾張臉轉朝她的方向。

「我沒聽過妳說的地方。」他的語氣變得銳利，「我們自有一套對待罪犯的方式。妳認爲他們的權利比整個社會的福祉還重要嗎？帝國主義者有什麼資格談人權。」

「我可沒提到人權。」她說，啜了一口酒，「不過你提起這兩個字倒挺有意思的。」

他繼續用餐，但潔娜覺得緊張到食不下咽。她幾乎立刻就引出他的敵意了，他們現在似乎處於武裝休戰的狀態，換言之，隨時準備再度開戰。她清楚地覺察到桌邊一波波低聲交談的音流，還有餐具碰撞瓷器發出的叮叮噹噹。她與桌子另一端的費斯克短暫眼神交會，他用探詢的目光望著她。她把臉轉回趙上校這裡，決定改變策略。

中性的話題。她露出微笑。「你有孩子嗎？」

他立刻神采飛揚。「有一個兒子，九歲，加入少年先鋒隊。那妳呢？我猜妳有一半的韓國血統吧，妳在韓國有親人嗎？」

「有個雙胞胎妹妹。」她的心跳停了一下。她還來不及阻止自己，這話已脫口而出。

她眨眨眼，感覺臉變紅了。

「是嗎？」他有點心不在焉，在注意跟前國務卿聊得激動的申大使，「在首爾？」

「不在首爾……」現在她定定地望著他。她隱約感覺到她偏離了焦點，深藏在她心裡的某種炸藥被觸發了，炸出突如其來的滿腹怨氣。那股向這個混蛋發洩的衝動讓她自己都吃了一驚。「我希望能跟她再次相聚……」她現在很危險地岔出她該秉持的原則，但是強烈到不受控制的情緒凌駕在她所有的謹慎之上，她所受的那麼多訓練此刻都不起作用。她或許不會再有機會講出這句話。「……如果你的政府能准許她離開。」

趙上校的湯匙停在半空中，他放下湯匙，直直瞪著她。

「妳妹妹在我的國家？」

她腦中警鈴大作，可惜為時已晚。

「她是被……帶到那裡去的，十二年前，在南韓的一座沙灘上。她的名字是秀敏。」

他盯著她看了有足足一分鐘之久。等他終於開口，他說的是韓語。「妳弄錯了。如果妳指的是綁架的不幸事件，我的政府已經公開為所有人負責，包括活著的和死亡的，而且也道歉了。這件事已經解決了，都過去了。」他的語氣像是就法律條文在糾正她。「但是除此之外，還有另一個原因證明妳錯了。」

「我相信你馬上就要告訴我是什麼原因。」

「我國家的人民在種族方面……」他眼神游移著尋找委婉用語，「……『同質性』很高。妳的雙胞胎妹妹絕對很引人注意，我會知道有這個人存在的。」

潔娜感到一股暈眩襲來，好像如果她試著站起來就會膝蓋一軟。

「這方面的西方謊言實在太氾濫了。」他繼續說，把剩下的湯喝完，「妳應該要了解，那些所謂的被綁架者大部分都是自願投奔到我的國家——希望過上更公平的生活。」

「這樣啊。」她說，試著壓平她顫抖的嗓音，「我無法想像怎麼會有人以為他們是被迫帶到那裡去的……」

「妳爲什麼認爲她在那裡？」

她把椅子往後推。「我失陪一下。」

☆

噢，上帝啊。潔娜望著她在化妝室鏡子裡的映影。**我說了什麼**？她感覺胸腔裡塞滿熱飯，使她的心臟受到擠壓，呼吸也很困難。費斯克招募她是相信這件事——對，就是這件事——能強化她的能力，而不是損害她的能力。她補了口紅，用嚴厲的評估目光瞪著自己。

為了費斯克，為了秀敏——做好妳的工作。

她回座時，主菜已經上桌了。漢堡、薯條、玉米粥、肋排和水牛城辣雞翅，全是美國人的日常飲食，這是一種軟性文化宣傳，雖說她注意到薯條撒了迷迭香和海鹽，圓麵包也明顯出自大匠之手。

「趙先生。」前總統嘴巴塞滿食物對他高聲說，「這類食物是美國外交齒輪最好的潤滑劑。」

趙上校說：「事實上，是我們親愛的領袖金正日發明了『兩塊麵包夾一塊肉』——」

美國人哄堂大笑，發出熱烈的歡呼聲。前總統丟下刀叉，用力鼓掌。

只有潔娜一個人知道趙上校不是在開玩笑。

談話轉變爲輪流由某個人對著整桌發言，潔娜發現她沒有機會再跟趙上校過招了。眞是令人厭倦的**雄性主場**，她心想，不過當年邁的前國務卿用沙啞的嗓音在桌首主位發表含混不明的高見時，其他人都帶著敬意禮讓他。

上甜點和咖啡時，賓客們交換座位。華爾街執行長對著一排茫然的朝鮮面孔抱怨資產管理受到聯邦法規的限制，費斯克和前國務卿則和趙上校認真地討論某個話題。潔娜跟瘦瘦高高的歐布萊恩坐在一起，她發現這個人個性太溫和友善，實在不適合應付北韓這隻又哈氣又吐口水的野貓。

「他很有意思，不是嗎？」歐布萊恩說，小心翼翼地瞥向趙上校。

他們看著趙上校對聽眾慷慨陳詞，他的背脊挺直，一手握拳威嚴地擱在桌上。由費斯克掩飾得不怎麼好的惱火表情看來，她猜他的進展跟自己一樣不樂觀。她注意到趙上校不斷朝她這裡瞄過來，而且不加遮掩，好像他無法置信自己受到那麼大的羞辱，在晚餐時竟被安排坐在她對面。

「他很聰明，這我必須承認。」歐布萊恩嘴巴湊在咖啡杯杯緣說，「但他的面具戴得可緊了，表現得像是他真心相信那一套。如果我像趙尙浩上校一樣屬於菁英成員……可以拿到強勢貨幣、可以出國……我會暗中規劃退場策略。」

前總統起身告辭，桌邊的對話漸漸停了下來。今晚的活動算是結束了。

賓客們在門邊混雜成一群，短暫地道別和握手。趙上校走過來找她。令她訝異的是，他說：「如果妳爲了工作而來到平壤，李小姐，我很樂意擔任妳的嚮導。」

他看著她的表情帶著古怪的認眞。她猜在這類場合，這番話算是正常的客套話，但他的語氣很大膽，像是在心中排練過。他用雙手遞給她一張名片並鞠躬。

潔娜也用雙手接過名片，勉強擠出笑容。「也許我可以參觀官方導覽行程中沒有的景點，或是在沒有保衛部在場的情況下跟一些人談話。」

趙上校露出受傷的淺笑，彷彿在說：我們別破壞氣氛吧。她也給了他一張自己的名片，上頭只單純地列出梅莉安．李和電話號碼。他再次鞠躬，然後便走了。

「你們在幹嘛？」費斯克來到她身邊，把領帶扯鬆。他看起來像鬥敗的公雞，正符合她的感受。她看了一下錶，九點四十五分。他們晚餐時幾乎沒碰酒。

「去酒吧來一杯烈的？」她說。

他微笑。「這是今晚第一次有人對我說人話。」

這時候其中一個特勤人員走過來。「長官，有您的電話。」他遞給費斯克一支手機。

費斯克把手機貼向耳邊時，臉上仍掛著笑容，然後笑容慢慢褪去，他張大嘴巴。

「見鬼……把他留在那兒就對了……我們馬上趕到。」他掛掉電話，愣了一會兒，一臉驚愕。然後他的嘴唇勾出一抹笑意。「去拿妳的外套，我們要去布魯克林區的紐約市警七十一分局。」他轉向她，眼中閃著興奮的光芒。「要不要試試看吸收妳的第一個線民？」

☆

潔娜和費斯克一走進房間，那個男人立刻跳起身。

「你們不能拘留我！我是聯合國外交官。」

他年約四十歲，個子很高，有張枯瘦的臉和黑如木炭的聰慧眼睛。他的左臉頰有個怪異的粉瘤，看起來像隻小甲蟲。

「晚安，馬祕書。」潔娜說，「你可以自由地離開，不過爲了你好，我們最好先談一談。請坐，不會花很長時間的。」

費斯克在車上向她簡報現在的狀況，而剛才聯邦調查局的探員也給他們看了證物袋。她隔著桌子在馬祕書對面坐下來。費斯克留在後方，靠著牆壁站著，表示他不參與這件事。雖然外頭夜色寒冽，總警監的辦公室裡仍然悶得要命。電風扇的風撩動馬祕書的頭髮，日光燈管閃了一下。潔娜脫下外套，看到他怒目瞪著她身上的禮服和首飾，好像這是某種欺侮人的惡作劇。

「妳是誰？中情局？」

「我在聯邦政府擔任情報工作。」

「我們沒什麼好談的。」他準備起身。

潔娜切換成北韓方言，沒用任何敬語。「給我他媽的坐下。」

馬祕書詫異地僵在原地，好像剛被甩了一耳光。他的目光緩緩地由潔娜移向費斯克，再移回潔娜，最後他坐下來。

她平靜地用英語繼續說。「你可以帶著你的錢離開這裡，你可以向平壤回報你今天的交易進行得很順利……」她想著剛才在警局接待處看到穿風衣的男人，他正在向值班員警問問題，是某八卦報的知名犯罪線記者。「這事不會走漏半點風聲，只要確立一件事……」她越過桌面，把臉湊向他。「現在你替我們辦事。」

她專注地觀察他的反應、他屈服的徵兆。他的肩膀垮下來，但她在他眼裡沒看到算計，沒有權衡風險，只有赤裸裸的憤怒認命，只有放棄，就像正值人生巔峰的人突然被診斷爲絕症末期。

她小心地說：「你當然會收到酬勞，我們會開一個祕密託管帳戶……」

他在搖頭，她突然醒悟到他不是在咳嗽，而是發出毫無喜悅的乾笑。

「妳完全不懂，對吧？」他迎向她的視線說，「在我的家鄉，每個人都受到監視。每個人。今天晚上在那座停車場，至少有一雙平壤派來的眼目在盯著我。」他彷彿在嘲諷她，也把臉往前伸。「他們已經知道我在這裡了，而且也會知道中情局想利用這個機會。」黑眼珠閃閃發光。「妳知道這代表什麼嗎……妳這蠢婊子？」他的音量提高了。「這代表我完了，死定了。」

他一把抓起掛在椅背上的連帽外套走了出去，讓門在他身後重重地關上。

潔娜動也不動，感覺自己的手在微微顫抖。

有幾秒鐘時間，室內很安靜，只聽到電風扇呼呼的轉動聲，然後費斯克說：「妳虛張聲勢被他揭穿了。」

她突然起身打開門。兩個聯邦調查局探員和值班警長在外頭等待。

「這案子交由你們處置。」她說。

「剛才那傢伙怎麼辦？」

「控告他。」她伸手拿外套。

「那媒體呢？」

「我想大廳裡就有個記者。」

19

紐約市
東四十五街四十五號
羅斯福酒店

早餐桌上盈滿歡慶的氣氛，就連李警官似乎都放下了警戒的態度，不再嗅聞空氣尋找離經叛道的蛛絲馬跡。他們前一天晚上都向趙上校道賀，現在他們對自己跟他的關係信心滿滿，也很高興能沾他的光。其中一個外交官提到現在勢必在等著趙上校的勳章——金正日勳章，或至少也有英勇勳章——聽了這些話，趙上校舉起掌心笑著，謙虛地隱藏得意之情。申大使在旅館櫃檯留言，對於今天他和馬祕書都不克去機場送他們一程表示遺憾，希望他們能原諒他的失禮，並祝他們旅途平安。

隨他們去吧，趙上校心想。他馬上要載譽歸國了。

他們快要喝完咖啡時，有人通知他們司機已經到了，有個旅館服務生正把他們的行李搬上豐田廂型車。

趙上校在櫃檯旁的紀念品商店買了一個嵌著小小溫度計的摩天大樓模型，模型基座刻有「帝國大廈」的字樣；他還買了一盒綜合口味的硬糖，以及小號的紐約尼克隊籃球衫，都是要送小書的禮物。他到了機場會買香水送給妻子，或是買條她可以私下炫耀給朋友看的手鍊。他認爲在這種情況下，兩位政治警察不會反對他把那種物品帶回平壤。

廂型車出發，趙上校把窗戶降下兩公分。計程車喇叭、馬路上的廢氣、咖啡、新鮮的貝果。他多麼容易就習慣了紐約早晨的聲音和氣味啊。等他回家以後，他會懷念這些的。夜裡下了場雨，使得街道看起來像塗了亮光漆般晶亮。一片片快速移動的雲朵營造出劇場效果，再加上遊移的弧形光影，更襯托那些宏偉的建築充滿立體感。所有景物以及所有人都顯得十足超現實。就如魔法般神奇——有如突然在一聲令下，每個商店櫥窗、餐廳和大廳裡那些小小的燈泡和裝飾品，都強化了眼前的幻象。他從來沒看過聖誕樹。

美國。

他的刻板印象錯得多麼離譜。事實上，美國的一切可說與他預期中完全相反。他原本以爲自己很精明，不會被宣傳品牽著鼻子走，現在他才看出自己分明受到根深蒂固的影響，從他小時候看的反帝國主義者卡通，到他在金日成大學上的英文文法課，都烙印在他心裡。

過去式：我們殺了美國人。現在進行式：我們正在殺美國人。未來式：我們將要殺美國人。

他對美國的了解全來自黨中央所寫的寓言故事。那些內容沒有半句符合他在美國城市的親身經歷——令人興奮、活力十足、雜亂無序的現實。

他想起昨晚晚餐時坐在他對面的女人，梅莉安．李，再次浮現一種難以言說的不自在感。她的嘴唇貼在酒杯杯緣；她看著他的眼神彷彿融合了嘲弄、好奇和脆弱，她裸露的肩膀。無可否認，她很美。這是他感到困擾的原因嗎？因爲他對她有慾望？這是不忠的想法，而且不光是對他的妻子不忠。領袖最引以自豪的就是種族的純正，外國血，混血，是一種汙染。然而……他卻感受不到他預期中的罪惡感。她有沒有告訴他她的韓文名字叫什麼？他不確定。秀敏？不對，那是她妹妹的名字。趙上校不自覺地搖搖頭。她竟以爲她妹妹住在他的國家，眞是瘋狂。她似乎眞的相信是這樣。一半是韓國人，一半是非裔美國人……不可思議。

昨天晚上還有其他奇怪且意想不到的事。他的臉蒙上一層陰影。他從沒聽過二十二號集中營，不過他並不懷疑它眞實存在。他只知道有些事最好是不知道。但她到底在打什麼主意？還有費斯克將軍在他耳邊低語火箭的事——**你們期望能在上頭裝什麼武器**？他們有能力把衛星送上軌道，一定讓對方非常不安。那證明他的國家已躋身先進科技國家之列。

他在心裡哼著歌，手指敲打座椅扶手，兩名資淺外交官和政治警察則在前座聊得起勁。車子在一個很大的路口停下來等紅燈，旁邊是輛計程車，司機的車窗是降下來的。今天計程車的黃似乎特別鮮豔，黃得像油菜花。計程車司機調整了一下座位上的串珠座墊，搔搔脖子後方，然後把《紐約每日新聞報》攤開放在方向盤上。趙上校歪著頭看標題。

聯調局在緝毒行動中逮捕北韓外交官

他對接下來前往甘迺迪國際機場的路途沒有任何印象。廂型車一抵達機場航廈，他立刻衝向書報攤，買了一份《紐約每日新聞報》，沒等待找零就急急走開，邊翻邊把報紙丟開，直到找到目標。

有關當局稱，北韓駐聯合國外交官涉入毒品交易。

現年四十一歲的一等祕書馬在權，於布魯克林區遭聯邦調查局探員逮捕，他被目擊到將黑市價值約兩百萬美元的毒品交予已知的犯罪幫派。負責監視該幫派的聯邦調查局探員發現供應者為外交官時頗感詫異。

馬嫌已要求行使外交豁免權且拒絕合作，但他在幫派中的聯絡人，現年三十二歲的歐瑪·卡利克斯托·費南戴茲，已承認收到裝有結晶甲基安非他命的包裹。該種毒品俗稱苪娜或冰毒，據信是裝在北韓外交郵袋裡從甘迺迪國際機場走私入關……

報紙由趙上校手中滑落。他環顧四周，努力呼吸、穩住身體，但他的雙腳感覺虛飄飄的，報到大廳的燈光變成遙遠的閃光燈，刺痛他的眼睛。他周圍的空間模糊成一片，而且開始旋轉。

「上校？」其中一個資淺外交官來到他身邊，警覺地望著他。「你的臉色好蒼白。」

20

北韓，兩江道
惠山市
國家安全保衛部（保衛部）分局

頭頂的燈泡嗡嗡作響，熾黃地亮了一下，然後又變暗了。站在文太太面前的男人，在帽子和衣領之間的頸部有一顆紅腫的癤瘡。他剛才被找來值班，而她是隊伍中的下一個。

她先前已經在這棟建築物前來回經過了三次。這是一棟方正宏偉的現代化灰色建築，共三層樓高，外部沒有任何招牌，沒有暗示使用它的是什麼單位，然而她很篤定，全惠山市沒有一個人不知道這是什麼地方。張警官勇氣的極限是查出逮捕小鬈的人員姓什麼。她正準備四度走過保衛部大門，卻感覺到警衛的目光在跟著她。她吸了口氣，趁自己被恐懼擊垮前走進大門。

櫃檯後的兩個助理官員把她晾在一旁至少十分鐘。她為了讓自己冷靜下來，將注意力放在唯一色彩鮮豔的物品上——偉大的領袖站在白頭山巔的等身肖像畫，他的外套下襬在身後飄動，一條手臂抬起指著朝陽——還有就是想著今早被她留在床上呼呼大睡的泰賢。要是他知道現在她人在哪裡，他一定會中風。她突然感到一陣遺憾，因為她意識到最近她所做的決定，他都沒什麼發言的餘地。失業的丈夫能發揮的作用就跟白天的路燈差不多。她正想著要是自己早餐沒喝第二杯茶就好了，這時其中一個助理官員不耐煩地勾勾手指，叫她上前。

文太太怯怯地走過去，感覺胃都變成了水。「我想找金督察談話。」

「姓金的督察有五個。」他頭也不抬地說，一邊用濕布清理橡皮圖章上凝結的墨水。

「是這星期負責《聖經》案逮捕工作的那位金督察。」

男人抬頭銳利地看她一眼。「妳跟他約了時間嗎？」

「我有情報。」

他盯著她的臉，伸手拿起電話。他撥了三碼的號碼，對某人說話，還低著頭不讓她聽見。

「跟我來。」他說。

☆

金督察不怎麼感興趣地翻看文太太的身分證明手冊。他這間狹窄的辦公室，有一半的空間都被一排光亮的檔案櫃給占據。他的辦公桌上有一部電話，是鍵盤式而不是轉盤式的，還有一部配備某種鍵盤的電視機。除了這張桌子，室內僅有的家具是一張金屬椅（他沒招呼她坐）和「父與子」肖像。

「老太太，妳對那批《聖經》有什麼了解？」金督察把她的身分證明手冊摔到桌子上。他四十好幾，個子很矮，態度粗野，眼睛又黑又小，皮膚是像蛆一樣的米白色。他身上的褐色制服很新，很合身，手槍腰帶散發簇新皮革的氣味。

「督察，我什麼都不知道，只知道您逮捕了小鬈——我是說邕太太。她是我們在火車站市場裡的一個賣家。當我們——我和其他婦女同志——聽說她被扯進這種事時，都嚇了一大跳。街上的孩子們告訴我們出了什麼事——」

金督察舉起一手讓她安靜。他看起來很疲倦。「花燕子……」他邊說邊站起來，「那些小鬼頭眼睛和耳朵可靈了，要是他們替我辦事該有多好。」

他拉開檔案櫃的抽屜，抽出一個資料夾。

「邕率珠……」他仔細看著報告唸道。文太太越過紙張上緣，看到類似罪狀書的文件，還附有小鬈側面和正面的大頭照。她仍戴著頭巾。「別名『小鬈』，基督徒，一個破壞分子組成的犯罪集團——住家教會——中的活躍成員。被控散布煽動性印刷品。有一女順伊，十二歲，拒捕，仍在逃……」他坐回椅子上，翻開他的筆記本。

他握好筆，眼睛看著文太太。「說吧。」

他的眼神有種讓她害怕的沉沉死氣，好像它們是隔著一缸凝滯的水在看她。那雙眼睛裡沒有一絲善意。

「我是來……」房間突然感覺很熱。她準備好的說詞在嘴裡變成石頭。

金督察擱下筆，用指節按摩眼珠。「聽著，老太太，我原本以爲今天我可以呼吸山裡的空氣，讓溫泉區的某個美人替我擦背。結果我不但値了一整夜的班，現在還要應付又一個鄉下老人，只因爲她在考慮該爲了幾張額外的糧食券而告發誰。」他的嗓門提高了。「妳到底知不知道她的賤貨女兒在哪裡？」

文太太怒目瞪著他。沿著走廊再過去的某個房間響起電話鈴聲，總機接線員忙著轉接。是呀，她完全能想像他在某間囚室裡審問小鬈，還甩她耳光。這個冷血的混蛋有一雙能把人掐死的手。

文太太微微仰起頭，嗓音很冷淡。

「我是來請求您釋放邕率珠的。」

那雙死氣沉沉的眼珠暫時活了過來。他頓了一下，把筆記本闔上。「她是妳什麼人？」

「一個好朋友，也是優秀的社會主義者。」

「就這樣？」他在椅子上往後仰，皮帶磨得唧唧響。「還是妳也染上了那個宗教？」

「沒有，長官，我希望能爲她的品格擔保，並請求您放她走。」

現在他的嘴唇勾出一抹呆板的笑意。「而妳帶來了金正日同志親手簽的釋放令，是吧？還是妳要跟我說她是清白的，一切都是場可怕的誤會？妳來晚了一點。」他一手平放在檔案上，粗聲笑起來。「她已經認罪了，我們連刑具都還沒給她看呢。」

「她會彌補她的過錯的。」

「滾出去，老太婆。」他抓起文太太的身分證明手冊丟向她，它砸在她的胸口再掉到地上。「算妳運氣好，我急著要回家。」

她彎腰撿手冊，關節在喊痛。她腦中突然浮現大廳裡的肖像。

「督察，您有沒有見過偉大的領袖呢？」她邊說邊挺直僵硬的背脊，「我有過一次，感覺就像面向太陽。」金督察有些遲疑地望著她。她繼續盯住他，說：「他來我們的農場視察的那天早晨，幾公里外的工人都趕來見他。我們像孩子一樣坐在田裡，有幾百個人之多。當他說話時，我感覺他只在對我一個人說話，好像他了解我的所有事。他散發著偉大的……」她吸了一口氣，斟酌要用什麼詞彙，「……尊嚴。」她的語氣變得嚴厲。「所以別忘了您代表的是誰。」

他的眼裡閃現一抹警惕，然後又滅去。有人在讚頌金日成的時候，打岔可不是明智之舉。

「您知道以前在學校，我的老師是怎麼說的嗎？」文太太扯開嘴微笑，整張臉都變皺了。

「歷史上再沒有比金日成更偉大的人物了。不管是佛陀的慈悲、基督的愛、孔子的品德……」

她一邊說，手一邊慢慢移向她圍裙前方放錢的腰包。她的目光仍在金督察臉上。「督察，您不認爲以他崇高的心性，他會原諒一個年輕女人的愚蠢嗎？」她開始小心地拉開腰包拉鍊。她手部的動作似乎讓他看得出了神。「您該不會要說她可悲的錯覺傷害得了我們的革命……」

「老太太，妳在做什麼？」

「我要讓您看看小鬈對她犯的錯感到多麼抱歉。我們每天都受到提醒，知道偉大的領袖一直在我們身邊。以他的仁慈……他不會原諒她嗎？」

她朝桌子伸出手臂，張開緊握的拳頭。那捲鈔票從她手中落下時，他的眼神亮了起來。紅色的人民幣百元鈔用橡皮筋緊緊綑住，毛澤東紅色的眼睛和下巴的疣朝著上方，隨著鈔票卷慢慢停下來而微微晃動。感覺好像有人朝金督察的臉上打光——他的五官突然鮮明而警醒。他霍地站起身，幾乎把椅子掀翻，然後跨了五步經過文太太走到門口，朝著走廊大喊。「叫值班員警過來找我！」他轉身朝向她。「老太婆，妳眞該把握機會離開的。現在妳——」

他臉上的表情讓他看起來很愚笨，甚至頭腦簡單。她面對的畢竟是個凡人。

桌上出現第二卷一模一樣的紅色人民幣鈔票，她又添上第三卷，現在是第四卷。最後她拿出很大的透明塑膠袋，裡頭是結晶的白色粉末——幾百克的冰毒，價值等同那些現金的總和——放在鈔票旁邊。他的目光逐一躍向每一件物品，臉上的肌肉變得鬆垮，好像他摸不清現在是什麼狀況，或她是什麼人。他慢吞吞地關門並上鎖，回到椅子前，坐下來，把粗手指交錯擱在桌面上，直愣愣地盯著賄賂物。過了彷彿整整一分鐘，他抬起眼皮迎向她的視線。

21

華盛頓特區
喬治城
O街

感恩節前一天，雖然潔娜前晚很晚才從紐約回家，她還是一早就起床跑步，在黎明前的昏暗天色中，沿著運河的曳船道慢跑熱身，堅決地想把趙尙浩上校、馬祕書和整晚該死的事都拋在腦後。

她告訴自己，如果她相信自己的直覺，就會知道石戶太太對她說的是眞話，趙上校說的是假話。趙上校是公務員，是宣傳海報上的臉孔，是對北韓政權的劇本照本宣科的走狗。他的傲慢眞是令人火大，然而憑他的地位，他可能確實不知道秀敏的事。她意識到，由於自己太過專注地想要忘記他，結果反而無法停止在想他。她加大步伐快跑起來，很滿意自己的力量以及她受的訓練賦予她的體能爆發力。她感覺自己的狀態好到前所未有的程度。她正準備把身體推向極限、以全速奔跑，這時她的手機響了。她放慢腳步後停下來，用力喘氣，取下綁在手臂上的手機，對著螢幕皺眉，突然有種預感這是重大的命運轉折點。來電號碼開頭是+82。南韓。

她過了一下才聽懂電話另一頭的遙遠聲音在說什麼。那個男人說他是位於首爾的大韓民國國家情報院官員。他來電是因爲她向法務部提出申請，要求獲准和名叫申光守的A級特殊囚犯談話，他被關押在浦項最高安全級別監獄裡。

潔娜整個人僵住了。打從她開始受訓以來，這五個星期她完全忘了這件事。她是一個多月前提出申請的，就在她和石戶太太在日內瓦見過面後不久。

他說：「妳知道這名囚犯是什麼人嗎？」

被逮捕後受到單獨監禁的北韓突擊隊員。「是，我知道。」

對方沉默了許久。她開始推算那裡現在幾點。深夜。「恐怕我們不能核准妳的請求，除非妳有非常充分的理由……請問妳爲什麼對這名囚犯感興趣？」

潔娜轉頭面向運河緩慢流動的黑水，在水中看到秀敏的倒影。

「我相信他綁架了我的妹妹。」

這通電話結束前，他承諾會向上通報這件事。他的語氣充滿懷疑，聽來沒什麼把握。她在長椅上坐下，把臉埋進掌心。今天的她實在無力承受這個打擊。

☆

當天晚上潔娜上床睡覺時，外頭還是溫和而清朗的秋日夜色。但當她在感恩節早晨醒來，外頭已經是冬天了。她的楓樹樹葉覆滿毛茸茸的霜；地面硬得像鑽石，也閃亮得像鑽石。貓坐在院子牆上，隔著廚房窗戶看著她，張大嘴露出滿口尖牙打呵欠。廣播主持人用輕快帶笑的語氣提到橫掃維吉尼亞州的冷鋒。雪隨後就要來了。

她煮了咖啡，打開筆電，在電子信箱頂端看到一封寄自韓國矯正本部的郵件。她的心跳開始加速。

她和浦項最高安全級別監獄的通話時間，訂在明天下午一點整，通話將在十五分鐘後自動結束，或是在她違反下列規定時立刻中斷。接下來是一份話題清單，她被禁止和A級囚犯討論這些話題，包括爆裂物和任何猥褻或明顯涉及性愛之事。

南韓時間明天下午一點……就是華盛頓特區的今晚十二點。

她一想到自己即將跟什麼人通話，突然感到可怕的恐懼襲上心頭。這恐懼使她遭受一波波暈眩攻擊，以致於她只能動也不動地坐著，緩慢呼吸幾分鐘，直到不適感過去。

她原本就在害怕感恩節到來。在「農場」裡的封閉世界住了幾星期，家庭聚會的壓力讓她異常沒有安全感。現在感恩節更像是在等著她的嚴厲考驗。她望著貓，牠仍在院子的牆頭看她。她該怎麼撐完這一天？

☆

烤火雞的香味籠罩這間小公寓。隔壁房間的電視傳出梅西百貨辦的感恩節大遊行歡慶的銅管樂聲，而在那聲音之上還有她母親尖細的笑聲，接著是她叔叔柔滑而低沉的嗓音，以及玻璃杯相碰的叮叮聲。

烤箱傳出低低的嘶嘶聲。潔娜把手擦乾，重新讀一遍製作肉汁的食譜。事實上這腳踏實地的工作讓她冷靜下來，她重新找回按部就班的思考模式；有了思考的空間，她才醒悟到其實她很慶幸有家人陪伴來轉移自己的注意力。這一個早上，她忙著塗油填料、又剁又搗，成功地把午夜通話相關的思緒推到一旁，而她先前感到的恐慌現在只是一絲微微的焦慮。

院子裡傳來由遠而近的男性談笑聲——是她去參加火雞路跑的堂弟們回來了。他們鬈曲的黑髮冒著熱氣。賽追克和瑪雅的兩個青少年兒子走進屋來，身後拖著冰冷的空氣和男性汗臭味。「唷，韓伯母。」熱騰騰的餐點上桌，賽追克叔叔開了葡萄酒，兩個男孩就座，蓋過切肉的聲音大聲聊天。「有個老兄打扮成肯德基爺爺，他在腋下夾了隻橡皮雞——」

「人都到齊了嗎？」韓氏用韓語說，透過窗戶往外看。「我好像聽到車子的聲音。」潔娜看出她去過髮廊了，還穿了新的深紅色上衣，搭配深紅色口紅，再戴上黃金和珍珠首飾，讓她看起來就像華麗的聖誕節裝飾品。眞可悲，她顯然期盼潔娜今天請大家來，是爲了給他們驚喜——介紹一個男人給大家認識。

「人都到齊了，歐瑪，而且我們今天要講英語。」

韓氏帶大家禱告，然後他們互道感恩節快樂。賽追克叔叔問潔娜她的生活裡有什麼新鮮事——她懷疑這只是一種僞裝，實際上是問她「男人」的事。瑪雅嬸嬸問起她的新工作。

「我在……替政府工作。」

「聽起來是祕密，而且很刺激喔。」

是很刺激沒錯。潔娜短暫地露出微笑。她針對祕密實驗室所寫的報告成功擠進了給總統的每日簡報——那是他每天早上邊喝咖啡邊讀的第一份文件。接著她的心緒轉向她跟馬祕書交手的經過，她幾乎可以肯定他的命運已經定案；她還想到「農場」的殘酷，於是她的笑容又淡去了。

☆

兩個男孩邊打電動邊吃派，潔娜堅持大家都去休息，讓她來收拾就好。她正把碗盤往洗碗機裡塞，就聽到廚房門在她後方咔一聲關上。韓氏面向她，背靠著關上的門。

韓氏用隱含不祥的平靜語氣問：「怎麼了？」

她的珠寶閃閃發亮，臉龐半掩在陰影裡，有種戲劇化的效果。

「沒怎麼呀。」潔娜開始用抹布擦拭。「今天非常愉快。」

「妳剛才大口灌酒，這不像妳，而且妳心不在焉。感覺就像對著空氣人講話。」

「只是有一點累。」她不耐煩地說。韓氏的第六感隨著年齡變得愈來愈敏銳了。

韓氏用力地搖頭。「這事跟秀敏有關。」

「沒有。」潔娜努力不迴避目光，但她的表情背叛了她，而她母親的表情則顯示出她看見什麼。

「被我說中了。」韓氏仍然一動也不動，她的聲音像是海面上方遙遠的雷聲。「妳為什麼就不能讓妳妹妹的靈魂安息？」

「歐瑪。」潔娜很清楚自己要說的話有多殘忍，「我們先前都相信了淹死的說法，但現在我離眞相更近了。」

韓氏的眼睛被怒火點亮了一下，然後被淚水給放大。

「唉，過來。」潔娜撕了一張廚房紙巾，擦乾母親的眼淚，再摟住她那矮胖的身軀，她的眼淚聞起來有小蒼蘭和野薑花的香味。「對不起。」然後潔娜自己也哭了起來。

☆

稍晚，大片的雪花開始無聲地落下，公寓裡寂靜而幽暗，貓在某處的陰影裡徘徊，潔娜呆滯地坐在沙發上，瞪著擺在茶几上的手機。

客廳的時鐘無情地滴答響，分針朝著午夜前進。華盛頓特區的午夜十二點，是南韓的隔天下午一點。只剩一分鐘了。她公寓裡的燈沒打開，但客廳充盈著路燈反射的雪光。雪花像漩渦一樣迴轉，在她的院子裡堆成小小的雪山，它彷彿能悶死她的恐懼，讓她感覺冷，也感覺有點恨。

分針走到了十二。她近乎機械化地拿起手機準備打電話。她已經把號碼寫下來擺在手邊了，正要輸入號碼時，長長的鈴聲響起，嚇得她跳起來。鈴聲來自她後方的筆電。她站起來盯著它，好像有種超自然的物體在她的桌上憑空出現。

Skype電話？

這時候她想起幾星期前，她向南韓提出申請時，曾填寫她的Skype帳號。

鈴響了兩聲、三聲。她坐到桌邊接聽。

那頭傳來噪音和雜音，好幾個男人在說話，然後出現一張臉，湊得離螢幕太近。他剃成光頭，在灰黃色的燈光下看來野蠻。一秒鐘後，她自己的攝影機連上線了，於是那張臉牢牢盯住她。那雙眼睛凶猛而直接，那張嘴獰笑，露出犬齒。她看得到在他後方有個坐在椅子上的獄卒，正在跟鏡頭外的某人交談。

「妳是誰？」那張臉說，好近，他的嘴填滿螢幕。他渾身散發暴戾之氣，就像靜電一樣劈啪作響。「妳想要我怎樣？」他講話有濃厚的北韓口音。

潔娜的喉嚨變得好乾。她張開嘴，但她想說的話都逃得不見蹤影。

「妳不必躲在影子裡。」他說，「把燈打開。」

潔娜慢吞吞地伸出手打開檯燈，調整燈光的角度，讓它明亮地照在自己臉上。

她瞧著他瞇眼看了她一會兒，然後露出疑惑的表情，好像發生了某種古怪的錯誤，他的眼神顯示他認出她了。

潔娜點點頭，感覺自己的指甲深深摳進椅墊。

「你現在看見我了吧？」

22

北韓，兩江道惠山火車站

小奎手下的一個花燕子帶著文太太吩咐的銀蓮花回來了。她把花插在啤酒瓶裡，放在一張環坐著客人的桌子中央，然後退後一步看看效果如何。鮮豔的粉紅色配上焰橘色的花蕊，眞是色彩繽紛。

小奎蹲在他的老位子——米袋頂端，微微仰起頭，悠悠吐出一口白煙。遙遠的山谷裡傳來一列火車的警笛聲，好似送葬船般淒涼。下午才過了一半，天色已經昏暗。

她爲了賄賂保衛部，把互助會湊出來的錢都用完了。女人們手邊都沒剩什麼錢，那會使她們的生活有一陣子陷入危機中，然而她們之間卻洋溢著一股暖意。她們互相說著故事，把對方逗得大笑。她們拿自己的先生開玩笑，只有一群女人聚在一起才能做這件事。再晚一點，小奎會把順伊從她在裝瓶廠的藏身處接過來。

今天傍晚，小鬈將被送回她們身邊，那束花是爲她準備的。這陣子小鬈一直被關在惠山市郊的保衛部拘留營裡。文太太告訴小奎這件事時，他的臉色一沉。

「他們逮到有人想逃去中國的時候，就會把他們關在那裡。」他說，「在那地方待上一星期……就再也沒有人敢逃了。」

隨著小鬈即將獲釋的消息傳開，許多人開始帶著敬意向文太太道賀。謠言四處流竄。其中一個謠言說市場裡有個女人向平壤的有力人士討人情；另一個謠言說她在日本有家財萬貫的親戚，或是在中國的三合會裡有人脈，連保衛部都對他們忌憚三分。她驚詫地發現這些謠言指的都是自己。

這天接下來的時間裡，「文家韓式烤肉」忙得不可開交，她根本沒時間多想，只顧著炒菜和端菜。工作讓她分心，才不會每分鐘都望向車站的時鐘，並且四處尋找小鬈的臉龐。一股刺骨的東風開始從長白山上往下掃，她的膝關節像著了火，手指則凍得僵直，但她一如往常揮手拒絕小奎遞給她的冰毒菸管。

威士忌奶奶的臉是一朵被圍巾層層包裹的黃色花苞，她宣布爐子的瓦斯已經快用完了，因此文太太把她的A字型背架固定在背上，告訴小奎她要去城的另一頭買瓦斯。

「小鬈回來的時候，讓她坐在火盆邊，給她吃點東西。」

文太太離開市場時，又忍不住看了車站的時鐘一眼。

23

華盛頓特區
喬治城
O街

潔娜看著那男人的表情由疑惑轉變爲不可置信。他迅速回頭瞥了一眼在他身後交談的兩名獄卒，然後手忙腳亂地戴上耳機，把接頭插上。

他說：「可是……妳在美國。」

「是的。」

「怎麼會？」

她集中心志讓自己維持平靜的表情。她的脈搏敲擊著喉嚨。

「這我不能說，你應該了解吧。」

他閉上眼睛點點頭。「我了解。」

他傲慢的態度暫時消失，潔娜發現他的年齡比乍看之下來得大。他那凶狠的五官讓她過了一會兒才醒悟到他至少已經六十歲了。

對話暫停，她再次感覺慌亂，腦袋裡拚命想找話來講，同時又要避免洩露自己的眞實身分。他細長的眼睛盯著她，這時她想起記者會用的一招——**什麼都別說，讓他去填補靜默。**

「抱歉。」他說，勉強擠出緊張的笑容，「我是個粗人，我原本以爲妳又是個記者，想要窺探——」Skype訊號中斷了一、兩秒，「——要是我知道是妳……」他低下頭，因此她看到他那像哥布林的顱骨頂端。潔娜的心緒天旋地轉，不過她保持沉默。她完全不知道這場談話要怎麼進行下去。他手握拳頭擱在胸口。「我誓死效忠——」訊號又中斷了，螢幕畫面凍結在他猙獰而桀驁不馴的臉上，「——想要妳知道。這裡的混蛋向我開出條件。」他仰起頭大聲說，讓他後面的獄卒能聽見，「我什麼都沒告訴他們。」

潔娜搖搖頭，開始進入她的角色了。她讚嘆地發現如此欺騙對方竟賦予她這麼大的力量。「如果你有任何背叛行爲……千萬別以爲你在監獄裡就沒人動得了你。」他的目光燃著受傷又驕傲的光。她看得出來這個人並不怕死。現在她放開來即興演出。「我從很久以前開始就對你很好奇，申光守。」

「我?」

訊號中斷了，他的臉再次凍結，這次表情詫異。這回過了比較久才重新連上線，大概過了有四、五秒，潔娜的心跳加快了。

她說：「我對你很感激，欠你一份情。因爲你做的事，把我從那座海灘帶走。因爲你，我才有了目標，有了自尊。」她強調關鍵字，期望能在那些字眼裡灌注實際上不存在的意義。「你好像很意外。」

他搖搖頭，看起來很佩服。「妳……那麼激烈地抵抗我們的教導，妳不肯服從命令。我……抱歉，請原諒我。我知道我們曾經意見不合。」他再度垂下頭表示敬意。「我只是太欣慰了。要用眞理改變一個人未必總是那麼容易。」

潔娜感覺腎上腺素在體內奔流。她察覺眼前出現一條明路。「所以……你不知道我離開了那個……機構？」

「我知道妳被移送給九一五課。」

她大腦裡的受體在發光，她得用很大的力氣才能不把興奮顯露出來。她勉強輕輕搖頭，好像在回想。「九一五課……」

他發出神經質的笑聲。「……妳要知道，像我這種小角色是絕對沒機會見識育種計畫的。」

「我們九一五的女孩是個封閉的團體……」

「妳們的特權是妳們應得的。」

訊號又中斷了，申光守臉上敬畏的表情凍結了兩、三秒。訊號恢復。「……他對妳們禮遇有加。」他嚴肅地喃喃說道。她感覺自己開始顫抖，知道自己鎮定的態度沒辦法再維持一秒。他說：「他讓妳成為其中一個——」

訊號停止傳輸，螢幕變得一片漆黑。她等了一分鐘，感覺自己像認真跑步過後一樣出著汗，但畫面始終沒有再出現。

她蓋上筆電，猛地由椅子上彈起，雙手緊緊摳住頭。

她的所有思緒都被打亂四散，像是拋向空中的一副撲克牌。她用力拉開落地窗衝出去，急於用酷寒的空氣冷卻腦中的烈火。她把臉轉朝上方，深深吸氣。雪花冰冰涼涼地融化在她臉上。人怎麼可能在同時間體驗這麼多種極端的情緒？她從未感覺如此驚恐和興奮、如此振奮又絕望。

上帝在上，育種計畫究竟是什麼？

另一個房間遠遠傳來她的手機鈴聲，她沒理。可是停了一下之後它又響了，她跑進去接。

費斯克說：「我明天早上七點去接妳。」

「我要去哪裡？」

「中情局局長要見我們。」

24

北韓，兩江道
惠山機場

文太太抵達城市另一頭的倉庫時，已經接近傍晚了。她的聯絡人通常會趁老闆不注意時把瓦斯桶滾出來，而她就把錢悄悄塞進他的口袋。可是不知爲何，現在這地方竟無人看守。然後她的目光被一道照亮雲朵的泛光燈光束吸引，那光束來自倉庫後方的某處——是機場。

她聽見遠處傳來嘩嘩的嘈雜聲，像是山中下過大雨後的河川，直到她想起來她離河很遠。她轉身望向通往城內那條暗摸摸的馬路，發現聲音其實是大量人群的喃喃低語。那聲音稍微退去，又變大聲，於是她看到了——黑壓壓的人群被士兵帶著朝這裡移動。隨著人潮接近，她能清楚地看出不同的群體：穿著深藍色連身服的工廠工人、戴著工地帽的建築工人、穿著中山裝的城市官員、穿著制服的社會主義青年聯盟。皮膚汙濁暗沉的花燕子那嬌小的身影在人群前方一馬當先，跑來跑去。她繫緊放錢的腰包，確保拉鍊拉好、藏得隱密。

出了什麼事？有幾分鐘時間，大批人馬逕直從她身邊經過。母親帶著孩子，市場攤商，鐵軌工人。接著她在人群中看到李太太、威士忌奶奶——還有小奎！現在有誰在看顧食堂？

一群優雅的女人穿著赤古里裙悠然飄過，她們是某個專門招待黨幹部的餐廳女侍，現在也被推著前進，抹了粉的臉僵硬有如面具。

接著她發現有個士兵拿手電筒照她的臉，不耐煩地示意她跟著人群走。於是她像被趕羊似地融入人群，跟其他身軀磕磕碰碰。這團體的密度每分鐘都變得更高。所有人都被趕向機場，有人碎唸，有人詛咒，有人飆罵。士兵們彷彿把他們在街上能找到的每一個人全聚在一起，讓工廠、商店和辦公室裡都空無一人。

有個年輕士兵揮舞步槍槍托，示意大家往前走。「出了什麼事？」她問。

「人民審判。」

她從人群的頭顱之間看到前方兩、三百公尺外是單層的機場建築，它有個粗短的塔樓，掛著偉大的領袖微笑的肖像；她還看到兩側停放著舊螺旋槳飛機的跑道。跑道中央泊著一輛深綠色的軍用吉普車，吉普車頂端安裝了兩個巨大的泛光燈。警察站成一排封鎖線，示意人們沿著跑道側邊散開來站，人群的行進因而減緩，演變成凝滯不動的混亂場面。然而後面的人仍持續湧入，幾千個人，因此跑道邊緣的圍觀者有幾十層厚。整個惠山市的人都在這裡了。最小的孩子——繫著紅領巾的少年先鋒隊和衣衫襤褸的花燕子——則鑽到前面爭取最佳的觀看位置。

夜幕有如一團灰燼兜頭落下，唯一的光線來自吉普車上的泛光燈，以及偉大的領袖肖像上方一盞小電燈。群眾間流竄著某種詭異、邪惡的緊張感。不安和恐懼讓人們對即將發生的顫慄駭人之事有了預期心理，好像有一齣戲劇就要上演。接著，在右側的黑暗中，亦即跑道的另一頭，兩盞琥珀色的車頭燈亮起。那輛卡車一定早就等在那兒了，因為現在它以低速檔緩緩開過來。隨著它接近光源，人們可以看到戴著頭盔、擎著衝鋒槍的衛兵站在卡車後頭，不過光線仍然太暗，無法透過木板的間隙看到囚犯。車輪軋過混凝土地面上的裂縫，車身彈了一下，車內傳來一聲清脆的鐵鍊聲。卡車開到兩盞泛光燈光束聚集的位置後停下來。

卡車後頭的擋板翻開，衛兵一個個跳下車。他們跑到機場建築後方，推著一個帶輪子的沉重長型木頭平台出來。可以聽到人群同時吸了一口氣，像是某隻強壯的猛獸在呼吸。平台上有一排八根等距排列的木樁，每根木樁差不多與人等高，從台面向上伸出。衛兵調整平台擺放的角度，讓它在人群的左方，面向卡車放在跑道上。

第一個囚犯被帶下車，是個已經嚇到失禁的青少年。他的腳踝被鐵鍊拴住，眼睛蒙上一塊髒布，正輕聲地嗚咽著。少數幾聲嘲弄聲響起，不過大部分的人保持沉默，文太太看到許多人都移開了目光。跟在他後面的是個與文太太年齡差不多的女人，原本可能是工廠女工，接著是穿著好衣服的年輕男女，文太太猜想他們是夫妻。那丈夫的臉頰上有淚痕，妻子的臉（就文太太看得到的部分而言）嚇得發青。不知為何，他們穿著自己的衣服而非囚服這點很令她震驚。這對男女後頭是個戴著頭巾的苗條年輕女人，再後面是個年輕士兵，他軍服上的佩章和袖標都被人扯掉了。

他們成一縱隊被帶往木頭平台，腳上的鐵鍊在混凝土地面曳著。最後兩名囚犯都是年輕男人，衣服被扯破了，即使他們的眼睛被蒙住，文太太仍看得出他們被打得鼻青臉腫。其中一人踉蹌跌倒，被兩個衛兵拉起來拽著走。鐵鍊和他的腳尖都在地面上往前拖。

登上平台之後，每個囚犯的頭、胸部和腰都被綑在木樁上。接著他們的手和腳被拉到木樁後頭兩兩綑起。整個過程都整齊而迅速地進行著。然後衛兵站到每個囚犯面前，把什麼東西硬是固定在他們臉上：那是某種金屬夾子，彈開之後能把嘴巴撐大，讓他們無法說一個字。現在泛光燈整個照向平台，強光下是令人毛骨悚然的畫面。八個被判有罪之人如同屍體般被綁在木樁上，每個人的嘴巴都成了臉上怪異的大洞。

在明亮的光線中，年輕女人的黃色頭巾像是向日葵般鮮豔，文太太的五臟六腑都結成了冰。

她想都沒想，便一頭衝向摩肩接踵的身軀，推啊、頂啊、擠啊的到了前方。她心裡只有一個念頭——出現了嚴重的誤會，她得趕在木已成舟前矯正這個錯誤。沒多久她離人群最前端就只有一臂之遙了，但她的去路被兩個士兵擋住，他們的背就像卡其布和皮革做成的銅牆鐵壁。她猛力一撲，把肩膀硬插進他們中間，撞得他們倒向兩側的人。她四周響起叫喊聲。「小心點，死女人。」有人抓住她的手肘，但她掙脫了。她終於來到跑道邊緣，少年先鋒隊和花燕子都盤腿坐在那裡。他們被騷動吸引得轉過臉來，她正前方的其中一人從地上站起，伸手阻止她。是小奎。他那巫醫般的眼神狠狠直視她。「我們什麼也做不了。」他小聲說。

文太太驚恐地看著小奎再看向平台。「噢，順伊……」她低聲說。

小鬈面無表情，她的皮膚白得像鮮奶油，臉上有個鮮紅的印子。站在每個囚犯後頭的衛兵同時拉掉他們的蒙眼布，好像排練過。囚犯猛眨眼，強光令他們目盲。接著——文太太知道這是刻意營造的戲劇效果——照亮偉大的領袖肖像的小電燈熄滅了，人群莫不倒抽一口氣。神的臉被遮住了，泛光燈之外是全然的黑暗。

剛才她太專注在平台上，並沒有注意到什麼時候有一排穿黑袍的法院官員面向群眾站著。這排法官前方擺了一支麥克風，穿著素面褐色上衣的黨部演說者走向麥克風。他動也不動地站著，直到人群安靜肅立。他開始慢吞吞地唸出被判刑者的姓名，安裝在吉普車上的音響系統使他的聲音有種金屬感。

「……站在你們面前的這些男人和女人，被控密謀建立反社會主義的犯罪集團，被控散布煽動性印刷品，被控犯下一級叛國罪。他們都徹底承認各自的罪行……」

他指著平台，不過眼睛仍望向人群。他個子矮小、表情嚴厲，嘴巴寬而薄，嗓音沙啞刺耳。

「這些受指控者，這些罪犯，他們內心腐敗而病態，密謀藉由奉行邪惡的宗教儀式來破壞我們的革命……」

人群中爆出幾聲憤怒的驚呼。

「他們自私地盤算在你們之間散布難以形容的毒藥，殘害金日成光榮而純潔的人民……」平台上那個青少年開始翻白眼，張開的嘴流出唾液，好像某種疾病發作。

「他們背棄了他的教育，他的愛……」講者悲戚地搖搖頭，「他們沉迷於自私、不知感恩的……」

人群開始蠕動、收縮，彷彿是個單一的有機體，對那個嗓音帶來的粗暴能量起反應。文太太感覺大家的情緒變得陰沉，清楚得就像天空被烏雲遮蔽。

「他們的信仰帶著異國的病菌，使他們病入膏肓……」演講者的音調開始上揚，「……那些信仰與我們的生活方式完全背道而馳，而他們沒有一個人——沒有一個人啊，公民們！——在面對金日成的慈悲為懷時，肯拋棄他們有如毒瘤的信仰。」

不祥的低語聲像漣漪往外擴散，那是充滿怒氣的嘆息和喘息。後方有人叫道：「把他們像狗一樣槍斃！」

「這些男人和女人已經沒有再教育的可能了，已經沒有救贖的希望了。」他張開雙臂。「同志們！兄弟姊妹！我們在身體裡發現腫瘤，是不是該把它割掉？」

喃喃聲的音量變大，前方的孩子們熱烈地拍起手。

「我們是不是該毫不遲疑地果敢行動——以免它擴散？」

「是，是，是！」人群應和。

「我們是不是該用朝鮮的方式，用朝鮮的速度，做出唯一的行動？」

「槍斃他們！槍斃他們！」

講者舉起雙掌，臉上帶著凝重而大義凜然的表情。

「我聽到你們這些人民要求的正義了。黨會服從群眾的意願，因爲黨和群眾是一體的。」

愈來愈強的掌聲從四面八方響起。

「以黨的名義，我在此宣布他們的刑罰是：槍斃！」

歡呼聲震耳欲聾，文太太覺得反胃。人群陷入復仇的快感中。她知道事後沒有人能認得出自己曾短暫成爲嘶吼狂叫的野獸。

由三名士兵組成的行刑隊機械化地聚在第一個囚犯、也就是那個青少年面前，他們舉起步槍。他臉上的洞裡發出咕嚕嚕的聲音。他掃視人群，眼裡充滿赤裸裸的、動物般的恐懼。

連續的槍聲——**砰砰砰**——在機場建築邊發出回音，迎向更響的掌聲。男孩的身體扭動抽搐。

某處有個幼兒在啼哭。孩子們都躲在父母的衣襬間。但是坐在混凝土地上的花燕子卻帶著熱切而著迷的表情，貪婪地吸吮每個細節。

小奎說：「來把，阿朱瑪，妳別待在這兒了。」

但文太太不肯走。她不看下一個處決的囚犯，再下一個也不看。她用眼角餘光看到那束強光隨著行刑隊的處決進度，而從一個囚犯身上移到下一個。但她硬逼自己睜大眼看著小鬈，勇敢地凝視她，把愛的光束投向她。她驚異地發現，在明亮的光線中，小鬈的眼神很平靜，沒有顯露出一絲恐懼，哪怕她的嘴被那可憎的裝置給撐開，呼吸卻很平穩，化作白霧噴向寒冷的空氣。

事後，文太太知道自己在幻想，但如果從某人的眼神讀出話語是可能的，她認爲她確實讀懂了。雖然她已經幾十年沒想過這些句子，它們仍然烙印在她心中。

我雖然行過死蔭的幽谷，也不怕遭害……

行刑隊移動到小鬈面前，重新整隊，年輕女人的眼神沉澱下來，流露無盡的安詳。

……在我敵人面前，你為我擺設筵席；你用油膏了我的頭，使我的福杯滿溢。

她回望著士兵，直視他們的眼睛。

我一生一世必有恩惠慈愛隨著我……

命令大聲喊出，步槍一一舉高。

……我且要住在耶和華的殿中，直到永——

清澈的夜風中響起槍聲，文太太的膝蓋再也支撐不住她。

25

北韓，平壤市
中區域
勞動黨菁英住宅區，「禁忌之城」

十一月二十五日接近傍晚時分，趙上校返抵家門。他才離開了五天，感覺卻彷彿更久。他打開門鎖，發現他的公寓靜悄悄、黑漆漆的。**怪了**，他心想，一邊脫掉鞋子、提著行李進入走廊。他的耳朵內仍然迴蕩著飛機階梯底部樂隊演奏的〈金正日將軍之歌〉樂音。迎接他歸國的委員會請他說幾句話，他讚揚「全體社會主義人民的領袖」那富有啓發性的教導，然後乖乖站著讓人拍照。儘管他受到英雄式的歡迎，每當他返家時發現公寓是空的，他總會感到十分恐懼，這次也不例外。他走到客廳，察覺有一股烹煮食物的氣味，然後聽到黑暗裡有人動了一下而發出沙沙的聲音，於是他扳動牆上的電燈開關。

室內大放光明，熱烈的掌聲響起。

他的妻子、兒子和父母都站在晶亮的櫥櫃前方異口同聲地歡呼，同社區的幾個鄰居也來共襄盛舉——兩個中央委員會的人和他們的妻子。大家都因爲這把戲而笑得像孩子，高興得直拍手。一條布旗橫掛在櫥櫃上，布旗上是他兒子童稚的筆跡：**歡迎阿帕回家！**小書俐落地跨步向前，舉起手臂行了個少年先鋒隊式的軍禮。趙上校蹲下來擁抱他，因而能夠暫時把臉埋進兒子的身體，嗅著他皮膚散發的溫暖麵團味，而不必面對滿屋子的人。他的妻子和母親分站在他兩側，臉上煥發驕傲的光芒，試圖同時擁抱他和問他問題。

「阿帕，他們長什麼樣子？」小書問。

「美國人嗎？」趙上校摘下軍帽，戴到男孩頭上。「就跟電影裡一樣。」

「他們是不是很臭？」

趙上校白髮蒼蒼的父親拖著腳步走向他。「你在那種地方怎麼能有安全感？我們都擔心得要命，這是肯定的。」

趙上校心裡充滿激動的情緒。從紐約飛回來這長程飛行中，他別說睡覺了，就連稍微放鬆休息一下都做不到。這十三個小時裡，陰暗的念頭一個追著一個出現。最後一段從北京到平壤的路，在瀰漫廁所味和燃油惡臭的生鏽圖波列夫飛機上，兩位資淺外交官和政治警察已經開始振作精神，梳理頭髮準備參加歡迎儀式，他卻把頭靠在客艙的窗戶上，盯著銳利如齒的白色山脈，以及深不可測的幽谷暗影。他沒向他們提起《紐約每日新聞報》上的報導。馬祕書會被召回平壤接受他的命運，也許就在明天。他已經不算是人了。

他緊握住父母孱弱的手，心不在焉地對他們微笑，並且向妻子一鞠躬。他的父親把退伍時獲得的勛章都佩戴在身上。女人的臉都搽了粉、化了妝；她們穿上通常會留到領袖生日時才穿的長長彩色赤古里裙。他的妻子似乎從他眼中讀出什麼，笑容有些動搖。「尚浩。」她柔聲說，攬住他的手臂，「來看看禮物。」她拉著他遠離其他人，走進隔壁房間。

餐桌上擺了六、七束鮮花，一籃水果（還包含鳳梨和香蕉），一箱肉罐頭，一部還裝在盒子裡的中國製平面電視，還有兩個木板箱，一箱是法國波爾多紅酒，另一箱是他的最愛——軒尼詩黑金剛干邑白蘭地。其中最鮮豔奪目的一束花全是血紅色的金正日花。趙上校打開卡片。

致可敬的趙尚浩同志，
您以社會主義和革命的真實精神為我們的國家發聲。
您在外務省滿心感謝的全體同事敬贈。

他的妻子說：「酒是黨中央委員會送的……」

「電視是政治局送的！」小書大喊，拉扯趙上校的袖子，「我們可以把它打開嗎？」

「等一等，最棒的還在後頭呢。」走廊傳來洪亮的聲音。永浩戴著軍帽、身穿長大衣，在眾人的歡呼聲中走進房間。他的臉爲了弟弟咧成燦爛的笑容。他走向前來擁抱趙上校，後者的手臂卻疲軟地下垂，像是人體模型。「老弟，你要做好心理準備喔。」他說，捏了捏趙上校的肩膀。

趙上校不願意看他，但他似乎沒有注意到。他把趙上校轉朝窗戶，拉開窗簾，揮揮手向某人打信號。

樓下亮起兩盞燈。在中庭的中央有一輛銀色賓士轎車停在銀杏樹之間，座墊上的塑膠防塵罩都還沒拆掉。一名穿著制服的司機用手電筒光束照亮那三位數的車牌號碼：2★16。

趙上校把頭往前伸。以那個日期爲車牌號碼的車輛極爲稀有。二月十六日，光明星之日，親愛的領袖的生日。

「這是……」

「……親愛的領袖送你的！」永浩大叫，又猛力捏了一下趙上校的肩膀。「沒有任何檢查哨敢攔下這輛車！交通女警會封閉街道讓你優先通過。」

剛才家人和鄰居都跟著永浩走進飯廳，現在又開始拍手歡笑，爲趙上校散發真誠的喜悅。趙上校露出空洞的笑容，撓了撓頭後，感覺新的期許像鉛做的軛一樣壓在他身上。

☆

女人把桌上的禮物清走，開始爲晚餐擺設小碟裝的飯饌和杯子，永浩分發一包包的香菸給男人——美國的萬寶路香菸。除了趙上校的哥哥和父親之外，在場的男人還有兩個同社區的鄰居，兩個都是穿著褐色公務員制服的中央委員會中年男子，而趙上校現在才注意到還有一個人，一個獨自站在角落裡的外國人——他個子矮小，身穿適合熱帶氣候的亞麻西裝。他的眼睛像醉漢，膚色像松香。他的頭髮是白的，剪得非常短，露出凹凸不平、布滿肝斑的頭皮。趙上校和他對到眼神，對方微笑鞠躬。

永浩一拍腦門。「我太失禮了。老弟，希望你不介意我邀請一位生意夥伴來。賽恩先生是來自緬甸的產業顧問，他要跟我們當幾個月的鄰居。」

一個外國人竟可以住進禁忌之城？

那男人跟趙上校握手，在短暫的瞬間，趙上校瞥到他的手腕上盤著一隻刺青毒蛇，藍色的蛇頭從袖口底下窺探。「恭喜你凱旋而歸。」男人用口音很重的英語說。

永浩在小杯子裡倒了燒酒，發給每個男人。「我的老弟是革命英雄。」他舉起杯子，「萬歲！」

「萬歲！」眾人高聲說，向趙上校敬酒。

趙上校乾了他的酒，伸出杯子要求續杯。現在他們喜孜孜地望著他，渴盼聽他講講這一趟的經歷。他仰頭喝掉第二杯酒，試著藉酒壯膽，但他的心智仍無情地保持清醒。他勉強擠出笑容，高聲叫女人們回到房間裡來。

接下來半個小時，他爲了娛樂賓客而述說他在曼哈頓外出的那一晚以及美國人設局把他帶到二十一俱樂部的事。他誇大而扭曲地形容他的東道主衣著有多麼不得體，以及跟狗一樣的吃相，前總統的舉止毫不莊重，以及克里斯．歐布萊恩是多麼卑微怯懦地投降。他描述歐布萊恩膚色粉紅、髮色像沙子，還模仿他在慌亂之下緊張地不斷撫平他的頭髮，同時用像被扼住脖子的嗓音表達抗議。滿室爆出大笑。

「像沙子的頭髮！」小書又叫又笑。

「但一切都在我們無與倫比的領袖的盤算中。」趙上校說，換來周圍所有人崇拜的點頭，「他知道怎麼玩弄那些美國人，我只是他的傳信人罷了。」

他在高談闊論的同時，注意到那個矮小的緬甸人賽恩先生目光在屋子裡四處轉，他那黃色的微笑隨著賓客配合趙上校的故事驚呼大笑而跟著忽明忽滅，就像一座燈塔。

趙上校說完後，大家再度敬他酒，他卻忽然意識到，自己在說這段故事的時候，遺漏了一個美國人。他透過飛機窗戶望向紫色的暮色時，那個女人的臉龐一再浮現在他眼前。**上校，你喜歡紐約嗎？**

☆

吃晚餐時，女人們端上鱒魚湯和韓式蒸餃。那兩個中央委員會成員濃妝豔抹的妻子端莊地微笑，她們說得很少也吃得很少，趙上校心想，她們就像古代宮廷裡的妓生[25]，忍耐著男人三杯黃湯下肚後的誇誇其談，還有懸浮在桌面上方那有毒的香菸煙霧。他的妻子帶著小書繞餐桌一圈，向每個人鞠躬道晚安。男孩要向爺爺鞠躬時，老人卻沉浸在他問永浩的問題上頭，趙上校立刻察覺事情不太對勁。

他在父親倒豎的白眉毛底下看到了恐懼。

永浩的領口解開了，臉龐漲成玫瑰色，而且因流汗而濕亮。他已經有六、七成醉了。

「不會啦。」他大聲說道，伸手把菸灰撣到一個還有醬菜的飯饌碟子裡。「但他們現在隨時會宣布。只不過還有更多該死的正式手續要辦。現在這件事被移交到組織指導部那批小人的手裡……」

趙上校驚駭地瞪著他。他原本對哥哥懷著洶湧而未具體成形的怨恨，現在這股怨恨突然聚集起來，轉變為強烈的恐懼。永浩的任命案還沒有宣布？**針對他真實家庭背景的調查還沒有結案？**他幾乎已經忘了這件事。為什麼這件事會移交到中央委員會底下的組織指導部呢？一粒冷汗由他的腋窩滾落到皮帶處。保衛部跟其他所有國家單位一樣，甚至包括軍隊，都歸組織指導部管轄，親愛的領袖正是透過這個詭祕的單位來行使他的權力。如果這案子到達那麼高的層級，表示出現了連保衛部都無權判定的狀況……他看到其中一個中央委會員成員附在永浩耳邊講了什麼下流話，惹得永浩密謀般發出竊笑。

領悟重擊趙上校，像是有人掌劈他的頭部。

我們的家庭背景確實有問題。

他感覺臉上沒了血色。**這案子被移交到組織指導部，是因為永浩是「入幕之賓」，沒有最高層的批准是不能動他的。**

趙上校低頭看著自己的手，它們變得濕冷而無力，好像肌腱被割斷了似的。他連筷子都握不牢，有種天崩地裂的感覺襲來，就像某個人因爲消化不良去看醫生，卻被告知他罹患胃癌。「入幕之賓」是菁英中的菁英——唯有當領袖要求私下會見特定人士，並且關上門和他談話超過二十分鐘，那個人才有資格被稱爲「入幕之賓」。除非保衛部發現極端嚴重的問題，而且非常、非常確定，否則他們是絕對不會把這案子上呈給領袖本人的……

有張嘴在一開一闔，舌頭上有一團油膩的魚肉。趙上校過了一秒才意識到其中一個中央委員會成員在對他說話。趙上校很費勁地逼自己露出感興趣的模樣，聽他在說什麼。但他一聽之下馬上豎起耳朵。那男人理所當然般地跟他說，趙上校他家樓下那間公寓被清空了，原本住在那裡的黨幹部被判接受六個月的再教育，他跟他的家人都要去山裡做苦工。賽恩先生會暫時住在那裡——這是永浩的主意。中央委員會成員用手背抹抹嘴巴，低聲打了個嗝。

晚餐剩下的時間趙上校都沒怎麼說話，只是把碗裡的碎魚肉和泡菜推來推去。緊張和焦慮讓他麻痺，然而他還得時時面帶微笑，假裝陶醉在勝利的光芒中。只有他的妻子看出有什麼事不對勁。等大家都吃飽了，她宣布她的丈夫長途飛行很累，應該要早點休息，準備明天進行任務報告。賓客先後道別離去。他的父母道了晚安，擁抱他，再次恭賀他，接著那兩對中央委員會成員夫妻也告辭。

但是永浩那位奇特的賓客還沒能開口道別，趙上校就用英語說：「我很好奇你從事的是哪一種產業，賽恩先生。」

賽恩的微笑驀地點亮，好似有人給他出了一道耐人尋味的難題。「可以這麼說：我在合成生活消費品方面給你的政府提供建議。」

「其中一種生活消費品會不會剛好就是結晶甲基安非他命？」他轉向永浩，「在這裡叫冰毒，不是嗎？」

賽恩先生的表情失去溫度。他的臉轉爲冷漠，所有的僞裝都不見了。永浩走過來，嗓音低沉而憤怒。「你是怎麼搞的？」

「叫他滾出我家。」趙上校平靜地說，「你和我需要談一談。」

25 妓生（kisaeng）：韓國皇室雇用來提供娛樂的藝術家、音樂家或交際花，這種傳統在十九世紀末期已經消失。

26

維吉尼亞州，蘭利市
殖民農場路一〇〇〇號
中情局總部

尚未到日出時分，費斯克就接了潔娜，載著她沿寂靜的街道開往蘭利。在一般人看來，他可能和平素冷靜、穩定的態度沒什麼兩樣，不過潔娜現在對他已有足夠的了解，能看出緊張不安的端倪。他的動作有一點不自然，臉上有一道因爲匆促刮鬍子而造成的傷口。局長在感恩節隔日早上八點找費斯克去開會，是因爲費斯克惹上麻煩了。

他們進到原總部大樓的地下停車場，局長保安特遣隊的一名成員正在私人電梯旁待命。他們跟著他沉默地搭到七樓，並且由他護送穿過空無一人的開放式空間。太陽剛升上樹頂，將金色的光條投射在地毯上。

在開放空間另一端以玻璃隔出來的辦公室裡，局長只穿著襯衫坐在那裡辦公。

「查爾斯，我要怎麼向國會解釋？」他看到他們走近，便起身繞到桌子前方對他們喊道。他有一對懸垂的眉毛和大鼻子，眉毛底下的眼睛瞠視費斯克。「那個姓金的瘋子攻擊南韓，也就是美國親近的盟友，目的昭然若揭，要勒索我們給予援助……」他的嗓音提高到叫嚷的程度，「……結果還得逞了？」他兩手一攤，開始繞著桌子踱步，潔娜心想，他愈生氣就愈像義大利人。她喜歡他。「而且這事就發生在火箭試射幾週之後，我們對那場試射同樣一無所知。」他用力拍了一下手中的報告。「這次的攻擊行動之前，外面都沒有任何風聲嗎？」

「沒有，長官。」費斯克說，「什麼也沒有。」

「連微風都沒有？耳語呢？」

費斯克像學生一樣低下頭。

「別人一定會說我們又在打瞌睡了，然而我們竟還有臉振振有詞地要求比太空總署更高的預算。」

局長停頓了一下。他背對著他們，透過防碎玻璃遙望藍中帶金的天空。「總統準備派『華盛頓號』航空母艦到黃海以展示兵力，但他希望能結合某種**和平任務**。手拿大棍子，但輕聲細語。他也要求應付金正日的新點子，但他要求的對象不是國務院。」局長轉過身，把文件丟到桌上，「是我們。」

費斯克開始說話。「長官，我們會立刻開始——」

「具體來說，他是在要求妳，威廉斯博士。」

「我？」

「我們的總統是個細心的人，也是認眞的讀者。他似乎對妳寫的北韓祕密實驗室報告印象深刻。恭喜妳，今天下班前把妳建議書的草稿交給我。」

☆

西姆斯讓潔娜用他的辦公室，其中一面牆是巨大的白板，上頭貼滿照片和螢幕截圖，圖片之間以彩色的絲繩相連。

她的手指懸在鍵盤上方。她感覺警覺而清醒，還有一股緊張與興奮。

他說新點子……

她知道她想說的話很激進，它會顛覆幾十年來的政策方針。她突然靈感泉湧，寫下：

正如同許多減肥食物長期下來會造成反效果，隔離與懲罰一個富有侵略性的暴君，也可能使他的行為更惡劣。我們不能期望改變一個政權，卻又孤立它，使它與改變絕緣……

她汲取多年來對北韓的思考，用清楚而淺白的文筆解釋她的立論。她忙了一整天，只有去販賣機買吃的果腹時才停下來休息。她完全沉浸在工作中，甚至成功把昨晚跟妹妹的綁架者進行的Skype通話之事拋諸腦後，儘管那件事也是使她亢奮的原因之一。

她用清單列舉建議做法當作結論，心知這些建議事項會使很多人挑眉。中情局有一套專供最高機密特殊存取檔案使用的加密軟體，她用這套軟體把報告寄給局長，除了他以外沒寄給任何人。他大概會直接把它丟進碎紙機吧。

還有一件事在她腦後存放了一整天。這天傍晚她離開空蕩蕩的大樓時，突然想起是什麼事了：局長好像提到了和平任務。

27

北韓，平壤市
中區域
勞動黨菁英住宅區，「禁忌之城」

趙上校送走最後一個客人後關上門，轉身面向他的兄長。永浩的臉氣得發紫，額頭淌著水滴，好像他流的不是汗，而是純酒精。

「賽恩先生是我們的客人。」永浩用氣音說。他的語調很不穩定，拚命克制大叫的衝動。「你現在是被美國人帶壞了嗎？你就這樣對——」

「我們完了，對不對？」

永浩停下來。他的嘴一開一闔，有如離了水的魚。趙上校那平靜至極的語氣使他整個人亂了方寸。他臉上的怒氣消散了，取而代之的是呆滯的疲憊。停頓很長一段時間後，他說：「你在說什麼？」

趙上校給他們兩人各倒了一杯燒酒。雖然已經快要午夜了，他卻開始覺得警醒。他的身體還在過紐約時間。整間公寓靜悄悄的，只有開始冷卻的地板發出嗒嗒的聲音，即使他把嗓門壓得很低，每個字卻都清晰得讓人畏縮。

「不管他們在我們眞正的家族歷史中發現什麼罪行，我們的血液都帶著罪孽。他們採取行動只是早晚的事。我們的地位保護不了我們，你也很清楚。」

他哥哥眼中的恐懼亮了一下，又熄滅了，讓他的眼珠顯得空洞而黝黑。

「你太快下結論了。」

趙上校慢吞吞地搖頭，把杯子遞給他。

「可能根本不會有審判，他們會讓我們直接消失。」

他打破了禁忌，這讓他感到奇異的平靜。沒有人會談論國家門面之後的現實，連想都要避免去想。爲了達到這個目的，他們必須在腦中維持兩套解釋，一套是公開的，一套是私密的——他們要有能力同時知情又不知情。趙上校這一輩子都在做這件事。唯有用這種方式，他才能每天調解宣傳品和眼前證據之間的矛盾，這矛盾也存在於正統說法以及如果大聲說出來會使你落入集中營的叛逆想法之間。私密的那一套解釋，從來沒有人承認，因爲沒有任何情緒或想法、沒有任何生活層面（不論是公開或私底下的生活）能自外於國家權威的管轄。保衛部只需要一句不夠忠誠的評語來進行逮捕。有時候，單單一個眼神就足夠了。

他轉向窗戶，低頭看著停在中庭的銀色賓士——金正日送他的禮物——現在只是陰暗的單色調。

「我不認爲他們會逮捕我太太。她出身英勇家族，她受到保護。歐瑪和阿帕也很安全，因爲他們不是我們的親生父母。」他一口喝乾燒酒，臉皺了一下。「可是你和我，老哥……」他感覺胸口收縮，「……還有我兒子……眞的有危險了。」

「你忘了一件事。」永浩在用紙巾抹著汗如雨下的額頭，「忠誠。領袖曾經當面感謝我的貢獻，他還**擁抱我**。」他一手按在心口。「你知道那使我成爲什麼人嗎？」現在他的聲音在顫抖，不過趙上校分不清是源自受侮的驕傲還是恐懼。「他最信任的人，他最忠心的人。他重視忠誠甚於一切，他不會因爲某個——天知道——」他一揮手臂，「——幾代以前的人犯下的錯而拋棄我們。」

永浩頹然靠在牆邊。

趙上校扠著手臂坐在低矮的窗台上。在他身後，一輪半月用銀色輕紗罩住整座城市。「幹部的地位愈接近頂端，他的下場就愈慘。這是不變的定律。至於你替他做的工作……」趙上校恍惚地搖搖頭。眞可笑，他幾乎忘了自己對永浩的不滿。僞鈔、裝在外交郵袋裡的毒品，現在這些似乎都無關緊要了。「……或許代表我們身處於更加嚴重的危險中，程度超乎我們的想像。你知道阿帕說過關於親愛的領袖的話：離他太遠你會結凍，離他太近你會燃燒。我認爲你，我的哥哥，離他實在太近了。」

他們之間漾開一段沉默，直到永浩手中的燒酒滑落，玻璃摔碎四濺。他的身體中段似乎皺縮了起來，使他沿著牆往下溜。他蜷曲著身體躺在地上，嶙峋的膝蓋貼在臉上，看起來好脆弱，像隻落敗的動物，高大而自信的身體整個萎縮了。玻璃碎片在拼花地板上繞著他散落，趙上校聽到像是受傷的牛一樣的低哞聲。他這輩子第一次看到哥哥啜泣。他蹲在他身邊的地上，試著伸出手臂摟著他，試著哄他安靜下來，但他痛哭失聲，哭聲不時被喘氣聲打斷。永浩內心某種堅持了一輩子的防衛瓦解崩潰了。趙上校把哥哥的頭攬向自己，永浩臉上奔流著帶有燒酒味的淚水。「我一直忠心耿耿。」他說。他的肩膀又開始劇烈起伏，號哭聲大到可能會吵醒整個社區。

趙上校把永浩的手臂扛到自己脖子上，吃力地將他撐著站起來。「我們去呼吸一點新鮮空氣吧。」

☆

他們坐在賓士裡，車子停在牡丹峰公園的松樹下。每十五分鐘就會有巡邏的憲兵經過他們，但2★16的車牌是強大的護身符，沒有人敢靠近他們。空氣很清澈，帶著東北九省的寒氣。在半月的光芒照映下，平壤在他們底下鋪展開來，有如一座亡者之城，整片區域都沒有電力，僅有的例外是河對岸主體思想塔用紅色玻璃製成的火焰，以及萬壽台上被泛光燈照亮的巨大金日成雕像，它的青銅手臂指向黑暗，彷彿指出這個國家的宿命。北半球的星辰一直延伸到地平線。永浩把汽車天窗打開幾公分好抽菸，趙上校抬頭看。銀河燦亮地朝西迤邐到黃海，松樹的枝幹襯著這背景顯得漆黑而銳利。

「還記得上來這裡找女生的事嗎？」趙上校說，從他捧在懷裡的燒酒瓶喝了一口酒。他把酒瓶遞給永浩。

多年前，他們還是社會主義青年聯盟的一員時，會在夏天帶著卡帶錄音機上來這裡，周圍都是出來野餐的家庭。

永浩臉上漾開笑容。「你跟最漂亮的女生跳舞，而我只能輪流跟她媽媽和奶奶跳。」

他們點起香菸，雖然趙上校鮮少抽菸。他握住哥哥的手。感覺好像打從那遙遠的青春年代以來，他們這是頭一回重逢。

趙上校盯著香菸發光的末端。這個地方安靜到他能聽見香菸紙燃燒時發出的劈啪聲。

「你爲什麼要讓我帶著僞鈔和裝滿毒品的外交郵袋去紐約？」

永浩抬起手捂著臉。「老弟……」他輕聲呻吟，流露出慚愧之情。然而一旦他開始告白，他似乎便受到了安慰，而且他的話自有一股氣勢。永浩祕密的工作內容滾滾而出，他所揭露的事一件疊著一件，有如煙火表演，速度快得趙上校難以消化。

令趙上校大為震驚的第一件事，是得知他哥哥是勞動黨三十九號室的第一副部長——實際上等於本國最機密組織的首長，也是階級最高的幹部之一。他在這職位上已經做了四年，只受金正日一人管轄。永浩瞥向趙上校，等他說點什麼，但趙上校只是張大嘴。

永浩解釋：三十九號室是七〇年代成立的單位，功能是管理金正日的個人財富，並暗中提供與他的父親有所區別的權力基礎。當時偉大的領袖狀態如日中天，享受著他的贊助者——蘇聯和中國的毛氏政權——慷慨的饋贈，並浸潤在他那野心勃勃的兒子替他創造愈來愈狂熱的個人崇拜現象裡。三十九號室被賦予一項任務，亦即籌募資金來支付狂熱崇拜所需的奢侈品——青銅和黃金材質的雕像、沒完沒了的肖像、刻在花崗岩和大理石上的文字。不過這個單位也提供資金為金正日建造私人宮殿，還有他用來當禮物好鞏固親信忠誠度的高級汽車與名錶。

永浩頭向後仰，把煙霧吐出天窗。

「一九九四年偉大的領袖去世，全世界都以為我們會像舊共產主義聯盟一樣，依循歷史的趨勢發展——自由化、現代化、西化——但偉大的兒子沒有這種想法。他採用『親愛的領袖』這個頭銜，後來的瘋狂實際上就從那一刻開始。他將他父親奉若神明的程度，連東正教都望塵莫及，而我們國家所有微薄的資源都投注在軍事方面。」永浩搖搖頭，聲音裡出現新的苦澀。「我們的農民還在用牛犁田，我們的孩子在街頭餓死，但那又如何？我們有核子武器，還有太空計畫。」他揉了揉眼睛。「全世界不再談論我們，我們的國家凍結在時間裡，我們成為地球上貿易最受限的國家。我們沒辦法透過正常交易管道賺錢。不過我們卻得想辦法養一支有百萬人之眾的軍隊，想辦法購買精密武器的零件。

「因此三十九號室的業務擴展了，戲劇化地擴展了。我們開始邀請犯罪組織來到平壤——

東京的極道、台灣的黑道、泰國的海洛英專家——分享他們在毒品和僞鈔方面的專業知識。我們讓他們在這裡開設工廠和實驗室。你想想看。我在人民文化宮主持宴會招待那些人渣。

「早期，海洛英占了我們業務的一大部分，不過雨季的時候罌粟花老是種失敗。事實證明，像結晶甲基安非他命——冰毒——這種合成毒品更加方便，利潤也更高。我們提供資金和保護，幫派分子則把毒品精煉到高純度，他們跟我們分享利潤，我們則不插手他們的地盤之爭。很快地，全亞洲的冰毒上癮者都靠這裡的產品嗨翻天，而三十九號室經營著全國最大的產業，每年都賺進幾十億美金。」

趙上校呆住了。他的國家最主要的產業竟是犯罪事業？

車子內部突然充滿亮光。一輛巡邏吉普車的車燈由他們後方的馬路朝他們接近。趙上校頭昏腦脹，幾乎沒有注意到，但永浩很警覺，從後照鏡觀望著。吉普車把燈光往下移，好像在道歉，然後倒車開走了。

永浩用車上的菸灰缸摁熄香菸。

「當然，我們從幫派分子身上學到了不少，開始自行製造產品，而且不僅限於毒品而已。我們出口冒牌香菸、僞藥、威而鋼，應有盡有。我們多角化經營，利用設在幾十個國家的空殼貿易公司洗錢……」他的語氣增添了一分得意。「我們的領袖以我們爲傲。『純粹的民族何必被不純粹的世界所訂下的規定給約束？』這是他的原話。『不論我們的敵人受到什麼傷害，都是罪有應得。』」

「但要神不知鬼不覺地運送這些產品並非易事，所以我們的外交官成爲關鍵角色。他們可以用不會被搜查的包裹走私貨物……爲了這個目的，我們的領袖想要一批新種類的外交官——無情而堅決，就像山裡的游擊隊員，他說。我們的大使館變成生意樞紐，奉令把毒品和仿冒名牌貨賣給當地的黑幫來獲利……當然，還有一項工作就是把面額一百元的『超級美鈔』花掉。啊……」永浩幽幽地嘆了一口氣，又喝了一口燒酒。「我其實對這僞鈔很自豪。我們用那些僞鈔買到所有東西，從妓女到火箭零件都是。」

他的笑聲帶來濃濃的燒酒味，盈滿車內的空間，趙上校也笑起來，他笑的是整件事的荒唐。他在曼哈頓餐廳外頭感到難堪，現在看來只是一場鬧劇。

「知道我在三十九號室一開始是做什麼的嗎？」永浩現在話匣子全開，「我在澳門一間浮誇的辦公室工作，向倫敦、紐約和東京最大的幾間保險公司買保險，開出的保費高到那些貪得無饜的混蛋難以抗拒的地步。沒多久我就收回幾百萬美元的賠償金，賠償根本不存在的工廠意外、直升機事故、渡輪沉船、礦坑爆炸——全都不可能確證，因爲我們不讓他們的調查員進入國門。」他悲傷地微笑。「當然，後來他們就學聰明了。不過在全盛時期……五年前的某個深夜，我在那間辦公室裡，把兩千五百萬美金現鈔裝進圓筒運動包裡。隔天早上那些運動包就飛到平壤，作爲我們的領袖生日當天的祝壽禮。」

趙上校想起來了。「他寄給你一封感謝信，有他的親筆簽名……」全家人都聚在一起讀那封信，滿面驕傲地搖著永浩的肩膀。「跟那封信一起寄來的還有一箱柳丁……」

「……以及ＤＶＤ播放器和電熱毯。」

趙上校瞪大眼睛，接著他無聲地笑了。「這就是你給他**兩千五百萬美元**的回報？」

永浩點點頭。

「**現金**？」

永浩也開始嘿嘿笑。突然間，他們兩人都笑到車子都在晃動。他們笑到臉頰上淚水奔流，笑到肚子痛。

笑完之後，他們各自沉浸在自己的思緒中。而此時城市開始有了動靜，天空顏色淡化爲深紫色，接近地平線的幾縷雲朵像著了火。晴朗而寒冷的一天即將來臨。

驚嘆和嫌惡使趙上校頭暈目眩。他意識到自己臉上掛著微笑——「你他媽能相信嗎」那種微笑，好像他被最高明的一場騙局給騙到了。金正日在進行與黑幫有關的非法勾當，並利用火箭計畫向世界勒索贖金。他，趙上校，隸屬於一小群被小東西收買的菁英人士，而剩下的國民，現在想想，他對他們的概念十分模糊，他們在暗處做著苦工……所謂的大眾到底是什麼人？不是國家電視台播放的那些臉頰紅潤的勞工和農民。他突然間有種幻覺，好像用顏料塗繪的巨幅布景被撕裂扯開，露出後頭幾百萬個痛苦扭動的生靈。他見過他們——在他離開平壤時隔著車窗看到的。骨瘦如柴，在遙遠的田裡敲石頭，或是彎著腰插秧。髒兮兮的路邊市場裡那些老阿朱瑪。大頭凸肚的孩童。

他感覺口腔中漲滿唾液。

永浩看看他，然後別過頭去，像是能看穿他的思緒。永浩似乎在仔細考慮什麼事，態度遲疑。「老弟，我現在要告訴你的事，知道的人很少……」

趙上校突然有一股預感，知道哥哥要說什麼。**綁架事件**。

永浩把香菸彈出窗外，看著它劃出一道橘色火花。「我們的領袖說，若想了解敵人，就要深入他們的腦袋。他稱之爲『在地化』。你也知道，大部分的受害者是從日本和南韓抓來的。

「唔，這個計畫失敗了。我們是從他們身上得到一些有用的資訊——我們敵人的說話方式、俚語、資本主義者的風俗等等，不過不值得耗費那麼大的心力。而且我們帶回來的幾百個人之中，只有少數幾個被改造成功。」

「什麼成功？」

「變成間諜，被送回他們的家鄉。但就連年紀最小的那些都對在家鄉的生活有強烈的記憶，幾乎所有人都抗拒我們的教導。如此一來就有個問題了：我們該怎麼處置他們。我們不能就直接放他們走。因此上層決定讓他們消失——有些出了意外，其他的進到集中營。」

「可是……」趙上校的臉因驚恐而變形，「領袖承認有綁架事件，他向日本首相道歉時我也在場。受害者被遣送回國了。」

「只有其中五個人。」他意有所指地看著趙上校，「五個。日本人一直沒能查清楚我們抓了多少人回來。大部分受害者的家屬以為他們死了或是失蹤了，連猜都沒猜過他們在這裡。」

趙上校口腔裡的唾液有股膽汁的味道，舌頭像是腫脹腐爛的物體。他想要換個話題。「總之這個計畫已經結束了。」

永浩搖搖頭。「綁架是停止了……但『在地化計畫』沒有結束。事實上，它的野心更大了。」他試探地看著趙上校，意思是：**你確定你要知道？**「我們開始派女間諜去國外，誘捕非朝鮮裔男人。」

趙上校不解。「誘捕？」

「懷上他們的孩子，然後回到平壤來生產。同時我們也慫恿非朝鮮裔男人來這裡——白皮膚、黑皮膚或棕皮膚的男人，讓特定朝鮮女人懷孕。」

「什麼？」

「這是我們的領袖因應在地化失敗而提出的解決之道，他把這計畫改名為『育種計畫』。我們在打造看起來像外國人的間諜和殺手——有些是藍眼金髮的——但他們成長過程中唯一學習的內容，就是偉大的領袖金日成和親愛的領袖金正日的主體思想。」

趙上校倒吸一口氣，有點發笑的意味，好像有人試著說服他太陽繞著地球轉，而不是反過來，或是現實世界只是某隻黑猩猩夢境裡的異想。

「可是我從來沒看過任何其他種族的人，像個朝鮮人一樣住在這——」

趙上校突然停口。他大腦中某個突觸連結了，聯想到永浩跟他說的事跟……

他腹部的膽汁在往上湧。

「你不會看見他們的。」永浩簡潔地說，「他們住在一個祕密院落，從來不離開那裡，那個院落在平壤北邊，只要開一小段路。他們受的訓練以及所有需求，都由組織指導部的九一五課來負責。現在年紀最大的孩子已經快成年了，幾乎準備好去國外執行任務。領袖去看過他們很多次，他們受到鼓勵要把他視為父親一樣景仰。他會帶零食和禮物給他們——」

他腹部的壓力突然飆升，趙上校降下車窗大口吸著冰冷的空氣。

「老弟，你臉色發白耶——」

他用力打開門，半跑半跌、踉踉蹌蹌地到了最近的松樹邊，一邊嘔吐一邊屈著身體痛苦地喘氣。

過了一分鐘，他站直身體，把額頭抵在粗糙的樹皮上，看著一道弧形的黏液從嘴巴垂下，在月光下隱隱發亮，他好奇它會不會就在他眼前結凍。空氣裡瀰漫著松針的氣味，現在他的頭腦異常清醒。他回頭望向汽車。永浩又點了根菸，燃起琥珀色的光點，趙上校記憶中的突觸連結了。

她是被帶到那裡去的。十二年前。在南韓的一座沙灘上。

他哥哥的嗓音模糊不清。「再不回來你就要凍死了。」

趙上校上了車關上門。「那其他種族的女人呢？」

「嗯？」

「你說其他種族的男人被慫恿來這裡，爲了進行這個……育種計畫。那其他種族的女人呢？」

永浩心不在焉地聳聳肩。「也有可能……」他的好心情隨著最後一滴燒酒消失，他的表情很孤寂。「所以，老弟，我們該怎麼辦？」他吁出一口氣，把頭靠在窗戶上。「我猜我會以軍人的方式走吧。」他用兩根手指模仿槍管，指著自己的口腔後方，舌頭發出嗒的一聲。

趙上校讓幾分鐘靜靜流逝。第一班無軌電車沿著七星門路開過，在上方的纜線拖出一串火花。河面上有一艘煤駁船在緩慢流動的水面上劈開一道尾波，那河水在漸亮的天光下變成珠母貝的顏色。城市另一端，一號發電廠把一柱粉紅色的煙高高地噴向天空，發電廠後方的朦朧中，第一排山丘剛剛成形，接著是後面那一排，最後一排還隱隱約約。

「不，老哥。」趙上校說，轉動點火器裡的鑰匙。強大的引擎輕柔地發動了。「我們要逃走。」

28

北韓，兩江道
惠山火車站

女人們委靡地把商品擺放出來。她們大概跟文太太一樣徹夜未眠。此刻連一絲風都沒有，市場在死一般的寂靜中甦醒。哀悼的氣氛籠罩火車站，而城市街道間瀰漫的情緒則是恐懼。楊太太、權太太和威士忌奶奶爲了轉移自己的注意力，忙著爲順伊擬訂計畫：這女孩將在入夜之後被悄悄送到對岸，投靠楊太太在長白縣的遠親。

文太太神情恍惚地坐在她的米袋上，呆呆地凝視空無。她的心思在噩夢與靈界之間遊蕩。不管她的目光落在什麼上頭——欄杆、頭巾、制服——那些東西都會在她腦中突然扭曲變形，而她會看見小鬈的屍體被綑在木樁上。

泰賢央求她留在家裡、留在村子裡幾天，不要靠近惠山。但是躲藏改變不了任何事。她試著營救小鬈這個被定罪的罪犯，結果就是讓保衛部認得她。現在她已經是個有記號的女人了。

小奎在排桌子。她應該開始烹煮了，但她連最簡單的工作都提不起勁去做。張警官順路來了一趟索討冰毒，她甚至沒有試著要求回報就給了他五克。

她的目光沿著空蕩蕩的走道望向火車站建築。處決使得所有人都低調起來。

社會秩序維護團的一群青年在驅離車站月台上的乞丐。她看著他們踹向一個老婦人，她用僵硬的動作爬起身。他們又踢了一腳叫她走。她留下一只錫杯，他們也踢它，使它咔啦咔啦地滾過月台。這類畫面文太太早已見過許多遍，但這次她看得入神。她的目光離不開那個女人，她連走路都有困難，頭髮糾結而骯髒；她也目不轉睛地看著別著紅色臂章、表情冷硬如石的青年。她感覺自己的腹部深處有一股怒火點著燒旺，它熾烈地燃燒了一會兒便熄滅了，而她的情緒更加低落。她活在一個是非顛倒的世界，良善被視爲邪惡，邪惡被視爲良善。這完全說不通，但她知道這是錯的。

羔羊無怨走向前……

有一個警察來告訴她，她依令要在下午五點到當地警察局報到，她聽了後幾乎沒有任何反應。她得知處決過後，有一組保衛部的特別調查員來到惠山市，要鏟除派系成員和破壞分子。某個名單上有她的名字。

這一天，「文家韓式烤肉」沒有營業。在小奎的協助下，她賣掉瓦斯爐和所有備料，她用這筆錢買了一個新的中國製冰箱，她會將冰箱送給調查隊的領導，希望能把自己的名字從名單上除去。他們可以接受它，也可以槍斃她。對她來說都一樣。她已經一無所有了。

29

北韓，平壤市
中區域
勞動黨菁英住宅區，「禁忌之城」

趙上校在他的妻子和小書醒來前幾分鐘回到公寓。他已經兩天沒睡了，也吃得很少，但憤怒和恐懼在他的血管裡混合，就像火箭推進器裡的燃料和氧化劑。

他滿腦子全是他和永浩在車上琢磨出一些頭緒的逃亡計畫。他們說好今天晚上再討論。

他沖了個澡，穿上乾淨的白襯衫，扣釦子時他的手指在發抖。

除非使出渾身解數來作戲，否則他該如何捱過這個工作日？他十點鐘要向第一副相做任務報告，今天剩下的時間則要報告他跟美國人的會議經過。

逃亡計畫有一大部分要仰賴永浩：今天早晨他會用急件申請兩本中國護照，一本給自己、一本給趙上校，還包含進入台灣和澳門的假簽證。永浩可以在不引起懷疑的前提下做這件事——三十九號室經常申辦偽造的旅行文件。錢的部分，他們將使用百元面額的「超級美鈔」。如果出於任何原因，他們抵達中國後偽鈔被人識破而無法使用，那麼——這一點讓趙上校脖子上的汗毛直豎——永浩將從金氏家族在澳門匯業銀行的祕密帳戶提領現金，他經常替領袖去那裡存款和提款。

他們有多少時間？根本不可能確知，不過趙上校飛速轉著念頭的同時，他意識到幸運之神可能給了他們一絲機會。領袖今天要搭火車去北京進行正式的參訪——後勤事宜還是趙上校本人與護衛司令部共同安排的。領袖將在四十八小時後返回平壤，而根據趙上校的直覺——多年來揣摩上意所培養而成的——他會延遲裁定這麼敏感的案件，等返國以後再判決。

他們有不到四十八小時的時間逃離這個國家。

永浩經常為了三十九號室的公務出差，運氣好的話，他明天可以及時搭飛機逃離平壤，但趙上校就沒辦法直接要求一張機票了。他得自行想辦法往北走，悄悄橫渡鴨綠江進入中國。一旦到了中國，他會用假護照和永浩在台灣會合。他們將從台灣轉往西方尋求庇護。永浩排除了南韓這個選項，他說已經有太多保衛部的間諜和殺手滲透南韓了。他們兩個失去了強大的護衛，被追蹤和殺害不過幾週內的事。

必須自己想辦法往北到達與中國的邊界只是趙上校煩惱的第一件事。他要怎麼帶著妻子和兒子同行？文件打哪兒來？

他該如何向他們啓齒？

他絕對不可能替所有人弄到護照，還不洩露計畫。而且他根本沒去過邊界。他對那裡山脈的了解純粹來自傳說故事，只知道偉大的領袖在那個「白色地獄」擊敗日軍。就算他能搭火車到那裡——而且光是這段在勉強運作的鐵路系統進行的旅程就可能耗費數日——他還是不知道該用什麼方式、在哪個地點把家人弄過河。他知道有些人趁半夜悄悄溜過去，但他在對岸沒有聯絡人，沒有可以幫忙的掮客。

恐慌席捲他，使他的雙腿變得像紙做的一樣。他感覺自己像是在噩夢中逃離怪物的人。他所設想的每一幕情境推演到後來都是災難。他在絕望中醒悟到，唯一能確保他妻子得救的方式就是把她留下。她可以宣稱自己被罪犯給欺騙了，他們會相信她的。她身爲英勇家族的女兒，是受到保護的。

可是他的兒子……

他撫平緊繃的表情，穿上軍服外套，然後堆著笑容走進廚房。

「早啊。」妻子說，一邊擺設早餐一邊斜睨了他一眼，「你像魚一樣蒼白。」

趙上校不敢開口，他覺得只要一開口，他就會崩潰。他端起茶杯，看到茶水表面的波動。他又站起身，說他馬上回來。他把自己鎖在浴室，努力想啊想，但沒有任何頭緒。他把額頭抵在冰涼的鏡面上，開始輕聲地喃喃自語，呼出來的氣讓玻璃蒙上一層蒸氣。他不知道自己在對誰說話，可是如果他祖先的靈魂會幫他，現在就該出手了。

就在這時候，他聽到廚房傳來小書的聲音，他說他不要吃泡菜，因爲他的喉嚨會痛。趙上校把耳朵貼在浴室門上。他的妻子絮絮叨叨地提到扁桃腺腫起來和輕微發燒什麼的，然後她說：「我看你今天最好待在家裡別去上學。」

趙上校抹了抹臉，讓呼吸穩定下來，並走回廚房。他盡可能若無其事地說：「我帶他去看醫生，看了比較安心。」

五分鐘後，他用安全帶把小書固定在新賓士車的副駕駛座，開往東興洞的大學醫院，他猜想比起專門爲幹部及眷屬看診的特別醫院，大學醫院的醫護人員薪水比較低。時間還早——他有充裕的時間布局。

他們受到指示來到一間有漂白水臭味、昏昏暗暗的候診室，坐在塑膠椅子上。小書拿出益智遊戲繪本，把頭倚在趙上校的肩膀上。終於，一名戴著白頭巾的年輕女護理師要他們進入診間。趙上校一手牽著小書，另一手提著沉重的公事包。診間很小，地上羅列著六、七個煤油燈，以備電力中斷時使用。護理師請他坐下，問了男孩的姓名，往他嘴裡塞了根體溫計，然後摸摸他的喉嚨。

「他會沒事的。」她對趙上校微笑，「只是輕微的病毒感染。」

趙上校用冰冷且刻意的語氣說：「我要見本院最資深的醫生。」

「沒有這個必要吧。」她訝異地說，「他會好起來——」

「照我說的做……」他擺出被惹怒的黨內高層官員態度，「……否則妳等著去痢疾病房拖地板吧。」

她漲紅臉離開。

他的兒子瞪大眼睛望著趙上校。「我有麻煩了嗎？」

「沒有、沒有。」趙上校說，他捏捏兒子的手，試著保持平穩語氣。恐慌再度來襲。**對抗它**。

片刻之後，身穿乾淨白外套的高個子灰髮男人走進來。他臉上的皺紋很深，眼神透著實事求是的堅強。「我是白醫師。」他粗聲道。

趙上校站起來。「我很擔心我兒子喉部的腫脹。」

醫生用聽診器聽男孩的心跳，看看他嘴巴裡面，然後也摸了摸他的扁桃腺。這時趙上校對男孩說：「去車子旁邊等我。」

二十分鐘後，趙上校回到駕駛座、繫上安全帶。他的公事包裡有一封信，內容是用打字的，信頭有醫院名稱，白醫師在信裡表示，根據他的專業判斷，咽喉腫脹的原因不明，建議患者前往遼寧省丹東市的婦幼醫院讓專業醫療團進行緊急檢查，在此信撰寫的同時，院方正與該醫院預約明日的看診時間。這封信是趙上校用一千歐元和兩瓶軒尼詩黑金剛干邑白蘭地換來的。

他的腦袋彷彿設定成自動加速運轉的狀態。如果他失去了專注力，哪怕只恍神一秒，恐怕他的神經都會崩潰，他的身體會整個當機。到時候他會像囚室裡的犯人一樣孤單，心中懷著他回答不了的問題。

我怎麼能把妻子拋下？

他看了一下車速，把速度放慢了一點，感覺恐慌再度襲來。每個路口都有交通警察在執勤。

他只花了四十五分鐘就完成任務。

但如果這表示能救我們的兒子……

他不敢直視妻子的眼睛。他把情況告訴她時，她的眉毛倏地挑起。「去中國接受治療？」他把信給她看，試著安撫她——這可能只是假警報，不過確定一下沒有壞處，而平壤沒有那些專業設備。他的汗水背叛了他，他渾身都散發心虛。他知道她不相信，但她什麼也沒說，只是轉向窗戶。她很害怕。

今天晚些時候，他會用白醫師的信申請他通過邊關所需要的旅行許可，如果他得拿另一筆強勢貨幣賄賂金才能讓表格立刻填寫完畢，他也毫不遲疑。

他的妻子說：「外務省的車子到了。那好像不是你的司機？」

他走到窗邊。趙上校不認識的壯漢站在中庭裡的外務省車輛旁邊，抬頭望著樓房，搜尋趙上校的公寓，然後朝著無線電對講機說話。

趙上校感覺胃變成了石頭。不過接著他再度被奇異的平靜席捲，一種屈從，幾乎可說是認命。感覺就像他其實不在這裡，或是這事發生在別人身上。

他靜靜地吁出一口氣，幾乎面露微笑。那片銀杏樹林變成美麗的焰黃色。

已經開始了，什麼都做不了了。

他擁抱了妻子許久、輕吻她的脖子、緊握她的手捨不得放開，可能都讓妻子覺得困惑，但他在她看見他臉上的憂傷之前別過頭去。小書回床上睡覺了，趙上校花了一分鐘看著他平靜而純真的睡臉，他的呼吸聲因爲感冒而帶有鼻音，他睡得很安穩，因爲愛他的父母都在身邊保護他。

☆

「今天政吉沒來？」趙上校坐進後座問道。

「他調職了，長官。」

車子平滑地駛向「禁忌之城」的大門，擋桿升了起來；車子經過高麗飯店，趙上校在座位上扭過身，看到一輛貼著深色玻璃紙的晶亮黑色休旅車。它的指示燈閃了閃，然後便隔著三十公尺左右的距離開始跟在他的車後，在這條大街稀少的車流中十分顯眼。它配的是白色車牌，號碼以55開頭——軍方的車。

趙上校的司機沒有照平常去外務省的路線右轉開向金日成廣場，而是沿著勝利街繼續前進。

「我們要去哪裡？」他平靜地問。

司機和他在後照鏡中眼神交會了一秒，但什麼都沒說。有一會兒工夫，一列街車呼呼地與他們並排行駛，車窗裡擠滿疲憊的臉龐和空洞的眼神，像是魚缸裡的魚。

趙上校低頭看著他的手。他的手完全沒在顫抖，因爲現在他知道自己的命運已成定局。他擔心的不是自己。他在想著安詳沉睡的小書。他好奇他們什麼時候會把他帶走？幸好他在家裡，他們不會當著學校同學的面抓他。還有他的妻子，她會有什麼反應？尖叫，哀求，伏在地上攀住靴子不讓他們走，或是試圖從他們的手裡把兒子搶回來？還是她會太過震驚錯愕，連動都不能動？他想著永浩，想著昨夜在牡丹峰公園坐在車上時，他感覺跟哥哥多麼親近，他好奇永浩是不是已經成功到了機場。

車子猛然左轉，開下窄窄的混凝土斜坡，進入很深的地下停車場。趙上校剛才太專心在想事情了，沒注意到這是哪棟建築。現在黑色休旅車就在正後方。趙上校的車停了，休旅車也跟著放慢停下，大燈調到最強。它的引擎嗡嗡響，白色的廢氣使它看起來像邪惡的坦克。它的所有車門同時開啓，四個穿著軍服的男人跨下車，帽簷壓得很低。在昏暗的鎢絲電燈泡光線中，趙上校看不出他們的表情，也看不到他們是否拿著手銬。他閉上眼睛，品嚐這最後五秒鐘，之後他的人生中僅剩的事物也不再屬於他了。他吁出一口氣，開門下車，感覺雙腿沉重，像是即將爬上絞刑架的人。

四個軍官整齊劃一地立正敬禮。

他們後方的混凝土地板出現一方亮光，那是因爲有一扇地下室的門開了，兩個女人朝他們走來。她們年輕又漂亮，穿戴著勞農赤衛軍鑲著星星的帽子以及軍服，搭配擦得晶亮的黑靴子。

她們同時俐落地敬禮。其中一人說：「可敬的趙上校同志，護送您是我們的榮幸。」

趙上校因迷惑不解而感到頭昏。

片刻之後，她們帶他進入一座鑲著木板的電梯，按鈕是擦得燦亮的黃銅材質。隨著他們往上升，其中一個女人羞怯地對他笑了一下，接著便垂下頭。他瞥向不斷往上升的燈光。他在某棟公家機關大樓裡。電梯門開了，外頭是有柱廊的廣闊大廳，高聳的彩色玻璃天花板投下色彩繽紛的光。這裡是最高人民會議。

更多負責接待的赤衛軍在兩扇巨大的紫檀木門前等待，這門上鑲嵌著蓮花圖案的金絲。他們把門拉開，門內湧出轟隆隆的人聲，好像海浪拍擊著海岸。

他走進大禮堂，看到幾百名最高人民會議的代表站在階梯式座位前，面朝趙上校，每個人都狂放地鼓掌。那聲音有如雷霆般的浪潮一波波襲來。他的大腦整個崩潰了。照相機對著他的臉亮起閃光燈。他身後突然聚集一群電視台工作人員，赤衛軍帶領他穿越地板走向講台時，那些工作人員也一路跟著他；他認出站在講台上的高個子禿頭是常任委員會委員長，對方伸出一手準備歡迎他。委員長身後有一尊巨大的金日成石雕，它浸浴在粉藍色的光芒中，兩側都站有擎著鍍銀突擊步槍的儀仗隊。趙上校被帶著步上講台台階，來到一張面向整個會場的椅子前。

鈴聲響起，掌聲立刻退去，會議代表們坐下。主席開始唸咒般地發言，莊嚴地拖長每個母音。

「諸位代表，我們今日的會議開場，要向主體思想的英雄趙尙浩致敬。在座已有很多人聽說了，他以眞正的戰士外交官之姿與帝國主義的豺狼搏鬥，具體展現我們親愛的領袖金正日鼓勵大家培養的游擊隊精神……」

掌聲再度響起。趙上校快速地偷瞥了他右邊的雕像一眼，它的腹部在石頭中山裝底下微微凸出，臉部表情嚴肅。

「趙上校對美國人來說不只是旗鼓相當，事實上，我獲准告訴你們，他們今天哀求我們進行進一步的和平會談，就在這裡，在革命首都，時間訂在三週之後……」

會議代表發出驚訝和勝利的呼喊，並且再度報以如雷掌聲。委員長轉頭，趙上校起身。

「趙尚浩上校同志，你因爲面對敵人的勇氣和足堪楷模的工作表現，獲頒一級英勇勛章。」

照相機閃光燈再次亮個不停。委員長背對會場，把勛章別在趙上校胸前。趙上校望著他銳利而蒼白的五官。對方迎向他的目光，眼中閃過一抹純粹的怨恨。於是趙上校馬上懂了，他立刻就明白狀況，沒有任何疑問或疑慮。

他們需要我來應付美國人。

胸前別上勛章的趙上校面向會場，會議代表們再次站起來，掌聲淹沒他。他試著裝出志得意滿的表情，但他的嘴巴感覺像是用鐵鑄成的。

他得到了緩刑。三星期後鍘刀才會落下。

這就叫權力，他心想，掌聲繼續一波波湧過來。電視台工作人員挪到講台下方，好取得清晰的拍攝角度。他們的攝影機對準他，有一束強光打在他身上。*先是贈與我至高無上的光榮，再使我蒙受恥辱、殺了我、抹除關於我的所有記憶。*他望著站在第一排鼓掌的會議代表的臉，他們對自己的肩章和職級章感到洋洋自得。*這就是領袖如何給你打預防針，讓你永久不敢對權力有貪念。他就是用這種方法教導你唯一重要的真理。純正帶來獎賞，雜質帶來死亡。*

他步下台階，掌聲之牆仍在他面前豎立，這時他注意到有件奇怪的事。從前排往後數兩、三排的地方，站著一個年約五十歲的銀髮男人，他沒在鼓掌，也沒有穿著會議代表的米色制服，而是穿著直扣到下巴的黑色素面上衣。他的臉龐嚴肅、皺紋很深，不過倒沒有敵意。趙上校與他四目相接的瞬間，似乎有一種明確無疑的訊息傳了過來，像是某個關心他且熟知他的人所做的睿智安慰。這種感覺眞是太詭異了。女赤衛軍帶著趙上校離開會議廳，當他再回頭看時，那個人已經被仍然在鼓掌的會議代表人牆給遮住了。

☆

趙上校知道，現在他醒著的每一刻都會受到監視；他打的每一通電話都會被錄音，送出的每封訊息都會被檢閱。不管他去哪裡，都會有保衛部的人和便衣人員尾隨。他們會讓他的鄰居和同事加入監視的行列。他可以忘記帶小書去中國的事，他可以放棄任何逃亡的希望，因爲他已經是個囚犯了。今天晚上，他會請妻子跟他離婚，他存有微薄的期盼，希望這樣一來他們的兒子可以免於身爲罪犯之子而受到懲罰。

他抵達他在外務省的辦公室後，有個穿著電工工作服的男人正在更換他座位上方的燈泡。他很顯然是保衛部的人員。他把那男人請出去，關上門，撥打永浩的手機。接電話的是個低沉而陌生的聲音。

「你是誰？」趙上校說，「我哥哥呢？」

對方停頓了一下，背景音改變了，就像對方把手機調成擴音。「我是你哥哥的朋友。」那聲音說。

趙上校掛掉電話。

他們已經逮捕了永浩。

第二部

意志堅強者，沒有做不到的事。朝鮮字典裡沒有「不可能」這個詞。

——金正日

30

鄂霍次克海上空
三週後
二〇一〇年十二月十七日

潔娜睜開眼，看到的是被極圈光線貫穿的機艙。窗外的風景讓她快要目盲。結凍的海洋裂成許多六角形，看起來就像糖霜一樣潔白無瑕。在遙遠的下方，一艘破冰船軋軋地吐著黑煙，在初雪中開出水道。她感覺眼睛裡像進了沙子一樣酸澀。她很早就在安克拉治的艾爾門多夫空軍基地登上飛機。

飛機上的氣氛很委靡；有幾部筆電蓋子是打開的，但州長白髮蒼蒼的頭垂向前在沉睡。她覺得口乾舌燥，環顧四周尋找空服員，然後才想起這架飛機上沒有空服員。

「進入敵國領空之前沒有電話要打嗎？」

她在座位上轉頭，看著那個在他們登機時曾向她擠眉弄眼的運動員型金髮男人，她再次隱約覺得自己認得他的長相。她以為他在用筆電工作，結果卻聽到電腦遊戲發出一聲卡通式的音效。

「查德·史蒂芬斯。」他說，並闔上螢幕朝她伸出手，「ＮＢＣ新聞台的亞洲特派記者。我猜妳是梅莉安·李吧。」

她不太情願地跟他握手，睏到不想應酬。

他把兩條前臂擱在座椅上方。「所以……這趟和平任務沒有正式行程表，沒有外交保護，沒有保全人員，而且跟外界零通訊。我猜任何狀況都可能發生吧。」他的聲音又響又高，讓她聽了很刺耳，本能地降低自己的音量。

「應該吧。」

「妳口渴嗎？」他舉起滿滿一瓶可口可樂。

「噢。」潔娜撥開拂在眼前的髮絲，露出微笑。「謝謝。」她打開瓶蓋，喝了一大口，然後差點把它噴得滿機艙都是。這液體差不多有百分之五十是波本威士忌。

他乾咳般發出尖銳的笑聲，用力拍她的椅背。「妳眞有酒膽！」

走道另一側坐著州長的特助，她是個髮型時尚的女強人，戴著珍珠首飾和半月形眼鏡，此刻她越過《今日美國報》的上緣望過來。「妳也上當了？」

潔娜把瓶子還給他。「對我來說喝這個有點……呃，太早了。」

「今天晚上的酒由我來請客，也許妳甚至可以送我幾句話……」

「史蒂芬斯先生，你在平壤的夜生活選項可能很有限，跟我私下對話的機會更有限。」

「再怎麼樣也可以去我房間。」

她悶悶不樂地笑了。「他們最先裝竊聽器的地方就是那裡。」她在座位上轉回身去。

「老天，妳說的對。」

現在她知道他是誰了。她看過他用很做作的嚴肅表情對著攝影機報新聞，通常馬上就轉台了。他對北韓的分析毫無新意及深度。

他仍然傾向她，排擠她的活動空間。「妳知道，我們的一個間諜告訴我，我們住的飯店沒有五樓。意思是，電梯按鈕從四直接跳到六？那是因爲有個祕密監聽站藏在五樓。給外國人住的飯店每一間都有監聽站……」

潔娜閉上眼睛。**老兄，識趣一點吧**。

她把他排除在意識之外，刻意去聽引擎的嗡鳴聲，想像鯨魚在海冰底下滑行，以及在天空外緣迴旋的薄薄一層臭氧，但她就是沒辦法再睡著。別人提到敵國領空這四個字，使她無可避免地又想起秀敏。潔娜的體內再次因焦慮而糾結成一團。綁架她妹妹的人在那通Skype通話中無意間透露的事，讓她如遭電擊。那是秀敏被綁架的確鑿證據。但是她的興奮之情剛一消退，對這局面的無望之情立刻接續而來。感覺就像有人恭喜她中了樂透，但是她的獎金放在一座戒備森嚴的島嶼上，沒人能從島上拿走任何東西，她所能做的只是駕船從島旁經過。恍惚中，她有些好奇自己交給中情局局長的「新點子」報告現在怎麼樣了。

窗外的天空積起了烏雲，把冰面變成鴿毛般的灰色。

趙上校會出席今天的會談。她完全不知道該如何辦到，但她絕對要設法跟他獨處一會兒。這事並不容易，每個人都會隨時受到監視並有人陪伴。

而且如果他不肯幫她呢……？

她要公開。她要把整件醜聞攤在陽光下，告訴全世界她的雙胞胎妹妹被綁架了，並且被迫參與……**九一五課的……育種計畫**……她完全不知道那可能是什麼，不過直覺告訴她那是駭人聽聞的邪惡計畫……而且跟園藝一點關係也沒有。

可是就在她這麼想的同時，她的決心動搖了。公之於眾風險很高。北韓政權會全盤否認秀敏的存在，百葉窗會降下來，而潔娜擁有的唯一一點希望也會被永遠消滅。

☆

起落架伴隨著吃力的液壓聲響降了下來。光禿禿的褐色地貌迅速掠過，並且往上迎向她。到處都看不到任何樹木。機輪觸到柏油路面，沿著滿是補過坑洞的跑道搖搖晃晃前進。有土堤。是防坦克用的壕溝？帶刺鐵絲網圍籬。沒有燈光，沒有機場內的交通工具。飛機減慢速度，經過兩架生鏽的圖波列夫噴射機，機身上有高麗航空的標誌。

飛機慢慢轉彎。一棟航廈移入潔娜的視野，她感到一陣興奮。建築頂端有一幅巨大的金日成微笑肖像，像是在宣傳高齡者牙齒保健的廣告看板。

媽媽如果知道我現在在哪裡，一定會心臟病發作。

潔娜花了許多年研究北韓，不過這還是她頭一回造訪。嚴格說來，美國跟這個國家處於交戰狀態，因此很少有美國人能進到北韓。她四處張望，貪婪地蒐集細節。

航廈外頭有一排嚴肅的士兵列隊迎接他們。從外表判斷，他們是隸屬於外務省的國內安全部隊，軍裝外套在風中翻飛，臉龐像是蠟像。她用目光搜尋趙上校，但他不在其中。

「來感受一下他們的待客之道。」查德．史蒂芬斯說。她注意到可口可樂的瓶子空了。他像個孩子，眼神四處亂跳。

和平任務團準備下飛機，州長帶頭。他們魚貫走下飛機後，兩個穿著飛行外套的中情局保全官在乘客名單上一一核對他們的姓名。

「你們要跟我們一起來吧？」潔娜問。

「女士，我們要留在飛機上。機上有太多敏感的通訊設備，不能留在這裡過夜。我們明天早上六點回來接你們。」

她繼續往前走，感覺到焦慮帶來的寒意。

現在是清晨，天氣冷得刺骨。陽光戲劇性地斜射在混凝土地上，她的呼吸製造出不同圖案的白色煙霧，然而不知怎麼，這天有種她從未經歷過的感覺。不是因爲空氣，這裡的空氣新鮮而未受汙染，只有微微一絲令人沮喪的燒煤味。也不是因爲那層層疊疊的柔和山脈，它們恍如夢境般一排接著一排現形。是因爲寂靜。沒有交通，頭上沒有飛機，沒有鳥兒的歌聲。

州長白色的髮絲在風中散成扇狀，他熱忱地跟迎賓隊伍中的某人握手。

州長已屆可領退休金的年齡，但在美國西北部某州的首都仍有兩年的任期。他曾經是備受尊敬的美國駐聯合國大使，有跟北韓交涉的豐富經驗，因此自然是率領這個和平任務團的不二人選。他的目標是弭平隨著延坪島攻擊行動而來的緊繃情勢，以及提出用更多援助來換取眞正的讓步。總統提供了一架白宮軍用噴射機。潔娜的官方身分是翻譯官，不過根據仍因爲延坪島事件的情報失誤而灰頭土臉的費斯克對她做的簡報，她實際上要扮演更爲敏感的角色。他決心要掌握主動權，堅持這次任務只能跟已知人物交涉：也就是趙上校。

由間諜衛星每日監控的畫面來看，二十二號集中營裡的實驗室建築群幾乎已經完工了。有了龐大的可消耗奴隸勞力，施工的進度令人咋舌。費斯克堅信它跟火箭計畫有密切關係，他的緊張感染了國防事務的相關人員。潔娜接到的祕密指令是把任何進一步的援助都與另一項要求連結在一起，那就是要求北韓開放實驗室建築群讓外界細瞧。很快地，這成了這次任務最主要的不公開目標，它的嚴重性使潔娜的心智整個專注起來。她很肯定北韓政權會拒絕，迫使她只能從一手爛牌中做選擇。

任務團成員成一縱隊跟在州長身後：以對總統的外交政策抱持辛辣看法而聞名的《華爾街日報》評論員；州長的特助，她在手提包裡收著老闆的胰島素；兩個國務院東亞政策方面的專家，都是四十幾歲的亞裔美國人，戴著一模一樣的Tom Ford牌眼鏡；還有奉命跟查德．史蒂芬斯搭檔的NBC攝影師。目前爲止，只有史蒂芬斯對她很友善，可惜她連小朋友的冰淇淋都不放心交給他保管。

他們被護送穿過空蕩蕩的航廈，來到簡陋的通關處，目的是沒收他們的手機和所有通訊設備，等他們要出境時再交還。

她隔著窗戶望向晶亮的美國空軍灣流四型飛機。它的機艙門已關上，渦輪引擎開始旋轉。她眼睛仍盯著它說道：「我覺得我們應該集體行動……」

「好主意。」她沒注意到史蒂芬斯就站在她旁邊。「我啊，我最討厭單獨旅行了。」

「吉皮許。」

一名穿著制服的海關人員用手指用力指著史蒂芬斯敞開的新秀麗行李箱，裡面放著筆電。

「吉皮許！」

「他認爲你的筆電有GPS。」潔娜說。

「告訴他這只是該死的筆電，我需要它來工作。」

外頭有一列車隊在等待。最前面的是黑色林肯古董車，引擎蓋上插著美國和朝鮮民主主義人民共和國的旗子。州長被帶往第一輛車。穿著黑色皮夾克的國內安全人員散立各處，她猜想他們是保衛部的人。她看到查德．史蒂芬斯被帶上她後頭那輛車，其他人則上了更後面的車。

回神她才發現，自己一個人坐在日產汽車Maxima上，前座是司機和安全人員。車隊以送葬隊伍的速度出發，跟在林肯轎車的後頭。

我一個人在充滿敵意的國家，沒有任何保護。

她回頭看，隱約能看見後頭那輛車上查德．史蒂芬斯的大頭。他揮揮手。不可思議的是，她現在很想喝那瓶波本威士忌可樂。

潔娜問前座的兩個人她能不能聽廣播。

那兩個人互看一眼。安全人員撥動旋鈕，一個精力充沛的女聲盈滿車內。「……昨天在強盛鋼鐵廠區宣布，那裡的工人點燃新的革命之火，革命浪潮正在向全國蔓延……」

馬路比鄉間小路寬不了多少。車隊經過一個村莊，這裡的房子是漆著白漆的小屋，配上有瓦片的歇山式屋頂，遠看頗有風情，近看卻盡顯破敗，好像居民是跟家畜同在一個屋簷下。村莊入口矗立著一座巨大的石碑，碑上用彩色石頭以拼貼方式展示金氏父子的肖像。入境大廳也掛著同一幅肖像。她來到這個國家才半個小時，已經覺得走到哪裡都逃不開他們。

車隊駛入市郊後加快了速度，沿著一條筆直的林蔭大道疾駛，道路兩側是望之不盡的呆板公寓大樓。這裡看起來像金正日的電影場景，或是俄國太空人時代對未來的想像。無軌電車呼呼經過，三不五時可以看到配有軍人司機的賓士車，車窗貼著深色玻璃紙，車牌是三位數字。

道路兩側開始有人群聚集到公寓外的人行道上。幾百個衣著單調的公民排成五、六行寬的隊伍，在濛濛的朝陽下出發，跟著手持紅旗的領隊前往工作地點。

廣播的聲音變得很奇怪，好像放大成立體聲，回聲似乎傳到了車子外頭，在大樓間的冷空氣中迴蕩。潔娜過了一下才意識到外面每隔一百公尺左右的燈柱上都有擴音器，而它們正在播送同樣的廣播內容。

「……一種新的高速戰役，為產量衝刺吧，同志們！讓我們向強盛鋼鐵廠區的英雄們展現社會主義者的團結精神，跟他們增加一樣的工作時數……」

她把頭靠回椅背。

歡迎來到平壤。

31

北韓，兩江道
惠山火車站

空氣裡有某種東西。文太太說不上來是什麼。電力中斷讓擴音器噤聲，這似乎加強了各處的緊張氣氛。她從她的關節感應到了，就像風濕病患者能感知到暴風雨即將來臨。今天天氣很陰，薄薄的雲層遮蔽了太陽，把天空染成硫磺的顏色。車站裡氣氛低迷，彷彿每個人都踮著腳尖走路。

她的鎳盆裡排放著二十個米糕。由於坐在地上的關係，她的背部發麻。她現在從零開始，從最底層做起，但她會撐下去的。保衛部的調查小組接受了她用來賄賂的冰箱，把她的名字從名單上劃掉，但她知道這只是暫時的緩刑。他們會回來的。運氣好的話，她在一、兩年後能重新把食堂開起來，到時候她會有能力再買通他們。這些念頭在她腦中時不時地亮起來，像是故障的電燈，讓她覺得很惱火。又或許只是這不正常的緊張氣氛在作祟吧。她真希望能發生什麼事來打破這緊張感。

小奎坐在她對面的木板箱上，點著打火機湊到他的菸斗底下。他歪著頭，像是傾聽遠處吠聲的狗。

「妳也感覺到了嗎？」他說。

32

北韓，平壤市
金日成廣場
外務省

趙上校坐在第一副相辦公室裡的扶手椅上，身上嶄新的軍裝扣得整整齊齊，胸前別著勛章。他感覺自己像戰爭電影中虛假的演員，聚集在他身後的外務省資深員工則是臨演，他們都盛裝打扮，鞋子擦得晶亮，勛章微微閃爍。

第一副相在來回踱步，手裡握著一杯茶。

「今天的晚宴上幾杯燒酒下肚後，就是我們最大的機會。」室內漾開串通一氣的笑聲。「那時候我們要爲我們的美國人送上名叫威脅的配菜、名叫假情報的主菜，以及名叫美妙承諾的甜點。讓我們把那老頭子送回家，他會以爲自己的口袋裡裝著和平……」

據趙上校的判斷，他們的任務根本就不是弭平緊張，而是把緊張巧妙地控制住。倒不是說這些事對他來說還有任何意義。那些美國人要在這裡停留二十二小時，他很懷疑保衛部有耐心等那麼久。他猜想今天晚上他一離開晚宴會場，他們就會逮捕他，因爲他的戲分已經結束了。

第一副相暫停腳步喝茶，表情嚴肅地透過大窗戶盯著金日成廣場。

「我們要用迷霧把敵人包起來，以防他猜到我們的計畫……」

迷霧，謊言。

趙上校的心智轉向他的家人，就像羅盤找到北方。

他已經對妻子和盤托出，而他仍餘痛未消。他們過的是菁英階級養尊處優的生活，她從不知失寵爲何物。對她來說，趙上校純粹是盡責的先生和他的兒子慈愛的父親。現在他得跟知道眞相的她共同生活：他的祖輩有汙點，他的血液中承載著罪孽，嚴重到他將被徹底剔除於這個社會，雖然他連罪名是什麼都不知道。她的反應是一連串的變化：難以置信、震驚、在臥室裡哭個不停。確定嗎？她不斷問他，雖然他沒有證據可以提供給她，但他絕對肯定。他一再重複說他很抱歉，可惜他說任何話都安慰不了她。問題出在他身上。隔天，他感覺她避開他，她已經開始斬斷兩人之間的連繫了。再隔天，她對他冷漠以待。她的表情透露受到背叛以及後悔的情緒。她用新的眼光看他，好像完全換了一個人。這讓他無法忍受看著她。這恥辱傳到她生的兒子身上！趙上校要她帶小書去她父母的鄉間別墅，它位於東岸的元山，而他則會提起離婚訴訟。當她開始醒悟到小書將面臨如何劇烈的危險，變得急於終止婚姻關係，生氣地催逼趙上校，說她的娘家可以拿出任何賄賂金來加速流程。她和趙上校緊攀住這一線希望：離婚再加上她娘家的人脈，能夠拯救他們的兒子。

趙上校親自打點他們的旅行許可。那是最揪心的一刻：最後一次看著小書，在平壤火車站的月台上跟他道別，好像阿帕過幾天就會去找他們一起過寒假。小書要他記得帶自己的益智遊戲書，趙上校不得不別開頭去掩藏潰堤的情緒。

他自己的人生已經結束了，他很訝異自己這麼淡然處之。他仔細探究這種心情，面對死亡的安之若素，想知道它源自何處。也許在他心底，他始終知道這可能是他的結局。噩夢成眞讓他鬆了口氣，還賦予他出乎預期的勇氣。隨著這股勇氣，他心裡湧上一道黑煙，他渴望能夠報復。

這想法他已經醞釀了好幾天，所以當他看到意料之外的機會，並沒有絲毫遲疑。

這是他欠眞理的，欠未來的。這是他欠梅莉安．李的。

昨天早晨，趙上校的同事們被找去頂樓參加一場未事先排定的會議，而他並沒有受邀。他們一離開辦公室，他就把頭探出門，左右掃視走廊。他沒看見任何監視他的保衛部人員，他們通常打扮成清潔工、職員和維修人員。他也許有一分鐘的時間，頂多兩分鐘。隔壁是他的同事邢上尉的辦公室，趙上校溜進去，把門關上。

他的心臟用力撞擊肋骨，他試著讓呼吸平穩下來。

永浩說是九一五課。育種計畫。

他拿起邢上尉桌上的電話，撥給外務省的總機，感覺口腔發乾。「幫我轉給組織指導部的九一五課。」

對方立刻接聽，並報上姓名和軍階。

「中尉，我是外務省的邢上尉。」趙上校努力裝出放鬆的上級口吻。「我們需要你們手上一個名叫李秀敏的女人資料，她是一九九八年被帶進來的韓裔美國人。」

對方不情願地頓了一下。「我們不能跟另一個單位透露機密計畫的資訊，除非——」

「這可以讓我們在明天跟美國人會談時占據重大優勢。我眞的得要親自向領袖提這件事嗎？」

電話線另一端再次停頓。「稍等。」

趙上校聽到背景傳來喃喃的討論聲。

中尉回到線上。「您剛才說韓裔美國人？」

「不要明知故問。混血裔，非裔美國人和韓國人混血。」

趙上校聽到用電腦鍵盤打字的聲音。

快點啊。

他拿著話筒，再次望向走廊，看到監視他的兩個保衛部人員在走廊另一端交談。他們顯然剛發現他沒跟其他人一起在開會。其中一人轉身開始走過來。

拜託，快呀。

就在這時候，他的目光被邢上尉文件籃頂端的文件給吸引。它列出美國和平任務代表的姓名，每個人都附了幾項資料細節。他的眼睛立刻投向梅莉安·李。他看到這些字……**幾乎可以肯定原本是華盛頓特區喬治城大學的學者，本名為潔娜·威廉斯博士……**

中尉回到線上。「我找到一個威廉斯秀敏，只有這個姓名符合您說的種族條件……現在已改名爲李梅玉。一九九八年六月二十三日乘馬養島海軍基地的潛艦入境，同行者還有一個十九歲的南韓男性……」

趙上校覺得一陣頭暈。**果然是真的……**「請快點告訴我她被關在哪裡？」

「百花園院落，就在市區以北。那裡管制很嚴格，未受邀者不得進入……」

趙上校正準備掛電話，中尉又說：「要我們把檔案傳過去嗎？」

趙上校當著保衛部眼線的面，若無其事地走出邢上尉的辦公室，用手指勾著邢上尉的桌上型訂書機，好像他只是進來借文具。

那天晚上回家後，他在漆黑的書房裡坐了許久，想像十八歲的秀敏來到他的國家時有多麼徬徨、多麼驚恐，瞪著眼睛環視新的環境，以爲自己身在清醒的噩夢裡。他要怎麼把這項資訊交給眞名爲潔娜·威廉斯博士的梅莉安·李呢？**潔娜。**關鍵在時機、機會……而他就只能做到這樣嗎？告訴她自己所查到的事？他感覺自己出了一身冷汗。**趙尚浩，你不是懦夫，你一定可以——**

「有任何問題嗎？」

趙上校被猛然拉回辦公室。

第一副相透過厚厚的鏡片掃視每個下屬的臉，他的目光停在趙上校臉上。

「趙上校，會談結束後，你去羊角島國際飯店等那些美國人，之後護送他們去晚宴會場。記住。」他轉而對在場所有人說，「如果有美國人問你們本市加強安全戒備的事，你們要回答那是『例行年度操練』。」

什麼加強安全戒備？

☆

趙上校回辦公桌去拿他的講稿。這是他最羞恥的部分：他將擔任腹語娃娃的角色，讀出黨中央寫的文字。他轉進走廊，經過一個假裝在擦玻璃門的保衛部眼線。不知爲何，有不少職員正朝他的反方向匆匆前進。突然間他的肩膀跟一個資淺外交官相撞，那人手裡的紙張散落一地。

「同志，慢一點。」趙上校說。

「抱歉，長官。」

每個人都神經緊繃。他們是因爲美國人要來才如此膽顫心驚嗎？他在剛才的會議中已經注意到了。第一副相不斷緊張地隔著窗戶瞥向廣場。

他坐在辦公桌前，最後再讀一遍講稿，不過走廊傳來的叫嚷聲打斷他。一名平壤駐警隊的警官逐漸靠近，後頭跟著兩名抱著紙箱的傳令警員。

「所有筆電、手機和隨身碟！」

他的同事們紛紛把手機放進紙箱。

他們在趙上校的門口停下來。「所有筆電、手機和隨身碟！」

趙上校把他的手機丟進紙箱。「這是怎麼回事？」

「所有通訊設備都要交由保衛部登記，這是加強安全戒備的部分措施。」警官說，在手機上貼了有趙上校名字的標籤紙。「明天會發還給你。」

他一頭霧水，走到這層樓靠近樓梯的接待處，那裡有個書報架，齊備所有日報和週報。他快速瀏覽《勞動新聞》，它完全沒提到什麼加強安全戒備的事。唯一吸引他目光的標題，是頭版一篇看似溫和又耐人尋味的公告，說中午將宣布「必要的經濟措施」。

他側耳傾聽。這棟大樓現在安靜得詭異，桌上型電話全都靜悄悄。趙上校轉回身準備走回他的辦公室，卻又停下腳步。走廊盡頭站著一個男人，對方正看著他。他有一頭銀髮，身穿樸素的黑上衣。趙上校立刻認出他來，他就是那天在最高人民會議上看到站在會議代表之間的男人。趙上校直覺地朝他走去，但那男人轉回身，消失在左側。趙上校正考慮要追上去，就在這時候，另一陣騷動轉移了他的注意力。

市內的警報器開始鬼哭神號，在某一區忽高忽低地鳴叫，然後另一區也加入。他的同事們都露出恐懼和警覺的表情，所有目光都投向窗戶。原本尚能保持冷靜的趙上校，在見到那個黑衣人後大爲不安。他開始感覺到一股無形體、無輪廓的憂慮。接著外面傳來某個聲響，使所有人集體移動到窗邊。在廣大的金日成廣場上，有許多武裝部隊和警察在奔跑。接著他們突然分開來朝外側散開，像是兩群燕子清出一條通道，左邊慢慢伸出一根很長的深綠色槍管，緊接而來的是履帶噹噹、隆隆的行進聲。趙上校呆若木雞地看著一輛T－62型坦克在廣場中央就定位。

他隨手從離他最近的辦公桌上拿起電話話筒。線路不通。

身後傳來匆促的腳步聲。他轉身看到第一副相從走廊上經過，後頭跟著協商小組的其他外交官。他不耐煩地對趙上校打了個手勢。

「美國人到了。」

33

北韓，平壤市
金日成廣場
外務省

美國和平任務團的成員在飽受時差之苦、頭暈腦脹的狀況下，成一縱隊被人帶領著通過國家新聞台的攝影機前；那些攝影機就在大同江畔一棟有柱廊的大廈外等著他們。這裡看起來是側門，而不是面朝金日成廣場的正門。好個工於心計的「怠」客之道，潔娜心想。

史蒂芬斯來到她身旁。「感覺好像遊街示眾，對吧？」

她聞到酒味。

他們在引導下通過兩條長廊，進入一間寬敞有鋪地毯的包廂，對方請他們在桃花心木長桌的一側就座。左邊的牆上有一幅巨大的畫作，內容是藍綠色的海浪拍擊岩石而浪花四濺。潔娜仰著頭好好欣賞它的全貌。這幅畫占據了整面牆。她判定這畫象徵北韓政權在風雨飄搖的時刻仍屹立不搖。

不論是州長或團隊中的任何人，誰都不知道接下來會發生什麼事。這趟出訪完全由北韓人所掌控。那個《華爾街日報》的記者拿出她的小粉盒，審視她的口紅後做了個苦瓜臉。查德．史蒂芬斯的攝影師用原子筆末端從鼻孔裡弄出了某個東西。現場的靜默被州長用手指敲擊桌面的聲音打破，再來就是遠處刺耳的警報聲。

包廂遠端的雙扇門毫無預警地打開，一大群代表團魚貫而入，以一致的步伐向長桌靠近。州長起身繞過桌子要握手，但那群人直接走到座位旁，等到全員到齊，便同時坐下，剩下的人則站在他們身後。州長訕訕地垂下手，回到座位上，室內每一雙眼睛都跟著他移動。他正對面是趙上校，他穿著白色軍服上衣，戴著卡其帽。他獲頒一枚星形勛章。潔娜試圖對到他的眼神，但他的目光定定地停留在不遠不近的距離外。他高聳的顴骨變得更銳利了，眼睛底下有深色的眼袋。

美國人面前一字排開的全是嚴肅的面孔，沒有人問好，沒有人微笑。靜默開始讓人難耐。州長困惑地張著嘴巴，顯然他預期有人會說些歡迎的客套話。

在潔娜正後方的史蒂芬斯耳語：「冷戰時跟蘇聯的會談？跟這個陣仗比起來簡直像雞交派對……」

州長鎮定自若，露出友善的微笑，拿出講稿，戴上眼鏡。需要暖場的聽眾對他來說並不陌生。但就在此時，趙上校把他自己的講稿放在桌上，開始用鏗鏘有力的語調朗讀。更奇怪的是，他的講稿就印在報紙上，看起來是《勞動新聞》的主要社論。

潔娜湊到州長耳邊，翻譯那篇充滿威嚇意味的文章——**美國對朝鮮施行不公平的封鎖，阻礙了和平之路！賣國求榮的走狗唯一的下場就是滅亡！**州長嘟著嘴點頭，在最初幾分鐘還頗能理解地聽著，並且拿出筆來記下內容奇詭的筆記，但是隨著趙上校翻了一頁，抬高音調譴責美國的貪腐以及道德淪喪，州長的表情變得愈來愈困惑不解。過了二十幾分鐘，這篇演說仍然絲毫沒有切入重點或收尾的跡象，州長終於舉起手來以惱火的大動作揮舞，示意趙上校停下來。

趙上校抬起頭。

「先生，我是個老頭子了，恐怕我沒有時間做這件事，因爲我可能在你唸完之前就壽終正寢了。」

潔娜替他翻譯。另一段靜默隨之而來，所有目光都從她身上移回州長身上。

接著坐在趙上校右邊的男人有所反應。他戴著讓他像有雙魚眼睛的厚片金屬框眼鏡，身穿沒有佩章的素面褐色上衣。他發出低沉而緩慢的笑聲，於是潔娜明白了原本這個場景令人摸不清頭緒的是什麼。她把主從地位想錯了。趙上校只是個傳聲筒。這個發出笑聲的男人才是場內的權力中心，其他人受到他的提示，都熱烈地笑了起來，雄性笑聲盈滿整個房間。但是趙上校的表情仍然很嚴肅。在極短暫的一瞬間，他對上她的眼神，然後又望回光亮桌面上他自己的倒影。隨著歡笑持續而且愈來愈大聲，她聽出笑聲底下潛藏的殘酷，好像這個頭髮稀疏的老人——州長，就是他們敵人的力量化身。

☆

稍晚之後，州長和他的特助被帶去一所國賓館住宿——「更方便竊聽我們的對話。」他喃喃道——而其餘任務團成員則被分配到專供外國人住宿的羊角島飯店三十一樓客房，由房內可遠眺大同江對岸的市景。飯店本身坐落於江中的一座小島上，島上唯一的聯外橋樑受到嚴密看守。他們絕對沒有機會在無人陪伴且無人知曉的情況下偷溜出去。他們一走出大廳的門，就會有看守者和嚮導來到他們身邊，飯店職員和司機中也有密告者盯著他們的一舉一動。他們的房間提供僅有的隱私，但潔娜連這點都沒有把握，一進房間就扣上門鍊。

她在窗前站了許久，聽著一艘生鏽的駁船噗噗行進，挖掘河床上的泥板岩，以及忽高忽低的警報聲，好像這座城市正在準備迎接攻擊。許多高樓形成一條深色的天際線，一路延伸到地平線那裡的幽魅山丘。沒有商業活動的色彩或燈光，沒有人車喧嚷，只有光禿禿的燈泡在沒裝窗簾的公寓裡發亮，那些公寓就像混凝土長成的森林。

州長在會議上發火，爲美國爭取到小小的勝利。率先發笑的男人（後來他們知道他是第一副相）示意趙上校把講稿收起來。接下來半個小時，他們隔著桌子進行的對話幾乎可說是正常的討論，直到州長打開潔娜替他撰寫的簡報，舉起一張清晰無比的衛星照片，提出照片中的祕密實驗室建築群造成很嚴重的安全顧慮。第一副相看似一頭霧水，後來有個特助在他耳邊說了什麼，於是現場的氣氛立刻就變了。**沒人會談論集中營的事**，潔娜心想，她看到眼前的臉孔又都變得冰冷。感覺好像有人跨越祕密的界線。**真可惜**。她會確保晚宴上這件事被重新提起。

警報聲還沒停止，她開始覺得不安。她打開古老的東芝電視機來掩蓋噪音。一群化了妝的學齡前兒童擺出誇張的歡快表情在跳舞，他們高舉著雙手唱道：「**讓我們的豆子豐收……**」

在剩下的會議過程裡，趙上校一直沉默地坐著。他從紐約回國後必定出了什麼事。他只跟她眼神交會一秒，而她在他眼中看見的不是自負，而是完全出乎預料的、類似脆弱的情緒。她看見傷痛、慚愧和懊悔，她很確定。他沒有參與同志們的笑聲，這似乎證實她沒看錯。她實在苦無機會跟他單獨談話，看來只剩今晚的宴會……

她把衣服掛好，躺在床上。她累壞了。沒過幾分鐘，她就聽著孩子的歌聲睡著了，她飄進躁動不安、變幻無窮的夢境。夢境中，電視在監視她，房間門把轉動，門鍊咔嗒作響。

34

北韓，兩江道
惠山火車站

車站的時鐘顯示現在正好是中午十二點。最先聽到的人是權太太，接著所有女人都聽到了，大家紛紛坐在草蓆上抬起頭。那聲音來自城市另一頭，像是暴風雨時狂風颳在屋簷上的尖銳聲響，或是山裡的惡靈在哭號。隨著聲音愈來愈近，她們分辨出許多吹哨子的聲音。

整個市場都停下來聽。

突然間她們看到鏟子臉沒跟張警官在一起，獨自一人沿著走道跑向她們，一手扶著帽簷。他的臉紅得像李子。他示意大家聚攏。

「女士們，妳們誰有違法手機的——現在趕快把它處理掉。對了，這不是我告訴妳們的喔。」

哨音又響起，很多個哨子同時在吹，現在還加上空襲警報的鳴叫。女人們轉朝聲音來源，眼中閃著警覺的光。

「出了什麼事？」楊太太問，但鏟子臉已經走了。

「開戰啦。」金太太倒抽一口氣，戴著連指手套的手捂住嘴巴。

文太太坐在她的草蓆上聽著。這就是醞釀一上午的事情，它使得氣氛變得和鼓面一樣緊綳。現在仍是斷電狀態，少了擴音器或火車的噪音掩飾，哨音彷彿鬼魅般的音浪忽起忽落。

這時她的注意力被車站外廣場上的某個唧唧聲給吸引。她瞇起眼睛，隔著圍籬看到一個紅色的長型物體移入她的視線。一群社會主義青年聯盟成員正推著裝在輪子上的巨大告示牌，青少年部隊領導指揮他們把它推到勞動黨分部前面就定位。告示牌上用一公尺高的大字寫著：**讓我們用生命捍衛金正日同志！**

廣場另一側傳來引擎的低吼——那是一輛開得很快的軍用卡車。車身一斜，煞車發出尖銳響聲，車子停住了，卡車後面跳下一群士兵。他們開始從卡車上搬下更多告示牌。他們的長官高聲喊叫，指著廣場周圍的一個個位置，示意把告示牌立在何處。

哨音又出現了，像是尖叫聲，現在離得更近。在往牆上釘釘子的巨響背後，是那股近似痛哭聲的尖銳哨音。

第一面告示牌立起來了，陰暗的恐懼爬滿文太太全身。那些文字是用白色顏料匆匆塗寫而成的。

散布謠言者一律槍斃！

空氣裡充滿釘東西的聲音。坐在市場裡兩間食堂的客人都停止用餐，目瞪口呆，像是親眼目睹有人被亂棒打死。第二面告示牌立起來了，然後是第三面、第四面。

散布外國文化者一律槍斃！

組織違法集會者一律槍斃！

背棄社會主義者一律槍斃！

女人們不發一語地把商品收拾收拾，準備打包離開。文太太四處張望尋找小奎，跟他在一起她比較有安全感，而且他也會知道現在是什麼狀況。黨分部對面的強勢貨幣商店正把顧客往門外送，國家美容院已經空無一人，藥局關門了。

「總金額上限為十萬韓元。」擴音器裡有個冷硬如鐵的聲音說。音量大得有如爆破，她的耳膜都快破了。此時電力恢復，車站的燈重新亮了起來。城市亂成一團，搞不清楚現在是白天還是黑夜。擴音器裡的單調嗓音大聲而平穩。「我重複一遍：兩天之內，總金額上限為十萬……」

女人們都僵住了。

她們仔細把公告事項聽完。

「所有學校和大學都關閉，等候進一步通知；所有手機和記憶卡都必須立刻交給國家安全保衛部的代表人員……」

女人們憂慮不安地盯著地板，等待公告事項從頭開始重複。

最新消息像是大鐵球一樣橫掃市場。

「目前即將發行價值更高的新貨幣，新版韓元可值一千元舊韓元。所有公民有兩天的時間將舊鈔兌換為新鈔，總金額上限為十萬韓元。我重複一遍……」

現場的靜滯感覺就像爆炸後的餘悸。當煙霧散盡，毀天滅地直視她們的臉。國家要把她們殘存的積蓄也吃乾抹淨。

權太太像鄉下人一樣跪坐在自己的腳後跟上，捂著臉抽抽搭搭地哭起來；其他人愣著，繼續專注地把公告再聽了一遍，好像自己聽錯了，或是那些話會改變。

她們所有的事業，投注的大把時間，辛勤勞動的成果。

有那麼幾分鐘，她們沉浸在思考中。然後李太太對著擴音器憤怒地比著手勢。「我剩下的存款都是韓元耶！」她大叫，沮喪變成了憤怒，好像潮濕的木柴開始著火。她們開始領悟這場災難的影響之大。片刻後，每個人都同時在說話。她們存了多少韓元？什麼是安全的強勢貨幣——人民幣、美金、歐元？

「他們為什麼要這麼做？」楊太太尖聲叫道。

她對不可質疑的對象提出了質疑，但是沒有人露出驚愕之色。她的話似乎只是強化了在市場間蔓延的憤怒。

因為交易等同於自由，文太太心想，低頭望著自己的腿。

哨音再度齊聲響起，現在成了憤怒喧譁聲後方的背景音。

一名抱著個男嬰的年輕男人沿著走道匆匆走來，他的目標是賣衣服的商家，但每個商家都搖頭拒絕他。他走到靠近橋邊的走道末端，向那裡的女人苦苦哀求。「拜託，我存了好久的錢要給我兒子買外套。」他伸出空閒的一手，手裡握著一疊很快就等於廢紙的韓元。

他的話像是觸動某個開關，市場裡炙熱的情緒又有所轉變。慌亂跟著他通過走道，就像突如其來的風捲起落葉。現在慌亂攫住了文太太周圍的女人，慌亂也傳染給客人。不過幾秒鐘工夫，整座市場鬧哄哄。每個人都想把手上的韓元花掉，買來任何可以轉賣的商品。

「眞是倒楣的一天啊，阿朱瑪。」小奎好像憑空出現在她旁邊。

她毫不猶豫地把一卷骯髒的韓元塞進他手裡——這是她手上所有的錢。

「拿去買任何可以轉賣的東西。」她說，「快點，去吧。」

她頹然坐到一疊米袋上，垂下頭用手撐住，對她聽到在四周迸發的叫嚷和爭執聲置之不理。她感覺自己坐在岸邊，眼前就是一片平坦而漆黑的汪洋，那冰冷的水不斷延伸，直到永恆。有很長一段時間，或許有好多年了吧，她都用別的事讓自己分心，不去理會它。現在她直接面對它，並且接受它。它永遠都會在，永遠不會改變。**根本就沒有未來**，她心想。她隱約記得的旋律，透過她回憶中通往曩昔的那扇門傳出來，她的視線蒙上淚霧而變得模糊。

羔羊無怨走向前，肩負世人的罪愆……

這句歌詞帶來一幅畫面，那是個穿著美麗韓服的年輕女人，坐在一棵櫻花樹斑駁的樹蔭下，她的周圍全是花瓣。她的歌聲甜美動聽、充滿希望。那是她的母親，早已去世了。文太太把兩個米袋拖到身前，把它們摟在懷裡，下巴靠在它們頂端。她那兩個襁褓中的兒子，兩人只差了十三個月。他們哭得好厲害，口中咯咯作響，看起來是多麼健康，喧鬧得充滿生命力。她失去了他們，就像失去其他所有的東西。

☆

小奎回來時，天空已經褪成了金色，山頂附近有火紅的雲。他把一只沉重的布袋丟在地上。他全身髒兮兮的，眼睛周圍有抹擦的痕跡，外套多了一道裂口。他不發一語地坐到她身旁的草蓆上，拿出一包冰毒和菸斗，用他細瘦的手指開始進行吸毒儀式。他不需要告訴她前因後果，她四周已充滿戰場的噪音。人們競相出高價購買可以轉賣的東西，一場又一場衝突的爆發。她用一根手指掀起布袋的蓋子。他設法買來一隻玩具熊、一件二手運動衫，還有一個豬頭。他花了兩千韓元買來的東西，今天早晨只值兩、三百韓元。他手邊還剩下三張鈔票，他交還給她。

他呼出像冰一樣白的煙，並且朝她遞出菸斗。

她看著那東西。在他的小手裡，它就像神聖的物品一樣閃亮。她以莊重的態度把菸斗湊到嘴邊，吸了一口。那毒品沒有灼燒她的喉嚨或嗆得她咳嗽，它很順口又乾淨，比較像霧而不是煙。她的眉頭舒展開來，片刻之後，她對一切變得比原本更不在乎了。她轉頭看著小奎，伸出手臂攬著他。他那對煙燻玻璃般的眼珠懂事地望著她，然後他把頭靠在她肩上。

「你姓什麼？」她竟從沒想過要問他。

「不記得了。」

「不記得了？你的名字就只是『小奎』？」這樣不對，每個人都有姓，沒有家族的人什麼也不是。「跟我姓吧。」她說。

他害羞地微笑，好像她給了他一份稀有而珍貴的禮物。「文。」他說。

哨音和警報聲現在都成了背景音樂，它們已經喪失了嚇唬她的能耐。她又抽了一口冰毒。小奎說的沒錯，它能帶走疼痛，它能帶走恐懼，以及憂慮。

她看見一些人飄進車站外的廣場，聚集成一群一群的，在黨分部大樓前說話，對警報聲置若罔聞。擴音器的聲音仍持續用穩定的軍隊語氣在刺耳地發言。

「根據國家安全保衛部的命令，日落時開始進行全市宵禁。日落之後還在街上亂走的公民將遭到逮捕……」

最後幾抹陽光把雲層的底側照成深紅色，但廣場上的群眾數量似乎已成長爲兩倍、三倍。冰毒讓她看見不存在的事物，她看見一群毫不畏懼的人在聚集。

接著她又注意到小奎的臉，他出神地盯著眼前的景象，而女人們也離開市場朝廣場走，好像被一條隱形的線拉著。

文太太站起身。她不是在幻想，人群真的在聚集。

她牽著小奎的手走進廣場。有些面孔她認得——是跟她相識的賣家和攤商——不過正有愈來愈多的其他市民加入他們的行列。整座城市似乎都在聚集，他們被這股無以名之的引力所吸引，而離開他們的工廠和公寓。她整個上午都感覺到的緊繃氣氛被打破了。之前感覺像某種靜電，但現在全然不同。她無法解釋。這是一股力量，一種磁力。有人把市場裡的煤炭火盆搬到廣場，就放在黨分部大樓門口，人們圍在它周圍，往掌心呼氣以保持血液循環。

四、五輛軍用卡車組成的車隊亮著黃色的大燈抵達，人群默默地看著。他們不但沒有四散逃開，人數反而還在繼續增加。大家都顧不上謹慎小心，每張臉孔都緊繃著在等待。幾十個士兵從卡車跳下來，然而發現眼前有出乎意料的一大群人，他們的哨音都沉默了。雙方對峙了好一會兒，直到士兵組成的封鎖線斷開來讓一個上尉通過。他走到廣場中央的火盆邊，朝左右兩方看了看，把擋到他路的人推開。

廣場上的每雙眼睛都盯著他。

「這裡是在幹嘛？」他大聲說，「你們毫不尊敬我們的黨部嗎？宵禁馬上就要開始了，你們還像一群賤民在這裡閒晃？」人群中沒有人移動分毫。「資本主義的毒汁擴散時就會發生這種事，不守秩序，沒有敬意，自私自利。既然我在這裡看到這麼多資本主義者……」他嘲諷地對著威士忌奶奶抬了一下帽簷，「……乾脆現在我就告訴你們吧：從明天早晨開始，火車站的市場只開放三個鐘頭，從八點到十一點……」

「*為什麼？*」有個聲音說。

上尉離開火盆邊，他的手探向槍套，因為詫異而突然面無表情。

「誰向我回嘴？」

文太太穿過人群進入火光裡，跟他隔著火盆昂然而立。

「妳竟敢質疑我。」他怒目瞪著她，呼吸得很用力。「妳問我爲什麼——我就告訴妳爲什麼！」他環視四周，轉而對人群發話，看見聽眾的數量愈來愈多而語氣摻入一絲緊張，「從現在開始，食物、燃料和衣物的價格都由政府制訂……」

人群間到處都出現憤怒的驚呼聲。

「政府不知道它在做什麼。」這聲音聽起來像李太太。

「明天又要開始配給制度了，是不是？」權太太嘲諷地說。

「我們該怎麼處理手上不值錢的韓元？」

楊太太推開人群走到前面露出她的臉，在火光中她的臉堅硬如銅。「燒來取暖？」

「超過十萬韓元的部分必須存放在國家銀行裡。」上尉大喊。

眾人發出嘲弄的笑聲。上尉拔出手槍，伸直手臂對空鳴槍，使得所有人都彎下腰。槍聲在廣場周圍的建築間迴盪，人群立刻沒了氣勢。

「市場是各種非社會主義者偷雞摸狗行爲的溫床。」他叫道，「黨要重新確立人民的經濟——」

「我們就是人民。」

文太太沒有刻意提高音量，她以平常的語氣說話，但她的話似乎一出口就點燃了火苗。她朝火光跨近一步。「金正日同志不是親口說過，人民是經濟的主人嗎？我們就是人民啊。」群眾開始喃喃低語，那股隱形的力量似乎在膨脹，變得更強大。她感覺她的話一離開嘴巴就有了力道。她毫不畏懼，只感到體內湧起愈來愈強烈的亢奮。她接下來說的話是那麼單純而自然，好像她在讓孩童做選擇。「他必須給我們米，否則就要讓我們做生意。」她從放錢的腰包裡抽出剩餘的三張鈔票，它們看起來很不起眼，其中一張就這麼飄到地上。她把另外兩張鈔票揉成一團，伸長手臂，丟進火盆。

人群一動也不敢動。那些鈔票上有偉大的領袖的肖像，現在卻在煤炭上燃燒。震驚之情顯現在一張張臉龐上。她犯下無可挽回、無可饒恕的罪。夜色由山頭往下籠罩，火光把臉孔映照成琥珀色和金色，眼珠黑而閃亮。上尉張開嘴，卻說不出話。

文太太看到她的左右兩側都有動靜。李太太和楊太太向前走到火邊。她們一前一後地伸出手臂，把她們毫無價值的整卷鈔票丟進火盆。等候著命令的士兵們什麼也沒做，每個人似乎都詫異到動彈不得，好像某種宇宙定律就在他們眼前改變了。現在權太太也有樣學樣，然後是金太太，再來是威士忌奶奶。幾十萬韓元就這麼付之一炬。鈔票裡的油墨燒成細緻的藍色、青綠色、梅紅色火焰，映照在幾個女人的臉上。接著紙張燒得旺了起來，橘色的餘燼噴入空中。

人群發出不祥的聲音，像是一群被挑釁激怒的牲口。「給我解散！」上尉大叫，「立刻解散，否則就等著坐牢！」

人群後方傳來某個女人的叫聲。「給我們米或讓我們做生意。」另一個比較靠近前方的年輕聲音喊道：「給我們米或讓我們做生意！」

上尉朝士兵們打了個手勢並吹哨子，有兩秒鐘時間，他們毫無反應。這支部隊正在目睹他們人生中第一場暴動。突然間，他們衝進暴民中，把人揮開，踢他們、揍他們，用步槍槍托把他們打倒在地。暴力有如猛虎出閘，血腥而殘忍。人群怒吼，但那句口號已經定了調，有如森林大火般蔓延，每個人的能量都助長他人的能量。

「**給我們米或讓我們做生意！**」

「給我們米或讓我們做生意！」

廣場上的每個公民都在喊這句話，都在發洩，拳頭揮向天空。沒有哨音能夠掩蓋這句口號。一顆石頭劃過空中，砸中軍用卡車，然後又來一顆石頭，打破了黨分部的高處窗戶。整個廣場異口同聲地呼口號。

文太太從沒見過這樣的場面，整個世界都天翻地覆了。鋼鐵融化，石頭崩散，任何事似乎都可能發生。

這時，一聲驚呼漣漪般傳遍人群，就像是爆炸造成的衝擊波。暴動靜止下來，就像開始時一樣迅速；口號聲停了。人們不敢置信地瞪著眼睛看。那小小的火盆把微弱的光芒投射在黨分部陰影幢幢的柱廊間，足以讓人看見當天早上豎立在建築前的紅色長形告示牌被毀損了。人群努力理解那不可能的景象。

有人倉促地在親愛的領袖的名字上方，用黑色顏料加了兩個字。

打倒

金正日

只有一顆頭顱沒有轉向它，只有一個人面向反方向，那個人就是上尉。有那麼一會兒，他的臉被陰影掩蓋，直到火光揭露他的表情。他的眼神狂亂，失去理智。他用雷射光般的目光掃描人群尋找文太太。

她開始一點一點地後退，動作很慢，一次一步，避免引起他的注意。這時他看見她了。接下來她只知道他朝她衝過來，一路推開擋道的人。他舉起手槍，握著槍管，準備用槍托來打她。

她舉起手臂保護臉。

有個小小黑黑的身影不知從哪冒出來，有如保齡球般撞向上尉的腿，撞得他整個人栽倒，帽子都飛了。他重重地側摔在地，耳朵壓在地上，發出痛苦的哀號。他還來不及看清楚攻擊他的是誰，小奎已經溜走了。上尉爬起身來，摸摸耳朵，看到手上沾著黏稠的血。

文太太轉過身，做了一件她已經很多年沒嘗試過的事。她在跑。冰毒帶走了她膝蓋的僵硬和疼痛。她的心臟平穩跳動，她的腦筋很清醒。當然，這改變不了她有關節炎以及已經高齡六十歲的事實。她成功跑到了鐵軌邊，才被後方的人擊中，對方重擊她的背部，使她喘不過氣。鐵軌上的碎屑猛砸向她的臉。

她聽到背後傳來機關槍嗒嗒嗒的槍聲。她的頭被按在枕木之間油膩且滿是糞便的碎石上，她的手被銬在背後，此時她心裡想的是，眞慶幸給了小奎她的姓。

35

北韓，平壤市
羊角島國際飯店
三十一樓

潔娜醒來時，城市已經籠罩在橙色的黃昏中。警報停了，徒留詭異的寂靜。街上沒有人也沒有車。她看看錶。她只剩幾分鐘時間可以準備了。

浴室水管先是發出陰森的呻吟，然後蓮蓬頭才噴出滾燙的水。她沖了個澡，快速吹乾頭髮，換上她的黑色紀梵希禮服，接著在她冷冷地評估過鏡中影像後，又上了淡妝，並戴上藍寶石耳環。她從手提包裡取出秀敏的銀項鍊，小心翼翼地掛在脖子上，用指尖輕觸墜飾。她這麼指著珠寶，看起來活像文藝復興時期的仕女。

讓查德·史蒂芬斯睡過頭是個誘人的主意，但她已經說好會去接他，於是沿著走廊搜尋他的房間。走廊的燈嗡嗡作響、忽明忽滅，然後整個暗掉了，使她置身黑暗中，只有緊急出口的燈光提供微弱光線。這座飯店開始讓她覺得毛骨悚然。她希望電梯還能用。整棟建築有種深沉的靜定感，好像這是唯一有住人的樓層。

她敲史蒂芬斯的門，沒有回應。她再敲，然後慢慢把門打開，看到史蒂芬斯背對著她，駝著背坐在地上用筆電，還戴著耳機。筆電旁邊放著他敞開的新秀麗行李箱以及半瓶波本威士忌。窗台上放著一架打開來的衛星天線，它的外型扁平方正，以一根引線與筆電相連。筆電螢幕上是BBC世界新聞頻道的攝影棚畫面。

「史蒂芬斯，你在搞什麼鬼——」

他啪地蓋上筆電並且跳起身來，好像被人逮到在看色情片。

「天啊，妳嚇死我了。」

潔娜不可思議地瞪著他。「你在做什麼？」

他抬起雙手。「放輕鬆好嗎，聲音小一點。有大事發生了……」

「你以為這是在打電動嗎？我們在北韓耶，查德。你到底知不知道你帶那個東西進來會害我們身處怎樣的危險——」

「好啦，對不起嘛。沒人會知道的啦……」

她環視房間，注意到有太多地方可以藏竊聽器，他們可能現在正在聽這個大嘴巴不打自招。

他朝筆電比劃了兩下。「我告訴妳，有重大新聞……」

她嘆口氣，扠起手臂，像是聽著拙劣藉口的學校老師。

他在咖啡杯裡倒了一指深的純波本威士忌，然後遞給她。他的臉不再像兄弟會成員那麼無趣，他的眼神閃亮，腦筋正在運作。她接過那杯酒。他坐回地上，把螢幕掀開，給她看一段像素清晰可見的定格動畫。畫面底下的新聞跑馬燈寫的是：**突尼西亞街頭小販發動起義**。一群憤怒的暴民大步穿過市場，以阿拉伯語呼口號。一輛被翻倒的車熊熊燃燒，照亮人群。幾百隻拳頭揮向天空。訊號不停中斷。他把音訊關掉。接著鏡頭切換到一張大頭照，照片主人是有小鬈髮的年輕男人，褐色的眼睛充滿悲傷。

「這個街頭賣家昨天引火自焚，爲了抗議……一切。結果開啓了天殺的革命。開羅街頭已經有人群在聚集了。這把火可能延燒到任何地方……」

潔娜看著由直升機拍攝的模糊晃動空拍畫面。催淚瓦斯發射時曳出白煙，在人群中突然製造出一個圓洞，就像擴張的虹膜。現在倫敦、伊斯坦堡、開羅等地的名嘴都在無聲地侃侃而談。

「我跟妳打賭，今晚每個阿拉伯獨裁者都會實施宵禁。他們高度警戒——」

「正因爲如此，你更應該把它關掉，馬上。天啊，史蒂芬斯，別忘了你人在哪裡。」

她的話似乎打醒了他。他關掉筆電，把天線收起來。「妳說的對。」然後對她露出推銷員的笑容。「不過好刺激啊。」他一口喝乾他的波本威士忌。

「你連衣服都還沒換呢。」

「不如妳先下去吧？我在大廳跟妳還有其他人會合。」她正準備走出房門時，他又說：「對了，妳看起來很辣。」

他沒看見她翻白眼。

☆

任務團的其他成員在三十一樓的電梯口等電梯。那兩個國務院的東亞政策專家穿著晚禮服，她不確定這選擇恰不恰當；《華爾街日報》記者一身堪比總統候選人的女強人打扮，頭髮像噴了亮光漆，肩膀墊得很厚；史蒂芬斯的攝影師穿著原本的牛仔褲。

四部電梯的其中之一打開門；電梯裡擠滿超高的亞洲男人，他們身上的運動衫寫著「蒙古籃球友誼巡迴賽」。剩下的空間還能容納幾個人。

「你們先下去吧。」潔娜說。

其他人進了電梯，門關上。燈光再次閃爍、變暗，然後熄滅。她懷疑電梯有沒有受到影響，但由電梯門上方顯示的數字看起來，它正順利下降到大廳。她在黑暗中注意到有一小圈紅光照在她身上：是監視器。她挪到窗邊，脫離它的監視範圍，眺望城市東邊的住宅區。有大片大片的區域是徹底漆黑的。僅有的幾團光照在「父與子」肖像上，就像地下墓穴中的聖像，使得黑暗像是古怪地鑲上了珠寶。以一種邪惡的角度來說，這很美麗。

她腦中在重播剛才目睹的畫面。

一群暴民在突尼西亞的市場中橫行，在全世界媒體的注視下，一個獨裁者所掌握的權力正隨著每個小時過去而削弱。

這裡的政權一定被嚇到了……

霎時間，她想通了，有如遭到天啓般大感震撼。

金正日的權力有多大，端看他有多少能耐控制住這則新聞。如果消息滲進這個國家，如果革命的謠言擴散開來，最小的火花……只要最小的火花……

警報。空街。到處都是的部隊。潔娜用手扶額。**這座城市已進入封鎖狀態。**

她背後傳來「叮」的一聲。

有一部電梯的門開了，裡頭沒有人。史蒂芬斯到底在幹嘛？

她跨進電梯，門關上。她看著數字下降，想起史蒂芬斯在飛機上告訴她的事。果不其然，她身旁的鋼鐵面板上有每一層樓的按鈕，從三十五樓一直到大廳，但獨缺五樓。

她拉緊大衣的腰帶。電梯裡的空氣冷得刺骨。她轉身面向鏡子檢查她的髮型和妝容。長長的下降開始減速，電梯停下來，門發出「叮」的一聲打開了。

她從鏡子的倒影看到身後不是大廳，而是徹底的黑暗。

她困惑地抬頭看門上方顯示的數字。數字是五。

一股冷風撲面而來，挾帶著一波純粹的空洞感。她正直視一條陰暗的長廊，就像望進槍管。電梯內的小燈嗡嗡作響，然後滅掉。

一雙手伸進電梯，趁她還來不及尖叫，一把抓住她。

36

北韓，平壤市
羊角島國際飯店
五樓

那隻手用力捂住她的口鼻，悶住她的尖叫聲。她拚命扭動掙扎，但接著有個聲音在她耳邊急切地低語。

「如果妳想見到妳妹妹，就不要發出聲音。」

潔娜立刻僵住不動，眼睛瞪得很大。她感受到的情緒比訝異更爲強烈。

趙上校慢慢鬆開手，對她不是很有把握，提防著她的反應。她的眼睛適應黑暗後，看到一條走廊，沿路有許多扇門和煙燻玻璃牆。整個空間盈滿低沉的白噪音，此外還有電腦伺服器的發熱電線氣味。

她屏住呼吸，心臟像胸腔裡一顆握緊的拳頭。

他的聲音比耳語還輕，只是小小的吐氣。「我們時間不多，晚宴三十五分鐘後就要開始了。妳答應完全照我的話做嗎？」

「我答應。」

「這是有條件的。在美國得到庇護。早上六點我跟妳一起搭妳的飛機離開。」

*他要叛逃？*潔娜的腦袋一陣暈眩。她沒有權力承諾這種事，他一定也知道。這時她感覺到此事暗指的意義是多麼誘人。之前叛逃的北韓人都貧窮而飢餓。職位這麼高的叛逃者——*政府的內部人士*——可能十年才有一個……

她說：「你沒辦法靠近飛機——」

「有妳幫忙就可以。」

潔娜覺得很慌亂。他已經放開她了，但她仍抓著他的手，在黑暗中轉朝向他，離他的臉很近，她清楚意識到時間正在流逝。

他的嗓音因絕望而緊繃。「我們達成協議了嗎？」

她為了見到妹妹什麼話都說得出來，任何話，他一定也知道。「是的。」

他沉默了一會兒，評估她，想要相信她。

她深怕他會突然改變心意，很突兀地親吻他的臉頰。

她感覺到他在黑暗中用眼神搜尋她的目光。

「趕快到走廊盡頭，別往左右看，到門另一邊等我，做好跑步的準備。」

恐懼和興奮一波波襲來，讓潔娜暈眩。她的腿感覺軟綿綿的，開始沿著走廊走。她難以克制地瞥向一邊，在一面煙燻玻璃牆後頭看到一些穿著制服的男人背對她坐著，他們戴著耳機，盯著好幾排閉路電視螢幕。她瞄到房客躺在旅館床上、房客在等電梯的動態畫面，其中一個螢幕是個正在淋浴的女人。*噢，查德．史蒂芬斯，你這蠢蛋。他們什麼都看見了。*

但她又比他聰明到哪裡去了？她現在準備冒什麼瘋狂的險？

走了一百公尺左右，她抵達了逃生門。她回頭看，隱約看到趙上校伸手到電梯裡按了某個鈕，電梯門在他跳開那一刻關上。然後他用手肘用力頂牆上一個小板子，把玻璃撞破。

火災警報器震耳欲聾地尖聲響起，她不禁用手捂住耳朵。現在他朝她衝過來。玻璃牆上的一扇門開了，然後又一扇。許多人走出房間。

潔娜趁他們還沒看見她時閃身溜到門後，聽到趙上校大叫：「失火了！」然後聲音近了一些：「失火了！疏散整棟樓！」

他握住她的手肘。他們匆匆走下只被逃生出口指示燈照亮的陰暗樓梯井，走到了四樓，然後是三樓——這層樓的人正在疏散。女僕、保全人員和外國旅客都湧出來到樓梯間。所有人一心只想遠離警報器的噪音，沒人注意潔娜和趙上校。等他們到了一樓，加入彎彎曲曲的人流：女服務生、卡拉OK女侍、賭場荷官、保齡球場服務生、酒保、廚師和更多房客，他們的逃跑行動減緩到有如爬行。

他們跟著人群走出逃生門，進入凜冽的夜風中，一直低著頭。他們左方有一輛嶄新的銀色賓士轎車，車牌是2★16，它盡可能停在逃生門旁邊。

「上車。」趙上校說，按了遙控器打開門鎖。他們跳上車；趙上校用力關上車門，發動引擎，眼睛望著後照鏡。

他們後方不到三公尺外、剛過了逃生門處，有一輛正在待命的車把大燈開到最亮。但那輛車被疏散的員工和房客擋住而不能開向賓士車，那緊密的人龍從它的大燈前不斷經過，就像是條碼。趙上校發動引擎、鬆開手煞車，用力踩油門。車輪發出唧唧聲，他們加速離開，同時後面那輛車急切地猛按好幾下喇叭。它被困在人群後頭，喇叭聲也被嘈雜的火災警報聲給淹沒。

潔娜轉頭看趙上校。她現在被純粹的腎上腺素給推著跑，感覺受過的訓練都在發揮作用。**專注在他身上**。**保持冷靜和警覺**。他的臉專注地看著沒有路燈的路，雙手緊握著方向盤，好像它是救生圈。車子開到連通市區的羊角橋檢查哨時放慢速度。守衛用手電筒照過來，她訝異地看到他們退後敬禮。趙上校甚至不必停車，擋桿就升了起來。片刻之後，他們已經越過大同江，沿著空曠的大馬路加速前進，經過平壤車站，經過高麗飯店。

看著沒有燈光的大樓和公家機關陰森的輪廓無聲掠過，讓人有種全身發毛的異樣感受。這是噩夢裡的城市，或是戰時被圍困的城市，滿天星斗使它看起來更超乎現實。只有「父與子」肖像被點亮，爲它們打光的燈永遠不會被斷電。由於沒有車流也沒有紅綠燈，趙上校幾乎沒向兩側多看一眼便衝過一個個十字路口。潔娜再次感到緊張又興奮的情緒湧上心頭。

根據她的猜測，他們在朝西北走，遠離雄偉的建築群和大同江。他們駛過一座高架道，她直接看到被煤油燈照亮的陰暗公寓內部。

高速衝刺了幾分鐘後，高樓大廈開始變少，城市開始呈現由鋪著屋瓦的破屋組成的悲慘市容，造訪首都的客人絕不會被帶到這裡來參觀。他們開到寸草不生的市郊時，路面狀況也變得惡劣，趙上校一度緊急煞車來繞過積水的大坑。當出了城市邊界、四周轉爲山丘和農地時，他打破沉默，用韓語開口。

「首都正在實施宵禁。我不知道爲什麼。電話系統停用了，所以至少跟蹤我的那輛車沒辦法馬上示警。」

「你惹上什麼麻煩？」

「護送妳的團隊前往晚宴會場的看守者應該以爲妳被困在那部電梯裡了。我們在晚宴開始前有……」他瞥向車上的時鐘，「……二十三分鐘，然後就會有人起疑了。」

「你要告訴我，我們要去哪裡嗎？」

「我不能保證妳會見到她。」他盯著前方，心有旁騖。「回市區的路上，我再告訴妳怎麼把我弄上飛機。」

她突然感到一股令人毛髮直豎的強烈危機感，再加上暗潮洶湧的濃厚罪惡感。即使她能幫他，她也完全不知道該怎麼在不危及其他人的前提下幫他。她也不可能聯絡蘭利市尋求指示。除非……*史蒂芬斯的衛星天線*。

他說：「飛機什麼時候會來？」

「我猜……應該是我們六點整出發前幾分鐘，然後它會立刻起飛。那是白宮的軍機，它不會在這裡多待不必要的任何一分鐘。」

趙上校再次陷入沉默，她很懷疑他到底有沒有計畫，又或者純粹是城市出乎意料的封鎖讓他覺得有機可乘。

他們開得飛快，現在已經進入鄉間，潔娜在車子開上山丘頂端時覺得好像瞥見了海。車子再度放慢，沿著某個有柵門的封閉區域的高聳石牆開。

「蹲到座位前面。」他們逐漸接近一道柵門，柵門兩側各有一個用強化混凝土蓋成的低矮警衛亭，旁邊則有圓筒狀的帶刺鐵絲網。

潔娜窩在地上，趙上校在她身上披了條毛毯。

車子停下來，她聽到靴子踩過碎石靠近的聲音。她再次聽到他們退後，行禮時腳跟相碰。也許趙上校出示證件？但他連車窗都沒打開。是這輛車本身的某個特質——*莫非是車牌？*——讓所有路障敞開，跳過所有例行程序。

「不要動。」他說。片刻後他們爲了第二道路障減速。一樣，敬禮，車子繼續前進。「妳可以起來了。」

他們沿著道路平順地滑行，道路兩旁林立朝鮮樅，每棵樹都被設置在造景草坪上的小小聚光燈打亮。左側有個漂亮的大湖，湖心是被明亮的燈光照射的噴水池，奔瀉的水珠就像一簇簇白色火花。一隻孔雀顯出曳著長羽毛的身影，她還瞥見一座高爾夫球場被泛光燈照亮的果嶺。這個轉變太驚人了，好像他們跨過一條界線，就從摩加迪休進到比佛利山莊。

前方有座低丘，丘頂有一棟鋪著紅屋瓦的兩層樓別墅，房屋周圍的石徑上嵌著許多聚光燈，把屋子照得很亮。高大的澳洲柏讓這地方有種托斯卡尼風情，窗戶內投射出一條一條的金色光芒，映在斜斜的草坪上。他們繞過一座網球場，經過有頂棚的區域，那裡停著許多奢華的西方跑車和鈴木重機車，看起來都像沒使用過一樣嶄新。趙上校正準備停車，一盞明亮的安全燈突然亮起，直直照在他們的車上。他再往前開一點，在一道濃密的山毛櫸樹籬旁邊找到一處幽暗的位置來停車。

「這是什麼地方？」潔娜問。

「只能待幾秒鐘。」他悄聲說，「然後我們就離開──妳懂嗎？」

潔娜的眼睛正忙著辨認所有細節。她能看到某種射擊場，槍靶做成士兵的形狀。她在想自己之前有沒有從間諜衛星畫面中看過這裡。

「妳聽見我說的話了嗎？」

「聽見了。」

他們下了車，沿著樹籬邊緣往前走。空氣冷到她的鼻子像被火燒一樣。她的高跟鞋陷入草地使她拐了一下，她伸出手，趙上校牽住她。

他們靠近樹籬盡頭了，他放慢速度，示意她待在陰影裡。音樂，笑聲，還有許多人的交談聲──孩子的嗓音──從別墅裡俯瞰湖面的那一側傳出來。趙上校扶住潔娜的肩膀，他們一齊從山毛櫸樹葉邊緣探出頭來看。

他們看到別墅裡正在舉辦兒童派對。年紀最小的孩子大概八、九歲，不過各年齡的孩子都有，最大的已經是青少年，也許有十三到十五歲的孩子。房間內用矮桌圍成四方形，孩子們都坐在桌邊的地上。四個孩子在用手風琴合奏，音樂聽起來像是蘇聯的愛國歌曲。所有人都穿著西方服飾——牛仔褲、球鞋、運動衫——但他們共有一項「非」西方的特質。他們的舉止異常沉靜和恭敬，不過這並不是重點。潔娜花了一點工夫才看出端倪。有些孩子是金髮，有些孩子膚色和髮色很深，有些孩子長著藍眼睛，有些孩子的眼睛是深棕色或栗色。事實上，他們共同的特徵是眼睛形狀。每個孩子都有一半的朝鮮血統。一些穿著赤古里裙的女人面帶笑容爲他們奉上食物，並且親暱地和他們聊天。潔娜又過了一會兒才發現，坐在桌子主位、身穿飄逸傳統韓式絲質禮服的人，正是她自己。

那個座位是給一家之主坐的位子，現在坐在那裡的女人跟她彷彿一個模子刻出來的。她手拿一把絲扇，髮型是一九五〇年代保守的北韓式風格，其他女人也都一樣。她正歪著頭聽一個年齡較大的男孩說話——那個青年五官像東亞人，卻有一頭如玉米般耀眼的金髮——他湊到她耳邊低語。她文雅地笑了，揉亂他的頭髮。

秀敏。清楚明白。就在幾公尺外。

潔娜呼吸變得紊亂。她能相信自己的眼睛嗎？感覺好像看見一頭神獸，看見民間傳說裡的生物。她不由自主地跨出一步，但立刻被趙上校抓著手臂拽回來。

送上桌的食物也很不尋常——不是韓式料理，而是披薩、可樂和沙拉。一般北韓人民連看都沒機會看到這些食物，更別說吃到了。

有人放了一盤食物在秀敏面前，但她帶著歉意搖搖頭拒絕。接著她站起身，談笑聲和音樂聲都停了。孩子們站起來，她很生動地扮了個鬼臉，說了什麼話，大家都笑了。現在孩子們深深鞠躬，好像她準備要離開。

潔娜伸出手臂撲向窗戶，但趙上校緊緊拉住她。她縮回身，試圖把他推開。

「我們要走了。」他用氣音說，「現在。」

她忘了要輕聲細語，她顧不得世界上所有事。

「我不會丟下她走掉！」

37

北韓
平壤市西北十三公里
百花園院落

他帶著懇求的表情，手指抵在唇上，身體發抖，向她表示：**別發出任何聲音。我們說好的。**他更用力地握住她的手臂，自己也知道把她弄痛了。

藉著窗內透出的光線，他看到她的眼睛閃爍著強大的動能，那是強烈到不可能抑制的情緒，至少絕對不是他能控制的。他在她眼裡已經不重要了。她的手臂做了一個猛烈的動作，甩開他的箝制。他還來不及阻止，她已經跑過石徑。

她在窗前煞住身體，身軀彷彿在那幅景象之前變軟融化。

秀敏還在說話，身上一襲粉紅色的韓服在金色燈光下閃爍。孩子們已經坐回地上，她在向大家說話，像是在說故事。他們聽得入迷。

潔娜慢慢抬起手來打招呼。有個年幼的女孩率先看見她，她訝異地發出驚呼。接著所有孩子的頭不約而同地轉朝窗戶。

有漫長的三秒時間，姊妹倆四目相接。

秀敏的表情先是呆滯，然後她的臉像花朵一樣綻放，從花苞轉變爲恐懼和不敢置信、震驚和喜悅的花瓣，趙上校覺得自己目睹了巨大力量連結的過程，兩姊妹之間有一道弧形的純粹能量在交流。

這時潔娜用指尖碰觸玻璃，情勢急轉直下。強烈白光從四面八方照過來，震耳欲聾的入侵警報器以長長的電子衝擊聲刺破空氣。孩子們慌亂地爬起身跑出房間，但姊妹倆的目光毫不動搖。趙上校看到秀敏臉上浮現極大的恐懼。

有隻狗在吠，聲音很近。

一道黑色的身影繞過房屋轉角跑到燈光下，距離大概二十公尺。潔娜轉頭，看到那隻狗擺好架勢、低吼警告。牠以驚人的速度撲向她，齜著森然利齒。趙上校根本還來不及反應，她已經朝牠跨出一步，伸出右手用力拍擊狗鼻。再一個跨步，重重地把牠踢向一旁。狗兒哀嚎著跑掉了。

當她回過頭看著窗戶，室內已經空無一人。秀敏不見了。

湖的方向傳來男人的叫喊聲，穿著靴子的腳沿著石徑跑向他們。潔娜用力推著推拉窗，想要硬把窗釦弄壞。

趙上校大叫：「凱普西達！[26]」——快走！

她突然間後退。兩個武裝警衛進了房間，目光沿著窗戶搜尋。趙上校眼見機不可失，直接把她整個人抬起來，扛著她繞著別墅側面跑。他訝異地發現她沒有掙扎，她的喘氣聲輕柔地呼在他的臉頰邊。賓士在強光下銀得耀眼，旁邊的樹木都被漂成了月光白。鑰匙在他手裡。他用遙控器打開門鎖。他必須把她送到座位上，因為她的身體變得軟綿綿的，像是受了嚴重驚嚇或是喝醉的人。他打倒檔，鬆開手煞車。車子發出嗚咽聲快速倒退，沿著碎石路經過停放跑車和重機車的棚屋區。他感覺保險桿撞上離得最近的機車，發出金屬磨擦的嘎唧聲，撞得它傾向下一輛機車，結果整排機車像骨牌一樣全倒。他用力轉方向盤，把車子轉正，濺得一堆碎石飛向跑車，然後他加速沿著林蔭路經過湖邊開向出口。

現在沒有必要把她藏起來了，她的臉給了他們能離開這裡的最大希望。

第一道路障就快到了，好幾道手電筒燈光射向貼著深色玻璃紙的擋風玻璃。這次他們不打算揮揮手就讓他通過。

一個年輕軍官用手勢要他停車。趙上校降下車窗。警衛亭裡的警報器震天價響。

「抱歉，長官，在我們確認一切安全之前，沒人可以離開。」

趙上校的臉色變得硬如石頭。他舉起一本存摺，封面印著勞動黨的金色徽記，這能證明他是黨內菁英幹部。若要說他有什麼長處，那就是耍弄平壞小鼻子小眼睛的階級遊戲。

「混帳東西，你知道你在跟誰說話嗎？」

「長官——」

趙上校意有所指地朝副駕駛座歪了一下頭，那個軍官彎下腰來望向潔娜。她視而不見地瞪著前方，因此他只能看到她的側臉。她狀似平靜，像天使一樣純潔，好像剛看到了異象的人。

軍官露出不解的表情。

「打開柵門。」趙上校說。

軍官伸手到口袋掏手機，然後才想起所有手機都被沒收了，而且通訊系統也停止運作。

「我接到的命令是——」

「我的乘客必須在幾分鐘之內趕到市區，別逼我告訴你她要去見誰。相信我，你不會想為搞砸他今晚的計畫負責的。」

軍官遲疑地僵在原地，看看他駐守在路障邊的下屬。趙上校現在才注意到他穿的是護衛司令部的硬挺制服。這可不是普通的軍方單位。

警衛亭裡響起急切的電話鈴聲，老式的電話。這座院落一定有專屬的內部通訊系統。

「這是你的選擇，中士。」趙上校唐突地說，並取出他放在上衣口袋裡的筆記本。「你的名字是？」

年輕人臉上閃過一抹恐懼。他又停頓了讓人心焦的幾秒，這期間電話仍響個不停，然後他示意控制柵門的兩人開門。

柵門還沒完全打開，趙上校就踩下油門衝出去。他瞥向潔娜，她的臉就跟石頭佛像一樣莫測高深。佇立在路旁的槭樹變成了白樺樹，在他的大燈照射下閃出黑白花紋。進入院落的主要入口就在前方了。他先聽到了警報聲，然後才看到那兩座用強化混凝土建成的警衛亭、園區的高聳圍牆以及通往外頭的大門。他確信現在他們已經藉由內部電話收到警告了。一盞聚光燈照亮一排四人的輪廓，那四個士兵穿著披風、戴著鋼盔、擎著衝鋒槍把路擋住。

趙上校踩煞車，讓車子慢到像在爬行。他們預期他要停車，因此其中兩名衛兵走向兩邊準備開車門。這時他猛踩油門。車輪快速轉動。其中一個衛兵像足球守門員一樣撲向地面避開他，另一個衛兵被後照鏡掃到而踉蹌後退。叫嚷聲此起彼落。賓士的低速檔發出低吼，加速直衝出口。

撞擊力道非常猛烈，含鐵的火花迸射，柵門整個被撞開。

這一撞似乎讓潔娜回過神來。她轉向他。「停車，讓我來開。」

「現在不能停車。」

汽車拐向左邊，速度加快，衝向幾乎全然漆黑的空間。一層薄紗似的雲層把星星都抹去了，只留下淡雅如絲的月亮，看起來就像飛蛾的繭。光線不足以讓人看清地面上的景物。車子的大燈射向黑色的空無，路面的彎道和曲折只在最後一刻才看得出來。

趙上校的血管裡流竄著腎上腺素。他瞥向時鐘。爲美國人舉辦的晚宴馬上就要開始了。第一副相替他寫的講稿還在他口袋裡。他踩下油門，用盡全力握住方向盤。路面顛簸的程度非常劇烈。

「我要告訴他們！」潔娜喊道，車子的晃動把她的嗓音扭曲到幾乎難以辨明內容的程度，「我要告訴他們我看見她了，她明天要跟我一起走。」

「妳想害死她嗎？」趙上校大聲說，「妳哪怕說出去半個字，她都會有危險。他們會否認關於她的任何資訊，而她會面臨極大的危險。相信我，妳連想都想不到。」

「相信你？」她尖聲說，「我們上次見面的時候，你跟他們還是一夥的！」

她渾身散發純粹的狂怒。他們同時互看，在趙上校眼裡，兩人之間有某種火花在交流，他希望那確實是信任的火花。*妳真美*，他心想。她是他單獨相處過的第一個西方人，而現在他們在黑暗中只相隔幾公分。

他說：「明天當飛機——」

他的目光被後視鏡中的某個東西吸引。他剛才是不是看到光？潔娜在座位上轉頭去看。又來了——兩道像螢火蟲一樣黃的燈光攀上他後方的一座山丘頂端。

這時他聽到了——兩輛摩托車憤怒的隆隆聲，正逐漸逼近他。趙上校調低了一檔以增加對汽車的控制力，然後加速。

「小心！」她大叫，舉起雙臂擋在臉前面。車子軋到他們來時經過的大坑，濺起一大片水花。前輪上下彈跳，方向盤幾乎要被趙上校拽出來，車尾在濕滑柏油路面像魚尾般甩動。

路面趨於平緩，也變得比較直。雲層分開來，露出隱約可見的平壤市區，它是個在地上鋪展開的漆黑巨物，像是某種規模很大的地層結構。

那兩輛摩托車直朝他們而來。趙上校看到其中一輛車上火光一閃，接著他只知道後擋風玻璃有一半都成了蜘蛛網裂紋。這一槍讓整個金屬車體都在震顫。他把頭壓低，腳用力踩油門，後面的槍又發動攻擊。隨著另一聲「砰」，一發子彈命中目標，後側窗戶朝內爆開，碎玻璃撒了他們一身。車子顛了一下，大燈熄滅，不過仍在加速。

她用壓過嘈雜風聲的音量大喊：「他們快追上來了！」

「我們只需要及時趕到……」他咬緊牙關，引擎怒吼。他們現在左搖右晃地衝下一道筆直的斜坡，而且沒有大燈。微弱的月光下，白楊樹的黑色輪廓飛快掠過。「……那裡。」他朝著昏暗的前方點點頭。四、五支手電筒亮起，他們看到馬路兩側都有像是崗哨亭的建築。趙上校再次察看後視鏡。那兩輛摩托車減速了。

潔娜再度轉頭看。「他們停下來了。」

「我們即將進入平壤，護衛司令部在這裡沒有管轄權。這裡是平壤駐警隊的地盤。」他放慢車速。「希望通訊系統還沒恢復。」

賓士減速到讓哨兵能看清車牌的地步。幾十道手電筒燈光照進玻璃破損、沒開大燈的賓士，掃過駕駛和混血女性西方訪客的臉，法律規定訪客必須有兩名嚮導陪同，眼前這位訪客卻沒有遵守規定。這些人一定強烈希望攔住這輛車、逮捕車上的人，但它受到強大的魔法保護。質疑2★16車牌的汽車駕駛，就等於質疑親愛的領袖本人。他們讓到一邊，車子進入市區。

26　凱普西達！（capsida!）：「快走！」

38

北韓，平壤市
中區域
平壤國際文化會館

在鋪著大理石的宏偉大廳裡，北韓外務省的外交使節團用最高等級的晚宴來回報美國人的善意。東道主本人只以一幅巨大的油畫形式出席，這畫不太寫實地讓他那矮胖的身型站在吉普車頂端，率領一支軍隊通過暴風雪。

潔娜姍姍來遲地走進會場時，在場所有人都轉頭看她，不過她還來不及囁嚅半個字，就有兩名外務省的資淺外交官來到她身邊，頗爲誇張地爲羊角島飯店舉行的「消防演習」道歉，因爲時機實在太不恰當了，造成很大的不便。趙上校先前把她送回了飯店，負責她的看守者焦急地在每層樓找她。

穿著軍服、別著勳章的北韓人是一支毫無瑕疵的整齊隊伍；美國人則像是另一部電影的臨時演員，不知怎地跑錯了攝影棚。查德．史蒂芬斯對她露出猥褻的奸笑，州長特助則看著她的禮服擺臭臉。潔娜入座，感覺腿在發抖。她把一綹頭髮撥到耳後，聽到擋風玻璃碎片掉到地上的聲音。

三個臉上塗了厚厚的粉的女人走進來，手上拿著伽倻琴，那是一種類似齊特琴的弦樂器；

她們開始撥弦演奏一首輕柔的曲子。

第一副相朝趙上校點點頭，他面帶微笑站起來，手裡拿著酒杯，向他們用英語說話，潔娜很佩服他保持鎮定的能力，從外表完全看不出來他們剛剛才從鬼門關前走過一遭，不過話說回來，她猜想他從出生以來就在培養隱藏想法和心情的能力。他的腦中一定有好幾種語氣在尖叫不休，而他從中挑選了親切而寬宏大量的海盜語氣，這海盜洗劫了美國人的寶藏船，不過他很樂意設宴款待他的受害者，讓一切既往不究。美國人紛紛舉杯慶祝這不穩定的新「共識」，就算稱不上友誼，至少也是展現了暫時休戰的精神。

潔娜憤怒到酒杯在搖晃。

餐點上桌後，她一口也吞不下去。她在跟她妹妹的綁架者共進晚餐！她怎麼能做出這種事？在這虛偽的殷勤背後，這些敲詐犯和綁架犯在嘲笑年老的州長，嘲笑他們所有人。她本該替坐在她旁邊的老人家翻譯才對，但光是讓心思停留在當下這個場合已經耗費超越人類的努力——她眼前唯一能看見的就是她在別墅目睹的畫面。

實實在在的秀敏，活生生的、眞實的秀敏！

她一度離得那麼近了，離她的大獎近到可以交談的程度。她一點都不想讓她再溜回黑暗中。想必**現在**正是她修正的機會，**現在**正是她終結不可思議惡行的機會。

她放下杯子，感覺手心都是汗。她全身都在冒汗，好像剛從桑拿浴的蒸氣室出來。她的怒氣賦予她力量。去他的，對，她要大鬧一場。**他們自以為是誰啊，竟敢搶走她的妹妹！**她深吸一口氣，推開椅子準備站起身。

趙上校在對到她眼神的千分之一秒間，向她傳達警告，她的勇氣立刻被驚恐潑了一盆冷水。

妳想害死她嗎……？

她要冒這個險嗎？萬一他是對的呢？這時候她腦中突然塞滿費斯克，他可是對她寄予重望；猶豫和罪惡感兜頭襲來，令她痛苦萬分又不知所措。

當這些念頭在她腦中翻騰洶湧、彼此交戰的同時，她忽然注意到第一副相正透過金屬框眼鏡好奇地打量她。她不吃東西也沒在說話，她臉上一定顯露出了某種程度的情緒，她幾乎控制不了的情緒，就像玻璃後方煮沸的水。

她再次看向趙上校。為了什麼？尋求安慰？

他正與麥茨．佛耶談得專注，後者是在座唯一一位非美國籍的西方人。由於美國跟平壤沒有邦交，瑞典大使佛耶便成為保護美國任務團的力量。佛耶個子很高、身型挺拔，有一張娃娃臉和迷人的笑容，趙上校殷勤地不斷把他的酒杯斟滿。他是趙上校逃亡計畫的一環嗎？瑞典大使？趙上校沒告訴她飛機在黎明時分起飛前，他打算怎麼到機場，只說假如她沒看見他，要她盡可能拖延起飛時間直到最後一刻。

突然間，每個人都轉向窗戶。在錚錚鏦鏦的琴音之上，城市裡的警報再次揚起，行軍的腳步聲更凸顯了它的緊張。

州長說：「外頭熱鬧得很啊……」

「這是全市一年一度的演習。」第一副相的口譯員說。

高聳的雙扇門打開，一名傳令官匆匆穿過大廳，把短箋交給第一副相。他怒沖沖地瞪著傳令官，然後打開短箋。

美國人看到那男人的臉色一沉，並試著用餐巾輕按嘴巴來掩飾表情。不知怎麼，潔娜便知道，趙上校玩完了。他的同事們似乎都嗅出氣氛有所改變，桌邊的情緒冷卻下來，像是冷霧由海上漫向內陸。趙上校整個人都僵住了。

第一副相站起來，示意樂手停止演奏，於是只聽見警報的聲音，在空曠的大廳裡詭異地被放大了。

「我們……」

那男人的嘴巴打開又關上，他似乎找不出適當的措辭，然後由於事態緊急，他被迫直接放棄表面功夫。

「各位貴客，我很遺憾必須通知各位，我們的行程有所改變。你們的飛機已經收到通知前來，現在正等待各位立刻離開。我們已作主將你們的行李放進現在等在外頭的汽車上，它們會把各位直接送到機場。」

有什麼事出了嚴重的差錯，那群北韓人臉上的恐懼表情極具傳染力，潔娜腦中突然浮現那個突尼西亞街頭小販的樣子，火焰從他的身上蔓延到整片大陸。

美國人面面相覷，呆若木雞。

「現在是什麼狀況？」州長問。

第一副相的臉僵硬地露出假笑。美國人一個接一個站起來，有人從外側打開高聳的雙扇門。

史蒂芬斯說：「我們要被丟出去了？我吃得正開心耶。」他從盤子裡抓了兩個餃子放進口袋。

北韓人陪著任務團走到樓梯平台頂端。第一副相因為面子掛不住而臉色蒼白，他不流利地對州長喃喃說了句客套話，並伸出手。州長對他短暫點了一下頭，率先走下華麗的樓梯。其他人連忙跟在他身後。

潔娜走在最後面。來到樓梯底端時，她回過頭仰望目送他們離開的地主。趙上校露出淡淡的笑容跟她道別。他看起來無比悲傷，而且萬念俱灰。他冒著極大的風險帶她去看秀敏，她不禁爲他黯然神傷。也許他早就知道他根本沒有機會走。

他們還沒走到大門口，門就開了。門外冷空氣挾帶鋼鐵相擊和靴子奔跑頓地的聲音而來。兩列武裝部隊進入這棟建築，從他們兩側掠過跑上樓梯，手裡擎著裝上刺刀的衝鋒槍。在趙上校被紛亂的軍服和武器遮住之前最後一剎那，她好像聽見他大聲呼喚她的名字。

39

北韓，平壤市
龍城區域
馬嵐祕密賓館

在一輛軍用休旅車後座，兩名衛兵上了車坐在趙上校兩側，然後把門關上。他們各握住他一隻手，銬上手銬，將他鎖在座位兩側的金屬環上。

他被逮捕的過程有種超現實的感覺，像是夢中的場景。在宴會廳外的樓梯平台上，他的整個團隊都被包圍——他自己、第一副相和全體同事。士兵分開來讓保衛部的一個隊長通過，他喊他的名字時沒加上頭銜。「趙尙浩，我奉命逮捕你。」他秀出逮捕令，趙上校聽到同事們倒吸一口氣。文件底部有金正日的簽名。他不敢看他們的臉，無法承受看到他們錯愕和受到背叛的表情。在那一刻，被閃著寒光的刺刀包圍，他感覺自己像歷史畫中央的人物。一個叛徒被揭露眞面目的重大時刻。

他祖先犯下的罪終於報應在他身上了。他終於要知道他祖先犯的是什麼罪了。而經過他在今晚犯下的越軌之舉，他倒也不能說自己被逮捕是沒道理的——除非他的身分沒有曝光，而在城市封鎖的混亂狀態下，這是有可能的。

司機旁邊的副駕駛座坐著第三名衛兵。趙上校不覺得害怕，只有一種鬆了口氣的異樣感受——因為他畏懼已久的苦難終於降臨了。他要面對了。這幾星期來維持表面功夫的壓力已經把他逼到了極限。

他帶著微弱到幾乎可說無所謂的好奇，試著思考他們會今晚就槍斃他，還是會等到天亮。是在牢房裡對著他的頸後開槍呢？還是被綑在木樁上由行刑隊處決？也許他們計畫以更公開的做法實行，那可能要花個幾天時間。他不在乎，只要這表示他的妻子和兒子不會受到傷害……他全心盼望他已經跟他們切割得夠清楚。他眞希望能向小書解釋一切，告訴他自己非常愛他。他眞希望能夠安慰永浩，說這一切都不是他的錯。他極度需要知道他們在哪裡、是否安全，然而他心中浮現一個令他作嘔的念頭：他們不會告訴他他家人的命運，他在臨終前將遭受被蒙在鼓裡的折磨。

副駕駛座的衛兵在車子經過市區內每個檢查哨時，都把手伸出窗外比手勢，趙上校看到每個檢查哨都有騎摩托車的警察駐守。這麼大的陣仗全是因為他嗎？以防他又金蟬脫殼？他隱然有點得意。

車子開進城市東邊的區域，彎進一座中庭；中庭周圍有好幾棟兩層樓的灰色建築，建築外圍則有松林圍繞。這裡看起來不太像監獄，比較像某種軍營。手銬解開了，他們命令他下車。大門口的台階上站著那個穿樸素黑上衣的銀髮男人，一盞微弱的燈照向他。

「歡迎來到馬嵐賓館。」他跟趙上校握手，讓趙上校十分詫異。「我叫柳京，我一直很期待跟你見面。」他的手勁很強，英俊的臉龐有種父執輩的慈祥，眼窩很深，嘴巴兩側有兩道明顯的溝紋，像是括弧，頭髮梳成旁分。他點了一下頭示意車子可以離開了。「請跟我來。」

他說話沒有用敬語，而是對孩子說話的口吻，但他的嗓音極富權威感，趙上校在他面前絲毫不感覺受到貶低，而感覺像個晚輩或是學生，他不禁好奇這個叫柳京的男人是不是曾參與過他的幼年生活。

兩名衛兵分站在趙上校兩側，男人帶頭爬上一道樓梯，穿過兩條走廊進到一個小房間。這房間很乾淨，家具很少，只有一張床、一盞檯燈、一張木桌和一把椅子，桌椅上方懸掛著「父與子」肖像。房間一角有個洗臉盆。磚牆漆成淺綠色，就像是療養院，這喚醒了趙上校的記憶。馬嵐賓館……是他們關押遭到肅清的菁英成員之所。地板是上過蠟的深色木頭，散發讓人舒適的熱氣。桌上有一疊擺得整整齊齊的白紙，還有一排頭很鈍的鉛筆。床尾放著一套摺好的藍色連身服，他們要他換上，並監視著他的動作。衛兵收走他的皮帶、鞋帶、軍服和勛章，他一點都不惋惜。

「你可能餓了吧？」柳京說。

趙上校才剛參加過宴會。「不餓。」

「那你適應適應環境，睡一覺，等你準備好了，從頭開始把所有事寫出來，愈詳細愈好。你要花多少時間都可以。」

「寫什麼？」

「你的自白。」柳京帶著理解對他微笑。他深深望進趙上校的眼睛，判讀他。趙上校在他眼裡看到同理心和智慧。「坦承讓你來到這裡的罪行。」

趙上校還來不及從腦中開始冒出的大量疑問中挑出一個來問，柳京就走了，咔的一聲把門鎖上。

40

日本海上空

機艙裡瀰漫著凝重的氣氛。這趟出訪對州長來說是奇恥大辱，查德．史蒂芬斯現下已經開始撰寫州長在晚宴喪失顏面一事，他咔咔咔地敲擊筆電鍵盤，不時喝一口波本威士忌，螢幕的淡白色光線映照出他喜孜孜的臉。潔娜知道大家都在煩惱明天在華盛頓該怎麼交代這件事，她應該試著幫忙才對，但她的腦袋不停重播這幾個小時以來發生的事件，而且是快速地循環播放。

她的雙胞胎妹妹看見她了，跟她四目交接，帶來刺穿她心臟的疼痛與喜悅，最後留給她歡騰與焦慮交雜的奇妙餘韻。她就像有電流在體內奔竄一樣坐立不安。最後她向史蒂芬斯討了一小杯波本威士忌，想藉此冷靜下來。

她知道史蒂芬斯很樂意跟她喝杯小酒、說說聊聊，但她對自己沒有把握。只要稍加慫恿，稍加鼓勵，秀敏的故事就會從她口中傾瀉而出。她內心天人交戰，一方面亟欲一吐爲快，一方面又很害怕——害怕故事曝光可能爲妹妹帶來什麼後果。她這輩子從未像現在一樣有著強烈的直覺，確信她的未來和秀敏的未來已經強而有力地重新連線。而且，從現在開始，她的一切作爲都會影響秀敏。

她轉向窗戶，看著無雲的夜空中那四分之三滿的明亮月亮，還有遙遠下方鋪滿白雪的陰暗北海道綿羊牧場。

秀敏看起來很健康，也不會不開心，但誰知道她爲了在那個地方生存必須戴上什麼樣的面具？逃離別墅的記憶一片模糊。

她突然產生一個想法，使她嘴裡的波本威士忌變成膽汁。

平壤那群混蛋是否已經發現她和他們足不出戶的祕密囚犯有關係？如果他們知道，如果他們哪怕最輕巧地暗示他們已經摸清楚眞相了……潔娜閉上眼睛。她會有危險，她會成爲活生生的安全漏洞。她得向費斯克完整交代前因後果，然後立刻辭去職務。她不能讓自己敞開勒索之門，或是給那個惡毒的政權制衡華府的把柄。她的精神再度陷入焦慮狀態。

她眞希望能把身上的晚禮服換成比較舒適的衣物，但因爲飛機急著起飛，她的行李被丟進貨艙了。她在手提包裡翻找可以擦掉化妝品的東西，突然間，她僵住了。

她的包包裡有一綑捲得很緊的紙，用橡皮筋綁住，對摺塞在裡頭。

她想起趙上校載她回飯店時把手提包遞給她，然後自己快速趕往晚宴會場，他當時可能已經知道自己搭上飛機逃走的機率低於零了。

她拉掉橡皮筋，把紙攤開。紙有點縐，好像一度藏在手臂或小腿處，因此被汗水浸濕又乾了。這張紙是品質極劣的影本，影印的內容幾乎全隱沒在未適度曝光造成的黑色團塊中。紙張頂端是勞動黨的黨徽，還有制式信頭。

組織指導部

九一五課針對黨中央就「在地化」和「育種計畫」之戰略命令所做之進度報告

主體九十八年

最高機密

潔娜開始讀，一開始滿心困惑，但愈翻愈驚訝。當她讀到最後幾頁，她看到那是某種附件，內容是幾十個孩子的護照照片。雖然畫面暗得幾乎看不見他們的臉，但她知道——**她就是知道**——這些就是她在別墅裡看到的韓國混血小孩。每張照片底下都有一組號碼、出生日期以及國家名稱。她看到德國、俄國、伊朗、巴基斯坦，但大部分，至少三分之二，目的地都是美國。

潔娜灌了一大口波本威士忌，把頭重重靠向座位，張開嘴呼氣。

我的天啊……

她的腦袋燃燒著熊熊大火。她實在不知道自己該怎麼熬過飛往安克拉治的九小時，以及接著再飛往華盛頓特區的九小時。

她看著州長稀疏的白髮，他很沮喪地癱靠在窗邊。她眞希望能有辦法讓他知道，這趟任務並沒有失敗；結果正好相反，他們挖到金礦了。

整疊紙還有最後一頁沒看，它暗到幾乎無法辨識。頁面上是三個成年人的模糊護照照片，他們是兩男一女，沒有笑容，穿著制服。三人的頭銜分別是百花園院落的部長、第一副部長和第二副部長。第二副部長的名字寫的是李梅玉。潔娜的心跳停了一下。

是秀敏。

41

北韓，平壤市
龍城區域
馬嵐祕密賓館

趙上校在天亮之前就醒了。他房間加了鐵條的窗戶面向中庭，中庭的中央有棵杜松，到了春天可能蒼翠繁茂，不過現在卻使這地方平添一股淒涼的氣氛。夜裡下了薄薄一層雪，被安全燈照亮的幾塊區域呈現黃色，然而當他抬起頭，卻能看見星星閃著寒光。

他躺回柔軟而溫暖的床上，聽著自己呼吸的節奏，感覺頭腦異常清醒。他已經很多年沒有過這種感覺了。他就像在寒冽的清晨站在山頂，能夠一眼望盡自己的過去，好似眺望一條森林密布的長形山谷。他下了床，往臉上潑冷水，在房間裡來回走了一陣子──從房門走到窗戶是六步，兩面牆之間相距四步──然後坐到桌子邊開始寫字。一開始他的筆畫緊縮而遲疑，不過很快地，他的筆尖愈來愈快地流出文字，他的句子成爲奔騰穿過山谷盆地的河流。當他的肚子開始咕嚕響，一個衛兵用托盤送來一碗麵、一個水煮蛋和一杯濃茶，他還很費力地逼自己放下鉛筆。他把食物囫圇吞下，然後繼續寫。

柳京的和善莫名地給了趙上校鼓勵。他受到那男人吸引，不光是因爲對男人文雅的風度與在這裡的角色之間的矛盾感到困惑──負責看守全民公敵的典獄長角色，也是因爲他幻想在那張有稜有角、充滿人性的臉龐上，能看出明確的理解，對他的理解。那是一張他可以坦承一切的叔叔臉孔。

隨著紙張一頁頁塡滿，趙上校漸漸被一種念頭占據全部心神：他所寫的每個字都是眞的。他把一生都奉獻給了偉大的領袖和親愛的領袖，他勤奮工作，他們的教導給予他動力。他渾身散發最爲人重視的一種美德：忠誠。他甚至具備從來沒人提起卻同樣重要的革命性美德：自欺。他有什麼好招供的？他的職涯毫無瑕疵，他的人生無可指摘。他一定會被證明無罪，永浩也是。柳京一定會藉由某種方式認清這一點的。趙上校不能因爲某個他根本不認識的祖先犯下的罪而被牽連，就像他無法控制他的耳朵長成什麼形狀。

他停頓了一下。在事件發生後幾十年才毀了他的生活的，究竟是什麼罪行？他完全沒有頭緒，幾乎可以確定那是他出生以前的事，不過他試著回想自己最早的記憶裡有沒有任何線索。

他記得在南浦那間孤兒院裡，負責照顧他的護理師散發愛的光輝；那間孤兒院是座很大的別墅，在革命之前是某個富有的船主家。他記得自己眞心誠意地唱著〈我們最幸福〉。他最早學會寫的句子是：「謝謝您，偉大的領袖金日成，讓我有東西吃。」他幾乎還不會走路就懂得向那男人的肖像鞠躬行禮。他是在那有如陽光的微笑中長大的。正如同他深深地敬愛領袖，他也深深地憎恨祖國的死敵：美國。老師們確保他學會這種觀念。

他邊寫邊鮮活地回憶起自己的人生徹底改變的那一天，孩子們都擠到窗邊，看著亮晶晶的黑色伏爾加汽車把來自平壤的一男一女帶過來。當時他四歲。他和永浩上課上到一半被叫出去，在院長辦公室裡，大人要他們背一首詩給訪客聽。那對夫妻開心地笑了，態度充滿憐愛，送他們從強勢貨幣商店買來的糖果和果汁。院長蹲下來配合男孩們的身高，說他們非常有福氣：「這位男士和女士是你們的父母，他們來帶你們回家。」趙上校記得自己當時疑惑又開心。從那天起，他的人生就像受到保佑。他的新家是平壤市萬壽台社區的一座大房子，他和永浩擁有各自的臥室。他們的父親是金日成大學的語言學教授，他們的母親則是空軍的政治學講師，夫妻倆遵從偉大的領袖的呼籲而收養孤兒。膝下無子的他們確實慷慨又有愛心，把趙上校和永浩當作親生兒子一樣對待。漸漸地，他對孤兒院的記憶模糊了，甚至忘記他待過孤兒院，直到青春期他對這世界增強好奇心的時候，才會偶爾想起他的身世。有一次他向母親問起他的眞實背景，她卻突然變了一個人。「過去的就讓它過去。」她用他從沒聽過的語氣說，「永遠別再問這個問題。」

十一歲那年，他剃了頭髮，進入萬景台革命學院就讀。在父親的鼓勵之下，他在足球、北京話和英語方面表現出色；永浩則擅長籃球、物理學和數學。趙上校在大學裡非常用功——認眞學習是向領袖致敬的表現——他的軍旅生涯也如魚得水，因爲軍隊生活很符合他對階級和紀律的偏好。他人生中最自豪的一天，是獲准進入資淺外交使節團的那天，他很快就以談判的長才闖出名號——他恩威並用的溝通技巧爲他的國家贏得極有價值的貿易讓步，也爲自己鋪出一條平步青雲的康莊大道。

趙上校知無不言、言無不盡，渾然不覺時間的流逝。

他的晚餐在托盤上變冷，他甚至沒注意到衛兵什麼時候進來送餐。他看到窗外的太陽開始西沉，讓室內盈滿柑橘色的紅光，中庭裡的安全燈一眨眼全亮了起來。

他描述在五一體育場的大型舞會上認識了他未來的妻子。她把頭上的花送給他，讓她的朋友群情激憤。她的家庭有強大的革命背景，她的美貌令他目不轉睛。締結良好的政治聯姻很幸運；墜入愛河更是天賜之福。他們努力了兩年後終於生下兒子，然而他們對彼此的感情也就此改變，他們所有的愛似乎都轉移到新生兒身上了。他的妻子負責小書的思想教育，不知爲何，這項任務使她的心變硬了，人變冷了。

趙上校的手腕發疼，他暫時停筆，伸展了一會兒。中庭裡有一個衛兵端著步槍在巡邏，來來回回，腳步一絲不苟，當趙上校重新開始動筆，他似乎抓準了衛兵腳步的節奏來書寫。他的證詞已經接近尾聲，他要用他在紐約的成功來作結。要不是有他對美國人畢生的憎恨作後盾，要不是他對國家的愛無窮無盡，那趟任務怎麼會成功？

他不敢再寫了。他無法將從紐約開始的幻想破滅訴諸文字，也不能寫出連對自己都不敢承認的事——對潔娜的感情，以及他洩露給她的祕密。不過……他並不排除把這些事講給柳京聽的可能性。

第二天早晨衛兵送早餐來時，趙上校說他寫完了。沒過多久，柳京來了。

「希望你休息過了。」他說。

「是的。」趙上校立正站好，如同睿智修道院院長面前的見習修士。

「很好，你和我，接下來還有很長時間的工作在等著我們。」

他再次望進趙上校的臉，兩人之間傳遞著一股親密感。**你會受到很好的照顧**，那對眼睛似乎在說。

趙上校深深一鞠躬，把寫好的紙交給他。

一天過去了，然後又一天，趙上校開始搞不清楚時間。他經常在睡覺，夢到妻子和小書，他跟他們在陽光和煦的牡丹峰公園樹蔭下野餐。他一天能吃到三頓豐盛的餐點，感覺自己體重增加了。他每天會被帶到中庭運動半小時，好奇地看著另外兩個做運動的囚犯，直到衛兵喝斥要他眼睛看地上。

☆

過了三天或四天，趙上校被衛兵搖醒。從四周靜悄悄的氣氛判斷，這時已經過了午夜。他被帶下一段樓梯，然後再一段，進到混凝土地下室的長廊，長廊兩側都有一扇扇的鋼鐵門。他被帶到長廊盡頭，進入一個房間，這房間暗到他看不清它的邊界。兩團光暈照亮一張椅子——他們叫他坐上去——還有一張有檯燈的桌子。潮濕的混凝土牆面和鐵鏽散發一股寒意，趙上校忍不住簌簌發抖。他還睡得迷迷糊糊的，過了一會兒才發現柳京坐在桌邊閱讀什麼東西，趙上校認出自己的筆跡。時間彷彿過了一年之久，他們兩人默默對坐，柳京在小小的光圈裡翻頁，偶爾點點頭。等他讀完了，他雙手手指交錯擱在桌上，坐直身體，臉罩上陰影。他的聲音在空曠的黑暗中發出回聲。

「趙尚浩，爲了直搗此事的核心，我需要你的幫忙，沒有你我做不到。你願意跟我合作嗎？」

「當然。」趙上校說。不祥的預感悄悄襲上他心頭。

「這幾個星期以來我都在觀察你，我想要了解你。」他扠起手臂往後靠，因此他的臉整個沒入黑暗中。「這件案子非常棘手。領袖親自挑選出二十個人組成特別任務隊，專門調查你眞正的家庭背景，而我也是其中一員。這下你可知道我們是多麼嚴肅看待這件事，不過一切都是值得的。你值得我們這樣做。過程中花了我們一些挖掘的工夫，然而最終我們發現了眞相。」

「眞相？」趙上校的聲音虛飄飄的。

「是這樣的，你在這裡洋洋灑灑寫的一大篇文字，完全無法解釋你和你哥哥作爲一名被處決的美國間諜的孫子……」

什麼?

「……是怎麼鑽營拐騙才登上備受信任的高位的。」

柳京站起身，面向趙上校坐在桌子上。

趙上校訝異到說不出話來。他腦中亂成一片，努力回想別人是怎麼對永浩說起他們眞正的家人。等他有辦法開口，他勉強說：「我……從來就不認識我眞正的父親或祖父。」

柳京露出遺憾的笑容並垂下目光，幾乎像是替趙上校感到慚愧。「你們的出生紀錄顯示你們出生在英勇的家族中，是一個獲授勛的退伍軍人的孫子。要不是我們聯絡那個退伍軍人的家人，想替你們安排一場小聚會，你們可能就逃過法眼了。他的孫輩表示對你們一無所知，我們就在這時候開始認眞調查，果不其然，你們的出生紀錄是僞造的。」

趙上校的心往下沉。他寄託在自白書上的希望正在崩毀，就像建造在沙子上一樣。

「我們找到了僞造紀錄的公民登記官，很快逼問出來龍去脈。據說你們的生母用豐厚的酬勞賄賂他，讓文件看起來像你和你哥哥是私生子，而你們的父親屬於A級家系。問題是，她爲什麼要這樣做?」

「事實上，保衛部那裡有你母親的檔案。三十年前，她被逮到試圖篡改你父親——你眞正的父親——的紀錄，說他在工作場合的意外事件中喪生。爲了這樁犯行，她被判進入勞改農場服無期徒刑。你母親眞是個勇敢的女人，她兩度冒著極大的危險想保護你們的未來，讓你們有個乾淨的起跑點。不過她究竟想掩蓋什麼?」

「她的檔案引領我們追查到你父親的檔案，你的生父……」柳京彎下腰，從桌子旁邊的公事包裡取出一份檔案，並戴上老花眼鏡。「……叫安天赫，一九七七年十月被逮到試圖駕駛汽船逃離祖國。在人民審判中獲得判決，你出生前一個月，即一九七七年十一月，於他的工作場所——南浦的千里馬造船廠——當著全體員工的面遭到處決。你母親把你和你哥哥留在孤兒院時，刻意略過不提這項事實。」

趙上校的腦袋喧鬧不休。他抬起雙手抱住頭。

柳京輕聲細語地說：「我們有說好你可以動嗎？」

趙上校訝異地定住身體。

「噢，不過精彩的還在後面呢……你父親的檔案帶我們查出你祖父的身分，他叫安允哲。」他扠起手臂，開始繞著桌子踱步。「就各種資料來看，他都是個花招百出的賤民。他是某種四處飄泊的治療師和巫醫，是個在戰爭期間沿著北緯三十八度線兜售神祕服務的鄙陋資本主義者。美軍吸收他，讓他替他們傳訊息給在平壤附近的先行部隊，很可能是以金錢作為回報。我們擊敗美國人之後，他的背叛行為便曝光了。他在一九五四年以間諜罪遭到處決。」

「祖父和父親都是遭到處決的叛徒，還真是『家學淵源』。這是我經手過數一數二惡劣的案例。我可以告訴你，領袖本人非常不高興。他已下令你在外務省所屬的部門進行為期三週的革命鬥爭，好滌清你帶來的不良影響。你原本的同事都被降職了。」他揮揮手，好像這事幾乎不值得提起。「我們關心的問題是你和你哥哥怎麼能隱匿罪行這麼久。」

柳京雙手擱在椅背頂端。現在他緊盯著趙上校，看著他內心的騷動表現在臉上，給他時間和盤托出。但趙上校只能說：「我是無辜的，我一直到現在才聽過這些人的名字。」

審問官微微搖頭，好像趙上校是個被逮到偷東西卻可悲地試圖否認的孩子。

「我們已經釐清你們背叛成性的血脈，沒有任何疑問。我們現在必須知道的是……你祖父的間諜任務是怎麼傳到你手上的，還有他給你什麼指示。」

趙上校瞪著柳京。「你不會真的以為——」

「你那個美國間諜祖父怎麼把他的任務傳給你父親和你？是寫下來的嗎？」

絕望和難以置信的情緒像病毒全面征服趙上校。「眞是太荒謬了！」

柳京微微一笑，搖搖頭，然後迅速瞟向趙上校身後的那片黑暗，趙上校這才察覺房間裡還有另一個人。某張椅子刮著地往後移，皮革摩擦發出唧唧聲。他的手臂被人抓住，手被緊緊銬在椅子後方。他的胃變成冰塊。

審問官扳動一個開關，一組幽暗的聚光燈照亮汙漬斑斑的混凝土牆，牆上有一根鐵桿，桿子上吊掛著生鏽的鐐銬和勾子。

他回到座位，兩手交錯擱在面前的桌面上。他的語氣帶著無比的耐心，說：「你的美國間諜祖父怎麼把他的任務傳給你？他有什麼指示？」

趙上校感覺身陷一個毫無道理的空間。眞相、邏輯、理性都上下顚倒、內外翻轉。他們難道眞心認爲，他是遵照著祖父和父親的命令在辦事？而他們甚至在他出生前就死去了。

「沒人給我指示，我沒什麼可說的。我根本就不認識我的親生家——」

他的右耳遭到重擊，眼前一黑，腦中響起細微而高亢的噪音。他彎下腰，試著把頭夾在膝蓋之間。他從沒感受過這麼灼熱的爆炸性疼痛，痛得咬牙哀鳴，幾乎要暈厥過去。他的大腦癱瘓了。他抬起頭，重重地呼吸，眼睛泛出淚水。

柳京不在桌子邊了。一根火柴擦出火光，倏地照亮房間黑暗的一角，審問官在點菸。

「如果你期望說服我你不是美國間諜，還是省省唇舌吧。」他的姿態很放鬆，他毫無暴戾之氣，然而他已成爲用牽繩拴住狗的主人，握有絕對且致命的控制權。由於趙上校耳朵被打，他講的話在他聽來像是小蟲子在嗡嗡叫。

柳京用指尖捏起桌上趙上校的證詞，拿打火機對它點火，然後丟進一個金屬垃圾桶中，火光短暫地照出大房間裡的面貌，這裡有用固定式拉門隔出的隔間。

「上個月你參訪紐約期間，我們的一個外交官馬祕書在執行重要的黨務時被美國人逮捕了。是你出賣他的嗎？」

「不是！」趙上校瞪大眼睛。柳京看起來沒注意到他有多震驚。

「四天前的晚上，我們爲美國豺狼舉辦的國宴開始前，你跟其中一個女性美國訪客單獨相處了四十分鐘。你確定你沒給她看任何東西，沒告訴她任何事？」

趙上校感覺臉頰發燙。對此他無話可說。

「是吧。咱們可以穩當假設你是美國間諜，是叛徒。但我們還是得解決你的自白問題。」

無助感籠罩他，他感到極度疲憊。他被困在噩夢裡，開始失去所有眞實感，這個過程卻有某種瘋狂的超驗邏輯支持。

柳京摁熄香菸，望著趙上校，眼神彷彿望著任性妄爲許多年的兒子，現在終於得到了他一直都需要的愛之深責之切。「要喝水嗎？」

趙上校點點頭。

柳京讓人取下他的手銬，他們把錫杯裝的水塞進趙上校顫抖的手裡。他一飲而盡，杯子又被拿走。

「我們還會再談。」柳京說，「仔細想想你的自白內容。」他離開房間，趙上校聽到其他腳步聲（最多有五雙穿著靴子的腳）走進房間，聚在他身後，待在他的視線之外。他害怕到不敢回頭看。

有個頭套突然罩在他頭上，他連驚叫都來不及，就被推下椅子。自四面八方來的踢踹，使他的肚子、腿、肋骨、頭都遭殃。他在粗布頭套裡呼吸困難，喘著氣，在地上滾來滾去，徒勞無功地試著保護身體，躲避他看不見的毆打，踢踹挾著龐大的野蠻如雨點落下，踢他的脊椎、睪丸、髖骨和腳踝。他大喊求他們停止，只要停止，要他做什麼都行。咚的一聲，他的太陽穴中了重重的一腳，眼前滿是橘色鑽石，然後他失去了意識。

☆

他甦醒後發現自己躺在一間小牢房的混凝土地板上，鐵網包著一顆嗡嗡作響的燈泡照亮囚室。這個空間僅長一百五十公分、寬六十公分，根本無法站直或躺平。他腳邊有一碗很稀的鹹湯，表面漂著幾粒玉米，早就冷了。他完全不知道自己昏過去多久，也不知道現在幾點、是白天還是晚上。零下的氣溫使他的身體幾乎立刻就不受控制地發抖，他卻連抬起手臂抱住自己都做不到。他的身體像是綻放疼痛的花圃，從頭頂到腳跟無一處不痛。

門上的窺視孔動了一下，一隻眼睛出現在門外。他聽到一個衛兵對另一人說話，接著門開了，他們兩人伸手進來握住他的腳踝，把他拖出去。他當下就明白了：他到目前爲止受的折磨只不過是例行的緩和程序，只是前奏。

他眞正的噩夢現在才要開始。

42

華盛頓特區
喬治城
O街
聖誕夜

潔娜把禮物放到車上，打給母親說她在路上了。對她們兩人來說，聖誕節都是一年中很難熬的日子，它赤裸裸地提醒她們現在她們家只剩下一半，這只會使潔娜本來就低落的情緒更加惡化。

上星期任務團從平壤歸來時，費斯克在安德魯斯空軍基地等她。當時已過午夜，她很感激有車可以搭。但是他們上了他的車以後，她一說「我見到我妹妹了」，他便訝異到沒有直接開車送她回家，而是坐在空蕩蕩的停車場，聽她敘述跟趙上校進行的瘋狂行動、她在別墅看見的混血孩子，以及趙上校給她的檔案資料。「我們面臨國土安全的威脅。」

費斯克瞪著虛空，消化這一切，然後才轉動鑰匙發動引擎。

最後他喃喃說：「我真心沒料到妳妹妹還活著。」

潔娜把頭靠在涼涼的玻璃上，閉上眼睛。她累壞了，只想倒在床上。車子沿著空曠的高速公路駛向喬治城，快速經過上方投下的一團團路燈光暈。

他說：「這些……育種計畫出來的間諜，有沒有可能已經開始執行任務了？」

「根據那份檔案，年紀最大的十九歲。」

「眞是好極了，所以說他們可能已經進入我們的大學校園了。」

「有可能。」

他哼了一聲表示不可思議。「萬能的耶穌啊……長程飛彈試射、祕密武器實驗室、看起來像外國人的子弟兵……」

時差、疲憊和飢餓在潔娜體內結合，製造出一股怒氣。不然他以爲怎麼樣？金正日統治的北韓就是一幢鬼屋。**打開門，你在每個房間都會發現一種恐怖的東西，從地窖到閣樓……**

他轉進O街，改用比較溫和的語氣問：「秀敏的事妳打算怎麼辦？」

潔娜陰鬱地望向空空的街道。這件事就跟與北韓相關的所有事一樣，根本沒有好的選項。

「我不知道。」

她正準備下車，他說：「很抱歉，不過關於那棟別墅和相關計畫的事，都必須保密。」

一直到她進了公寓才意會到他爲什麼要這麼說——意思是她不能向母親吐露半個字，不能送母親自己迫切想送的聖誕禮物：知道潔娜親眼看到了秀敏。知道自己的女兒還活著。

隔天她到蘭利市進行簡報，然後坐下來翻譯檔案資料。

☆

她把該帶的東西都打包好了，準備開十八公里的路去安南岱爾；她正在鎖大門時，便聽到家用電話在響。她通常不會理會家用電話，但這次不知爲何她遲疑了。最近遇到太多光怪陸離的事，連最平凡的狀況似乎都暗藏玄機。她打開門鎖，衝回屋內，趕在通話轉進答錄機之前拿起話筒。

一個講話輕柔的白宮女職員請她稍等，將爲她轉接長途電話。

白宮？

潔娜聽到咔的一聲，線路開始轉接，然後是長長的停頓。突然間，她有一股強烈的預感，好像天大的好運即將降臨。

「女士？」現在線上換成男性職員的聲音，她已經猜到他下一句話要說什麼：「美國總統要跟您說話。」

她用盡全力才沒有嚇得把電話丟到沙發上。

接下來她只知道那個熟悉的男中音在跟她——潔娜．威廉斯——說話，在她自己家。

「威廉斯博士，我剛看完妳的報告……」

她張大嘴巴，腦中亂成一片，迅速翻找記憶。**哪份報告？**她汗如雨下，穿著大衣、戴著圍巾被釘在原地。

「……我得說妳真厲害，能讓我坐直身體的建言並不多，但妳的是其中之一。」

她的聲音細如蚊鳴。「謝謝您。」

他說的是……她的腦袋設定成功、連上線了。**應付金正日的「新點子」**。一個月前中情局局長要她寫的報告。

「我得問妳——這些都是妳自己的想法嗎？」

「是的，先生。」

「我對妳的論據很好奇，它很……違反直覺。」

這不是她第一次認眞覺得不知所措。「我猜是有一點……天馬行空。」

他笑了，有那麼一會兒，她能體會對方復興運動者的魅力。「我會用激進來形容。唔，聽著，也許不會有什麼結果，因爲我絕對說服不了國會。但我還是想深入探討一番。我要把妳的報告拿給國務院看，他們會跟妳聯絡的。今年聖誕節妳要跟家人一起過嗎？」

「跟我母親韓氏。」

「祝妳們二位佳節愉快。」

這段對話只持續了幾秒鐘。她在熱血沸騰、心臟狂跳的出神狀態中盯著話筒看了一會兒，不過她已經能感覺到心情在胸中像汽水泡泡一樣往上浮，接著她突然尖叫一聲。她終於有大消息可以告訴母親了。

稍晚，她在安南岱爾韓氏家的電視新聞中看到他，才醒悟到他是在夏威夷度假時打給她的。

聖誕節後三天，她回到「農場」接受訓練，在食堂裡開始有她不認識的資深中情局人員向她打招呼，與她眼神接觸，側身讓她先過，好像她隨身攜帶光環。她很快就得知，她想出的點子已經像漣漪在華盛頓政治圈擴散，甚至傳到圈外，擾動原本像一池死水的意見。

43

北韓，平壤市
龍城區域
馬嵐祕密賓館

陰暗的審問室裡，面對趙上校的是張新面孔，那是個比他還年輕的軍官，穿著筆挺的軍服正襟危坐。他挪動身體的時候，從肩膀連到槍套的皮帶會嘎吱作響。他的頭閃亮而平滑，看起來就和月亮一樣渾圓而蒼白。他的眼睛不帶任何情緒地望著趙上校，有著晶亮黑色帽簷的軍帽放在身旁的桌子上。

「你的美國間諜祖父怎麼把他的任務傳給你？他有什麼指示？」

趙上校覺得自己已經被倦怠和飢餓搞垮了，他恍惚地搖搖頭。

「我根本沒見過我祖父和父親……」

「你的美國間諜祖父怎麼把他的任務傳給你？他有什麼指示？」

他的頭垂到胸前，不發一語。他身後的某個人朝他跨出一步，他用眼角餘光瞥到有個東西揮向光暈底下，像是猴子具備抓握力的尾巴。那是一條伸展開的鋼索。

有時候他們用鋼索打他，有時候用木棒。他在混凝土地面上自己的血泊和尿液中扭動，像動物一樣嗥叫。如果他失去意識，他們會潑水弄醒他。他第一次被潑醒後，發現身上衣服濕透，冷得像冰，嘴巴裡都是血和碎掉的牙齒。粗魯的手把他拖起來，讓他坐回椅子上，訊問繼續進行。其他時候他被皮帶鞭打，但那時他的腿和手臂會被牢牢固定在椅子上，沒辦法移動任何一塊肌肉來保護自己。

有時候他覺得聽見柳京在他身後的黑暗中叫他們停止打他，但那個年輕軍官的提問毫不懈怠，而且問題的內容永遠都一樣。有一、兩次他失去耐性，用手甩趙上校耳光，打到他耳朵的傷處，因而他會聽見類似金屬聲的尖銳耳鳴。

趙上校的身體漸漸麻痺了，他們不時會暫停一會兒讓他能消化和品嚐疼痛的滋味，而他在這種時候總會困惑地發現，他們幾乎毫不關心他在晚宴開始前跟潔娜避人耳目共度四十分鐘到底做了什麼：對審問者來說，那純粹證實了他有罪。對他們來說最重要的事，驅動他們不斷訊問的動力，是他們迫切想知道他那背叛成性的血脈是怎麼隱藏眞相的，竟容許他欺下瞞上地掙得備受信任的高位，讓他可以當面傳遞訊息給他的美國金主，他哥哥更成功接觸親愛的領袖的私人事務。

慢慢地，在一次又一次重擊之間，趙上校開始懂了。就這麼重大的背叛而言，殺了他遠遠不夠。他們需要他眞心誠意的自白，他必須在被槍斃前哀求寬恕，必須聲明他對領袖滿心懺悔和敬愛。一切都牽繫於此。在達到這個目標之後，他的死亡只是行政上的細節罷了。

他不確定有多少回，他一邊遭到凌虐，他們一邊嘲弄地講著他家人的命運。「你的兒子被流放到北方山區的村子去了——因爲你，姓趙的。你老婆自願跟他一起去。」當他聽到這個消息，他內心有一部分死了。**他的家人流落到荒山野村？**有幾分鐘時間，審問官看著他痛哭失聲。「現在就認罪吧。」男人柔聲說，「那他們就可以回到平壤了。你兒子可以回去上學。」但趙上校對這個體系有足夠的了解，知道審問官是騙他的。眞相恰好**相反**。**如果他認罪**，小書會被打入更加悲慘的境地——勞改農場，有去無回。

認罪的美國間諜之子。

趙上校確切地認知到這一點，所以刑求的過程愈是漫長和殘酷，他就愈是堅定不認罪的信念。這幾乎已成為一種超自然的決心。這是他不會交出來的珍珠，他絕對不拱手讓人的寶物。反正他很快就會死在這裡了，在他死之前，他們別想從他手裡把東西挖走。

這是他唯一的武器，他唯一能保護妻子和兒子的機會。

審問夜以繼日地持續著。有時候是那個剃光頭的年輕軍官，有時候是別人，每個都很年輕。柳京只偶爾參與，但趙上校頗為肯定他經常在房間後側默默觀察。兩次、四次、六次，他不確定，毆打會突然停止，他們把桌子搬到他的椅子前面，桌上擺著白紙和鉛筆。每一次，趙上校都會用愈來愈不穩定的字跡寫下跟上一回相同的內容，或是相同內容的概要。審問官會仔細讀，搜尋漏洞，搜尋可以用來掰碎他的裂縫，然後那些紙會在他眼前被撕碎。每一次，趙上校都好恨，恨意像是噴燈在他體內燒出火焰。

沒過多久，他因為缺乏睡眠而精神錯亂。審問官的話聽起來像在水底發出來的。他抓不住問題的意義，喃喃道：「我不懂。」於是遭到更惡劣的拳打腳踢。

除了隱隱約約感覺得出來幾天已經延伸成幾週之外，他根本不知道自己已經在馬嵐賓館的刑求室裡待了多久。其中有一天他被留在那個極小的囚室裡，奉命低著頭盤腿坐著，維持一整天。囚犯哪怕只是動一下眉毛，衛兵都會猛然拉開門，用樺木棍揍他。他們在囚室外來回走動，留意最輕微的違規事項。他經常想到自殺的念頭，卻根本不可能實現。以這個姿勢坐了十個鐘頭後，他連路都不能走了。

隔天，他們拽著他的臂膀把他拖進審問室。柳京在等他。他動也不動地坐在桌邊，用他親切而沉思的面容打量趙上校，像是一位德高望重的學者。

他在開口前先深吸一口氣，顯然十分失望。「趙尚浩，你爲什麼要這麼爲難自己？你是想救自己一命嗎？」

趙上校十分警覺，他心臟狂跳地傾聽背後有沒有任何動靜，但室內似乎只有他們兩人。

「爲難我的人是你。」

「如果你想的話，事情可以馬上結束，我能幫你。」桌上放著白紙。柳京拿起鉛筆。「你救不了你自己，但你能救你兒子，他是無辜的，不該受你連累。好了，不如我們一起來寫吧？」

「滿口謊言的混蛋」這幾個字像毒霧瀰漫趙上校的腦海。又過了漫長的一段停頓時間，期間趙上校鐵了心盯著地板，然後柳京起身離開。

那一天，他靠雙手支撐吊掛在那根鐵桿上。他的腳尖只能勉強挨到地面，手銬割傷他的手腕，他的腰感覺像要從軀幹上被扯下來。衛兵多次毆打他的腿，以致於他的腿腫得像樹幹一樣。即使到了這個地步，他都還沒有遭遇最壞的狀況。他們把他送進一個囚室，那囚室小到他得彎腰駝背，而且半個身體都泡在冷水裡。他被丟在那裡整整兩天，失去意識後，他又被拖了出來，醒來時眼前又是白紙和鉛筆。他們把竹片戳到他指甲底下，一片一片撬掉他的指甲，逼他認罪；在他的慘叫聲之間，他們有時好言相勸，有時對著他耳朵大聲辱罵，然而這一切都比不上水牢的可怕。

他沒有認罪。

有一天晚上他被帶到外頭呼吸冰冷而清澈的空氣，這是幾週來的第一回。他奉命跪在中庭被壓得密實的雪地上，不可以亂動。雪花落在他的頭髮和臉上。他跪在那兒好幾個小時，就像石造裝飾品。過了一個鐘頭左右，他便不再劇烈顫抖，他變得麻木且異常平靜，衛兵們則穿著厚厚的兔毛外套來來去去。他們命令他起身時，他站不起來，他們只好把他拖回屋內。

漸漸地，刑求變得不規律。有些日子他們讓他留在囚室裡餓肚子，或是給他很鹹的湯但沒有別的東西可喝，讓他渴到難以忍受，舌頭都變得黏答答的。粒米未進幾天之後，他的二頭肌變得跟手腕一樣細，腿卻腫到幾乎不能坐。他們再把他帶出囚室時，他訝異地發現自己來到溫暖的衛兵食堂，坐在角落裡看著他們吃白飯，以及從大陶鍋裡舀出來的熱騰騰豬肉蘑菇燉湯。他的肚子餓到劇痛，衛兵們嘲笑他的表情。白紙和鉛筆送到他面前，再加上他剛好搆不著的一碗飯和燉湯，旁邊還有一大塊新鮮麵包。

趙上校轉頭不看，淚水滑落臉頰。

幾小時後，一個穿著骯髒白外套的男人進入他的囚室，摸了摸他的脈搏和骨頭，在他已經感染流膿的傷口塗上涼涼的藥膏。他叫趙上校脫下連身服，現在它已成爲又髒又臭的破布。男人用酒精棉片清潔他飽受蹂躪的身體，讓他換上乾淨的衣服，然後拿出針筒給他注射某種物質，他感覺到極樂，接著精疲力盡地墜入類鴉片藥物帶來的睡眠。

他醒來時，仰望著柳京的臉。對方一手摟著他，好像趙上校是受到深愛的垂死孩子。他講話輕柔而親暱。他們在一間灑滿陽光的明亮房間裡，牆壁是白色的，讓趙上校看了眼花。他在這裡待了多久？窗外的樹木都長出了嫩綠的新葉，白雲有如飛船緩緩飄過。

「親愛的領袖是我們偉大行動的頭腦。」柳京說，「他的心智讓我們永不傾覆地走在歷史的軌道上。他無所不知，永不犯錯。趙尙浩，你認同嗎？」

趙上校感覺幸福漫向全身。柳京的眼神閃耀著多麼睿智、多麼寬容的光芒啊。

「是的。」他說，感覺微笑在臉上漾開。

「既然領袖是頭腦，黨就是行動的心臟，軍隊則是力量與肌肉，是不是這樣？」

趙上校點點頭，像個受到引導演練簡單算術的男孩。

「大眾——勞工、農民、建築工——他們是器官和神經系統，他們是行動的細胞和命脈。他們被免除了獨立思考的重擔，因為大腦承接了這個重責大任。」柳京的眼神浮現痛苦，表情充滿同理。「但是如果我們發現身體裡任何一個細胞染病了，如果我們找到了腫瘤，即使它已經隱匿了三代之久，我們也不能容許它繼續存在，或是繼續成長。趙尚浩，你應該明白這個道理吧？不忠必須被割除，必須徹底消滅，這樣身體才能繼續永垂不朽。」

趙上校閉起眼睛，不想破壞了柳京那套邏輯的美感。

「如果我們不把它連根拔起，我們就等於危害了自身的未來。我知道你會了解的。現在就動手吧，替你自己免除更多不必要的磨難。為了愛護我們的人民，動手吧。寫下自白，領袖會原諒你的。平靜地死去，你的心裡帶著他的感謝，你的兒子能安然無恙……」柳京溫柔地把趙上校放在地上一塊舒適的墊子上。他輕得像根羽毛，全身只剩皮和骨頭。有人用托盤端來一碗熱騰騰的豆羹，趙上校像隻餓犬狼吞虎嚥，柳京在一旁看著。那疊白紙和鉛筆在趙上校渾然不覺的情況下出現，整齊地放在墊子旁邊的地上。

趙上校說：「你把永浩怎麼了？」

「他很快就徹底認罪了，他問心無愧地死去。」

柳京走了，把門鎖上。

趙上校看著白雲飄過，聽著一隻松鴉在屋簷上啾啾叫。太陽朝西移動，他看著中庭裡的影子變長。他看到中庭裡的杜松開始開花了，樹的周圍有一團團的小昆蟲在飛。空氣瀰漫著春天的氣味。

柳京在好幾小時後回來，趙上校盤腿坐著，背靠著牆壁。

白紙仍然是空白的，連碰都沒碰過。

他望著審問者的臉，想要用了然的表情回應對方，卻饒富興味地看到那雙眼睛裡沒有憤怒或是挫折……而是帶著恐懼。

有兩天的時間，趙上校被關在普通牢房裡，這牢房有窗戶和毛毯，還能吃到高麗菜湯和玉米粥。衛兵沒有騷擾他，他陷入深深的恍惚狀態，開始分不清白日夢和眞正的睡眠之間的區別。他經常想起小書。有一次他猛然坐直身體，看到他的兒子趴伏在他前方的地板上，繫著少年先鋒隊的紅領巾，在讀他的學校課本，影像清晰無比。「在祖國解放戰爭的一場戰役中，朝鮮人民軍三個勇敢的叔叔消滅了三十個美國帝國主義混蛋。試問參與戰爭的士兵比例爲何？」小書抬起頭看他，露出他可愛的笑容。趙上校淚如泉湧，當他的視線恢復清晰，這裡卻根本沒有人。其他時候他會想到親愛的領袖在辦公桌前工作到凌晨，簽署逮捕令，在香菸的煙霧中打電話下達命令，事必躬親地管理他親信的私人生活。他回想自己見到金正日的少數場合。他的態度既詭譎又迂腐，看著你的眼神帶有古怪的嘲諷。

第三天他們來找他，而他已經準備好了。他不再覺得憤怒，他跟自己和解了。鎖鍊扣上他的手腕和腳踝，但他在中庭裡沒看見木樁和行刑隊，只有一輛有篷蓋的綠色俄國卡車。他們命令他爬上車斗，衛兵們跟著他上車。他還沒來得及問要去哪裡，就瞥見步槍槍托砸下來。他昏了過去。

☆

趙上校對他在哪裡毫無概念。卡車開了好幾小時。他是唯一的囚犯。天色很暗，還要幾小時才會天亮。他們命令他下車，叫他跪在地上。在微弱的黃光中，他看到眼前是一片低矮的灰色監獄建築群。他聽到狗叫聲。明亮的探照燈由高聳的瞭望塔上往下照，掃過前院的區域。圍牆頂端裝著螺旋形的帶刺鐵絲網。他身在一座大型勞改營的入口區。

這完全出乎他意料之外。他能夠來到這裡、他沒有心臟中彈被埋進土裡的唯一理由，就是他沒有認罪。

他看不出來在那令人目盲的強光後方，這地方的規模究竟有多大，但他感覺自己正要進入另一個宇宙，那裡的自然法則都自成一格。

「眼睛看地上！」其中一個衛兵暴喝。

趙上校驚恐地垂下頭。他聽到有人走近，身邊還帶著一條吠叫的狗。從衛兵對他說話時使用敬語判斷，趙上校猜想這個人是資深的監獄官員，或許就是副部長本人。衛兵遞了一張表格讓那人簽名，他咯咯直笑，好像收到驚喜的禮物。

「美國間諜？」他頭部的影子朝趙上校垂下，嘲弄地向他致敬。「歡迎來到二十二號集中營。」

趙上校幾乎因爲事實太過諷刺而笑出來。他在紐約的晚餐桌上曾向潔娜否認有這座集中營——那個世界似乎好遙遠、好不眞實啊——現在這座集中營卻準備把他的生命吸入它黝黑的心臟。

他手上和腳踝的鎖鍊被解掉了。他們正要帶他通過大門時，遠方傳來隆隆的聲響，聲音很低沉，像是重型火砲發射的聲音，聽起來源自他右邊的遠處。他原本猜想是雷聲，直到他看見熾烈的橘色火焰衝向雲朵，曳出一杜煙霧，把夜晚變成了白晝，這才意識到那是火箭試射。衛兵都停下來看。

他被關在新囚犯專用的拘留室裡，聽得到衛兵在隔壁房間用餐，他們講話帶有咸鏡北道的粗野口音。

過沒多久，他們給了他一盤殘羹剩菜，叫他換上藍色粗尼龍布材質的制服，那身衣服散發屍體和凝固膿汁的惡臭。接著同一個資深官員走進房間，不懷好意地看看他，好像想趁他被永久毀容之前記住他的臉。然後官員移開目光瞥向攤開的檔案夾對衛兵說：「家庭區，四十村，二十一屋。」

趙上校心臟緊縮，感覺雙腿一軟。

我的家人在這裡？我的妻子和兒子？

在這可怕的地獄裡？他們會因爲被他連累遭此厄運，人生徹底毀滅，而對他說出恨意多麼深的話來？他感覺到極大的痛苦和絕望，幾乎要昏厥過去。*他早該認罪的！*那雖然不會有任何用處，但他至少能用自己的死亡解他們的恨！

沒有任何事物能逃離這個國家。它殘酷的機制會讓他和親人在獄中重聚，無論結果會如何。

他聽見一個聲音，卻沒有馬上意會到那是什麼聲音。他體內迸出瘋狂的嗥叫聲。他開始用拳頭搥自己的臉。

「這傢伙在搞什麼鬼？」衛兵說，重重踢他的膝蓋讓他跌在地上。

他在另一輛卡車後頭流著悲慘的淚水。現在他下定決心要把握第一個機會結束自己的生命，他不在乎怎麼做，這個決定讓他稍微冷靜下來。他想著迫在眼前的衝突場面，他妻子的責備和憤怒，他兒子的不解和創傷。他們的身體狀況會是怎麼樣？他的妻子長得很美，那些衛兵可以對她予取予求。

噢，他簡直無法忍受多活一小時。

車子在崎嶇不平的路上開了至少三十分鐘，足以讓他體會到這座營區有多大。最後，他們命令他下車。藉由衛兵的提燈光芒，他看到一排用易碎的泥磚和稻草屋頂建成的簡陋小屋。整個地方都瀰漫著排泄物的臭味。現在他沒有被戴上手銬腳鐐，在這個新宇宙裡，那些都是多餘的。他們把他帶到一間已經半崩塌的破屋外，屋子的建材有一部分是玉米莖，牆上用油漆寫著「二十一」。唯一的窗戶嵌的不是玻璃，而是灰色塑膠紙，它在冰冷的風中發出啪啪聲。其中一個衛兵把他推到新家門口，趙上校懷著沉重的心情把門拉開。

有一支蠟燭插在罐子裡，搖曳的燭光映照出壓實的泥土地面，這地面倒是出乎意料地溫暖。屋子一角有一團破布，趙上校訝異地看到那團破布抬起頭。那個女人年約六十，一頭銀髮，燧石般的眼睛狐疑地打量他。在幽暗的光線中，他看到那是一張布滿溝紋和陰影的囚犯面孔。

趙上校大惑不解，一時說不出話來。

衛兵把他推進屋。

「你是怎麼回事？看到你親娘不開心嗎？」

44

北韓
咸鏡北道
二十二號集中營
二〇一一年八月

「快一點，妳們這些臭婊子。速度加倍，否則有妳們好看！」

廚房裡吵得人耳朵都快聾了，雖然其實沒人交談。衛兵們在叫囂，廣播無限循環地重播同一篇演說，在酸氣蒸騰的熱氣裡，交雜著持續不斷的金屬長柄杓、平底鍋和飯盒碰撞的哐噹聲。

女孩們都配合集中營毫無人性的步調在工作。沒有人偷懶，否則在她們還來不及跪倒在地向衛兵求情之前，她們就會失去這份好差事。在集中營的宇宙裡，廚房工作是人人渴求的職位。你可以偷撿地上的穀粒和豬圈裡的菜湯，你不必在田裡或礦坑裡操勞到背都斷了，你甚至可以拿到玉米葉來擦屁股。但女孩們付出了代價。有些人是因為打小報告而獲得這工作當獎賞。或者更糟的是，她們贏得某個衛兵的保護，他可以對她們做任何事，在儲藏室裡、在豬圈後頭、在森林裡。懷孕的女孩會被帶走，從此再也沒出現。

文太太避免和她們有眼神接觸。她能獲得這份工作，是因為警方紀錄把她的職業登記為

「廚師」。她負責爲衛兵而不是囚犯準備餐點，因此他們給了她清潔用的肥皀和熱水，而且不像那些女孩一樣裹著骯髒惡臭的破布。她吃的是衛兵食堂留下的剩菜，還可以偷帶食物出去給她的兒子，讓他能維持體力。

我的兒子。

三十年來，她在夢中呼喚兩個兒子。有時候，在睡眠和清醒之間的剎那——天剛亮的時候，那時通往靈界的通道是暢通的——她會強烈感覺到他們的存在，如果繼續閉著眼睛，她甚至能伸出手握住他們的手。她從來就不敢抱著希望，希望還能在這世界上再見到他們任何一人。

可是，噢，命運的轉折是多麼殘酷而善變，竟把其中一個兒子帶到這個地方與她相會。他到來的那一晚，當她看見他站在小屋門口，她的困惑只花了幾秒鐘就變成透澈的認知。在燭光下，她在他臉上看到自己的容貌。於是她知道他是誰了，當下她遭遇畢生最大的打擊。他們瞪視彼此，中間彷彿隔著幾十年光陰。最後她說：「我叫文聖愛，我是你媽媽。」

他詫異到說不出話，可是隨著新的現實悄悄漫過他，他的臉上盈滿矛盾的情緒。她站起來想擁抱他，但他轉過身避開。那股揪心之痛差點讓她當場死去。

雖然他們得共用小屋裡唯一一條毛毯，他卻有很多天保持沉默。他對她充滿厭惡，也不費力氣去掩飾這一點。她對他的恐懼只比內疚略遜一籌，內疚蠶食著她。他是因爲她才會來這裡的，這是唯一的解釋。她沒能成功掩蓋家族的歷史。她對不起他。對他來說，她就像是代表噩耗的烏鴉，一個摧毀他人生、來自過去的陌生人。然而他們是一家人，因此必須住在同一間屋子。國家才不管他們彼此全然陌生的事實。

因此她放過他，她疏遠的兒子。她沒有跟他說話來害他難堪，她甚至不知道他後來用的是什麼名字。他全身覆滿煤灰回到小屋，因飢餓和疲憊而發抖；而她轉過身假裝已經睡著，只在鋼製平底鍋裡替他留著保溫的食物。他們趁對方沒注意時偷偷觀察彼此，她能感覺到他的目光。她打從第一眼見到他就知道他不習慣做粗活，她立刻憂心忡忡。他該怎麼熬過在細窄的隧道裡採礦、推著沉重的推車，還有衛兵的暴虐？他能在多短的時間內調整心態，接受吃老鼠、蛇和蛆來活命？她對他的擔憂超過擔心家裡的泰賢該怎麼靠自己填飽肚子。男人沒了老婆都是一群廢物。

因此她開始爲兒子鋌而走險。她可以輕易把高麗菜葉和馬鈴薯皮夾帶在衣服夾層裡，肉就危險多了，有可能被衛兵的狗聞到，但她成功偷出幾小塊帶著軟骨的豬肉，她把肉燉熟，留在那兒給他吃，自己跑去睡覺。

他來了之後大約一個星期，她在凌晨時分被他哀鳴的聲音給吵醒。當時是初夏，天空已經有了亮光。他背對她側躺著。她彎腰去看他，發現他的眼睛又腫又紫，全身都有嚴重的瘀傷和割傷。衛兵用這種方式馴化每個新來的囚犯。她不發一語地點起火爐燒熱水，並用手臂摟住他。他並沒有把她推開。她開始擦拭他的傷口，用圍裙邊緣替他清潔。他頭枕著她的大腿睡著了，她的眼淚撲簌簌掉在他頭髮上。

到了早晨，他頭一回直視她的臉，她在他眼中看到接納的光，雖然還稱不上是親情。

幾天後他又被打了一頓，她再次照料他，盡可能護理他的傷口。她把自己的食物讓給他，說她不餓。那天晚上她躺下來準備睡覺時，他試著對她說什麼，卻只喊出一句「歐瑪」就哽住了。她聽到他開始默默地哭泣。她會給他時間，這事急不得。

隔天晚上，他第一次對她說話。他用十分生硬的語氣說：「請好心告訴我我的身世。」

於是她用了連續幾晚的時間告訴他。他得知他是在西邊的港都南浦出生的，他的父親是造船匠，母親是廚師。他的本名叫安尙浩。

「你爸爸心地很善良。」她說，「也很英俊，你長得很像他。他對船很有一套，在南浦負責維修漁船。我們結婚後不久，他被表揚爲模範勞工，造船廠爲他舉辦典禮。之後你哥哥出生了，我們的未來看起來穩當又美滿。模範勞工都會受到鼓勵成爲黨員，所以你爸爸申請入黨。」文太太的目光飄向火爐。「然後他們查了你爸爸的階級背景，那要花幾個月的時間。你爸爸是在戰時出生的，那時很多出生紀錄都不見了或是沒有歸檔，等他們終於找到他的紀錄，我們受到很大的打擊。他在戰時跟家人分開了，對父親幾乎沒有印象。美國間諜？誰知道是不是眞的？紀錄是這麼寫的，所以事情就這麼定了。情況眞是糟糕透頂。你爸爸被造船廠開除，我們的社會地位在一夕之間被打到最底層。我們沒有未來，他知道他的餘生都將是做著卑微工作的邊緣人，他將不分晝夜地受到監視。因此他擬了計畫，要偷一艘汽船帶我們去南方。那時是十月，我們等待起濃霧的早晨降臨，要那種持續一整天的霧，我們才能悄悄溜過海上巡邏隊。我們要在連個羅盤都沒有的狀況下往南航行八十公里，但你爸爸是很厲害的水手。我們等待的早晨來臨了，霧濃得像羹湯，一切都很完美。港口一片死寂。他先出發，我抱著你哥哥隨後跟上，以免別人起疑……」她嘆口氣，回憶使她面容悽愴。「我到港口時，看到五個特務從霧裡跑出來，在船旁邊逮捕他。他們早就盯著他的一舉一動，他連一絲機會都沒有。如果我早幾秒出現，他們也會逮捕我。一個月後，他在人民審判中被吊死，面前是表揚他爲模範勞工的同一群人。當時我懷著你，已有八個月的身孕，但他們逼我站在前排觀看。爲了保護我們，我跟保衛部說我丈夫騙了我他的階級背景，也完全沒告訴我他計畫逃跑……」她鄙夷地哼了一聲。「他們總是願意相信這種說詞。不過從那天開始，我活在一片烏雲底下，我面臨可怕的抉擇。如果我把你和你哥哥留在身邊，你們將面臨活在社會底層的人生，沒有機會得到快樂、好的婚姻或像樣的工作。而且我自己也很吃力地要生存下去。所以我更改了你們的出生紀錄。我賄賂南浦的一位國家登記官，讓你們的父親看起來像是出身當地的英勇家族，那是你爸爸接受審判之前我們就熟識的一個退伍軍人家族。然後我就把你和你哥哥送進南浦孤兒院。」淚水默默滑下她的臉頰。「那是我做過最困難的事……」趙上校伸出手臂摟住她，他的母親，藉此緩和她的輕顫。「……但是你們的未來取決於此。我必須隱藏你們的背景。爲了更加萬無一失，我等了四年，然後我試著把你爸爸的死因改成『意外』，把那些要命的細節刪去。我猜想等你和你哥哥長大成人，就算有人去查，眞相也早已石沉大海。這一次，登記官告發我，我被流放到北方的山區，白岩郡的一座勞改農場，我在那兒住了二十八年。」他們一齊哭了，臉上都是亮晶晶的淚水，握著彼此的手。

有那麼一會兒，兒子近在眼前的奇蹟讓文太太覺得在二十二號集中營的生活變得可以忍受。多數家庭下工後回到小屋時都身心俱疲、徹底絕望，而她和趙上校卻會清醒地躺著好幾小時。她聽說了媳婦和孫子的事，她驚嘆於他去過美國。趙上校則得知他有個叫泰賢的繼父，他是個礦工，她在白岩郡與他相識進而結婚。

她告訴他，她的父母在她被流放後不久便雙雙去世。她認爲他們是基督徒，會偷偷跟其他信徒聚會——這是她埋藏在心裡幾十年的回憶。「這裡也有基督徒。」她喃喃地說，「他們被禁止望向天空，必須時時垂著眼皮。」

「歐瑪，那妳呢？」趙上校說，「妳會望向天空嗎？」

文太太瞪視牆壁。她沒有答案。

很快地，趙上校使她感覺又像個人了。但在二十二號集中營這種地方，擁有人性可能帶來致命的結果，那會使囚犯變得不堪一擊。她很早就學會，要在這地方生存，你必須忘記你曾經是個人。你必須成爲一隻動物。而現在，在這地獄裡，她的感覺不再麻痺，她的良知重新甦醒，七月進入八月時，她感覺自己墜入黑漆漆的低潮中。起初她向他隱瞞，裝出歡快的表情，但不久後她便藏也藏不住，他深深地爲她擔憂。她在睡夢中說想死，想自殺。她不明白她都不想活了，她的身體爲什麼還會繼續運作。他對她說：「保持希望，我們就能生存。我們有彼此啊。要是妳死了，我該怎麼辦？」光是這句話就幾乎令她心碎。

但是文太太低潮的原因，並不是匱乏或汙穢或殘暴。

她攪拌平底鍋裡的高麗菜葉，想像她在滾水的氣泡間看到某種惡毒的東西，然後她冷靜地瀝乾水分，同時廚房裡的女孩在她周圍忙得團團轉。

文太太和女孩們一樣，也付出某種代價來換得在廚房工作。而她做的事比任何告密行爲都更惡劣。

在趙上校來之前，她求生的意志力把所有感情都驅趕殆盡。現在那股恐慌從影子裡伸長手要摸她，它跟著她，輕喚她的名字，拂過她的頸後，在她回頭看的瞬間消失無蹤。

她把裝著燙高麗菜的平底鍋端出廚房，一名武裝衛兵走在她身旁。每次陪她去的衛兵都不同，她聽說他們在食堂裡抽籤進行這項工作。

她走了一小段路穿過果園，走向嵌在山谷前端的新實驗室建築群。右邊種著好幾排蘋果樹，左邊則是李樹，但即使那些樹開著花，讓空氣芬芳無比，她仍刻意避免去看它們。那些樹下是埋著被處決的囚犯淺墳，以他們作爲肥料的土壤種出了遠近馳名的果實。又大又甜的蘋果，在北京價格高昂。又軟又香的李子，出口到日本。

通過柵門後，一段短短的混凝土車道直通建築群的主要入口。衛兵在門旁的鍵盤上輸入密碼，門自動打開，他們一腳跨入另一個世界。乾淨的髮絲鋼表面，光可鑑人的白色地板，明亮的頂燈，過濾的空氣。戴著口罩、身穿藍色連身服的科學家在走廊與他們擦肩而過。

他們走到巨大實驗室的接待區，實驗室本身在厚玻璃和真空密封門後方，門前矗立著特殊的機器，訪客必須穿過機器來吹掉衣物上的汙染物。衛兵對接待員說要找首席科技官鄭博士。幾分鐘後鄭博士來了，他態度直率、頭頂微禿，臉龐和嘴唇線條柔和，脖子上也掛著一個口罩。「今天我需要你的囚犯。」他說。他的嗓音高而清脆，幾乎像是女人的聲音。「你可以等嗎？」

衛兵面露遲疑。「長官。」

文太太伸直手臂端著裝燙高麗菜的平底鍋，頭垂得低低的。他從她手中接過平底鍋。

「老太太，妳姓什麼？」他每次都問她同樣的問題。

文太太抬起眼皮。「文，長官。」

他看她的眼神不像在看人類同胞。「走吧，文囚犯。」

45

麻薩諸塞州
瑪莎葡萄園島
奇爾馬克鎮

駐守在窗外的特勤局人員都穿著深色polo衫、戴雷朋墨鏡，像是某個高級運動俱樂部的教練。一個戴著無線電耳機的瘦年輕人把頭探進門內。「女士，長青樹剛離開俱樂部。預計車隊將在幾分鐘內抵達。」

長青樹。這些代號是誰想的啊？

潔娜的手無事可做，懶洋洋地擱在腿上。他們建議她今天的這一小段時間要用來放鬆，所以她採納暗示，沒帶文件或筆電來。

她環視這擺滿書架的書房，室內寂靜無聲，只有一座黃銅船鐘在滴答地響。古代史和哲學方面的書籍。希臘半身像。這座房子是短期租來的，屋主是個比她大不了幾歲的科技大亨。落地窗外是一片有歐洲赤松樹蔭的草坪，幾塊亮光在地上移動、搖擺。她能看到草坪另一端有個私人凸碼頭、窄窄一條黃色沙灘，以及南塔克特灣深藍色的海水，像一枚旋轉的硬幣閃閃發亮。海鷗在天空翱翔、啼鳴。

門外猛然爆出一陣無線電靜電噪聲，隨之而來的是一小支車隊的隆隆聲。她聽著那些沉重的防爆車輛繞過鋪著碎石子的前庭，數道車門打開，有個女人用低沉的聲音高聲問好，一隻狗在叫。潔娜起身面向門，撫平洋裝上的縐褶。一隻餅乾色的小型犬啪嗒啪嗒地跑進來，跳起身向她打招呼，然後便忙著四處嗅聞。牠的毛又鬈又有光澤，像英國復辟時代喜劇中的假髮。

那女人的聲音近在門外，充斥著洞穴般的走廊。

「今天沙丘高爾夫球場那裡實在太熱了！」

「是的，女士。」

國務卿走進房間，用她那大了一號的微笑對準她，手伸得長長的。

「抱歉讓妳久等了，威廉斯博士。我丈夫在陪總統打高爾夫球，我們『夫人團』去看他們開球。」她說，不知爲何講話刻意帶有南方口音。

潔娜客套地微笑。

「好了。」女人關上門，停頓了一下，花了一點時間從她庫存甚豐的腦袋裡提取某個心靈筆記。她穿著寬鬆的萊姆綠亞麻罩衫，好像她剛剛還坐在畫架前面，或是在做手拉坯。「我們在平壤的朋友眞窩心，還會慶祝七月四日，雖然慶祝的方式是試射中程飛彈……」她剝掉鞋子，舒適地坐進潔娜對面的扶手椅。「因此妳的報告又回到我的辦公桌上。」她發出嘲諷的輕笑，足以讓潔娜明白在最高層的圈子裡，大家對她的主意意見不一致。「看來妳變得頗有影響力。」那對藍色大眼睛像是上膛的獵槍對準她。「我懂，國際制裁行不通。就算姓金的得勒緊褲腰帶，火箭和核武也是他最後才會裁減的項目，對吧？」她打了個響指吸引狗兒的注意力，牠跳到她膝上。

一名管家走進來，放下托盤，托盤裡是一壺冰茶和兩個杯子。潔娜等著管家離開。

「女士，問題不只是行不通那麼單純。」她說，「國際制裁正中金正日下懷。國際制裁造成的隔離會讓他權力更大，而不是更小，而且會讓他的人民跟他同仇敵愾，形成某種防禦式的民族主義。我們把他隔離得愈徹底，他就變得愈危險。」

國務卿擺出受挫的表情。「當然，好吧，但妳提議的做法完全與幾十年來的政策背道而馳。妳想過我該怎麼說出口嗎？」她舉起狗兒的前爪，邊說話邊把牠當戲偶般比畫。「全面解除對北韓的貿易、旅遊、銀行業務限制？建立邦交？把一個惡毒的、極權主義的暴政視爲正常的國家來對待——就像對待加拿大？」

潔娜說：「恕我直言，其他方法都沒成功。我相信改變那個政權的唯一方式，就是把它從隔離狀態中引出來。開始對話。盡我們所能協助建立它的經濟。賦予那些小本經營的市場攤商力量，把他們變成財富創造者。」

「那可能要花幾十年時間。」

於是潔娜當下就知道了，非常確定地知道，這個女人的目光看的是更高的權位。

「女士，繁榮最終會掃除那個獨裁者的，而隔離不會。」

國務卿放下狗兒，啜了一口冰茶，越過鏡框邊緣望著潔娜。「我們上次見面的時候。」她甜甜地說，「妳建議殺了他。」

潔娜眼睛連眨都沒眨。「如果您不那麼做，這就是次佳的選項。」

女人轉向窗戶。她的臉上似乎浮現出一連串的念頭，像是秋天迅速飄動的雲所投下的陰影，潔娜知道她在想的是權力方面的迫切事務——國會將對她做出的抨擊、媒體的反應、聲望的代價、她得在聯合國開啓的討價還價戲碼、這一切所要耗費的心力——在那讓人背脊發癢的一瞬間，潔娜呼吸著書香，清楚地感受到滴答響的時鐘暗示著時間在流逝，她覺得自己好像站在某條「龍脈」的邊緣，即將目睹改變未來的轉捩點。

國務卿輕輕哼了一聲，好像她終於做出某個擱置已久的決定。她對潔娜露出官方的笑容。

「我聽說妳快要結業了。準備好實際上場了嗎？」

潔娜在「農場」的訓練已經進入最後階段，她並不期待夜間跳傘的課程。

「事實上，我要求被派任為中情局在國土安全部的聯絡人。我不會離開華盛頓。」

國務卿困惑地看著她，但潔娜的眼神絲毫沒有洩露在她腦中自動浮現的影像，就像暗房中顯影在感光紙上的相片。那是秀敏在教室中被一群韓國混血兒圍繞的畫面。

46

北韓
咸鏡北道
二十二號集中營
二〇一一年，十二月第一週

對六號開挖面來說，這天才剛開始就很不順利。夜裡下了一場雪，這表示有些人力必須分去清理礦車的軌道，而採礦隊的人手本來就已經短缺了。趙上校帶領礦工們排成一路縱隊，走在堆積如山的一座座岩屑堆之間，想著下星期他被逮捕就要滿一年了。他還記得第一天來到礦坑時的驚愕，以為自己身處在超越他想像極限的噩夢裡。被煤灰染黑的骷髏以及皮膚滲漏著膿汁的殘廢；一座陽光照不進來的深谷，一道道礦井冒著蒸氣；頭上有烏鴉在盤旋呱叫。「不要想。」他們告訴他，「只要做，你會慢慢習慣的。」

他們進入隧道時，礦工們開始低聲禱告。他們禱告的對象是誰——祖先的靈魂、偉大的領袖、上帝——趙上校從來不問。他們知道自己可能活不到明天。

六號開挖面在山谷斜坡的高處。它劈開的是山的側面而不是底部，循著貧乏的煤層打通一條沒有支撐物的橫向長坑道，坑道盡頭是垂直的豎井；豎井連接到另一條橫向長坑道，依此類推，然後有一連串向下延伸的淺台階，可以深入山中。趙上校醒悟到，只有在這個視人命如草芥的地方，才可能有這樣的礦坑。岩層自然的變位和沉積作用使得橫向長坑道極爲不穩定。他已經不記得自己曾多少次在突然崩塌後徒手挖出屍體，或是礦工在受困之後拚命扒開逃生之路。

他在第一道豎井底部等待同伴爬下扶梯。他把他們分成幾組：挖掘員、滑車操作員、推礦車員，吃完午餐他們會輪替組別。帶著惡臭的汙濁空氣冒上來迎接他們，但趙上校幾乎不再注意到這一點了。這是他勞動的一天中最簡單的部分，他發現——永不停歇的苦工、服從命令、避免被打和捱餓——這日日都要面對的戰役，事實上卻救了他。要是他有空閒仔細思考自己的處境，他早在幾個月前就死了。

但他這麼想是要騙誰呢？

救了他的人是他母親，他的親生母親。要是沒有她，他在第一個星期就會死。他人生中經歷過那麼多意外之事，她是最讓他意想不到的。他以前從不相信世界上有奇蹟。

她只比他早三個月進到二十二號集中營，但她在勞改農場多年的工作經驗讓她有充分的準備。她比大部分囚犯更快適應這裡的生活。他從她那裡得知這座集中營的內部運作模式，知道要分組輪工，知道如果產量沒有達到定額，衛兵本身會惹上多大的麻煩。他知道要利用控制系統，在這個系統裡，有些囚犯是衛兵的幫手。他培養出第六感，能看出誰專門打小報告。他學會用哪些小手段來保住性命。他學會愈多，無力感就愈減輕一些。他已經接受了自己的命運，這讓他獲得某種平靜。很多囚犯沒能撐過最初兩、三星期——那是至關重要的過渡期——因爲對他們來說打擊太大了。他撐下來是因爲她。因爲她，他不再想死。

趙上校一向深信他的養母很愛他，現在他沒那麼確定了。她是個疏遠而刻板的女人，對黨全心效忠。當他像現在一樣髒臭卑微，她還會毫不猶豫地關心他嗎？他不知道。但他的親生母親，這個叫文聖愛的女人：不管她對他是什麼感情，他都感覺得出那是純粹的、無條件的。雖然她幾乎不認識他，那卻是愛。

他的心痙攣了一下，掠過一陣憂慮。最近她的求生意志有全數移轉到他身上的跡象，使她變得空空洞洞、一心求死。無論他好說歹說都沒辦法把她從低潮中拉出來。他甚至提議陪她一起禱告。有某件事令她困擾，例如疾病，但她絕口不提。他們向彼此吐露了那麼多肺腑之言，他卻感覺她還有事瞞著他，那件事在啃噬她的靈魂。

歐瑪，別在這時候放棄，我們熬過了那麼多事。

☆

在第三道豎井底部，是他們已經挖了一星期的新橫向坑道。這條坑道又小又窄，延伸大約三十公尺。他們沒有木頭能用來頂住天花板，所以不敢把坑道挖得太寬。趙上校走進去時，出於某種原因而停止動作。他舉起提燈嗅了嗅空氣，其他人似乎也感覺到了。才過了一夜，這裡的空氣就變了，它變得很冷……而且很濕。他用掌心抹過牆壁，牆上覆著一層濕氣，微微散發無煙煤的淡淡汽油味。

「看起來不太妙。」一個姓玄的男人說，趙上校很信任他。

「可能是滲進來的泉水。」趙上校說。

大家面面相覷。趙上校也覺得不安，可是現在給大家重新安排工作已經太遲了。

「潮濕的煤比較重。」另一個人說，「我們能更快達到定額。」

趙上校整個早上都像牲畜一樣賣力工作，劈著閃著幽光的無煙煤，徒手鏟起煤礦往後送。

在冰冷的空氣裡，眾人滿身大汗。他身後傳來十字鎬永無休止的敲擊聲，還有滿是痰液的咳嗽聲。黑得像焦油的男人們都像蠕蟲一樣濕亮。最重要的就是保持動作。空箱子抵達的時候，必須有一個裝滿的箱子準備好送上豎井，否則整個系統就會瓦解。如果系統瓦解了，就達不到定額。達不到定額，食物配給就會縮減。

午餐時間他們休息十五分鐘，吃一把水煮小麥。老玄在坑道裡找到一條盤成一團的白蛇，大家切開蛇分食，用牙齒撕扯黏稠而帶有韌性的蛇肉，像著了魔似地狼吞虎嚥。

他們繼續工作，循著煤層劈砍，但他們挖得愈深，坑道就變得愈濕。現在牆上開始淌下細細的水流，在地上蓄積成灘。趙上校感覺得出大家很害怕，決定放棄這條坑道。他正準備叫大家收拾工具，目光就被某個東西吸引。他腳邊有個東西在提燈光芒下呈現銀白色且在扭動，是條細瘦的小魚。

突然間他聽到一聲尖叫。趙上校手忙腳亂地從其他人身邊衝過去，來到豎井底部。他們這一組最年輕的成員，一個十九歲男孩，他裝煤的速度不夠快。兩個空箱子從上面的坑道送下來，其中一個砸傷他的手。

趙上校把他拉開。他試著抬高箱子把它勾到滑車上，但濕煤很重，他開始手軟無力，腿在發抖。「誰來幫我一下。」

接下來他聽到傾瀉而下的水聲從坑道中傳來，礦工們大叫。

氣壓立刻就改變了。他轉向他們準備大聲發話。

但他還來不及說半個字，雷鳴般的怒吼已經淹沒整個坑道。礦工們的驚呼都被蓋過去了。滾滾洪流有如挾著噴射推力衝進豎井，撞得趙上校失去平衡，一肩用力撞向牆壁。提燈的火滅了。其中一個箱子重重地砸在他前臂上。他不知怎地抓住了滑車的繩子，但無法用單手把自己拉上去。大水淹過他的頭頂，將他徹底呑沒，世界變得黑暗而寂靜。他在徹底的漆黑中胡亂揮動雙腿，手緊緊攀住繩子。他的嘴裡吐出許多氣泡。

似乎過了一分鐘之久，他感覺自己快速上升，身體刮著豎井的側面。突然間他能呼吸了，有個聲音大喊他的名字，上方那條坑道的滑車操作員把他從水裡拖出來。水沿著豎井漲到四十公尺高，就在他被拖出來的當下，他已聽到水又退了下去。他們讓他躺在地上，他大口吸氣，然後昏了過去。

他醒轉過來時，全身冷得像冰，牙齒都在打顫。他想要咳嗽，卻幾乎動彈不得。他的身體極度麻痺和虛弱，甚至無法確定自己哪裡受傷，但他的肩膀感覺不太牢固，前臂則呈現不自然的扭曲。他閉上眼睛呻吟。黑暗中，他身邊傳來他所熟悉的嗓音，那嗓音發出一聲嗚咽。那個青少年得救了。

「其他人呢？」趙上校啞聲說。

「只有我。」老玄說，「坑道裡的五個人都沒了。」他坐在腳跟上，雙手掩面。「我們在他媽的湖底下挖礦。」

趙上校閉上眼睛，把注意力放在呼吸上頭。**多麼諷刺**。大家經常開玩笑說繼續挖下去，他們就會挖到另一邊了。

☆

在礦坑外，趙上校被剩餘的組員放置在雪地上。他一邊肩膀脫臼了，那是可以復位的，不過骨折的前臂就沒辦法了，除非有某個受過醫學訓練的囚犯可以在集中營的醫務室替他上夾板，而大家都知道，醫務室是讓人等死的地方。如果他健康又強壯，他一定痛不欲生，不過現在他只覺得麻痺且不適。他連寒冷都不在意。他大概馬上就會在原地被射殺了吧，他已經失去礦工的能力了。趙上校憂傷地望向那個青少年，他滿臉淚痕；趙上校對他擠擠眼睛，意思是：**別耿耿於懷了**。

兩個衛兵在雪中吃力地走向他們，趙上校的心往下沉。帶頭的衛兵體型龐大，簡直像頭豬，腰帶間有條鞭子；另一人則較爲年長。趙上校觀察到年紀較大的衛兵心比較軟，沒那麼嚴格遵守規定。老玄摘下帽子，跪在地上，垂著眼皮解釋事發經過，但是令大家驚訝的是，衛兵說：「這一個身體健康嗎？」他指著青少年。

趙上校說：「是的，長官。」

衛兵拽著男孩的胳膊前往一輛敞篷式吉普車，那輛車停在下方的礦車軌道旁，軌道是建在山坡上的黑色冰磧石之間。趙上校現在才注意到那輛車。車子後頭坐著四個囚犯，車旁站著兩個穿藍色連身服的男人，他們脖子上掛著口罩和透明護目鏡。

較年長的衛兵俯向趙上校的臉。「唔，今天眞是你的幸運日，對吧？」

☆

趙上校的肩膀復位了，在醫務室裡，他的手臂經過包紮，上了臨時夾板。才過不到幾小時，他又被分配了比較輕鬆的工作，地點是礦坑再過去兩個山谷的建築工地。當他明白他要負責推載滿貨物的平底推車時，幾乎露出笑容；如果運氣好的話，他用一隻手就可以完成任務。

做過礦坑的工作之後，這簡直像在度假。時間已近黃昏，他幾個月以來第一次感覺陽光灑在臉上。在建築工地入口處，有一輛路過的農場推車軋到路面坑洞，撒了滿地的蘿蔔，一大群囚犯來回奔跑，抓了蘿蔔就當場啃了起來，絲毫不管衛兵又罵又踢。趙上校一向不怎麼喜歡蘿蔔，現在它卻像他吃過最美味的東西。

他得知這個位在山谷前端、貫穿整個集中營的鐵路盡頭建築工地，其實是一座新實驗室建築群的附屬建物。他的同事比礦工們乾淨，健康狀況也比較好。他猜想他們來這裡的時間比礦工短。他被分配到一個五十人的單位，這五十人再分成十人一組的小組。他們的工作是從一日兩回來自清津港的火車上卸下建材，以及從沿著馬由從北方而來、也就是從中國而來的卡車上卸下貨物。他看到有人從火車上卸下巨大的不鏽鋼離心機；從卡車上則卸下許多桌上型電腦，裝在印有蘋果商標的白盒子裡。不管這實驗室是什麼樣的機構，它的預算都相當驚人。

他在建築工地工作的第一天要結束時，一聲哨音使得所有工作都停止。

「排好隊，注意，你們這些雜碎！」一個衛兵大叫。有隻戴著嘴套的狗在吠叫。

囚犯們拖著腳在卡車前方排成一長條，他們低著頭，雙手背在身後。

「我說排成一排！」衛兵踹向動作太慢的一個老囚犯。老人骨瘦如柴的身體撞向卡車側邊，有如一綑稻草。

「你沒必要這樣，中士。」一個清朗的嗓音說。

有個男人在審視隊伍，後頭跟著個衛兵。他全身穿著白色連身服，帽兜緊緊箍住他的臉。他的脖子上掛著透明護目鏡和口罩，腳上的橡膠靴也是白色的。

「我是首席科技官鄭博士。」他說，露出親切的微笑。「我需要三個健康的人來實驗室建築群裡面替我工作。你們會吃得飽穿得暖，交換條件是我們需要你們的血液樣本……」

趙上校感覺一波急切漫過整排隊伍。

那個博士上下打量每一個囚犯，好像他是牲口拍賣商。「你，教授。」他對一個高個子青年說，「你幾歲？」

「二十六歲，長官。」

博士用戴著手套的指尖捏起男人的眼皮，又檢查了一下他的口腔內部。他對衛兵點了一下頭，男人就被拉出隊伍。

「溫柔一點，拜託。」鄭博士責備地笑道。

趙上校挺起胸膛，把身體站到最直，暗自希望他能用雪把臉洗乾淨，並且讓臉頰和嘴唇多點血色。

博士走到趙上校右邊的男人面前停下來。「大叔，你幾歲？」

「四十三歲，長官。」

博士又挪了一步，站到趙上校面前。

他用目光掃視趙上校的臉，在那一刻，趙上校想像他透過博士的眼睛看著自己的外表。他已經一年沒照過鏡子了，但他能輕易想像出那個臉色蠟黃、臉頰凹陷、人不像人鬼不像鬼的男人，渾身散發長期囚犯惡臭的破敗身軀，還有集中營裡帶有霉味的甜膩臭氣。

博士繼續移動。

片刻之後，他挑中了另一個人。一個來到集中營絕對不滿幾星期的年輕人被拉出行列。

哨音再起，未獲選的人回到工作崗位。

☆

稍晚之後，趙上校在小屋裡對母親述說他這一天的經歷，她則攪拌著晚餐的米湯。他以爲她知道他換了比較輕鬆的工作會開心，但她一直背對著他，一句話也不說，他把她的沉默歸因於她的低潮。

他們沉默地用餐。這頓飯幾乎三口就沒了。接著她吹熄蠟燭，鑽到毛毯底下。他快要睡著的時候，她說話了。在黑暗中，她的嗓音冷靜到令人不安。

「如果那個博士再來，你要躲起來。如果沒辦法躲，就故意咳嗽。衛兵會認爲你在礦坑裡得了礦工病，就不會選你了。」

「什麼意思？」

趙上校轉過身盯著她的方向，但她已經回到了沉默狀態。

47

北韓
咸鏡北道
二十二號集中營

在陽光和開放式空間下工作一星期後，趙上校的皮膚不再滲出膿汁。他感覺身體變強壯了。他的一天切分成白天和黑夜，而不是沒有盡頭的黑暗。他不再像在礦坑時一樣，時時處在疲憊造成的精神錯亂中。他的前臂在臨時夾板之間慢慢痊癒，雖說它十分敏感，一碰就會痛，而且骨頭也沒有調正。他必須用右手臂抬東西搬東西。

一個個性堅忍的三十幾歲男人爲趙上校指點了在建築工地生存的竅門，指導他，警告他哪些衛兵殺人不眨眼，哪些會睜一隻眼閉一隻眼。趙上校不禁要驚嘆，即使在這種地方，人性的光輝依然能存在。那個男人姓全。他的背從中往下折，所以他得仰著頭才能看見趙上校。他的皮膚硬如皮革，緊緊繃在骨頭上，就跟其他囚犯一樣，但是趙上校驚訝地發現他的眼睛是藍色的。他說他是韓戰時期一名美國戰俘的孫子。他是在集中營裡出生的，從沒出去過。

經歷過礦坑的生活，現在地表的溫度幾乎讓趙上校的心臟都停止。從狹窄山谷颳下來的風彷彿能撕裂人的皮膚，他額頭上的汗水在風中變得冰冷。灌進他鼻腔的空氣似乎都結晶了，他裸露的手指黏在他推的鋼鐵推車上。他的日子變成每分鐘都在設法保持溫暖的戰役，但老全再次出手相助，教他趁著衛兵不注意時偷拿空麻袋，裹在薄薄的尼龍囚服底下。

趙上校不敢相信自己的運氣竟然這麼好。這棟建築物必須以極快的速度完成，因此囚犯們每天能獲得兩杯食物，一杯是綜合穀物，一杯是水煮玉米，這比趙上校在礦坑工作時分配到的食物多了兩倍，不過在這冰凍的地表倒是找不到蛆或老鼠來補充蛋白質。

衛兵從來不冒險下到礦坑豎井裡，但是在這裡，他們始終待得離囚犯很近，他們背上背著步槍，鑲有兔毛的帽子低低地蓋住耳朵。他發現自己成爲囚犯中的老江湖，他從不直視衛兵的臉，不過本能地知道他們的眼光何時落在他身上。他隨時張大耳朵和眼睛，留意對他有利的任何細節，這些細節能讓他活命。

同時，趙上校在工作時，注意到一項非常耐人尋味的細節。

他們正從火車車廂搬下一袋袋水泥，他對老全耳語。

「那些衛兵……爲什麼從不進去實驗室建築群？」

老全幾乎沒有掀動嘴皮地說：「他們害怕。」

其中一個告密者經過，他閉上嘴巴。

老全把一袋水泥放到趙上校的手推車上，趁著離他的臉很近時，用幾乎聽不見的音量說：「……直到一年前，那裡都還有很多衛兵在看守。後來某個衛兵的老婆生孩子，嬰兒沒有手也沒有腳。另一個嬰兒則是一出生就瞎了眼。」

老全警告地看他一眼。八卦內容在集中營裡是很危險卻有用的商品。

這天是星期天，下著大雪，但火車依然載著建材抵達、裝滿煤礦離開，卡車上也有貨物要搬下來。囚犯在連串的咒罵和毆打下工作，衛兵對囚犯又是踹又是揮鞭，好像他們比動物更卑賤。「動作快，你們這些叛徒，你們這些龜兒子！」

他們從清晨六點就開始工作，趙上校早餐只吃了一口飯，還有他母親用圍裙偷帶出來的幾片高麗菜葉。他看到老全從火車車廂抱起一包沉重的水泥，把它扛到彎曲的背上，輕鬆得好像它是個枕頭。趙上校一條手臂還上著夾板，他單手推推車，腳上的木屐在結凍的黑泥巴地上不時打滑。

突然間他的雙腳整個滑開，他重重地跌下去，受傷的手臂被壓在冰上。他還沒回過神來，步槍槍托已砸向他的肩膀，疼痛有如一道閃電沿著脊髓往下竄。

「幹什麼？搞破壞啊？**給我起來！**」

趙上校痛苦地爬起身，才剛站好，穿著靴子的腳又踢向他的脊椎底部。片刻之間，疼痛使他視線只剩一片白，他的眼睛冒出淚水。他一整天都在瑟瑟發抖，現在卻突然感覺體內燒起一把火。就連他握著冰冷手推車鐵把手的手指都突然發熱出汗。

暴風雪變得很惡劣，細細的雪粒刺痛他的臉和眼睛。他幾乎看不到前方兩公尺以外的事物。囚犯們排成一條縱隊在搬東西，他只能勉強看出老全馱著水泥袋那佝僂的身影。他們快要走到附屬建物的入口了。

突然間，他們被白色徹底吞沒。能見度歸零，空間彷彿不存在。他聽到一聲尖銳的慘叫，從迴旋的雪花間空隙看到老全失去平衡。水泥袋從他背上滾落，砸在地上，整個裂開。灰燼般的淺灰色水泥撒在馬路上，有如火葬場。老全跪倒在地，摘下帽子，整個人完全僵住不動，垂著頭等待命運降臨。

三名衛兵跑過去圍住他，盯著滿地狼籍。囚犯全都停止動作。

「你，帝國主義敗類的兒子，你在這裡待多久了？」

老全抖得很厲害。「三十二年，長官，我這一輩子都待在這裡。求求您。」

衛兵轉頭看同伴。「在二十二號集中營待三十二年已經夠久了，你們說是不是？」

他抽出手槍，對著老全的腦袋開槍。

槍聲在陡峭的山谷側面迴蕩，那小小的身軀倒在地上，像是孩子的玩具。排成一列的囚犯都化成石像，趙上校內心有某個東西斷裂了。

一切像是以慢動作發生。他聽到有個聲音在怒吼，那是他的聲音。他撲向那個衛兵，完好的手臂有如矛尖伸出去。他看到衛兵訝異的表情。另外兩個衛兵伸手拔槍。趙上校抓住男人的手腕，他的手裡還握著槍；可惜一個捱餓衰弱的囚犯根本不是三個訓練有素的殺手的對手。

他感覺自己被人粗暴地往後扯，有人把他的腿踢開。接下來他的視線對準灰白色的天空，以及三名衛兵的臉。一隻沾滿冰和泥的靴子踩住他的氣管，手槍瞄準他的臉。

趙上校閉起眼睛。在錯亂的瞬間，他看到他的妻子和兒子被光籠罩著，快樂地置身遙遠的地方。他看到他母親還是年輕女人的模樣。他看到潔娜坐在點著蠟燭的晚餐桌對面，對他燦爛地微笑。

手槍扳機咔嗒一聲扳起，手指收緊。

「喲呼，等一下。」清朗而高亢的聲音喊道，一雙穿著橡膠靴的腳啪嗒啪嗒地跑過來，「槍下留人啊，同志們。這一個還有力氣反抗，不是嗎？」

趙上校用眼角餘光看到藍色的實驗室連身服，還有一隻朝他伸出來、戴著白手套的手。

「來吧，先生，我拉你起來。」

48

華盛頓特區
內布拉斯加大道廣場
國土安全部

潔娜的突破點純粹來自機運。

她在國土安全部擔任中情局聯絡人的期限已經到了。三個月來，她沒有找出半條線索——沒辦法把進入美國的年輕移民者、育種計畫以及平壤別墅裡的孩子連上關係。費斯克告訴她局裡還有別的優先事項要處理。「明天就把妳在那裡的工作收尾吧，我們必須討論妳下一項任務。」她把釘在板子上的護照相片和簽證影本一張一張拿下來，相片和影本的主角全都是亞裔混血年輕人，因爲背景或文件有異常而被美國移民局短暫扣留過。後來他們全都獲准進入國內。她在每個人的相片上都打了個叉。

一想到她的時間全都浪費了她就很喪氣，而且即使是現在她還是萬般不情願放棄。她所需要的只是一條線索，一張可以拆解謎題的小抄，但她始終沒等到這類東西。

「要閃人啦？」坐她隔壁隔間的肥胖年輕男人正用迴紋針在編花環。起初她把他身上散發的怪味歸咎於衛生習慣不佳，不過沒多久她就開始覺得那是士氣低落的氣味。這整間辦公室似乎都瀰漫著同樣的味道。

她把護照影本收成整齊的一落，若有所思地盯著它看了一會兒。她知道如果那棟別墅裡任何一個孩子滲透進美國，他們勢必會使用隱藏原始國籍的護照，並且透過第三國輾轉入境。而那個第三國會在一份極短的名單上，亦即北韓在世界上的友國名單，會用安全服務彼此照應的國家。她劃掉了古巴——幾乎沒有人從古巴透過正常移民管道來美國。她認為中國的可能性也很低，北京當局不會想被牽扯進金正日的祕密行動。這表示名單上剩下敘利亞、伊朗、巴基斯坦、馬來西亞、俄羅斯和越南。來自前四個國家的人，會受到中情局反恐中心的嚴密監控，目的是探查他們是否跟蓋達組織或真主黨有任何關聯；她曾數度跟隨中情局探員前往杜勒斯機場、洛根機場和甘迺迪機場，觀察在單向鏡後瞪大眼睛、滿頭大汗的學生，被國土安全部訊問的過程。

一開始她假設北韓會使用假護照：畢竟從百元美鈔到勃起障礙藥物，他們什麼都在偽造。她窮盡心力用橫跨不同單位的資料交叉比對，搜尋因持有名單上國家的假護照而被移民局逮到的年輕人。但是過了毫無線索的三個月，她開始懷疑那些孩子可能是用不實核發的「有效」護照入境的。那使她的工作不可能成功。當那些年輕人握有敘利亞、俄羅斯或越南核發的有效護照，你根本無法阻止他們申請合法的工作簽證、觀光簽證、學生簽證。你不會發現他們。背景調查、生物資料、人格側寫都不會包含他們。試圖憑她一己之力解決這項難題簡直是痴人說夢話。這項任務需要集合在以上各國的中情局駐地站長跨國合作，而她知道蘭利市的一些資深人物對育種計畫抱持懷疑。*看起來像外國人的子弟兵？受訓成為間諜和殺手？*有些日子她乾脆兩手一攤，回蘭利市去監控間諜衛星畫面。西姆斯給她看了二十二號集中營祕密實驗室令人憂慮的最新畫面，它看起來在擴大規模。他們正在蓋第二棟建物。

她的電話響了，她看到來電者是反恐中心的漢克心便一沉，漢克是個個性孤僻的離婚男人，她已經回絕他提出的晚餐邀約兩次了。她陪他去過五、六次機場。

「在杜勒斯又逮到一個，不知道妳有沒有興趣？從馬來西亞來的。」

她幽幽地望著桌上已經準備好進碎紙機的那一疊護照相片，聽到自己說：「當然好，漢克，有何不可？」

到了華盛頓杜勒斯國際機場，有個潔娜沒見過、看起來挺強悍的年輕女性移民官來迎接他們。她介紹自己剛好就是馬來西亞和美國混血兒。

「從沒遇過這一款的。」她說，「感覺就像那孩子……是某種鬼魂。」

或許是因爲她驚魂未定的表情，總之潔娜突然感到背上有一陣寒意，讓她起了雞皮疙瘩。

單向鏡後的審問室裡坐著一個年輕女子，潔娜毫不懷疑地知道她是混血兒，而且有一半的東亞血統。她的眼睛形狀像杏仁，眼神明亮，膚色偏深，一頭烏亮的秀髮編成長辮子。她在這個房間裡看過的被拘留者，無一不是冒著汗、坐立難安，展現出各種緊張的徵狀。但是這女孩直挺挺地坐著，態度冷靜、舉止自持，而且沒有任何表情。她的衣著中性，頗值得玩味：新的 Cargo 牌連帽上衣、新的 Gap 牌棒球帽、新的白色球鞋——看起來像老一輩的人認爲年輕人會有的打扮。

「姓名是梅波．路易斯．楊。」移民官說，「年齡十八歲，講得一口流利的美式英語，持有有效馬來西亞護照，還有眞的學生簽證。已在喬治華盛頓大學註冊，九月開始修習應用物理學。說她只是回家幾天參加家族聚會。提供了在吉隆坡的住址。一切都經得起檢驗，但是……她有些不對勁。」

「她的肢體語言。」潔娜說。

「其實是她的口說語言。她連一句馬來語都不會說。我跟她打招呼，說我對她家附近很熟。」移民官抬起手掌從臉前往下滑過。「徹底茫然。所以我改用英語問她話，但她好像抱著同一份劇本不放。只要談話內容一偏離劇本，她就像蚌殼一樣緊緊閉上嘴。不管這小鬼是打哪來的……都不是馬來西亞。」

「我可以跟她說話嗎？」潔娜問。

「鬼小孩。」漢克說，「我喜歡。」

潔娜打開門。女孩一看到潔娜的臉立刻驚呼一聲，從座位上彈起來。大家都來不及反應，她已經張開雙臂摟住潔娜。

潔娜訝異地發現自己用臉頰貼著女孩，輕撫她的頭髮，好像她是個跟父母走散的小女孩。

她用北韓方言輕聲說：「妳走了這麼遠的路一定很累吧。」

49

北韓
咸鏡北道
二十二號集中營

文太太穿過果園走向實驗室建築群，手裡捧著裝有燙高麗菜葉的平底鍋。走在她身後的衛兵不斷把玩打火機，點火又關掉。她看到左邊有一組工作隊在挖地，他們的身軀映著潔白的雪顯得十分漆黑。樹木之間又一個坑。**他們總有一天會把空間用完**，她心想。她不止一次地幻想遠方買下這些水果的顧客，若是他們知道滋養這甜美蘋果和李子的是什麼肥料，會有什麼反應。每一次，她都會浮現同樣的結論：這個祕密很安全。沒有人能離開二十二號集中營，就連屍體都不例外。

進到建築物後，她在那兒等，高麗菜葉則被人拿去加工。首席科技官鄭博士向她保證過，她很快就能調到這裡來工作了。新的附屬建物已經快完工了，那是座附廚房的員工餐廳。她將成爲廚房領班，負責管理在廚房工作的囚犯，她將領到肥皀配給劵和一套新衣服。這個消息等於保證她能活過這個冬天，而且有充足的食物，卻只是讓她的低潮降到最低點。

鄭博士情緒高昂。文太太感覺得出他的工作以及這個機構都愈來愈重要。平壤每個星期都派督察員來。一支政治激勵團隊曾經到訪，在實驗室和走廊掛上裝飾品：寫在紅色長布條上的標語。**讓我們把國家打造成堡壘！科學是社會主義者建設的引擎！**

半小時後，一個穿著全套白色連身服、戴著護目鏡和口罩的科學家，把裝有高麗菜葉的盤子還給她。她偏著頭避開煙汽，站在鄭博士身後；鄭博士則站在實驗室入口對囚犯們發表談話。衛兵不會進入實驗室，因此整個過程是用欺騙的手段維持秩序的。

「我代表這個機構的行政人員在此歡迎各位。正如同我們科學家致力於捍衛國家免受敵人侵襲，你們現在也有機會爲自己贖罪，協助鞏固朝鮮的福祉，讓它更強大。我們會塡飽你們的肚子、照顧你們的健康，而你們的回報方式是幫助我們測試新的疫苗。在我們採集第一份血液樣本前，請吃下這些高麗菜葉、讓它消化，它們浸泡過維生素、鐵和葡萄糖。如果有誰患有糖尿病，不能攝取糖分，請現在就告訴我……」

文太太走進去，端著手術盤，盤中是已經冷掉的燙高麗菜葉。

對他們微笑，女人，鄭博士用嘴形對她說，還用手指比畫微笑的動作。

她沒辦法看他們。在這個被監視器盯著、鋪著瓷磚的明亮房間裡，囚犯們赤身裸體圍坐在地上的排水孔邊。她知道不是每個人都傻得搞不清楚狀況。

一雙雙飢餓又狐疑的眼睛轉向她。她經過每個人面前，機械化地用叉子把一大片高麗菜葉送到他們捧成碗狀的手中。就連菜葉的氣味都足以示警了。這場實驗找來十一個囚犯，全都是男性，他們坐在鋪著瓷磚的長椅上，雙手掩在大腿處來保護隱私。

她看到一隻被夾板固定住的前臂而抬起頭，發現自己直視著兒子的眼睛。

文太太動彈不得。天花板角落的監視器對準她。突然間，手術盤從她手中滑落，哐噹一聲砸在地板上。她喃喃道歉，把它撿起來，過了一下才直起腰，然後用叉子放了一片菜葉在趙上校手裡。她逼自己轉向下一個囚犯，她用盡全部力氣不去看趙上校。

等最後一個囚犯也領到菜葉，她趁事情開始發生前匆匆走出去。門在她身後關上。

☆

趙上校看著那些衰弱的人只花幾秒就吃掉他們的菜葉。他們的身體全都是骨架、髒汙和稀疏的毛髮，這些還是因爲身體健康而被挑選的人呢。就算他們有任何疑慮，也餓到顧不得太多。他母親一走出房間，房間的門就發出加壓的嘶嘶聲關閉，通風系統也開始嗡鳴。他盯著手裡的菜葉，放進嘴裡嚼碎。它新鮮爽脆，帶有酸味。這片菜葉沒有浸泡過任何物質，是他母親把手術盤弄掉時從她圍裙裡滑出來的。他邊嚼邊冷眼旁觀，胸腔充滿不祥的預感，思忖人在赤裸時顯得多麼脆弱。

事情開始時有如地震。第一個吃下高麗菜的囚犯是個身材矮小、缺了幾顆牙的三十幾歲男人，他開始發抖。突然間他的痙攣嚴重到使他倒在地上，身體扭曲蠕動，像動物一樣尖叫，嘴巴和鼻孔都湧出血沫。接著他隔壁的囚犯也發生一樣的情形。才過了一下，已經有四個人倒在地上，臉上沾滿血，還口吐泡沫。他們像遭到屠殺的野獸一樣哀號。

趙上校震驚到動也不能動，只能看著慘劇上演。他們的四肢亂揮亂踢，惡臭的血和糞便沾了他們一身。死亡很快地一個接一個找上他們，讓他們抽搐著安靜下來。他們只過了十秒或十二秒就斷了氣。

趙上校一個人坐在長椅上，瞪視著眼前的畫面，然後反胃嘔吐。

片刻之後，門發出嘶嘶聲打開了。兩個穿著白色防護衣、戴口罩的科學家走進來，其中一人手持某種數位計時器。

他說：「你——吃了高麗菜。」

趙上校在喘氣，聲音很沙啞。「吃了。」

兩個科學家跨過屍體，好像它們是靠墊，他們白色的橡膠靴沾上了血汙。「張開嘴。」

趙上校張開嘴，露出舌頭上殘餘的綠色菜渣。

他們拉著他的手臂走出房間，把恐怖場景關在門內。趙上校站在亮得讓人目盲的白色前廳裡。其中一人邊走開邊大喊：「去找首席科技官鄭博士來。」

他赤身裸體，突然發現旁邊站著他母親。也許是因爲光著身子，以及難以抗拒的羞恥感，總之他突然開始啜泣。

他母親在他身旁輕聲細語。「你很堅強，尚浩，你很善良。想辦法逃出這裡，一定要想出辦法。爲了我做吧。」

趙上校上一次哭得這麼慘時還是個嬰兒。

他說：「我不想跟妳分開。」

監視器對準她，她把頭偏向一邊。「我的人生已經結束了，我在這裡殺了太多人，連我自己都不容許自己活下去。但是你——去告訴這世界你看見什麼，告訴這世界這裡發生了什麼事。」

她沒有看他，只是用手指輕輕觸碰他。她牽起他的手，拉到她背後握緊，不讓監視器看到。他醒悟到，這是她在道別。他用盡全力才忍住沒有轉頭看她。這時她把他的手合攏，他感覺手心裡有個硬硬的球狀物，大小跟核桃差不多。

「用這個來賄賂。」她的聲音輕如空氣，在通風系統的嗡嗡聲裡，他幾乎聽不見她在說什麼。「這至少值五千人民幣。」

鄭博士踩著重重的腳步朝他們走來，然後停下來聽值班的科學家解釋狀況。博士激動到連口罩都忘了戴。趙上校聽到「可能有天生的免疫力」等字句。

鄭博士把那個科學家往旁邊推。「對 scytodotoxin X 有天生的免疫力？」他大叫，「只要一微克就夠了。那個老婊子一定幫了他！」

趙上校把頭垂在胸前。

「好哇。」鄭博士齜著牙齒說，「我們要拿這個作弊的傢伙怎麼辦呢？」要是有衛兵目擊這個狀況，他會當下就被打死。不過這裡沒有衛兵。

趙上校跪在地上哀求，雙手交握擱在胸前。「不要去礦場，長官，求求您。我願意做任何工作，我願意去清糞槽，我願意處理屍體。就是不要去礦場。」

鄭博士露出開心而輕率的笑容。他抬起手臂畫了個大弧。「去叫衛兵來！」他唱歌般說，「把這個下三濫丟回礦場去。」

隔天早晨，趙上校重新回到六號開挖面的工作團隊中。老玄盯著他手臂上的夾板。趙上校知道他在想什麼：他的骨折還沒痊癒，在礦場撐不了一個星期。老玄拍拍他的肩膀，遞給他一個提燈。

他們走了大約三十分鐘才到新的煤層。它位在往下數第三條坑道裡，彎向右側，遠離連通到淹水的第四條坑道的豎井，那條坑道是他五名隊友的水底墳墓。趙上校拖著腳步落後，直到他成了隊伍中最後一個人。他希望自己將要做的事看起來像是自殺。事實上跟自殺也沒兩樣。就算他的預感沒錯，他存活的機會也低得嚇人。如果他想錯了，他只有死路一條。這事沒有反悔的餘地。

他等到隊員繞過隧道的轉彎處，然後悄悄溜走，迅速折返到淹水的豎井口。他從邊緣探出身去，舉起提燈。扶梯還在，往下消失在水中，那水像黑色大理石粼粼發亮。這水是打哪來的？要是他能確定就好了。一陣恐慌漫向他。就算他能通過這一段，他也很可能會發現自己在一個沒有出口的狹窄洞穴裡。

趙上校聽到自己的呼吸變得很淺，太陽穴裡有咚咚的心跳聲。他內心充滿死亡的預感。有腳步聲快速接近，某人被派回來找他了。他放下提燈，感覺腎上腺素在胸中高歌。

他把肺吸飽空氣，閉上眼睛。

不要猶豫了，現在就做吧。

他跳下去。

時間似乎變慢了，寒冷的空氣急速掠過他的耳朵。他像支飛鏢射破水面。冷冽的衝擊漫過他全身，當他不斷往下深入豎井，隆隆的水聲擦過他的臉。他的墜勢開始緩和時，他抓住梯級把自己往底部推。他的肺已經快要爆炸了。現在他沒有東西可以攀抓，只能憑觸覺作爲引導。他漂浮在黑色的眞空裡。他用手摸索豎井底部的牆面，試著尋找坑道的開口。**應該就在這裡啊**。他揮舞手臂對抗內心湧現的慌亂。他盡可能伸長手，用手指去探尋……結果摸到一具屍體光滑而冰冷的臉。

他的眼睛凸出來。他大叫，流失了珍貴的空氣化作的大氣泡，感到新的恐怖席捲而來。他把擋路的屍體推開。

他的額頭撞上石頭，好痛。

這是坑道嗎？他的手指摳抓側面，摸找天花板，他的肺開始痙攣收縮。天花板是完整的，坍塌的地點一定在更裡面。多遠？二十公尺？更多？他用指甲刮石頭，在狹窄的空間裡把自己往前推，手上的皮都給刮掉了。水灌入他內耳，讓他的聽覺產生陰沉的改變，他能聽到所有氣泡、所有漩渦的聲音。這時他的臉擦到另一顆人頭披散的髮絲，他內心再度炸開極度的恐懼。

那具屍體似乎把整個通道都堵住了，摸起來十分浮腫。他著急地打它，試圖把它往下推，在此同時他感覺身體開始撐不住了。他的肺快要內爆了，再過幾秒它們就會向水投降。

到此為止了，趙尚浩，他腦中有個聲音說。**一切到此結束。**

他在情急之下用了最後一次力，按著屍體的肩膀把它往下推。意志力和恐慌融合而成某種東西，賦予他超越肉體的力量。接下來他只知道自己摸到的不是粗糙的煤礦，而是平而光滑的石頭，那是一堆從上方掉下來的鵝卵石。他的內耳聽到水在流動的聲音。現在他的腳有施力點了，可以踩在鵝卵石上。他像短跑選手一樣猛踢，接著他就在水中往上升。他的氣再也憋不住了。

一秒，兩……

突然間他浮出水面，空氣和聲音再次排山倒海而來。他大口大口地吞著空氣，感覺頭暈到快要昏過去的地步。

他仍然在伸手不見五指的黑暗中。他從滴水的回聲猜測自己在一座狹窄洞穴裡，正如同他所擔心的。不過這裡的水流得很快。

在他喘吁吁、試著緩過氣的同時，水流輕柔地帶著他走，很快地他便隨著水流游泳，像狗一樣踢水。洞穴愈來愈窄，水流也愈來愈強。他聽到前方有一個出口在發出咕嚕聲。他繃緊神經，讓水流把他頭上腳下地拉進一個很吵雜的坑洞裡。他害怕得咬緊牙關，發現自己卡住了，水流怒吼著從他身上漫過。他慌亂地扭身掙脫，滑行通過一道只有骷髏才過得去的細縫。

他在另一個洞穴般的空間冒出水面，又咳又喘，立刻感覺新鮮空氣拂在臉上。他不敢相信自己的感官，但他真的看見蒼白的天光了。他站起身，蹚著水朝它走去。他極度疲憊和虛弱，全身充滿割傷和瘀傷，而且四肢都在流血。但他還活著。

噢，他還活著。

他艱難地通過一道懸吊著死去蕨類的開口。他眨眨眼。日光帶給他的衝擊不亞於寒冷。一棵大松樹倒下來，橫在洞穴的開口前，他必須從上方爬過去。水流形成一道短瀑布，然後瀉入在圓石間隆隆奔騰的急湍。

他喘著氣，小心翼翼地跨過瀑布旁的岩石，癱倒在一片枯草地上，又是咳又是哭。他立刻就開始劇烈顫抖，幾乎沒辦法使自己跪坐起來。

他身在另一座樹蔭濃密的山谷裡；集中營所在地是寬闊的山谷盆地，許多山谷向那裡匯聚，而他現在就在其中一座山谷裡。他環顧周圍長滿濃密松林的陡峭山坡。天空白得像是極地。烏鴉在高空盤旋，不過集中營不見其蹤。

他直接穿過了山體，從另一側出來。他沒看見瞭望塔或是通電的圍籬。

他逃出來了。

50

北韓 咸鏡北道

趙上校咬緊牙關避免牙齒打顫，讓太陽微弱的暖意照在臉上。激流通過一道狹窄的溪谷時滾出白沫，但在水聲之外他還聽到了鳥兒歌唱聲，這是超過一年以來的頭一回。他愉快的心情只維持了幾秒，某種內在的時鐘開始滴答響。他全身濕透冰冷，沒有遮風避雨的地方也沒有食物。先前他一心只想著怎麼通過礦坑，沒考慮到接下來該如何，但他知道自己的時間並不多。

他進入森林，開始披荊斬棘地通過枯死的矮樹叢，爬上遍布石礫的陡峭山坡。他的身體因飢餓而虛弱至極，每走幾步都得停下來休息。這道狹窄山谷的頂端似乎高得不可思議，還布滿鋸齒狀的銳利岩石，但他必須搞清楚方向，必須知道該往哪裡走。他只在民間故事和傳說中聽過這片荒野之事。

他覺得好像聽到扒抓的聲音，再次停步。他豎著耳朵聽，發現在自己咻咻的呼吸聲之外，那個聲音來自左邊長滿青苔的峭壁。他從岩石縫隙往裡看，看到一隻晶亮的黑眼睛回望著他。是一隻棕色的兔子，掉進石縫裡被困住了。趙上校反射般地握住牠的耳朵把牠拔了出來。他扭斷牠的脖子，把毛拔掉，嚼也不嚼、狼吞虎嚥地吃下生肉。這肉的滋味就像糖漿一樣甜美。才過不到幾分鐘，眼前只剩下毛皮和骨頭。他抹掉嘴邊的血塊，稍事休息，立刻感覺到有所不同，營養在他身體裡轉換成能量。

他重新開始攀爬，試著思考。

老玄要到下工時才會通報他失蹤，因爲那時工作小組才會回到地面上參加晚點名，那是將近晚上十一點的事。在礦場，意外死亡是家常便飯，而且屍體常常都沒有尋獲。自殺也司空見慣。衛兵會不會假設他跳下或掉下淹水的豎井，就此不再追究？不，他們不會……他的職位太高，他們不敢冒這個險。他在高層惹了太多麻煩，平壤會希望能確認他已身亡。

他們會下令立刻搜尋屍體。

他充滿自責地意識到，被派下去水裡找他的人會是老玄和其他同伴。他賭上的是他們的命。

根據他的計算，他頂多還有二十四小時。再過二十四小時，集中營就會發布全面通緝，並向檢查哨和邊境單位提出警示。他沒有地方可以避風頭、養精蓄銳，他必須以最快的速度趕到邊境。

但是即使他到了邊境，接下來又如何？

走一步算一步吧。

早上十點左右，他接近山谷頂峰。天空中烏雲低垂。雖然天氣很冷，他的衣服又是濕的，不過他的眼睛仍被汗水刺痛，身體操勞到像在燃燒。他最後奮力一挺，終於爬上山頂的岩石。

有片刻時間，他除了迴旋的灰色霧氣外什麼也看不見；然後雲層分開，他以很斜的角度看到了二十二號集中營，它在下方一直延伸到遠處。一個奴隸王國，大到他看不見邊界。礦坑豎井的開挖面冒出一柱柱的蒸氣。他能看到幾百個工作小隊在一望無際的褐色田野上辛苦勞動。衣服工廠傳來遙遠的機械碰撞巨響。他把目光往南移，望向囚犯住的村子，那些小屋蔓延到視線的極限；他想起母親，感覺胸口揪緊了。他能看出處決場，還有火葬場冒出的滾滾黑煙。一道閃光照亮地平線，接著是遠遠的隆隆聲，一支火箭爬上東海上方的天空。

趙上校看著自己的手，發現他緊握著拳頭。他在發抖。

善良而忠誠的人在這個坑裡受苦死去。他們在進入那道大門前受到多大的欺瞞啊。他自己又是如何徹底欺騙自己，騙了一輩子。他的眼中盈滿淚水。這是隱藏在光輝後頭的眞相，這是他爲之賣命的理想那黑色的心臟。

頭頂有一隻烏鴉在盤旋啼叫，牠是噩兆的先驅。然而趙上校並不覺得被詛咒。有一瞬間，太陽刺穿騰湧的雲，將一道鍍金的光束投射在下方的黑暗地景上。他感覺拯救壓在肩上，他看到自己生命的意義赤裸裸地攤在眼前。

我將成為目擊者。我要活下去，向全世界證明這個。

☆

他手腳並用地爬下山峰另一側，朝西北方走，一路試著用樹木作爲掩護，但他有兩度必須穿越開闊的草地，他的足印在深深的積雪裡十分醒目。他看到再往下一些有零星分布的農舍和穀倉。大片的雪花開始旋轉降落。要是它足以掩蓋他的行跡就好了。

他遇到的第一座穀倉坐落在田野中，緊鄰田野的右側是一片濃密的松林，松林再過去則是往下通往鐵軌的密林山坡。他停下來傾聽——一片死寂——然後開始搜查穀倉的外部。他運氣不錯。門外的勾子上掛著一件農夫連身服，刻意留在外頭好把蝨子凍死。布料很破舊，到處都是補丁。趙上校取下連身服，試開了一下門。門內瀰漫著強烈的糞肥和發霉乾草的氣味，一頭年邁的棕牛趴在乾草上，牠的大頭不置可否地轉向他，用鼻子噴了口氣。他閃身溜進穀倉，把衣服換掉，他還找到一雙對他來說太大的橡膠靴。在把藍色囚服埋進一堆青貯飼料底下之前，他先拆掉他粗手粗腳把口袋縫死的縫線，取出他母親塞到他手裡的那顆包著玻璃紙的堅硬球狀物。他把它舉起來細瞧。被雪地反射的天光從穀倉牆上的木板縫隙滲進來，照得玻璃紙下的細小白色結晶體閃閃爍爍。

冰毒。他估計大約有四十公克。

他四處尋找可用的表面，在地上找到一片破窗的碎玻璃，他把它擦乾淨，擱在自己腿上；然後他坐在一綑乾草上，開始慢慢拆開玻璃紙，過程中不時撕下一小塊。

他母親把這東西藏在身上藏了多久？她昨天爲什麼要把它帶進實驗室建築群……？

趙上校停下動作，瞪視著虛空。

為了自殺。**在她選擇的時候**。她只需要用藥過量就行了，把整顆球吞下肚，她的心臟會停止。他的眼睛蒙上淚霧，過了好幾分鐘他才能逼自己繼續。

他非常小心地用指甲把粉末分成用玻璃紙包的較小球狀物，直到做出十顆，它們在白色的天光下像珍珠般光亮，而剩下的冰毒則是較大的一球。

乾草堆底下有某種腐敗的作用在發生，使得乾草堆散發微微的熱氣。他把珍珠般的冰毒收進連身服口袋，接著他用稻草蓋住自己，一瞬間就睡著了。

☆

他睜開眼睛，聽到男人對話的聲音。

他不知道自己睡了多久。木板縫隙透進來的光變成淡淡的螢光藍，他的飢餓感復仇般捲土重來，臉凍得麻麻的。

聲音就在門外，在討論失蹤的連身服。門吱呀一聲開了，趙上校往乾草深處縮，看到一盞煤油燈的光芒照亮穀倉。一個男人和一個青少年走進來，他們的衣服和帽子都覆蓋著粉狀的白雪。趙上校向祖先禱告，希望雪下得夠大，足以掩蓋他的所有足跡，不要洩露他走進穀倉並且沒有離開的事實。

「阿帕，沒有人躲在糞肥裡啦。」男孩講話帶有濃重的咸鏡口音，「小偷已經跑了。」那個父親逗留了一會兒，似乎注意到趙上校用來分冰毒的玻璃碎片。他們慢吞吞地離開，把門關上。

趙上校一動也不動地躺著，神經進入高度警戒。他等了幾分鐘，然後盡可能輕手輕腳地爬起來。他小心翼翼地打開門，四處窺伺一番。外頭正下著大雪，農夫和他兒子的足跡朝左延伸。從這裡到有掩護的松林，必須穿越大約三十公尺長的田地。他跨出去，踩進積得很深的新雪。他的腿陷下去，膝蓋以下全在雪中。他只能誇張地邁著大步來走路。農場上的狗吠起來，引來山谷更深處另外十幾隻狗一起叫。

於是他改用跑的，蹚過硬脆的雪跑進樹林。

松樹底下沒有被雪侵入，因而比較暗。他持續移動，把樹枝撥開，在樹木間穿梭，沿著山坡往下朝鐵軌走。

二十二號集中營的煤礦就是藉由這條鐵軌運送出去的，他猜目的地是北方大約十公里外的會寧。他在山頂上看到它，那座緊鄰圖們江的小城市，而圖們江是朝鮮與中國的邊界。他要很幸運才能在傍晚時走到那裡。他睡了多久？天空看起來像下午三、四點，天已經漸漸暗下來了。他真是個蠢蛋！他走不了兩公里，那個農夫或他的狗就會發現他的腳印，向保衛部示警。他的逃生之窗已經大幅變窄了。

趙上校聽到身後傳來遙遠的狗叫聲，感覺一股腎上腺素電擊般掠過全身。他開始跑，在枕木和鬆散的碎石上磕磕絆絆。

☆

除了雕像和紀念碑周圍幾盞孤燈以外，會寧籠罩在黑暗中。他頗有把握這種規模的城市會有非正式的市場，能讓他買到他需要的東西。果不其然，他看到火車站月台邊有幾十個阿朱瑪，正藉著小手電筒的藍色光束在收拾貨品。有個燒煤的火盆提供大量的煙和少許的光。他靠近一個女人，她的頭用破布纏得緊緊的。她正在收私釀的小瓶玉米酒和一盒盒中國香菸，紅雙喜牌。

他跟她交涉時，盡可能少說話。在這個地區，平壤腔調會像閃爍的招牌一樣讓他引人注目。她只用極短的時間瞥了他一眼，但他在她的目光中看到貪婪和懷疑。他的胃部揪緊，看著她在手電筒的弱光下檢查他的冰毒珍珠，她把它打開，用鑰匙末端沾一小團吸進鼻子。片刻之後，他提著裝有一瓶玉米酒和十條香菸的塑膠袋離開。

一群鐵路工在會寧車站外的街上一間流動食堂裡喝熱湯，他們的臉被罐子裡那一小簇亮點照亮——那是燒菜籽油的燈。攤商接受趙上校用三根香菸換來一碗湯，他去桌邊跟那群男人坐在一起。他一心只想快快吞下食物，然後就走人。如果有人盯上他，他拿不出任何文件。他最好的機會是趁今晚過江逃跑。但是當他細細品味這碗湯，湯裡有新鮮麵條和帶筋的滷豬肉，他感到天旋地轉。這是他一年來吃到的第一頓眞正的食物，而它產生立即的人性化效果。他已經覺得他之前過的半動物半奴隸生活很不眞實了，像一場噩夢。他看著那些鐵路工的臉。他們的臉被油和煤灰染黑，但是在趙上校集中營囚犯的眼裡，他們看起來身強體健，他想起自己已經很久沒照過鏡子了。他扭過頭去，望向身後火車站一扇暗窗的玻璃。即使光線很暗，他所看到的影像仍足以使他倒抽一口氣，對自己被蹂躪的身體產生的巨大憐憫排山倒海而來。他的頭是個骷髏般的灰色球狀物，頭髮東一處西一處地成片脫落。露出的一塊頭皮上交錯縱橫著毆打造成的傷疤。他臉上布滿飢餓和缺乏陽光照射而形成的潰瘍和癤瘡，皮膚像一塊緊繃在骨頭上的舊破布，使他的眼睛看起來又大又黑。這是他的臉，這點沒有疑問，不過它的改變幾乎和他的內心同樣劇烈。

「公民，你是打哪來的？」

鐵路工的臉像一張沒有笑容的黑色面具。其他人都停止吃喝，眼睛盯著他。他突然間意識到這身農場連身服有多臭。

「清津。」趙上校嘟噥道，擔心腔調太明顯，「我……病得很厲害，我到北方來買藥。」

那男人的目光變柔和了，趙上校察覺他的回答通過了某種測驗：這裡的人很習慣有外地來的人希望溜進中國，購買在家鄉不可能取得的物品。

「你身上有菸嗎？」男人問。

趙上校拿出一包香菸，請在座每個人。

「紅雙喜。」鐵路工贊許地說。他把香菸夾在耳後，繼續喝他的湯。趙上校以爲他們的互動就這麼結束了，但這時候男人說：「這裡的河太寬了，不可能神不知鬼不覺地通過，而且冰也太薄了。沿著茂山路往西走，直到河面變窄而且凍得夠硬。離這裡大約六個瞭望塔之外有個安靜的地點。」

「如果衛兵攔下你，給他餅乾和香菸。」他的一個朋友說。

「還有保證你回來時會帶禮物。」原先那人心情開朗起來，說，「一瓶茅台酒很不錯，或是人民幣現金。跟他們說你只去一、兩天，問清楚他們當班的時間。」

趙上校不敢相信自己這麼好運。他鞠躬向他們道謝，給了他們一人一包菸，他們接受了，沾滿煤灰的臉露出象牙白的笑容。他站起來再次鞠躬，不過注意力被身後的動靜吸引。他轉頭看，結果心臟差點停止。

有個人提著罐子和刷子走開，而剛才趙上校用來照鏡子的那扇窗戶上，現在有他自己的臉，從一張黑白傳單上回瞪著他。

通緝殺人犯

趙尚浩

照片底下則寫著：

危險！

如見到此人，立刻通報國家安全保衛部

殺人犯？他感覺雙腿變得像紙。

一時之間，他驚慌到不敢回過頭面對那群人。

已經開始了？保衛部已經開始追捕他了？老玄一定是立刻就通報他失蹤的事。趙上校不能怪他，也許這能為他多掙得一杯玉米粥。他目不轉睛地盯著那張照片，他覺得自己和那個人有種奇異的分離感。那是他過往人生的臉孔，鬍子剃得乾乾淨淨，頭髮油亮地往後梳，滿足，自大，尊貴。那是從他的黨員紀錄中拿來的照片，照片邊緣隱約可以看到他的肩章。

「謝謝你們，各位公民。」他向那群人道晚安。

他們舉起香菸道別。

他一脫離他們的視線範圍，就拔腿狂奔。**通緝殺人犯？我的祖宗啊！**他記起這種手段：如果階級很高的菁英分子脫逃，就會被冠上令人髮指的罪名，中國警方也會收到通知。有一件事很確定：他們很堅決要抓住他，而這層領悟在他內心燃起同樣強烈的相反決心。他不會被抓住。

但是當他用食物和休息賦予他的體力沿著一條空無一人、朝西的馬路狂奔，他強迫自己慢下來。他自己都看到了自己的變化，很難想像任何人能把他和那張照片連結在一起。

☆

在城市西緣的一座公車站裡，他的臉出現在每根燈柱上。他找到另一座非正式市場，用更多冰毒珍珠換來人民幣、米餅、羊毛帽和更多香菸。有個攤商把電子用品鋪在草蓆上販售，他買了一支未登記的非法諾基亞手機和充電器，以及中國移動公司出的五十元面額電話卡。攤商跟他說明如何使用那張電話卡，並補上一句：「前提是你能找到地方給手機充電。」

他找不到任何人在賣菜刀或是他能用來當武器的物品，如果他有能自衛的工具，會比較有安全感。他用剩下的現金買了一支小手電筒、一個刮鬍刀片，以及一包捲菸紙。他用了極大的努力保持冷靜，盡可能惜話如金。似乎沒有人多看他一眼。他是個流浪漢，無名小卒，而且他臭得像頭山羊。

他走在出城的路上，經過一片工業區，那裡有許多生鏽的煙囪和安靜的工廠。他稍作停頓來確認沒人跟蹤他，然後溜進一座貨場的陰影裡，找到一個廢棄車庫。他蹲在油膩的混凝土地板上，打開小手電筒，小心地取出剩餘的大團冰毒。先前他有了個主意，覺得起碼可以把冰毒變成某種武器。他穩住手，用刮鬍刀片沿著紅雙喜香菸的長邊切開，把大量結晶粉末倒在菸草上，讓菸草和毒品混在一起。他用捲菸紙把香菸重新捲好，審視自己的作品。幾乎看不出來這菸被動過手腳。從他這裡接受這根菸並拿來抽的任何人，都會吸入足以讓心跳停止的過量毒品。死亡會在極樂的吞雲吐霧之間到來。他謹慎地把菸放回包裝中，刻意上下顛倒，這樣他就知道哪一根有毒品。

沒多久他已出了城，循著一條彎彎曲曲、沒鋪柏油的小徑走，這條路沿著圖們江而建，而圖們江正是國界。這裡的溫度低了許多。他右邊的河面是條冰路，看起來蒼白而呈現半透明，彷彿它能吸收星光。光線太暗了，看不到中國那一側的河岸。每隔幾公尺就立著一面標示牌：**邊境區域！請勿進入！**不過更讓他心驚膽顫的是這裡沒有任何樹木能提供掩護，而且河面較窄的每個位置都設立了低矮而結實的混凝土瞭望塔，他能看到衛兵的頭盔頂端在細長的窗口內移動。

趙上校感到一陣潮水般的慌亂。

現在就渡河吧，他腦中有個聲音說，**趁你還沒被盤問**。這裡夠暗，他能不被人看見地溜過去。何不就在這裡，在瞭望塔前面渡河呢？趁著他撞上巡邏隊之前，從這最令他們意想不到的位置渡河吧！

他被一股無法忍受的激動情緒淹沒，發現他的腿帶著他朝冰面走，慌亂使他的官能暫時癱瘓。對岸近在不到四十公尺外，他花不到一分鐘就能過去。他走下河岸，右腳踏上冰面，耳中全是血流奔騰的聲音。

「站住！」

憑空冒出一個聲音讓趙上校僵立原地。

「把手舉起來！轉過身。」

他慢吞吞地舉起手，轉身，看到一個士兵拿著AK－74步槍對準他，從聲音聽起來，士兵還是青少年，可能才剛脫離社會主義青年聯盟。士兵打開裝在槍管上的細手電筒。

「你在這裡做什麼？這裡是禁區。」

「同志，我……」

「你有吃的東西嗎？」

趙上校詫異地指著他攜帶的塑膠袋，把它放在地上。他慢吞吞地遞了一包米餅給士兵，他一把搶過去，塞進外套口袋。趙上校受到鼓舞，又給了他一包沒開過的香菸和一小瓶玉米酒，這些都消失在口袋裡。男孩戴著迷彩頭盔，穿著很大的帆布靴。

「給我看你的證件。」

趙上校舉起雙手。「同志，我只是個小老百姓，我想去對面找親戚，他們會給我我需要的藥。我明天晚上同一個時間就會回來，還會帶米送你，還有一瓶茅台。」

男孩頓了一下，消化這番說詞。

「你是從平壤來的……？」

「對。」趙上校還來不及阻止自己，話已經脫口而出。

男孩伸手從胸前口袋掏出一張傳單。手電筒的光射向趙上校慘不忍睹的臉，然後又回到傳單上。然後再回來。趙上校在明亮的光線中瞇著眼。

「你叫什麼名字？」他的聲音變大了，帶著興奮。

趙上校沒想過要用什麼化名，才遲疑了一下，還來不及開口，男孩已經吹響哨子。

他訝異地看到四處都亮起燈，沿著河岸也有，瞭望塔屋頂上也有，都找到他、聚集在他身上，好像他是舞台上的演員。

趙上校轉身就跑，拚了命的跑，在冰上又滑又跌。爬起來繼續跑。他聽到自己的鼻子像牛一樣噴著粗氣。

他後方有許多聲音在大喊，瞭望塔響起警報聲。他知道邊境駐軍依規定不可以朝中國河岸開槍。

「停下來，不然我們要開槍了！」

他過河愈遠，就愈安全……一秒接一秒，一公尺接一公尺，他逐漸接近，看到中國在黑暗中成形。有樹有山丘有田野。

某個東西帶著尖銳的聲音掠過趙上校的耳朵。第一顆子彈擊中結凍的河面處，碎冰像玻璃一樣射向他的眼睛，緊接著才聽到揮鞭般的槍聲。

另一顆子彈鏗的一聲射進他前方的樹幹。

離河岸只剩一小段距離時，他感覺左腿彷彿被人很用力地推了一下，接著是另一聲槍響。他跌倒，臉貼著冰面滑行。

起先的一、兩秒，他感覺不到痛，雖然他知道自己中槍了。接著劇痛像一道閃電穿透他，讓他眼前一黑。他慘叫出聲，呼吸困難。下一顆子彈從離他耳朵極近的地方飛過去，他都感覺到空氣的流動了，這時他心中某種近乎超自然的力量驅策他前進。他爬起身，用一條腿撐住自己，感覺腎上腺素在奔湧。接下來他只知道他抓著樹根和樹枝，把自己拉上河岸、脫離冰面。

朝鮮那一側河岸的探照燈似乎跟丟他了，那些光束左右移動照進黑色的樹林，使得樹木映出長長的影子。趙上校毫不停歇地往前爬。他在深雪裡鏟出一道溝槽，留下血痕，一手護著臉以免被樹枝刮傷。他的身體愈來愈重，在柔軟的雪粉裡往下陷。他趴倒在地，讓自己喘口氣。他剛才在冰上滑行，使得半邊臉感覺都被割傷，熱辣辣地痛。他的小腿像著了火，他能感覺子彈的熱度燒灼他，褲管已經被血染黑了。探照燈關掉了，一時之間他置身徹底的黑暗中，但他知道瞭望塔裡的士兵應該已經在用無線電跟中國的邊境軍聯絡。**緊急狀況！有個殺人犯逃走了……**他們會請求對方允許保衛部探員過河把他擊斃，就像對待動物園裡脫逃的野獸。他弄丟了裝著米餅和其他物品的袋子，但被他動過手腳的那包菸還在一邊口袋裡，另一邊口袋則裝著手機和充電器。

他眨掉眼裡的汗水，在柔軟的雪地上翻身。他從褲腿上撕下一塊布，做成止血帶綁在小腿頂端，咬緊牙關把它綁緊，呼吸在鼻腔裡發出咻咻的聲音，然後抹了一把雪在傷口上。傷口有多糟？**很糟**。內部肌肉撕裂，被扯掉的肉弄斷了神經。他的腿被軍用重武器轟出一個敞開的大洞，腳沒有知覺、軟綿綿地垂著，不過子彈一定以毫釐之差掠過骨頭。雪地上有一道血痕！他還能讓他們的工作更輕鬆嗎？他忽然感到一陣狂喜，他猜想是太過驚嚇而產生的荷爾蒙反應。他伸手拿了一根枯枝當拐杖，把自己撐起來，跌跌撞撞地繼續走。

前方的樹木變得稀疏，他看到一條馬路，路的兩側都是被清開而堆得高高的雪。路的對面大約只有半公里左右的距離外，有一棟亮著燈的農舍，他還能看到農舍後方是一片光禿禿山丘的淡藍色輪廓。他逼自己爬上被犁到路旁的雪堆頂端，正準備爬下去到馬路上，還一邊忍受讓他眼前直冒橘色星星的小腿劇痛時，他聽到車聲。他決定要攔下那輛車請求幫助。把自己交付給命運，或是死在這裡。他不認為他有辦法走到農舍那裡。

燈光使他突然屏住呼吸。那像藍寶石和紅寶石的閃光代表警車。他翻身仰躺，像塊石頭一樣動也不動。他沒有時間逃跑。那輛車慢得像用爬的，緊閉的車窗後頭傳來沙沙的警用無線電聲響。它開過他身邊，他這才敢呼吸。

☆

等他走到農舍庭院時，他的呼吸已經極不穩定，他拚命不讓自己因失血過多而昏倒。他敲門。一股濃烈的豬味襲向他，屋裡有隻狗在低吼。腳步聲響起，門開了，在地上投射出一塊黃色光芒。他看到男人頭部的輪廓。

「你是誰？你要幹嘛？」

趙上校拚命想讓視線聚焦。男人的輪廓變得毛毛的、糊糊的，他看不到對方的臉。他突然覺得反胃。

「如果你是從河對岸來的，我不能幫你。」

他的頭開始天旋地轉。門在他面前關上。接下來他只知道地面升上來撞向他的臉頰，他眼前一黑。

☆

趙上校恢復意識時，聽到嗅聞的聲音，還感覺有個濕鼻子在碰他的耳朵。他的小腿又脹又麻。一張曬得很黑的粗獷臉孔低頭望著他。那男人大約五十歲，打量他的目光帶有鄉下人的疑心。一股消毒劑的刺鼻化學味飄進趙上校的鼻腔。他試著看清周圍的環境。他仰躺在爐火前的廚房瓷磚地板上，那爐火散發著紅光。這個房間樸素而簡陋，水槽上方掛著一套傷痕累累的金屬平底鍋。一隻狗正忙著在他身上東聞西聞，嗅著他的血味和臭味。

「你的腿怎麼了？」農夫說，說話帶有韓裔中國人的悅耳腔調。

趙上校聽到他的腿邊傳來猛抽一口氣的聲音，這才察覺他的左腿擱在一只熱騰騰的水盆上，有個前臂紅通通的大塊頭女人正試著用消毒劑清潔他的傷口。她每蘸一下都讓他痛得縮一下。

「我過河的時候……出了意外。」趙上校虛弱地說。沒必要否認他是打哪兒來的。「謝謝你們幫我。」

「你惹上什麼麻煩？」

趙上校緊緊閉上眼睛。「你有止痛藥嗎？」

農夫邁著沉重的腳步離開，帶著一瓶琥珀色液體回來。

「我自己做的。」他把瓶口湊到趙上校嘴邊，趙上校感覺那酒像岩漿一樣沿著食道一路往下燒。他咳了起來，等他再開口說話，他只剩氣音。農夫和他的妻子現在都站在他面前。

「拜託，我可以給手機充電嗎……？」趙上校無力地從連身服口袋掏出手機。

那對夫妻互看一眼。農夫不太情願地接過去。「插座在隔壁房間。」

「我會盡快離開，不給你們找麻煩。」

「你先在這裡休息吧。」農夫眼光不離開他身上說道，「我們晚點再談。」

女人擦乾他的小腿，在底下墊了條毛巾，農夫又給他灌了一大口私釀酒。

他全身的力氣都耗盡了。他再次昏睡，意識時有時無，而且沒有時間感。他夢到有人壓低嗓門在隔壁房間爭執。等他醒過來，爐子裡的火已經變得較微弱，他因發燒，額頭上結滿汗珠，躺在硬地板上使他的背又僵又痛。他抬起頭，看到那條狗趴在角落的墊子上望著他。農夫在隔壁房間說北京話，然後廚房門開了一條縫，他看到那男人在窺看他。

「拜託。」趙上校說，「我的手機……」

「休息吧、休息吧。」男人哄著他。

趙上校提高音量用喊的。「把我的手機給我！」

農夫走進廚房，怒氣沖沖地瞪著他。他把手機遞給趙上校，它因爲充電的關係而發熱。趙上校打開手機。

他的手在發抖，他輸入電話卡密碼，把五十元人民幣的額度儲進去，但他不知道這夠不夠；接著他輸入幾乎一年前便牢記在心的號碼。他無法判斷現在華盛頓是幾點。

潔娜聽起來遠得不可思議，像是來自另一個世界。

他連一秒鐘都不能浪費。他沒有打招呼，直接告訴她自己在哪裡，並且趁著吃力地呼吸的空檔，開始對她描述他對二十二號集中營裡的人體實驗計畫有什麼了解。爲了怕農夫聽見，他用的是英語。

「我是那裡的囚犯，我親眼看到了。」

她說：「這是開放線路……」

她在警告他。中國的安全部隊會監聽每一通越洋電話，而這一通電話會讓他們立刻提高警覺。發話者在偏遠的邊界區，跟維吉尼亞州蘭利市的人對話。不過現在這都無關緊要了。

「聽就是了。反正再過幾分鐘我就沒命了。妳的朋友費斯克說對了，金正日的核武威脅只是虛張聲勢，只是煙幕彈，掩蓋更加惡劣許多的眞相……長程火箭試射的目標，是要將美國納入某種叫 scytodotoxin X 的神經性毒劑的攻擊範圍之內，那是一種大規模殺傷性武器，會汙染食物和供水，奪走數百萬人的性命。那就是彈頭裡要裝的東西。我見過一微克的毒藥在十秒鐘之內就把人的身體變成怎樣，妳根本想像不到。」

農夫聽到他說英語，臉上的懷疑轉變成赤裸裸的敵意。他說：「你是間諜嗎？」

趙上校說：「聽到妳的聲音眞好。」

「等一下。」潔娜頭一回露出驚慌的語氣，「你的精確位置在哪？」

有輛車開到窗外的院子裡停下，廚房天花板變成紅藍閃光交織而成的萬花筒。

「沒用的。再見了，潔娜。」

「嘿！」農夫試圖從趙上校手裡搶走手機，但趙上校只想聽她說再見。

電話中盈滿靜電噪聲，遙遠的蘭利市電話響個不停。潔娜的聲音冷靜而穩定。

「請把手機交給跟你在房間裡的人，跟他說我要講兩句話。」

51

維吉尼亞州，蘭利市
殖民農場路一〇〇〇號
中情局總部

「情報內容不是比線民更有價值嗎……？」費斯克心虛地皺著臉，當他刻意背離自己的原則時就會露出這個表情。「妳是認真的？在中國領土上執行任務？」

「他是我們有史以來在北韓最珍貴的情報來源。」潔娜說，努力不太大聲，「他給了我們高級情報，揭露了不止一個……」

「好啦，好啦——」

「……而是**兩個**北韓的祕密行動。如果我們把他丟在中國自生自滅，我還是人嗎？」

「可是風險……」

在他的辦公室爭論了很長時間後，費斯克退讓了。

「我需要在延吉市的安全屋、當地聯絡人，以及武器。」潔娜說。

他把頭靠向椅背，無奈地長嘆一聲。

他們一路向上取得國家安全顧問的許可，在幾小時之內，行動計畫已經成形，要讓趙上校用假美國護照進入美國。入境之後，他將獲得所有脫北者都能獲得的庇護。

「我們沒有時間爲妳申請正式的外交豁免權。」費斯克抹著臉說，「中國人會察覺事有蹊蹺。妳要以非官方臥底身分行動。」他看到她明顯地畏縮了一下，點點頭。「妳確定對妳來說他值得？」

對中情局行動人員來說，非官方臥底是在海外行動最危險的狀態。如果被逮到，她將任由中國的安全部隊宰割。她不受到外交保護，沒有豁免權。她必須否認和她的政府有任何關聯。

「如果這事出了差錯，潔娜。」他說，突然對她生起氣來，「妳要負全責。」

52

中國
吉林省
延吉市
二〇一一年，十二月十七日，星期六

艾米．米勒一走出延吉機場的玻璃門，就被東北九省的寒冷給窒住了呼吸。幸好她不用等，有個司機舉著寫有她名字的標示牌，直接把她載到旅館，那間旅館位於商業區，充斥著霓虹招牌和鑲著翠綠色玻璃的浮華大樓。就連這座城市的市中心看起來都破敗而俗麗，她心想。

她對櫃檯經理露出笑容，看著他抄下她的護照號碼；她在住房登記表上的職業欄塡的是旅行社業務，住址則寫的是密爾瓦基市的阿靈頓高地區，並且用英語詢問還有沒有其他參加華北旅展的代表入住這間旅館。直到她給了行李人員小費，鎖上房間門，站在蓮蓬頭熱氣蒸騰的水柱下，艾米．米勒才開始感覺自己又是潔娜．威廉斯了。

位在中國東北吉林省的延吉市是一座小型城市，離北韓邊界不到五十公里。延吉市的人口有一大部分是朝鮮族，北京話是他們使用的第二語言。潔娜爲學術目的造訪過延吉市好幾次——她的北韓方言就是在延吉市學會的——每次她都覺得自己身在一個什麼都可能發生的邊境城鎭。這城市有種躁動感，而且代表的不是好事。喬裝的保衛部探員有權追捕逃走的北韓人，未成年少女被非法賣入下流的按摩院，從此無消無息，因結晶甲基安非他命致富的人讓城市當局成為暴力幫派分子的傀儡。

中情局在瀋陽的駐地站長替她安排了一間安全屋，就在離旅館步行五分鐘的距離外，但她知道這裡所謂的「安全」只是相對用語。中國國家安全警察一定已經注意到她來到這座城市，有相當高的可能正對她採取某種程度的監視行動。她必須拿出極端的謹慎。

安全屋是一間位於骯髒大樓八樓的公寓，這棟大樓的樓梯間散發凝固豬油的氣味。她繞了很遠的路，不時折返，彎過位於相反方向的其他幾棟樓，來確保沒人跟蹤，最後終於來到公寓，看見趙上校裹著毛毯躺在睡墊上，意識時而清醒時而恍惚；一旁陪著憂心忡忡的小林，他是個戴著眼鏡的年輕人，是中情局在瀋陽的線民，在中國人民武裝警察部隊擔任軟體設計師；還有一個黑牌外科醫生，小林找他來治療趙上校左小腿的槍傷，那傷口已開始紅腫了。小林用氧可酮讓趙上校保持昏昏沉沉，因為那外科醫生（潔娜懷疑他專門替城內的幫派服務）表示在他拿到為數可觀的現金酬勞之前，拒絕施治；潔娜一到，連外套都還來不及脫，就先給他錢。小林遞給她一只有厚厚內襯的信封，信封裡是一把小巧的貝瑞塔八〇〇〇手槍——她偏愛的武器，加上裝得滿滿的雙排彈匣。

☆

那個豬農完全遵照她的指示行事：農夫開門迎接中國邊境警察時，趙上校的手機還在他手裡。她聽到他用帶有中國腔的韓語對他們說的每一個字。「大約兩小時前，他來這裡求救，我叫他去自首。你們怎麼動作這麼慢？他現在早就不知道跑哪去了。」

她信守承諾，隔天那個農夫就發現他的銀行帳戶裡多了一小筆財富。她成功地在清晨時分派車接走趙上校，把他帶到延吉市。

她知道他消失在中國，很快就不是中國邊境警察的業務，在平壤可能施予政治壓力之下，到現在應該已經升級至國家安全等級。他們時間不多，她一定要在十二小時內把他弄出中國。他的美國護照在她身上。中情局駐地站長正在安排他飛離瀋陽的航班——瀋陽在八小時車程外——用的是醫療保險文件。

☆

外科醫生是個子矮小、外型強悍的中國漢族，他跪在地上沉默地幹活。她看著他清理傷口，用鑷子挑出彈殼的小碎片，縫合子彈射入和射出的彈孔，然後用乾淨的繃帶纏住小腿。他剪開趙上校前臂的腐爛繃帶，輕輕觸摸正在癒合的骨頭，然後重新包紮。他在桌上擺了兩小瓶鎮靜劑和一包拋棄式針筒。「不能讓他的血壓升太高，開車去瀋陽之前給他注射一次，上飛機前再注射一次。」

小林送醫生出去，然後出門去買衣服和食物了。趙上校沒有衣服可穿，而且需要補充大量營養才能踏上往瀋陽的漫長旅途。潔娜現在才開始擔心這部分的計畫：沿路會有警察檢查哨，例行檢查行車駕駛的證件。

她用廚房的小電爐燒了一鍋熱水，給自己泡了杯綠茶，然後背靠著牆坐在地上；天空又開始降下迴旋的雪花，窗外的世界成爲白茫茫一片，像個空無的世界。這時候是下午兩點。等小林採購回來，她會立刻叫醒趙上校，評估他的狀況能不能進行長途旅行。

她看著他的呼吸一起一伏，這畫面有種讓她進入冥想狀態的效果。牆上的時鐘滴答響，加熱的地板散發某種化學森林的氣味。室內僅有的另一件家具是張桌子，桌上放著趙上校所有的世俗物品：一包裝著兩根菸的紅雙喜、幾張縐巴巴的人民幣，還有兩個用玻璃紙包著的神祕白色粉末球狀物。除此之外別無長物。他一定把手機給扔了。

他可能是任何人，她心想，拿起那包香菸在手裡翻轉。一個無名小卒，一個凡夫俗子。他的身體只剩骨頭和肌腱，但緊繃的皮膚讓他的臉看來異常安詳，像是小男孩。她替他調整一下毛毯，把它掖到他的下巴，突然有種奇怪的念頭，想要輕拂他的臉頰、撫平他的額頭。她在紐約見過的所有傲慢都消失了。她並沒有宗教信仰，但她覺得他的靈魂似乎移除了枷鎖，現在它既謙卑又輕盈，都能飄上雪雲之外了。她聯想到索忍尼辛寫過的句子。**唯有你尚未奪取某人的一切時，你才有權力掌控他。可是當某人已一無所有，他就不再受你的力量宰制。他是自由的。**

她上次在平壤見到他時，他已經身陷大麻煩。**之後他被打入二十二號集中營，那個有去無回之地……還逃了出來？**她驚嘆地默默搖頭。他一定深深得罪了金氏政權。她試著猜想他可能觸犯什麼法條，不過接著她又想起，在北韓法律根本不重要，除了一條之外，如果違反這條法律，將受到最嚴酷的懲罰：對金氏王朝的絕對忠誠。

「別碰那個。」

她從思緒中驚醒。趙上校的眼睛瞇成兩條細縫。

「我……不抽菸，我不會碰。」

「把它丟了吧。我在其中一根菸裡塡了結晶甲安……以防我需要……讓某人吸毒過量而死。」

她呆呆地點頭，把菸塞進外套口袋。她要把它好好地丟在街上的垃圾桶。他的聲音幾乎只能算是耳語。「妳……救了我。爲什麼？」

他翻身側躺，望著她，枕頭遮住他半邊臉。她感覺他的自尊心不希望讓她看到他這副模樣。

「你讓我看到我妹妹，我救你出去，這不是我們說好的條件嗎？公寓裡好安靜，他們能聽到自己的呼吸聲。

她問：「爲什麼被送去二十二號集中營？」

他一時沒有回答，望著她許久，然後他淡淡一笑，躺回去，盯著天花板。「妳可以說這是我的命吧……在我出生之前就寫在星象裡了。」

「你活下來了。」她悄聲說。

他非常輕微地點點頭。「那都是因爲我母親的愛。」

她還來不及問他是什麼意思，兩人同時因爲外頭走廊的電梯門開了而轉頭看著門的方向。潔娜知道那只是小林帶著補給品回來了，但她還是立刻進入戒備狀態。她走出趙上校所在的房間，把門帶上，然後依照正規程序拿出貝瑞塔、拉開保險。她早上檢查過彈匣，也清理過內膛和槍栓。她有十五發子彈。她等著事先約定好的暗號：敲兩次門，一次連敲兩下。暗號沒錯。她取下門鍊，把門拉開。突然間門向內猛推，差點打到她的臉。她舉起貝瑞塔，兩手持槍瞄準。

小林站在門外，嘴唇顫抖，他用嘴形說**對不起**。

用葛拉克一七手槍指著小林耳朵的男人，頭髮剃得很短，穿著廉價黑色皮夾克。他的身後站著四個身穿深藍色制服的中國國家安全警察。穿皮夾克的男人冷靜地用韓語說：「放下武器。」

潔娜慢吞吞地把貝瑞塔放到地上。

「現在往前走。」

一個粗布頭套以快到讓她來不及反應的速度罩在她頭上。爲了警告趙上校，她扯著喉嚨尖叫，直到有隻手掩住她的嘴。她的手被人抓住，冰冷的鋼鐵手銬銬上去。

皮夾克男說：「妳不再發出一點聲音，我們就能以文明人的方式解決。」

他們押著她沿著走廊走，經過鄰居窺伺的目光，進入電梯，然後摘掉她的頭套。她兩腿發軟。她的僞裝似乎太過拙劣，他們一下就看穿了。她只是很訝異他們這麼快就找到她。

電梯門關上，電梯抖了一下，開始下降。她想著她母親，想她要怎麼向她解釋這一切。她想到秀敏，想到費斯克會多麼失望。這樣結束職業生涯眞是可悲。

皮夾克男背對著她。兩個中國警察在她身後。她猜想另外兩個警察進到公寓去逮捕趙上校了。

「我們要去哪裡？」

皮夾克男不發一語。

走出大樓的前門後，她被帶上一輛沒有標示的黑色福斯 Bora 轎車。兩名警察一左一右夾著她坐在後座，皮夾克男進入副駕駛座，旁邊是一直在待命的司機。

車子打了方向燈後融入車流，雨刷把雪雨和霓虹燈攪成模糊的一片。潔娜沒穿外套，冷得直發抖。她穿著牛仔褲、跑鞋、薄毛衣，再加上黑色鋪棉背心。

她試著思考，猜想他們要帶她去瀋陽，那是離這裡最近的大城市。最好的情況是她會被控以假文件非法入境，並且在北京對華盛頓提出外交抗議之後被用來當作談判籌碼。最壞的情況則是她會消失在祕密監獄裡，發現自己被拴上腳鐐，並且像一罐豆子被人打開。趙上校可就沒那麼幸運了。無論他們爲他準備了什麼，都不是好事，她發現在這當下她擔憂的是他的命運，而不是她自己的命運。

值此危機時刻，她的心被一股奇異的平靜籠罩。一般人驚慌失措的時候，行動人員要懂得評估狀況。她勢必能用趙上校已經告訴她的情報來協商，請求釋放趙上校……中國跟華盛頓一樣忌憚金氏政權的致命能耐。她必須做出正確的判斷。

接近傍晚的尖峰時段使得延吉市中心的交通慢得像用爬的，不過開了大約半小時後，馬路變得比較安靜了。車子掠過每個上高速公路的匝道，現在事態已經很明顯：他們的目的地並不是瀋陽。根據她的估計，他們正在往南走。高樓大廈漸漸稀疏，近城郊區也漸漸遠去，沒多久他們便完全脫離了城市的範圍，朝南方轆轆行駛，穿過在迅速降臨的冬日昏暗天色中，幾乎看不眞切的工業園區和光禿禿的農地。

潔娜的鎭定開始消散，心情向恐懼屈服。

延吉市以南什麼都沒有，只有北韓邊界。

她的呼吸變淺了，感覺腋窩潮濕。

「先生。」她對皮夾克男說，「我們能不能談一談？」皮夾克男無動於衷地坐在副駕駛座。「我有權力爲你們所有人帶來一筆極爲豐厚的收入。」她說，瞄著那兩個警察，「只要你停車，我們就能聊一聊。」

車子加快速度。

在洶湧的雪雲後方，一輪紅日即將落下，馬路往前延伸，往南進入迴旋的雪花中。

我的天啊，不要。

☆

那兩個中國警察低頭望著趙上校，他蓋著毛毯躺在睡墊上，手臂藏在毛毯下。有個領夾式無線電在沙沙響。

「起來，穿上衣服。」其中一人用北京話說。他打開天花板的燈，眼光四處搜尋趙上校的衣服，卻沒找著。

趙上校饒有興味地打量他們。他們出現在這個房間一點都沒有嚇著他，潔娜的叫聲已向他示警了。他們都很年輕，大概才剛滿二十歲。相貌平凡，眼神呆滯。他們該不會根本還沒完成訓練？他習慣面對的衛兵都是經驗老到的殺手，他所遇過的任何其他階層的人都比不上他們的凶殘。但中國國家安全部隊卻派了兩個小鬼頭來逮捕他，他可是逃出二十二號集中營的趙上校耶。他露出無力的笑容。換作過去的他，應該會感到頗受侮辱。他願意拿他僅存的人民幣來打賭他們從沒用過佩槍。

「快點，起來。」同一個人又說。他講話有鄉下人的腔調。

「我動不了。」趙上校用北京話心平氣和地說，「我的背受了嚴重的傷。如果你們要把我帶走，得拿擔架來抬。」

「你在說什麼？讓我看看。」

警察摘下手套，拉開趙上校的毛毯。趙上校把雙手壓在身體底下，好像在支撐他的背，使他的脊椎抬離地面免受壓迫。警察想把趙上校翻過去，但他發出的慘叫聲迫使他們停手。

兩個警察面面相覷。

領夾式無線電爆出一串靜電噪聲。「請回覆，王警官。你的進度如何？完畢。」

跪在地上的警察對同事說：「去廂型車上拿擔架來。」

☆

周圍的地景愈來愈荒涼，變成一片高低起伏、石礫遍地的無盡曠野，一直延伸到視野的盡頭。地上有東一塊西一塊的白色雪堆，潔娜看不到任何人居的跡象。

一會兒之後，馬路開始跟一條鐵軌平行延伸。太陽幾乎已經完全落下，光線變了某種氣象學方面的戲法，讓天空秀出一片蜜桃色和柑橘色的雲。車子放慢速度停在路邊，這裡什麼也沒有，只有馬路和鐵軌。她孤單一人，上著手銬，身處不友善的領土。她的恐懼漸漸變成黑暗的驚恐。

祕密謀殺。他們選了個好地方。

她無法抑制聲音中的顫抖：「先生，不管你要什麼，我只要一通電話就能幫你取得……」

皮夾克男咯咯笑。「閉嘴。」

她試著思考，思考戰術，但她的手無法自由活動，她沒有空間用腳踢，而且這四個人都有武器。她突然為自己感到莫大的悲哀。為了未實現的自我，為了她永遠見不到的未來。她盯著前方，皮夾克男點了根菸，搖下窗戶吞雲吐霧。司機打開收音機……彭麗媛在唱愛國歌曲，一群男聲替她和聲。司機用手指敲著方向盤打拍子。皮夾克男望著窗外。

不過這場謀殺眞是奇怪，一點也沒有即將犯下惡行時該有的詭詐氛圍和黑暗能量。但是哪輪得到她來分析道理？反正事情一定會發生的，否則幹嘛開到這裡來？也許他們在等她的行刑者。

坐她右邊的警察用北京話向其他人嘟囔了什麼，並舉起手機：這裡沒有訊號。

皮夾克男微微一懍，把香菸彈到窗外。

北方地平線距此一、兩公里處，有一列火車慢慢駛向他們，看起來像深綠色樹籬。

皮夾克男從置物箱裡取出某個東西，開門下車，爬上鐵軌路堤的頁岩陡坡。他站在鐵軌上，一手舉著一面橘色旗子，另一手拿著手電筒。他正在向一列開往北韓的火車打信號，而那火車來自……哪裡？北京？

潔娜聚精會神地看著眼前的場景。火車的車頭燈閃了一下，表示收到信號。它開始減速。幾分鐘後，火車來到他們面前，發出長長的嘶聲後停下來，車勾互撞，尖銳的煞車聲響起。一股碳鋼的刺鼻氣味透過敞開的車門傳到潔娜鼻腔。

這火車好大，比一般的火車要高出許多。火車頭的正面有裝飾圖樣，是一顆夾在兩面紅旗之間的巨大白星。車廂漆成深綠色，有的車廂沒有窗戶，有的則有鑲著深色玻璃的窗戶。其中兩節車廂配有防空武器：一節靠近火車前端，一節在火車後端。火車頭側面以燦亮的黃銅韓文寫出火車的名字：**北方的光明星**。

好幾扇門打開，幾十個戴著頭盔的軍人跳下火車落在碎石上。

皮夾克男打開汽車後門，潔娜被趕下車，兩個中國警察一左一右握住她的手臂，使她站在面向火車的路面上。

她開始瑟瑟發抖。

那群士兵沿著整列火車等距就定位，以四十五度角擎著他們的AK步槍。有一會兒工夫，什麼事都沒發生。稀疏的雪花仍不斷落下，冰冷的微風掀動他們的長大衣。終於，有個軍官出現在某扇火車門口，勾了一下手指叫皮夾克男過去。

皮夾克男解下潔娜的手銬，然後幾乎彬彬有禮地拉著她的手臂往前走，爬上頁岩路堤走向火車。軍官朝下伸出手，拉她登上三級台階進入車廂。沉重的車門在她身後噹的一聲關上。

☆

趙上校看著警察的臉，他正用一手在手機上查看訊息，另一手挖鼻孔，他的臉被手機的光線映照得蒼白。外頭暮色已經降臨。他們聽到電梯聲，他的同事回來了。

「廂型車上沒有擔架。」他說。

另外那人望著趙上校。「好吧，那我們只好直接抬你。」

趙上校再次用平靜且公允的語氣說話。「如果我回到朝鮮時，脖子以下都癱瘓了，別人會怎麼看你們兩個？你們的隊長要怎麼交代？」他向他們微笑。「你們最好找到擔架。」

其中一人罵了句髒話，然後對另外那人說：「用無線電聯絡穩城車站的人，看他們有沒有擔架。」

☆

在做了隔音的車廂內部，潔娜聽到自己的呼吸很淺。

車內放著背景音樂，是輕柔的朝鮮民謠。軍官指著前方，輕推她的後腰，穿過一連串的小包廂——有晶亮長桌的會議室；擺著華麗、舒適沙發和鑲有鏡面吧檯的休息室；有很多排平面螢幕的通訊室，軍方人員坐在裡頭對著無線電話講話。其中一人攔住她，用手持金屬探測器從頭到腳掃描她，還拿走她的鑰匙和手機。

進到下一道通廊時，軍官叫她等著。十幾個穿著長長絲質韓服的女人從她前方的小房間輕盈走出來，她讓到一邊。她們匆匆經過她身邊時，那些塗著白粉的臉短暫地轉向她，留下一團甜美香霧。她們手裡拿著樂器──齊特琴和笛子。軍官重新現身，潔娜再次被背上的手推著前進，她發現自己身在像是長型餐車的小房間，這裡幾乎空無一人，只有兩個士兵在遠端的門邊站崗，還有一個穿著米色衣服的矮小年長男人坐在餐桌前獨自用餐。她身後的門關上了，那些女人的香味還縈繞在空氣裡。

「威廉斯博士？」老人說，拉起餐巾擦嘴。「謝謝妳過來。」他有點吃力地站起身，對她微笑。「請與我一起坐坐吧。」

潔娜彷彿置身夢境，只能瞠目結舌。這個人是金正日。

53

中國，吉林省
延吉市以南四十公里

她設法讓身體往前移動。她的四肢彷彿切換到自動駕駛模式，腦袋則因受到太大的驚嚇而處於當機狀態。她沒辦法將目光從他身上移開。他坐回去，注意力已經回到食物上頭。

他的面前擺了十幾個茶碟大小的金盤子，他用銀筷子從其中一個盤子裡揀了一小口佳餚，慢吞吞地咀嚼。

有個座位是安排給她的，座位前擺著一只水晶杯。

「請坐。」他用筷子示意她坐下。

他身旁的窗戶遮簾是拉下來的，擋住外頭亮得眩目的地景，小包廂裡的燈具也都有橘色玻璃燈罩，不過幽暗的光線也藏不住他的虛弱。

潔娜坐下來。

在她對面駝著背坐在椅子上的，是二十一世紀的嚮導星，親愛的領袖，他的形象用大理石雕刻、用青銅澆鑄、用油彩描繪、用網版印刷大量生產、用巨大的馬賽克玻璃拼貼，由十萬個學童舉起彩色卡紙來展現，並且投射到空中的雲朵上。他的名字刻在白頭山的垂直岩壁上，每個字足有六公尺高；擴音器顫抖的聲音吟詠他的名字，軍隊用歌聲唱出他的名字，學步幼兒在感謝餐桌上有食物時呼喚他的名字，演說者在大集會時讚頌他的名字。這個名字出過幾百本著作，內容無所不包，從硝酸鹽類化肥到電影藝術；這個名字賜給數不盡的學校、大學、工廠、坦克車和火箭發射器使用。菁英幹部面對行刑隊時，在絕望中高喊這個名字以示忠誠；脫北者不管逃離他的領土多遠，這個名字依然會在夢中糾纏他們。

然而絕對的權力並沒能遏止他身體的衰敗。他那著名的蓬鬆頭髮看來乾枯而稀疏，她能看到一塊塊頭皮。他的嘴巴兩側都有深深的紋路，使他用餐時頰肉下垂；他的皮膚灰中帶白，布滿肝斑。過大的眼鏡架在他女性化的小鼻子上，使他不像個人類，倒更像矮人，藉著純粹的力量而生存。

「我以前在進行這類旅程時，胃口可好呢。」他淡淡地說，「現在食物都沒有味道了。」他用筷子指著一盤菜。「冰鎮歐紫萁可以讓味覺恢復清爽。鵪鶉蛋凍跟烤野雞搭配起來相得益彰，那野雞是在我自己的牧場射下來的。這一盤是炸章魚佐銀杏，由我的壽司師傅親自準備。但是妳猜得出這張桌子上最好的食物是什麼嗎？」他饒富興味地看著她。「是麵包！今天早晨才從伯力市空運過來的。」

他的嗓音單薄而乾澀，還夾雜著輕微的結巴。他的左手臂在微微顫抖，一側身體看起來比較無力，像是曾經中風。

這個人的壽命只剩下不到五年了，她心想。

「我……不餓。」

一個穿著白外套的斯文年輕人出現在潔娜旁邊，他一手按在心臟處朝她鞠躬，然後拿著金色酒瓶往她的酒杯裡倒酒，倒完把酒瓶留在桌上。

「北單酒。」金正日說，把酒標轉朝向她，「基礎科學院爲我蒸餾製成的。這酒有八十度，我的那群醫生現在不讓我碰了。醫生啊……」他狡獪地哼笑一聲，「他們診治我的時候手會發抖。不過如果他們不發抖了……我就該擔心了。」

他喝的飲料看起來是摻了水的紅酒。他舉杯向她敬酒，但她紋風不動。

「我爲什麼被帶來這裡？」

他停止吃喝，表情有了微妙的變化，變得沒那麼親切。

他示意年輕侍者把盤子撤走，然後他舉起手，抖了一下手腕，命令站在他身後的士兵離開。

他們面露遲疑。「大將軍，我們——」

「讓我們靜一下。」他閉上眼睛。提高音量使他變得虛弱。那兩個士兵由後側的門退下。

他的嘴巴擺出溫和的表情，但那雙小眼睛像大頭針一樣亮。

「美國的象徵物是老鷹，不是嗎？能在高空翱翔的鳥。而朝鮮的驕傲是能觸到天空的山脈。如果我們決定聯手，就沒有任何我們克服不了的障礙。」

對於這句狀似格言的表述，潔娜想不出該如何回應。

「如果別人用外交禮儀對我。」他繼續說，「我就能成爲外交官，而我希望別人以外交禮儀對我，威廉斯博士。」他晃了晃酒杯，啜了一口。「有好幾年的時間，我父親是一名游擊隊員，對抗在朝鮮的日本占領軍。他曾經和我母親還有一群堅貞的反抗軍在兩江道山區的洞穴裡躲藏整個冬天。白天他們智取帝國主義者，夜晚就在雪地裡圍著營火唱歌。那是一種很單純且英勇的生活。接著一九四八年的革命到來，我父親不再只是一小群反抗軍的領袖，而是統轄一千八百萬人口的一國之君。因此我們新的國家成爲他所熟悉的生活延伸。我們是一個與全世界作戰的游擊國家，那是我繼承的使命，那是我們的精神。我沒辦法做任何事去改變現況，因爲國家會分崩離析。」

他發出一聲嘆息，好像人生經歷這杯酒他已經喝得很醉，也很累了。他放下酒杯。

「妳和我，我們並沒有不同。」他說，對她淡淡一笑。「妳的人生跟我一樣，早在很久之前就被不快樂和妳無法掌控的事件給定了型。我們兩人都無法選擇要成爲什麼樣的人。」

她耳朵發燙，因爲雖然無法言說，但她隱隱感覺到自己即將被人勒索。

「你不認識我。」她說。她的胃裡開始有種微弱的反胃感在發酵。

金正日把遮簾拉上去幾公分，往外窺探。帶她來到這裡的黑色福斯轎車還在與鐵軌平行的簡陋馬路上等待。皮夾克男站在車旁，耐著寒冷抽菸。窗戶底下戴著頭盔的士兵動也不動地站著，像是雕像，他的AK步槍槍管上沾了雪花。最後一抹天光退回地平線處，天空像不祥的紅色和紫色調色盤。雲層之間有寥寥幾顆星辰刺破天空。

他說：「一年前妳爲中情局局長帕內塔寫了一份祕密報告，籲請美國大幅改變對我的態度。妳的主意是撤除對我的國家所有的制裁和禁運令，所有旅遊、銀行業務和貿易限制。妳的主張就美國政策而言不啻是天翻地覆的改變。那是一項大膽而冒險的提議。國務卿反對，但似乎在白宮的壓力下，她悄悄與中國和南韓——後來更包括俄國——分享了妳的想法。從她的電子郵件看來，她非常訝異他們並沒有負面反應。她上週在寫給貴國總統的電子郵件中表示，她開始被妳的建議給打動了。她準備好要公開妳的建議，並且遊說聯合國……」

潔娜冷冷地瞪著他。**重點來了。**

「……一旦她這麼做，總統會全力支持她。」

金正日轉回頭看她。將逝的天光反射在他的鏡片上，因此她無法判讀他的表情，但他的語氣變冷淡了。

「妳要跟國務卿說妳重新考慮過報告內容了。深切自我反省後，妳對它產生強烈的懷疑。根據妳的專業意見，針對我的國家所有制裁和禁運令必須永久維持下去。」

停頓了很長一段時間後，潔娜冷冷地對他說：「你的國家正是因爲遭到制裁才會貧窮而孤立。」

「妳以爲我不知道妳在做什麼嗎？」他的嗓音湧入一股怒氣，但接著他似乎硬使自己的表情變得更有安撫意味，因此她察覺他現在說的話有多麼重要。「我的人民是天眞的孩子，把他們曝露在全球經濟的風暴中，以及隨著經濟而來各種現代世界的有害影響……會使他們承受他們承受不了的壓力。」

潔娜幾乎自言自語地說：「可是只要他們又餓又窮、繼續待在黑暗中，他們就不能起身對抗你。」她感到對這男人生出一股強烈而純粹的厭惡。「你憑什麼認爲我會照你的話做？」

「我以爲這很明顯。」他按了桌子側邊的一個鈕。

他身後包廂盡頭的門開了，一個身穿淺藍色絲質韓服的女人現身。

潔娜跳起身來。

她妹妹的黑髮往後紮起，焦糖色的皮膚塗上了白粉。她面無表情，像個怪異的娃娃，眼神空白而呆滯。

金正日沒有轉頭看她，只是舉起手指要她前進。

潔娜驚駭地看著秀敏像個吸血鬼朝她滑過來。她感覺自己開始發抖，這才發現她在哭。

☆

他們找到擔架了。兩個警察現在情緒都很惡劣。不得不去取擔架的警察滿頭大汗、罵聲不絕，但趙上校充耳不聞，只是躺在墊子上盯著天花板，一動也不動。他們把擔架放在他身旁的地上。

「小心點。」他說，「我建議你們各站在我一邊，很慢很慢地把我抬起來，其中一人要撐住我的頭。」

他們一人一邊蹲在他的墊子旁，把手伸到他身體底下抬。

「就是這樣。」趙上校齜牙咧嘴地說，「慢一點、慢一點。」

☆

「秀敏……是我。」潔娜臉上淚痕斑斑，她伸出雙臂。「是智敏啊。」

秀敏停在那個獨裁者旁邊。她保持目光低垂，迴避潔娜的視線，但潔娜感覺到妹妹的情緒在表象底下洶湧沸騰，像是玻璃後頭的火焰。金正日虛弱地伸手拉秀敏的手，把它搭在自己肩上，這股親密感讓潔娜非常反胃。

「我很高興能牽線讓妳們團圓。」他說。

潔娜撲向前，展開雙臂抱住秀敏，但妹妹仍然僵硬地沒有反應，好像潔娜是陌生人。

「儘管抱吧。」金正日揮揮手說，「我們都是一家人。」

秀敏像個人體模型，慢吞吞地抬起手臂，圍住潔娜的肩膀，潔娜感覺妹妹的心跳得好快。她們的臉頰貼在一起，秀敏的皮膚好燙。

「親愛的姊姊。」秀敏用奇怪的聲音說，聽起來跟她的身體沒有連結，好像錄音帶。她的臉拉開生硬的微笑。「我以社會主義者的方式向妳問好，希望妳能順利為我的人民奮鬥。」

金正日的臉不再疲憊，反倒因狡詐而顯得精神奕奕。

秀敏放開潔娜。她對他深深一鞠躬，低聲說「大將軍」，然後一點一點地後退朝門走去，維持彎腰狀態。

潔娜想跟過去，結果秀敏抬起頭，眼睛閃出明確的警告光芒，接著便像來時一樣迅速地消失了。

潔娜的嘴巴變乾了。她伸手拿起裝著透明液體的水晶杯喝了一大口，這才想起來這是八十度的烈酒。她咳起來，感覺臉上著了火。她的腿在顫抖。她趕在自己倒下之前先坐回去。

金正日輕聲地呵呵笑。「真希望我能陪妳喝那酒……啊，可惜……」他拍拍心臟，他細小的手指白得像蛆。「希望現在妳我有共識了？我可以保證妳妹妹的安全無虞。」他的眼神變得嚴厲，「不過我很遺憾，我無法為那個叛徒趙尙浩做出同樣的保證，他今晚會回到我們的管轄之下。」

潔娜感覺酒精直衝腦門，一股難以忍受的激動盈滿身體。她不確定要把手擺在哪裡，便插進鋪棉背心的口袋，結果摸到一包香菸的邊角。

趙上校的香菸。

當下她被一股奇異的感覺席捲，彷彿她突然看出一道難如登天的算式有個簡單的解答。

「恐怕我們嚇著妳了，威廉斯博士。妳在發抖呢。再喝點酒吧。」

「不好意思……抽根菸對我有幫助，如果你允許的話。」

「當然好。」

她從口袋掏出那包菸。

「紅雙喜。」他帶著惋惜說，「中國最好的牌子。又是一項我被禁止擁有的樂趣。」

他按了一下桌子側面的鈕。

她打開包裝，顫抖地把一根菸啣在嘴裡。她不知道趙上校動過手腳的是兩根菸中的哪一根，她這是在玩俄羅斯輪盤。那個男侍者現身，手持厚重的玻璃菸灰缸和鉻質桌上型打火機，金正日從他手中接過後者。

「美麗的女人不該自己點菸。」

他點著打火機，湊向她的菸頭。

她盡可能小口地吸氣，看著菸頭亮起玫瑰色的光。她絕對嚐到了菸草的味道，她感覺顫抖開始舒緩。

然後她採取行動，全力以赴，沒有任何遲疑。

她把第二根菸遞給他。

他抗拒著誘惑，從表情就可看出內心的掙扎。

「唉，醫生有命。」

「眞可惜。」潔娜說，把頭靠回座椅上，吐出一口煙霧。「這本該是個講給未來子孫聽的好故事，說我跟亞洲權力最大的男人一起抽過菸。」

他那喜孜孜的表情很孩子氣，好像她說的話授予了他所需要的所有許可。「既然如此，再拒絕倒是我不應該了。」

他從包裝裡倒出菸，放進嘴裡。

她感到命運的轉折即將來臨，拿起沉重的鉻質打火機替他點菸，注意到打火機上有刻字。

友誼長存，V．V．普丁致贈，二〇〇一年

他深深吸了一口，愉快地閉上眼睛。「告訴我。」他說，煙霧隨著話語一同流出，「把趙尚浩從那窮鄉僻壤的河岸邊救走是誰的主意？妳的嗎？」

「是的。」

「妳是個天才。」他又咯咯笑起來，「妳的中情局行動安排得夠迅速，趁著中國人在打瞌睡的時候……」

她目光不離開他身上，又吸了一口菸，這次吸得比較大口。她已經很多年沒抽過菸了，都快忘了這種暈眩感。菸的效果既像鎮靜劑又像興奮劑。她專注地盯著他的臉尋找結晶甲安發揮效果的跡象。吸毒過量，趙上校是這麼說的。足以取人性命的量。

「我最愛救援故事了。」他繼續說，又吸了一口菸，「尤其是電影裡的。這類故事能揪住觀眾的心，左右他們的情緒反應。」

「只不過這個救援故事的結局是趙尚浩死亡，還有我妹妹繼續受到監禁。」

他像是沒聽到，把頭轉回窗戶方向，突然間陷入深思。「這眞的可以拍成電影。」他把香菸斜斜向上舉在臉旁，像是拿著大聲公。「主題應該設定爲盡忠職守，以及朝鮮精神的固有良善……」

她緊張地又抽了一口菸。這煙霧不像她記憶中那樣燒灼她的喉嚨，事實上，當她把煙噴出來，它看起來更像某種霧……

她摸了一下自己的手腕。

她的脈搏飆得好快，額頭上也冒出薄薄一層汗。自從她走進這間包廂後便感覺到的輕微反胃感正在加深，還交雜著一股輕微但無庸置疑的極樂感。

噢，慘了。

她急忙摁熄香菸。

金正日還在望著窗外嘮嘮叨叨。她的臉變得又熱又紅。她抽了多少？三、四口……

「妳出於對妹妹的愛，橫越半個地球來找她，在過程中發現妳眞正的天職——服務人民。這是故事的主線。當然，妳不具備妳妹妹的優勢，不像她一樣體驗過社會主義的豐富、我們思想體系的奔放、群眾運動令人迷醉的激昂……」

毒品的潛在力量開始發揮作用了。她呼吸的時候肺被充滿。她知道她的瞳孔在放大。

「……但是妳內在的韓國血統勝過了妳血液裡混雜的更爲卑劣的種族……」

她的橫膈膜頂端某處有股痲癢的、刺激的興奮感，正蠢蠢欲動打算湧向全身。

「爲了這齣劇本，我會給我的編劇群現場指導。」他轉回頭看她。「我會親自編——」

他僵住了，被她的變化嚇著了。他看到她的眼睛又大又亮，肩膀一起一伏，像是力量強大的猛獸。她感覺自己在他面前變得高大。反胃感消失了，她精神振奮、神智清明，而且極度敏銳——她的感官彷彿能察覺任何小細節。她幾乎能看見他那虛弱的心臟在吃力地跳動。她聽得到士兵在遠處那扇門後的衛兵室裡說話。

她壓低音量說：「你先前問我，我們有沒有共識。」她開始從座位上緩緩起身。「答案是沒有。」她的眼睛持續盯住他。「我無橋不燒……無土不焦……只爲了能把妹妹討回來。」

金正日看著她展開身體站直，現在他眼裡有明顯的警惕，充滿戒備。他的手指仍夾著抽到一半的菸。突然間他的左手一伸，按下某個藏在桌子底下的東西。緊急求救按鈕。

遠端那扇門被衝開，兩個護衛司令部的士兵握著ＡＫ－７４步槍奔向領袖提供援救。有三秒鐘時間，她對他們來說是隱形的。他們只關心他的需求。兩人都又高又魁梧，像是百米短跑選手，但她並不在意。

根據牛頓學說的物理學定律，物體撞擊的力量會隨著撞擊速度而呈平方級數增加，但只會隨著撞擊物體的質量而呈線性增加。

金正日指著她。兩人都轉頭看她。

換言之……

靠得最近的士兵準備動手抓住她。她把身體轉了九十度，一腿彈射出去，對他的臉頰施予毀滅性的一記側踢。她的鞋跟碰到對方時製造出骨頭裂開的輕響。

……速度能產生的力量勝過體積。

他像棵樹倒下，重重地砸在金正日旁邊的座位上。第二個士兵伸手拔槍。她以電光石火的速度抄起桌上那個沉重的鉻質打火機，用盡全力丟出去。它擊中他的眼睛——撞擊力道之大，打火機直接裂成兩半，裡頭的液體潑濺在桌上和他身後的窗簾上。

有那麼一會兒，室內只有她的呼吸聲和被她砸傷眼睛的士兵呻吟聲。另外那人已經昏過去了。

她感覺力量像一件披風落在她肩上。她所向無敵。

她從昏倒的士兵身上扯下步槍，這才注意到他們的槍其實是ＡＫＳＵ型，那是短版的ＡＫ－７４，專門設計供近距離射擊。她喜歡它的手感、它的重量。她扳開保險。

金正日咳了一聲。在剛才那不眞實的瞬間，她幾乎忘了他的存在。他正在用指節叩擊窗戶，試圖引起外頭站崗士兵的注意，他們的頭盔頂部還隱約可見。但是這是用眞空密封的防爆玻璃，隔音效果一流。

他再次咳嗽，劇烈的喘咳，他拉開外套領口處的拉鍊，盲目地摸找他的杯子。她拿起那個替她倒了北單酒的水晶杯，八十度的烈酒，送到他手裡，得意地看著他大口喝下。他的咳嗽變成粗重的作嘔，臉轉爲李子的深紅色。

潔娜搖搖頭。她分心了。**她得找到秀敏。**

她正準備奔向秀敏離開的方向，這時她後方的門開了。另外兩個士兵不敢置信地盯著包廂內的景象。他們手忙腳亂地拔槍。

她對著他們舉起AKSU，這把全自動卡賓槍在她手裡開火，吐出一連串的子彈。它有一股後座力。傷口在他們胸前像罌粟花綻放，他們被撞得向後飛。他們後面出現另一個士兵，一陣交火後，她也把他擊倒了。

狂喜的浪潮從她的腳尖向上漫到頭頂。她是女獵人黛安娜，是射著銀箭的女神。她迅速轉身，把還冒著煙的槍口重新朝向包廂另一端。

有個無線電耳機掉在地上，發出焦急通訊內容的沙沙聲響。

火車上的每一個士兵馬上都會聚集到這個包廂來，除非她能引開他們的注意力。那個獨裁者點燃的香菸掉在地上，她撿起來，丟向從後方桌子上往下滴的打火機燃料。

呼咻一聲，熾亮而純粹的火焰沿著燃料燒開。一秒之後，其中一扇窗戶的窗簾著火了，刺鼻的白煙飄開來。

高音警報器的聲響立刻傳遍整列火車，淹沒其他所有聲音。外頭的士兵都離開崗位開始跑。

她不確定自己爲什麼要看金正日最後一眼。也許是因爲她察覺這是他們共享的重大命運轉折點，或單純只是好奇。他掙扎的咳嗽聲被警報聲蓋過。他呼吸困難，他快窒息了，他是個處在眞空中的男人，眼睛開始像雞蛋一樣暴凸。要榨乾他那病態心臟中的生命力還眞是不費吹灰之力，只要一點點酒精、菸和驚恐混合起來就夠毒了。他的眼鏡掉在桌上。有一瞬間，他與她四目相接，好像在向她哀求。**你去死吧**，她心想，同時他的身體因胸腔裡的巨變而抽搐。那顆大頭往後仰，然後隨著一口氣緩緩吐出，頹然垂到胸前。

☆

那兩個警察蹲在趙上校兩邊。他們脫掉了手套、帽子和外套，全神貫注地要把他慢慢移到擔架上。

「這就對了。」趙上校咬著牙輕哼，「繼續。」

他們流了很多汗，他能看到他們頸部的脈搏在跳動。

突然間，毛毯劇烈波動。趙上校細瘦的手臂像蜥蜴一樣快速伸出來，拳頭往後拉。

其中一個警察轉頭看他，眼睛暴凸，充滿不可思議。另外那人往前仆倒，四肢攤開，喉嚨發出咕嘟咕嘟的聲音。

他們的脖子各插著一支針筒。

其中一人掙扎著去撥趙上校的拳頭想拔出針來，但針筒已經空了，藥劑全進了他的身體。

☆

潔娜把ＡＫＳＵ槍向上握在身前，快步奔跑。她有無限的精力和單一目標：找到秀敏。

她跑向遠端的門，進入一間沒人在的小衛兵室。她左邊通往火車外的門正在開啓，放進刺骨的寒風，一個戴著頭盔的士兵正爬上來。她迅疾地做了兩個動作，把ＡＫＳＵ槍的槍托捅在他臉上，然後飛踢他的胸部上緣，使他向後飛出去。那扇門很大，材質是厚重的防爆鋼。她用兩手把門拉上，然後按下門鎖。

小走廊經過一個洗手間，這密閉空間把警報聲放大好幾倍。她小心翼翼地打開下一道門，進入之後把門鎖上。

她所看見的景象原本或許會讓她呆住，不過她現在的心智狀態與平常不同，她只感覺臉上漾開和煦的笑容。

秀敏和一群孩子圍坐在一起。總共有七、八個孩子，男生女生都有，他們把臉藏在她飄逸藍色絲質韓服的衣褶裡，或是躲在她的臂彎底下。其中幾個孩子捂著耳朵隔絕噪音。這節車廂裡的遮簾都拉下來，唯一的光源來自嵌在牆上的平面螢幕，它正在播放孩子看的動畫。這個空間布置得像舒適的客廳，有沙發和扶手椅。

她知道這些是她在別墅看過的其中一部分韓國混血兒。一個男孩轉頭看她，他是東亞人，不過頭髮是栗褐色的——她突然間以他的目光看見自己。一個穿著牛仔褲、嗑藥嗑到瘋狂、手持武器的西方人，長得跟正在保護他的女人一模一樣。

潔娜仍然舉著ＡＫＳＵ槍，她伸出左手，甩甩手指，壓過警報器的噪音催促妹妹。「秀敏，來吧！」

她背後的門上傳來一聲巨響——一隻靴子在踹門。孩子們開始哭號。

秀敏的眼睛閃著驚恐的光。她讓孩子們站起來，帶著他們前往車廂遠端的門，遠離潔娜。他們在跑的時候仍緊靠著她。

鎖上的門後傳來士兵的聲音和靴子踢門的聲音。

潔娜朝她的妹妹追去，不過秀敏把最後一個孩子也趕到遠端的門後頭，然後便把門關上，充滿保護意味地用背抵住門。

潔娜改用英語說：「蘇西，我們走。」

秀敏剛才關上的門是她們唯一的出口。

潔娜剛才走進來時用的門又遭受一波劇烈的撞擊。她妹妹僵立原地，表情難以解讀。它顯露出恐懼和困惑，還有別的情緒，令潔娜不安的情緒，可是在那當下，她被地板突然的傾斜給分散了注意力。火車開始移動了。

☆

趙上校用手肘撐著身體慢慢坐起來，看著要抓他的人在地上扭動喘息。他們的動作愈來愈慢，鎮靜劑的藥效一定很強。若非如此，就是他們因驚嚇過度而產生某種反應，有鑑於他們還那麼年輕，這是有可能的。他現在才意識到自己在毛毯下完全赤裸。他在墊子上站起來，試著用包紮得厚厚的小腿支撐自己的體重。他感覺很不錯，猜想這一定是小林為了讓他止痛而給他使用氧可酮的效果。小林怎麼樣了？地板上傳來的咕嚕聲吸引他的注意力。其中一個警察正朝槍套伸出手。趙上校搶在他拔出槍之前撲過去，從對方的腰帶上扯下鎮暴警棍，然後毫無感情地對著他的頭顱敲下去。這一擊讓他昏了過去。另外一人已經翻成側躺姿勢，趙上校舉著警棍等了一會兒，聽到他的喉嚨發出輕柔的鼾聲。

趙上校一秒鐘都沒浪費，開始脫下昏迷警察的衣服，他們兩人身高差不多，不過趙上校飽經集中營摧殘的身體當然無法跟那男人的手臂和肩膀比擬。

不久之後，一個穿著中國國家安全警察深藍色制服和靴子的削瘦男人搭電梯下到大廳，用警棍猛力一敲讓電梯按鈕失靈，走出大樓來到覆滿雪泥的人行道上。在深紅色霓虹燈招牌的映照下，結冰的街道像濕漉漉的血一樣發著紅光。他檢查了一下外套口袋，找到一支手機，把它丟進垃圾桶，另外還有汽車鑰匙。他按下「解鎖」，看到十公尺外，停在一排深色汽車之間的無標示新ＢＭＷ廂型車，方向燈亮了一下，並發出嗶的一聲。

「噢，太好了。」趙上校喃喃道。

☆

包廂門被踢得大開，三、四個士兵手持半自動步槍衝進來。潔娜連一毫秒都沒有遲疑，她用ＡＫＳＵ開火，一連串的子彈殲滅他們，直到她的彈匣空了。用餐包廂的火所發出的濃密灰煙湧了進來。

有一個士兵腹部中彈，躺在地上慘叫。她拿走他的彈匣，重新填彈。在警報器的尖嘯之間，她聽到一些人嗆咳的聲音，意識到餐車裡的火勢現在一定已經變得很大，因而阻止更多援軍通過。

她再次平舉ＡＫＳＵ槍，扣下扳機，朝著走廊的煙霧射擊。她只能勉強看出兩具軀體的輪廓，以及從用餐包廂傳出來的搖曳橘色火光。

潔娜跑回去，抓住秀敏的手臂，拖著她穿過被踢開的包廂門，朝著衛兵室裡那扇厚重的火車門前進，另外一手則舉著槍。

火車在行進中，對外的門是不能解鎖的。潔娜示意秀敏往後站，對著玻璃開了三槍，玻璃在震耳欲聾的閃光中化作上千塊碎片。門開了，外頭呼嘯的寒風讓她不能呼吸。火車正在加速。

她緊緊握住秀敏的手，大喊：「跟我一起跳。」

「去哪裡？」

「回家。」

她們的目光相遇，在極短的瞬間，秀敏的眼裡反射出星星和火焰，潔娜知道她並沒有失去妹妹。

一座粉狀的大雪堆逐漸接近，她們跳車，燃燒的火車隆隆地往南駛入夜色中。

☆

趙上校繫上安全帶，發動引擎。強大的引擎輕聲發動，儀表板亮了起來。油箱是滿的。領夾式無線電再次沙沙作響。

「王警官，你收到了嗎？請回覆。完畢。」

趙上校遲疑了一下。鄉下腔的北京話並沒有多難模仿。他按下按鈕。「呃，我是王警官。我們要花點時間，囚犯受了傷，要用擔架抬，電梯又壞了。完畢。」

「收到。我們馬上派人支援，完畢。」

「呃，不用，不用，我們做得來。我們，呃，需要鍛鍊一下。如果我沒有回覆，那是因爲我們在抬那個畜生。」

他從絨面衣領上扯下無線電夾，打開門，把它丟進有流動水的水溝裡。他正傾身在置物箱裡找地圖，突然注意到儀表板上嵌著一個發光的控制面板。閃爍的中國字寫著「輸入目的地」。他疑惑地點了一下螢幕，然後試探地輸入：瀋—陽。

設定成功，畫面秀給他看一條經由G1212號吉林—瀋陽高速公路行駛的路線，還有一個大大的紅色箭頭。

距離：七一七公里。

時間：七小時四十四分鐘。

他搖搖頭。不可思議。這就像目睹魔法發生。這時有個溫柔的女性嗓音說起中國話，嚇得他差點跳起來。

「四百公尺後。」那聲音命令道，「從左側進入G1212高速公路。」

☆

潔娜大聲呼救，成功把福斯Bora車上的男人都引下來。他們拿著手電筒朝她走來——皮夾克男、兩個中國警察以及司機。她攙扶著踉踉蹌蹌、渾身發抖的秀敏，她身上只穿著單薄的絲質韓服。而潔娜其實拿著槍，把它藏在秀敏身後的衣褶裡。等他們距離近到她能看見他們的臉，她舉起武器朝他們頭頂開了一槍。四個男人都僵住了。福斯車的大燈朝向別的方向，因此那些男人的臉都籠罩在陰影裡。她的目標是車子。現在她的牙齒在打顫了。聽起來秀敏也是一樣。溫度掉得很快。

「把你們的武器丟到地上。」她迎著風大聲說。

沒人動，她懷疑他們有幾個人聽得懂韓語。

她往他們面前的地上再開一槍，濺起一團碎石。他們抬起手護住眼睛。

「放下武器，否則下一槍會射爆某人的膝蓋，再下一槍會讓某人的肺多一個洞！」

他們慢吞吞地拔出手槍丟在地上。

「趴在地上，臉朝下。」

他們跪下來。

「親愛的妹妹。」潔娜輕聲說，槍仍瞄準他們，「請妳去把他們的槍拿過來。」

那些人一定以爲自己作了很奇怪的夢。從親愛的領袖私人火車上下來的北韓女人像是傳說中的仙女飄浮在石頭和冰上，撿拾他們的武器，使他們失去陽剛之力，而火車則帶著火焰駛向地平線。

一分鐘後，潔娜和秀敏坐在福斯車上，繫好安全帶，在荒野中疾速開往延吉市。

潔娜在火車上體驗到的高亢情緒正在下降。冰毒的效力在減弱。她慢慢回到外勤探員的冷硬模式，計算各種可能性，預先探測危險。

她想問秀敏的問題在大量蓄積，像是水壩後面的壓力，但是問題可以等她們到了瀋陽再來問。現在她所能做的只是一邊開車，一邊偶爾瞥一眼妹妹的側臉。她簡直不敢相信這奇蹟，她的妹妹就在她身邊。秀敏，蘇西。有那麼多話要對她說，而且有充分的時間可以說。秀敏只顧盯著路面，眼神清澈而空洞，什麼話也不說，呼吸短淺急促。潔娜看出她有受到驚嚇的症狀。

快要進入延吉市的範圍時，潔娜把ＡＫＳＵ和手槍丟進一片田地，然後加速駛入通往高速公路的匝道。一旦收到警報，警方會用發射器追蹤這輛車，所以晚上十一點十五分時，她們把車子棄置在長春市的公車站。潔娜在那裡的街上攔了一輛計程車，用豐厚的酬勞要司機載她們完成往瀋陽的旅程。

54

中國，吉林省
梅河口市以東九十公里
G1212瀋陽—吉林高速公路

趙上校已經開了約兩小時的車。他感覺身體休息夠了，精神也很警醒，只是有一點餓。他在廂型車上沒找到任何零食，也不敢去休息站。他最大的憂慮是必須在高速公路收費站停下來——那是警察最可能堵他的地點。到了現在，延吉市那裡一定已經敲響了警鈴。但是這條高速公路沒有收費站，只有黃色標示牌寫著「電子收費系統」。他關掉了衛星導航，不過仍擺脫不了他被人追蹤的感覺。王警官的皮夾裡有一小筆現金，趙上校已決定要在下一座城市梅河口市棄車，他再一小時左右會到，然後買張客運車票搭到瀋陽。他得找一套衣服來換，他們會特別留意穿警察制服的人。

晚點再來擔心這個吧。

他現在正穿過長白山脈的山麓丘陵往西行。高速公路在地表繞出弧度、起起伏伏，三不五時穿越橫跨在深谷上方的吊橋。冬天的吉林省眞是蒼涼。日光只剩下一團混濁的橘色光芒，掩在左邊的山體後方，看起來好像化學反應。厚厚的雪像毛毯覆蓋山丘，現在在幽暗的天色下呈現淺灰色。他看到右側有一座巨大的頁岩油煉油廠，看到它的燈光和火光，還聞到刺鼻的臭氣。

馬路從黑暗中無止盡地鋪展開來。路面撒了碎石和鹽，但邊緣仍結著冰。他把方向盤握得更緊一點。路上車流稀少，車速飛快。一輛大卡車超越他，產生的氣流讓他的車身晃動，還濺了他一片褐色雪泥。他不敢開得更快，不敢讓高速公路巡警有任何理由攔下他。

他打開收音機，音樂可以讓他冷靜一點。一個中國女子團體在用齊特琴和簫演奏受到國家認可的樂曲。包紮起來的小腿又開始脹痛了。他從襯衫口袋拿出氧可酮膠囊，沒有配水便硬吞下去，然後他再一次想著兒子來轉移自己的注意力。

他在二十二號集中營待的日子裡，沒有任何一天的任何一小時是完全沒想到兒子的。小書，他唯一的孩子，他的小小男子漢。這個暱稱的由來是什麼好笑的故事？趙上校眞希望他能想起來。他幻想那張仰著頭看、露出可愛笑容的小臉。他似乎隨時隨地都抱在手裡的益智遊戲書。一個喜愛動物的純眞兒童。趙上校從鏡子裡昏暗的倒影發現自己帶著微笑，眼裡則盈滿淚水。他願意付出任何代價來得知小書現在怎麼樣了。他臉上的笑容褪去。他永遠、永遠不會知道。兒子或許已死的念頭太可怕，他不願去考慮，不過在夢裡卻受到這想法糾纏。趙上校不是眞的認爲他兒子死了，但他無法想像小書會被允許回到平壤。別人有沒有叫他唾棄和譴責他的叛徒爸爸？答案幾乎是肯定的。他會相信嗎？趙上校希望答案是否定的。他希望他兒子能把眞相藏在內心某個角落，永遠不讓黨發現，這種想法令他安慰。他相信他兒子具備孩子對父親的洞察力，勝過其他任何成年人。然而，對孩子的母親，趙上校比較有把握。他憑直覺知道她很快就心生反感。事實上，早在他失勢之前許久，他就已開始失去她了，他很訝異地發現自己直到現在才看出來。她一定很鄙視他。她一定詛咒認識他的那一天。

有件事很奇妙，那就是每當他試著想像他們一家三口快樂地聚在一起，或許夏天在元山的海邊擺姿勢拍照，或是在另一種人生裡，在完全不同的地方，譬如說紐約市，以自由女神像作爲背景，他每次看到在他身旁的面孔都不是他的妻子，而是潔娜。

潔娜跨越半個地球來救他，救這個失去一切的鄙陋無名小卒。一具人類的空殼。她不知道他知道她的眞名。

他輕輕搖頭。能夠自由地愛那樣的女人……是他連想都不敢想的。

他試著思考她現在可能在哪裡，感覺憂慮在胸腔匯集，像是火燒心。他希望她沒有受到傷害。中國有祕密監獄，西方人不知道的暗黑場所，那裡在審問間諜時沒有任何規則可言。但他提醒自己：她是美國公民，這件事本身就能提供神奇的保護。她來自一個由法律和人權所支配的宇宙，他們不能虐待她，不能做對他能做的事。不論如何，她都會沒事的。

趙上校再次瞄向鏡子。有一輛車的大燈隔著一段距離跟在他後面，保持跟他同樣的車速。它在跟蹤他嗎？它已經在後方很久了。

在一片片快速移動的雪雲之間，他看到針孔般細小的寒星。明亮的半月正在升起，月光把雪染成晦澀的藍色。整片蒼天在他上方，無動於衷地旋轉，這個念頭讓他感覺非常渺小，好像他的煩惱都不重要了。他哥哥死了。他親愛的母親，她從未停止愛他或對他抱持信念，而她幾乎肯定也已經死了。他只不過是原子暫時的集合，就像其他一切事物一樣，都無法持久。他會像所有事物一樣消失，沒有他，世界仍然會轉動。沒有人會記得他。

他沒有注意到從什麼時候開始，分隔島另一側不再有車子過來。對向車道都是空的。前方有事故嗎？

接著他的鏡子裡有什麼東西閃了一下，他看到燈光，在他後方大約兩公里外。

一開始他看不出那是什麼東西。彩色燈光聚成很寬的一大塊，像是某種妖豔的遊樂園花招，它既保持距離，又鬼鬼祟祟靠近，直到他看出原本跟著他的那一輛車現在增加了三輛同伴，四車各占據一條車道並排行駛，後頭還跟著更多車，所有車都把大燈開到最亮，方向燈在閃爍，紅藍相間的警示燈在旋轉，形成一道逐漸接近的無聲光牆。

他既不驚訝也不害怕。

趙上校關掉收音機的音樂。現在他只聽到嗡嗡的引擎聲、呼呼的風聲，以及直升機遙遠的螺旋槳轉動聲，它愈來愈近，直到他能分辨出它葉片的節奏。他透過天窗向上看，不過看不見。

他前方的少數幾輛車開到堅硬的路肩停下來。

下一刻，他突然瞎了。上方投下一道熾亮的白光照在他臉上，跟著他移動，把坐在廂型車內部的他照得一清二楚，就像用放大鏡聚光照在倒楣的螞蟻身上。他感覺自己被懸吊在滑動的光池中。他努力繼續盯著馬路。

趙上校對自己淡然一笑。

看來他們不打算冒任何風險。畢竟他制伏了兩個警察，還偷走王警官的腰帶、槍套和九二型制式手槍。他是有武器的逃犯。

他感覺非常平靜，呼吸很穩定。

高速公路正沿著一座低丘往上爬。他的腳用力踩下油門。後方的警車也跟著加速。

他看到陷阱就在山丘另一側。在一座長橋的盡頭擺設了路障，幾十輛警車停在那裡，燈光一閃一閃。這座橋橫跨在另一座山谷上，在令人目盲的強光中，他看不出山谷有多深。他終於把腳抬離油門。

開到橋中央時，他停下車，熄了火，靜靜坐了一會兒。現在直升機的噠噠聲很響，它就在正上方。他周圍的橋沐浴在藍白色的光芒中，像是舞台布景。他後方的警車方陣也停住了，隔著安全距離待在橋的入口附近。

上方有個帶金屬感的聲音大聲說：「這裡是中國人民武裝警察部隊。下車，雙手舉高。」那經過擴大的嗓音並沒有反彈或產生回音，它被黑暗吞沒，於是趙上校知道橋底下非常深。

他慢慢吐氣。他從未感覺如此充滿生命力，如此活在當下。如此……安詳。打從他的麻煩開始後，他便面臨各種終局，而他知道這一個是正確的選擇。這是他命中注定該有的結果。也許他這一生所做的任何事都不可能改變這結果。世上沒有意外。

他慢慢下車，站到馬路上，無力地舉起雙手。光束從上方、後方和前方集中在他身上。他看到前方有戴著頭盔的警察輪廓朝他走來。

「待在原地。」天上的聲音有如雷鳴。

他轉身，看到他們從後方接近。

他的呼吸在冷冽的風中製造出一長條羽狀白霧。

他抬起頭，想要看星星最後一眼，但直升機的光讓他暈眩，往下的氣流拉扯他的衣服和頭髮。

我準備好了，他心想。我老早就準備好了。他垂下雙臂。

「手舉高！」

他跨了四大步來到防撞護欄邊。

「待在原地！」

他用僵硬的動作三兩下爬上護欄。

「停止！不准動！」

他抓著護欄，傾向黑暗深淵。夜晚的氣息嗥叫著通過山谷，割傷他的臉，麻痺他的耳朵，凍結他眼裡的淚。他在底下看見空無。噢，它是夠深了。

放手的時候到了。

風急速掠過他的頭髮，他在墜落時，放掉了所有想要理解的需求、想要知道的需求。而在那一刻，他也什麼都懂了。

55

中國，遼寧省
瀋陽市
美國領事館

美國領事館是一棟不規則的混凝土野獸派大樓，它的客房讓潔娜聯想到東德的廉價旅館，不過她一向不在意睡硬床。自從她們在十二小時前的凌晨三點緊張又疲憊地抵達此處，秀敏幾乎一直都在睡。

潔娜提心吊膽地向中情局駐地站長報告，說她任務失敗了，她失去了趙尙浩，也就是有史以來試圖脫北的北韓線民之中最重要的一人。要不是因爲他，火箭計畫的眞相可能永遠不會揭發。可是當她用中情局爲了加密機密通訊而設的內部網路——聯合全球情報通訊系統——向查爾斯·費斯克傳送緊急重大報告，敘述在金正日的火車上發生了什麼事，蘭利那裡的反應讓她很意外。

她原本預期她會爲了自己所造成的大屠殺而遭到責備，正式的訓斥，暫時停職等待調查，但費斯克對她大爲激賞。「妳拒絕接受勒索，而且救回妳妹妹——被綁架的美國公民。」中情局局長立刻聽取了簡報，而且很滿意能在新聞披露之前先一步通知總統金正日的死訊。事實上，事件發生後二十四小時，北韓仍然沒有宣布。「趙上校的事我眞的很遺憾。」費斯克說，

「不過現在，我們的首要之務是等妳們一回來，就要向秀敏問話。」

什麼!?

也許潔娜在妹妹的事上有盲點，不過她眞的沒想到會這樣。

「妳說她可能是金正日的隨行人員之一，也許已經持續了很多年。」費斯克說，「她可能是情報的金礦，而且她掌握了育種計畫的內部資訊，她認識每一個孩子。有她幫忙，我們就能找出他們。」

然後對他們做什麼？

潔娜立刻就對秀敏產生強烈的保護慾。在往瀋陽的路上，她的雙胞胎妹妹說的話少到讓她很憂心。她甚至沒問起爸媽的情況，潔娜決定等到恰當的時機再告訴她道格拉斯去世的消息。潔娜只看過她表現出一次情緒反應，那是在領事館大門外，看到守衛的警察時，她害怕得縮成一團，把臉藏起來。當時潔娜用力握了握她的手，並親吻它。「妳不用怕，妳不是逃犯，妳是美國公民。」秀敏到這時候爲止還沒有用英語說過一個字。

「我擔心我妹妹受到嚴重的創傷影響。」潔娜說，「她可能不太適合接受問話。」

「我們在蘭利有受過訓練的專業人員，能夠訊問有創傷後壓力症候群的線民。」費斯克說完就下線了，對話結束。

稍晚之後，她清醒地躺在客房，看著秀敏輕柔地呼吸。睡著的她，臉龐柔和而沉靜，就像潔娜記憶中的模樣。但潔娜知道她的雙胞胎妹妹一醒過來就會重新戴上面具，再次充滿防備、警覺、疏遠。她是個謎。她的內心似乎懷有某種黑暗，就像腫瘤。潔娜戴上有銀質小老虎的項鍊準備給秀敏看，然後等著她睜開眼睛，希望能抓到她猝不及防的瞬間。

「河俊是誰？」她用韓語輕聲問道。秀敏沒有動，有那麼一會兒，潔娜以爲妹妹故意裝作聽不見。「妳在夢裡有提到這個名字。」

這時候秀敏坐起來了。她的頭髮披散在臉上，但她的目光定定地望著潔娜。她用幾乎聽不見的音量說：「我兒子。」

*妳有兒子？*潔娜感覺心裡有一塊崩塌了。「他是別墅裡的其中一個孩子嗎？」

秀敏用極其不明顯的動作點點頭，臉上沒有表情。

「他還在那裡？」

長長的沉默，時間久到潔娜以爲妹妹永遠不會再開口了，然後秀敏說：「他從我身邊被人帶走……在他八歲的時候。」

「爲什麼？」

「原因很多。」

於是潔娜有點卻步地察覺她們之後要處理的未知議題有多大，好像在霧裡漸漸現形的新大陸。

秀敏彷彿在學習新的語言，慢慢地、斷斷續續地開始回答潔娜的疑問。感覺就像她在黑暗中摸索她很久以前丟棄的心智工具，潔娜發現這只是微小的起點。秀敏回到這個世界的過程需要時間，也許要好幾個月，甚至好幾年。

令人沮喪的是，她說的韓語帶有濃重的北韓口音。她說她和海灘上的男孩在動被關在一個戒備森嚴的居住區超過一年，同住的還有四對多年前就被綁架的日本情侶。「管理我們的人慫恿我們結婚。在動是我兒子的父親。」潔娜得知綁架他們的人申光守經常出現在居住區，對他們來說是種威脅。但是秀敏的兒子出生後，他們母子二人便被轉送到百花園院落的別墅裡，而且基於潔娜不清楚的理由，他們沒再見到過在動。秀敏聲稱不知道他的遭遇。感覺就像她在抵達別墅之前的記憶仍然像一條她能夠描述的幽徑，而且每次她和潔娜目光相遇時，潔娜都強烈感覺到一向把她和雙胞胎妹妹連結在一起的磁力伸出觸手，試圖與妹妹同步，卻連不上線。然而，故事一進展到別墅，一切又都撲朔迷離。不論她在那裡扮演什麼角色，她都不肯說，那個祕密被鎖在太多道門後面，不過潔娜已親眼見過秀敏跟那裡的孩子關係有多麼緊密。要拋下他們一定很不容易。

然後潔娜說：「妳為什麼在金正日的火車上？」秀敏眼裡的光熄滅了。她垂下頭，什麼話都不說了。

談論大將軍是禁忌。

她完全沒有表現出認得銀項鍊的跡象。

晚餐時，領事說：「妳的朋友地位很高啊。我剛收到國務卿本人的電子郵件，他們要重新核發一本臨時美國護照給妳妹妹，妳們兩個明天就能離開了。」

之後，潔娜打給母親，要她明天到華盛頓杜勒斯國際機場的入境大廳等待。她把航班資訊都告訴了韓氏。

「我哪時候開始要給妳接機啦？」韓氏說。

潔娜早就幻想過這一刻，這是她渴望告訴韓氏的消息，可是現在她好緊張，好像她要奉上一個脆弱到可能會在母親手中碎裂的禮物。

「秀敏跟我在一起。」

線路一片死寂。潔娜感覺震驚的情緒像在水底下發生的爆炸。

韓氏試著說什麼，但她一唸出女兒的名字就哽咽了，於是她和潔娜默默地一同哭了起來，熱淚沿著她們的臉頰滾落，哪怕隔著幾千公里。

「讓我跟她說話。」韓氏說。

「歐瑪，她還沒有恢復正常，最好還是等妳親自見到她再說吧。」

那天晚上，潔娜也花了很多時間想趙上校的事。如果要她誠實地面對自己，在延吉市失去他不只是工作上的失敗。每次她想起他在那間安全屋的房間裡，蓋著毛毯害羞地看著她，眼裡反射出雪雲的光，自尊心和羞恥心讓他不願被她看見身體，她的心就因……失落感、好感和遺憾而震動。她所認識的人之中，沒有人像他一樣受到那樣的考驗。她讀過夠多的歷史，知道極端環境——譬如說戰爭、饑荒、集中營——會引出人性的至惡面；只有對極爲稀有而特別的人來說，才會引出善的一面。她在那個房間裡見到的男人沒有變成動物，或是怪物。他煥發著人性的光輝。他找到了他自己。

56

中國，北京市
北京首都國際機場
二〇一一年，十二月十九日，星期一

這對雙胞胎並肩而坐，在轉機休息室裡啜飲咖啡。她們穿著一模一樣的麂皮靴、窄管牛仔褲、班尼頓T恤和羽絨外套。多年前，她們還是少女時，她們從不做同樣的打扮。潔娜也不確定現在她爲什麼要給兩人買相同的衣服，不過她隱約知道自己想要重新打造跟秀敏的共同點，這種共同點沒有自然而然地產生，令她頗爲憂心。秀敏不習慣穿牛仔褲，老是在撓她的腿。她在機場少數幾次開口的機會中，承認她多年來都只穿韓服。

潔娜告訴自己，秀敏在旁人的協助下會慢慢恢復成原本的她。如果她在應付自由世界的壓力以及失去兒子的悲傷時遇到困難，潔娜會成爲她的靠山和嚮導。她願意做任何事來讓妹妹的生活變得正常而快樂。

她們正準備動身前往登機門時，牆上的電視螢幕吸引她們的注意力。中國中央電視台新聞頻道正在現場轉播來自北韓的新聞畫面，底下附了中文字幕。事件發生後已過兩天，他們終於公布消息了。女主播穿著黑色韓服，眼睛哭得發紅，臉色慘白。

潔娜無動於衷地看著。「來了……」

「我們偉大的同志……我們親愛的領袖……勞動黨總書記，國防委員會委員長，朝鮮人民軍最高司令官……」

那女人情緒激動到聲音哽咽。潔娜說：「叫到我們的航班了，我們該走了。」

「……金正日……」

秀敏帶著古怪的表情盯著螢幕，好像入了迷。

「……不世出的領導者，二十一世紀的嚮導星，民族的父母，社會主義的領導，主體的燦爛太陽，兒童的朋友……」

她似乎沒辦法將目光扯離螢幕。潔娜輕輕拉她起身，把她帶往登機門。

在長長的電動步道上，她試著引開秀敏的注意力，告訴她韓氏給她「介紹」了一些不適合到可笑的男人的災難事蹟，但秀敏好像沒有聽到。她們經過的每個螢幕都在轉播同一則新聞。

「……在他的火車上發生心肌梗塞，源自於他為了人民的福祉奉獻一生，勞心勞力至極……」

到了登機門旁的候機室，秀敏仍然緊盯著螢幕不放。她有一綹髮絲鬆脫了，潔娜幫她塞回耳後，但她沒有注意到。她整個人都出了神。

「……全國各地都出現悲痛欲絕而產生的自發性遊行，不敢置信的勞工都離開了工廠和辦公室。他們唯一的念頭是跟同胞們聚在一起哀悼……」

新聞畫面切換到平壤積雪街道上呼天搶地的人群。人們跌在地上，用拳頭打自己的臉，痛哭流涕，舉起雙手無語問蒼天。

這景象對秀敏來說有如電擊。她突然用手捂住嘴，掩住尖銳的叫聲。候機室裡的旅客都轉頭看她。潔娜還來不及說任何話，秀敏就從座位上衝出去。

潔娜追上去。在那超現實的一瞬間，她以為她的雙胞胎妹妹是要逃離她，不過接著她就發現她進了洗手間。

往華盛頓的航班開始登機了。潔娜本想進到洗手間，卻停下腳步，意識到秀敏需要一點獨處的時間。等她終於出來時，旅客幾乎已全數登機了。她的眼睛又紅又腫，不過無論她剛才經歷了多麼巨大的情緒風暴，現在那些風暴都已收斂起來、鎮壓住了。她重新戴上了面具。她的表情恢復了鎮定。她冷淡、疏遠、平靜。當她走近潔娜時，甚至勉為其難地笑了一下。

潔娜握住她的手。「妳還好吧？」

她點點頭。

飛機在灰色的細雨中起飛，爬升到陽光照射的雲層上方。秀敏的臉一直貼在窗戶上，望著一大團一大團棉花般的白雲。潔娜開始明白，她妹妹的心智在一個遠比她想像中更陌生的地方，她可能沒有簡單的方法能去那裡找到她。飛機向東彎向太平洋，讓機艙裡盈滿早晨的陽光。她看著秀敏的側臉，提醒自己——她，潔娜，也曾經因為失去雙胞胎妹妹而在地獄裡走過一遭。時間治癒了她，讓她更堅強。時間也會為秀敏帶來一樣的效果。

「十三小時後就到家囉。」她說，握住秀敏的手。

這動作嚇了秀敏一跳，她看著潔娜。在最短暫的瞬間——幾千分之一秒——她的面具滑落，潔娜再次看到焦慮、困惑……以及別的情緒，某種鋼鐵般的決心。

潔娜突然福至心靈，問道：「妳為什麼跟我一起跳下火車？」

秀敏終於在座位上轉朝潔娜，握住她的雙手。她頭一回用英語說話。

「因為我兒子在美國。」

57

北韓，咸鏡北道
二十二號集中營
二〇一二年，二月十六日，星期四

這間牢房是個混凝土材質的正方形空間，大小只勉強夠讓人躺下。兩床薄毯和一個解決生理需求的桶子就是牢房中唯一的物品。文太太猜想她被關在這座集中營的內部監獄裡已經大概兩個月了，不過她很難有確切的概念。她沒有窗戶。每一天都跟隔天一模一樣，正常的時間尺度似乎都改變了它們的基準。幾分鐘可以漫長得像幾小時，幾星期卻又飛快流逝。早點名和晚點名時她會被放出去，點名的地點是集中營主要行政大樓旁的巨大集合場，所以她知道什麼時候是白天、什麼時候是晚上，而且模糊地感覺出一個月慢慢過去。她甚至看到蛛絲馬跡——空氣裡有比較新鮮的泥土味，一群長著灰色翅膀的潛鳥朝北飛行——讓她知道春天已經不遠了。這些微小的細節是她和瘋狂之間的屏障。

早點名沒什麼特殊狀況地結束了。然而她才回到牢房一分鐘，門鎖又被打開，一個衛兵命令她出來。之前有一段時間，她會因爲這種事而充滿不祥預感——被特地點到名由衛兵帶出去，一向表示有壞事要發生——但現在她只是有點好奇。她對生存早就失去興趣了。她住在一個不屬於任何國家的地區，這其實不算是活著，嚴格說來，也不算是死了。她訝異地發現衛兵帶她進入主要行政大樓，來到一個她沒到過的接待區。這裡很乾淨，散發地板打蠟劑的氣味。櫃檯後方的牆上掛著一幅肖像，照片主角是個她不認識的微胖青年。

那裡聚集了大約二十個囚犯，男女都有，個個衣衫襤褸、蓬頭垢面。他們沿著接待區的牆面站成一列，好像這是某種典禮，十來個衛兵則從另外三面圍住他們。其中六、七個囚犯看起來比她還老，活似白髮蒼蒼的骷髏和彎腰駝背的殘廢。

看來他們不會被活活打死，如果是的話不會被帶來這裡。

有個穿著光可鑑人靴子的軍官從辦公室門內走出來，衛兵們啪地立正。囚犯紛紛彎下腰做九十度鞠躬。

「各位囚犯……」穿靴子的男人暫時停頓，等他們重新站直身體。他的嗓音輕柔而清楚，他拿著一份文本在唸。「今天，二月十六日，是光明星節，在這個日子，我們的國家會記得我們親愛的領袖金正日的一生是多麼無私且充滿奇蹟，他的逝世永遠是我們心裡的痛，他的靈魂會永垂不朽，我們偉大的勞動黨中央委員會授權我告知你們以下事項。」

房間裡的氣氛緊張起來，囚犯們都屏住呼吸。

「爲了向他的先父表示緬懷和尊敬，我們的新領袖，偉大的繼承者金正恩——」軍官用響亮的聲音唸出母音，「——以他無盡的慈悲心，向十個遞交的請願書內容打動他的囚犯，以及集中營裡所有年齡高於六十歲的囚犯，賜予仁厚寬恕。」

文太太的眼睛瞪得好大。站在她兩側有幾個人叫出來，開始啜泣。文太太瞪視四周。衛兵們看起來和囚犯一樣驚訝。她還來不及細思這代表什麼，囚犯已一個接一個跪倒在地。

她吃力而痛苦地跪下來。有一個年紀較老的囚犯失去平衡倒在地上，沒有人幫忙扶他。穿著晶亮靴子的男人大喊：「偉大的繼承者萬歲！」

他們大喊：「偉大的繼承者萬歲！」

羊屎加雞屎！我能活著離開這鬼地方？

「偉大的繼承者萬歲！」

我不配活下去。

☆

她收到一套隨手拿來的過大工廠連身服，摺成一綑交給她。由於從來沒有人從二十二號集中營獲得釋放，行政辦公室並沒有保留囚犯原本的個人物品。她領到一張表格。

「仔細讀完然後簽名。」衛兵說。表格上聲明她不得以任何文字或口語形式向任何人透露二十二號集中營的任何事。「只要亂講話，在妳還來不及拉出玉米之前，就會被送回這裡。」

他們這群雜牌軍朝著集中營的大門走去。像是船難倖存者，她心想。她看得出來，其中幾個人已經太老、太飽受摧殘，享受自由的日子不會太長。他們的身體不會復元，恐怖的經歷會在夢裡重新找上他們。她穿著布料甩動的連身服蹣跚地走在人群後方，幾十個衛兵過來看這奇觀，他們的表情混雜著困惑和懷疑。他們眼前所見與他們所有的本能、衝動和訓練相牴觸。

上午剛過了一半，天空是寒冷的矢車菊藍，麻雀聚在黃草之間啾啾叫。文太太的心情一點也不輕鬆。她被釋放回到什麼地方？只不過是大一點的、名叫國家的監獄。她爲什麼沒有在自己選擇的時機死在這裡，被人遺忘，成爲一具滋養果樹的屍體？

大門另一側有一小群人在等候。有些人在團體中認出某張臉，便揮手哭泣。一個孩子奔進父親的懷抱。一個兒子抱著母親痛哭。集中營一定是預先通知了家人，以確保每個囚犯都被領走，不會變成遊民。

文太太看到有個駝背的瘦男人與其他人隔著一段距離站著，於是她內心有某種東西融化了。他看到她時，臉孔像小男孩般整個亮了起來。泰賢的衣服都綻了線，有好幾塊補丁。他的外套像窗簾一樣掛在瘦巴巴的肩膀上，而且他的髮量變少好多，頭頂跟鉚釘一樣禿得發亮。他看起來眞可憐！他是怎麼撐過來的？在她心裡，任何一個丈夫能不靠老婆順利生活都是個奇蹟。

「看來你找到生存之道了。」她說。

他手裡拿著個青蘋果遞向她。他還有另一個東西要給她，他們一脫離大門的監視範圍，他就從外套裡悄悄掏出來塞在她手裡。

她攤開手掌，登時眉開眼笑。這是她很久以來第一次笑。

列祖列宗保佑，是個巧克力派呢。

「氣球帶來的。」他悄聲說，「昨天早上在森林裡撿到的。」

他們手牽手沿著泥土路走。一整個星期沒下雨了，麻雀都在路邊拍著翅膀飛，沐浴在沙塵中。他們走得離集中營大門愈遠，空氣就變得愈甜美和乾淨。文太太仰起臉，迎向太陽帶來的微微暖意，吸了一口氣。春天的腳步不遠了。

尾聲

早晨的空氣很新鮮，含著霧氣，濡濕了那個爬上小徑的男孩髮絲。松針在他的赤腳下鋪成地毯。黎明時分的天光以斜斜的光束刺穿森林，緩緩消融攀附在山谷高坡上的小小白雲。遙遠的西方，山體的石灰岩峭壁正在變亮，由琥珀色轉爲金色。

男孩靜立一會兒，豎耳傾聽。他能分辨松鴉和麻雀的歌聲。事實上，他能認出當地五種不同的松樹，知道穿過山谷流向鴨綠江的支流叫什麼名字，也能說出沿著小徑散落的岩石每一個岩層各屬於哪個地質年代。他知道甲蟲的種類比地球上任何其他動物都多。晚上他會挑出每個星座最亮的一顆星，記得它們的距離是在幾光年外，也能計算出自己在每個星球的重力下是幾公斤重。這些事他都藏在心裡。村民嘲笑他的口音，偷他的鞋子，用他聽不懂的名稱罵他，還用棍子打他。可是彷彿在一瞬之間，他就變得跟他們一樣骯髒而寒酸，他的言語一樣粗俗，而且他餓到能吞下活的毛毛蟲、咬掉蜻蜓的頭。

他放下裝在麻布袋裡的柴薪，蹲下來檢視他的掉落式陷阱——結構很簡單，用一根樹枝撐起的扁平石頭。如果他運氣好，就能抓到兔子或松鼠，不過今天早上他所有的陷阱都是空的。

突然間，一隻剛被殺死的大野兔輕輕落在他旁邊的地上。他跳起身，伸手拿他的採集刀。有個老太太坐在刻著中國字的岩石上看著他。

「看來我比你早起喔。」她說。

她的一頭銀髮往後梳成老式朝鮮髮型，髮髻中間插了一根簪子，她身上穿的是褪了色的中國式鋪棉夾克。她瞇著眼，眼神閃亮，她的臉充滿骨感，像是吃了一輩子的苦。

「你是大家稱爲宇進的年輕人嗎？」

男孩瞪著她，不發一語。

「他們說我沿著這條路就能找到你。」她卸下背上的一大包東西，把繩子解開來。她從包裡取出一個小竹籃遞給他。他沒有鞠躬便接過來，粗魯地揭掉蓋子，看到四個蔬菜餃子，他貪婪地把它們往嘴裡塞。

「我已經在這一區晃了好幾個月。」她邊看著他吃邊說，「在找你。」

男孩吃東西的時候目光始終沒有離開她，臉上沒有表情。

「年輕人，你裝那副傻樣騙不了我。我知道你看得懂這塊石頭上的字。而且我在你臉上看到你爸爸的容貌。」

男孩停止咀嚼，訝異地睜大眼睛。

「妳認識我爸爸？」

「喲，他會說話耶！」老太太露出笑容，臉皺成一團。「多久沒人叫過你『小書』了？」

除了麻雀的歌聲，以及遠處某條山澗的濺水聲，森林裡一片死寂。

「妳是誰？」他問。

「我姓文。我是你奶奶。」

作者後記

二〇一二年我去北韓旅遊時，有了創作這個故事的念頭，當時我參加的小旅行團被唆使執行金氏邪教的日常儀式。我們每天都有在金日成數之不盡的雕像面前排隊鞠躬致敬的行程，金日成是這個國家的建國者，後來自封爲「偉大的領袖」。若是拒絕的話，可能會害我們的兩個導遊陷入麻煩，我們的導遊一男一女，都很友善，我們跟他們建立起深厚的情誼。

對於像我這樣的局外人來說，北韓生活極度怪異，就連日常的瑣事都被注入了史詩般的特質。我離開這個國家時下定決心要了解得更深入。我的研究結果揭露：我那一趟探訪之旅幾乎只觸及表面，而關於北韓的眞相比我所能想像的還要奇詭。以下是跟小說內容相關的一些眞實資訊。

綁架計畫

一九七〇年代和一九八〇年代初期，北韓政府積極地從日本和南韓海灘綁架平民。這些人並不是重要的軍事目標或政治目標，而是隨機的受害者——看夕陽的青少年情侶、遛狗的離婚男人、當地的美髮師……等等。他們從未完整解釋過這奇妙的大規模犯罪行動背後的動機爲何。有些受害者被命令教導訓練滲入日本和南韓的間諜和殺手，教他們當地的俚語和習俗；有些人被盜用了身分；有極小一部分的人遭到洗腦，然後送回家鄉擔任間諜，但大部分的受害者對北韓來說沒有顯著的用處。他們被軟禁在受到隔離的住宅區裡長達數十年，只被允許和北韓人民做有限的接觸，否則就是在神祕的情況下死亡。有多年的時間，這些綁架事件都是日本的都市傳說和陰謀論題材，直到二〇〇二年，日本首相小泉純一郎出訪平壤時，驚愕地發現金正日爲綁架十三名日本公民（眞實數字幾乎肯定有數百之多）向他道歉。這是金正日唯一一次公開道歉。他期望此舉能促使日本讓予幾十億日圓的戰爭補償金，結果反倒重重傷了自己，因爲日本輿論譁然，要求北韓釋放被綁架者。

除了日本和南韓受害者之外，據信還有來自至少十二個國家的受害者，包括歐洲的八個國家。對綁架事件進行最詳細探討的著作是羅伯特．博因頓的《北韓非請勿入區：北韓綁架計畫的眞實故事》。

育種計畫

也許是因爲金正日永遠無法確定他的綁架受害者是否已被感化成功、忠心不貳，他顯然把綁架計畫作廢，轉而發展育種計畫，這個計畫是因爲二〇一四年張振成的傑出回憶錄《敬愛的領袖：從御用詩人到逃亡者，一位北韓反情報官員眼中的北韓》出版才曝了光。張振成是金氏政權的圈內人，在勞動黨負責宣傳工作，他的書中有一段描述讓人聯想起某一集的《陰陽魔界》，講的是北韓派美貌的女性特務到國外，以懷上其他種族男人的孩子——包括白、褐、黑等膚色的男人。與此同時，其他種族的女人被綁架帶到平壤，跟男性北韓特務發生性行爲。他們那些有一半韓國血統的孩子在平壤出生，看起來卻像外國人。此舉的目的是創造在北韓土生土長、被徹底灌輸黨國思想的忠誠間諜。這些孩子受到嚴格的隔離，不跟其他北韓人打交道。組織指導部的九一五課負責打點他們的需求；組織指導部是個影子組織，金氏政權的在位者透過它來執行權力。

黑幫外交官與三十九號室

一九七〇年代，北韓政府發現它愈來愈難提供駐外大使館資金，命令他們自給自足。於是北韓外交官開始利用免受海關檢查的外交郵袋來走私黃金、非法象牙、僞造美鈔、藥物，以及在北韓製造的高純度硬性藥物，準備賣給當地的犯罪組織。邊境衛隊和緝毒犬曾多次破獲這些外交官的走私品。有些大使館也涉入綁架當地公民的案件，其他大使館則把財物送往三十九號室作爲非法基金，用途是支持金氏家族奢靡的生活以及收買他們密友的忠誠。針對北韓非法經濟方面最好的描述，請見丹尼爾·圖德和詹姆斯·皮爾森合著之《什麼!?這才是眞的北韓人：看韓劇、聽K－POP、當低頭族，以及與脫北者親戚往來的日常生活》。關於金正恩爲什麼要在二〇一三年處決他的姑丈張成澤，也就是三十九號室的幕後首腦，這本書也提供了最有說服力的解釋。

基督徒

北韓沒有宗教自由，當然，除了崇拜金氏家族之外。少數脫北者提出證詞，說城市裡有祕密的基督教「住家教會」。這類教會的會眾數量很少，因爲害怕被發現而經常更換聚會地點，與初期的基督教教會頗爲類似。他們誦讀的是用手抄寫在紙片上的《聖經》經文。任何人若被逮到持有眞正的《聖經》，都將面臨處決或進集中營終身監禁的命運。平壤有兩間大教堂，還包括唱著聖歌的會眾，是有時候刻意帶外國訪客去看的地方。張振成的回憶錄《敬愛的領袖》證實了許多人對這兩間教堂的懷疑：它們只是一場嘲弄的騙局，用意是欺騙外國人以及博取國際援助。它們是由勞動黨統一戰線部管理的，會眾也都是統一戰線部的人員。

集中營

概括說來，北韓有兩種集中營。第一種是給被判「透過勞動接受革命再教育」的人去的地方，這些囚犯如果在刑期結束後還活著，有可能被釋放回到社會中，並終其一生受到嚴密監控。第二類則是由國家安全保衛部所運作，是關押政治犯極度嚴酷的「完全控制區」集中營。那裡的囚犯獲釋機會渺茫，在農場、工廠和礦坑被奴役，至死方休。根據丹尼爾．圖德和詹姆斯．皮爾森的《什麼!?這才是眞的北韓人》，估計約有八萬到十二萬的政治犯被關在完全控制區集中營裡。

就這兩類集中營來說，生活條件都是有生命危險且不衛生的。凌虐、毆打、強暴、殺嬰、公開和祕密處決都司空見慣，並且要在沒有安全設備或防護措施的情況下執行極爲危險的工作。然而大部分囚犯卻是死於疾病和營養不良的，因爲食物配給量極少，許多人靠著吃鼠類、蛇和昆蟲來苟延殘喘。有數本驚人的脫北者著作都證實了集中營裡的日常生活內容，最令人記憶深刻的是姜哲煥的《平壤水族館》以及李順玉（Soon Ok Lee，音譯）的《無尾獸的目光》（*The Eyes of the Tailless Animals*），兩人均在最終獲釋之後逃離北韓。李順玉的敘述是少數見證了基督徒在集中營裡遭受殘酷對待的文字。第四十三章趙上校被凌虐的描寫，奠基於李順玉對她自己在監獄裡受到的凌虐敘述。

在極少數情況下，囚犯可能在特殊日子被赦免或是提早獲釋，例如領袖的生日，不過在小說結尾文太太被釋放則純粹是偶發事件。囚犯也被允許向領袖呈交請願書，乞求他法外開恩。這些信件由組織指導部處理，偶爾會有幸運兒奇蹟式地重獲自由。就某一次情況來說，某個囚犯的求情信顯然深深打動金正日，金正日竟然送了只金錶給他，卻沒有准許他出獄。

有些分析家好奇集中營設立的目的何在。飢餓而衰弱的囚犯的生產力，只是食物充足的健康勞工的九牛一毛。就經濟面來看，集中營對於國家的財富可說毫無貢獻。悲哀的是，它們的主要目的是作爲控制的手段。正如同功能良好的民主政體必須有自由選舉，極權獨裁政體也必須有集中營，才能藉由恐懼維持其控制力。

株連

被定罪的囚犯，其家族中包括兒童和長輩的三代人，通常必須和囚犯一同受罰。進了集中營的一家人會住在同一間小屋裡。在集中營出生的孩子——最知名的要數申東赫，布雷恩·哈登所著之《逃出14號勞改營：從人間煉獄到自由世界的脫北者傳奇》講述了他的驚人故事——背負著父母的罪，可以預見他們將在集中營裡長大、工作、死亡。

在「出身成分」的體系下，北韓人也被視爲帶有祖先的罪。李晛瑞在她的回憶錄《擁有七個名字的女孩：一個北韓叛逃者的眞實故事》中，描述這一套北韓獨有的社會地位系統如何將人民劃分成三個等級：核心階級、動搖階級、敵對階級，取決於父系先祖在一九四八年北韓建國前夕、當下以及之後做過什麼事。如果你的祖先是工人或農民，而且在韓戰時爲正確的一方賣命，你的家族就被歸類爲核心階級。然而，如果你的祖先是地主、商人、基督徒、娼妓，在殖民時期與日本人合作，或是在韓戰期間逃往南韓，你的家族就被歸類爲敵對階級。敵對階級占總人口約百分之四十，會被分派到農場、礦坑或從事卑賤的勞動工作。只有核心階級能夠住在平壤，有機會加入勞動黨，並且有選擇職業的自由。

在小說中，降禍於趙上校的事件大致上是以金勇（Kim Yong，音譯）的經歷爲藍本，他幼時被平壤的一個核心階級家庭從孤兒院收養。然而，當他即將獲得重要的升遷時，他的出生紀錄受到檢查，結果他發現自己是一個被處決的叛徒之子，他的父親在韓戰期間替美國人擔任間諜——這是任何人所能想像到最惡劣的階級背景。趙上校體驗到的噩夢，眞實發生在金勇身上。他被放逐到一個完全控制區——十四號集中營，他在那裡的礦坑工作；後來在他昔日的同事爲他求情之下，他被轉到生活條件沒那麼嚴酷的十八號集中營，與家人團聚。《漫漫歸鄉路》（*Long Road Home*）中描述了他引人入勝的逃亡經過，這本書是脫北者回憶錄中的傑作。

二十二號集中營和人體實驗

二十二號集中營又稱會寧集中營，它是位於北韓東北部的廣大、隔絕的完全控制區，其生活條件之嚴酷挑戰你的想像力。據我所知，目前還沒有來自二十二號集中營的囚犯所作的證詞。我在第十四章描寫這座集中營的文字，來自衛星監控畫面和曾擔任衛兵之人提供的證據。

曾任二十二號集中營安全主管、後來叛逃到南韓的權赫（Kwon Hyuk，音譯），以及曾任衛兵的安明哲（Ahn Myong Chol，音譯），均提及設有密閉房間的實驗室，用途是拿囚犯進行化學武器的人體實驗，一根管子將氣體送入密室，科學家則隔著玻璃窗觀察。每次會有三至四名囚犯遇害，經常會是同一個家庭的成員。李順玉則描述在价川集中營裡進行過一場實驗，五十個健康的女人領到有毒的高麗菜葉。在二十分鐘內，五十人全都因嘔吐和內出血而身亡。她在二〇一三年於紐約的聯合國人權委員會提出以上證詞。

親愛的領袖的火車

金正日害怕坐飛機——可能是因爲他在一九八七年下令用炸彈攻擊大韓航空八五八號班機，造成一百一十五人罹難，企圖阻撓訪客參加一九八八年的漢城（今首爾）奧運。在那之後，針對他的報復行動一直有可能發生。他大部分的長途旅行都是搭乘私人武裝火車，該火車有十七節車廂，包括奢華的居住區和衛星通訊中心。他偏好於夜間上路，那時候來回滾動的美國間諜衛星無法追蹤他。二〇〇一年，他甚至從平壤搭火車走了七千兩百公里到聖彼得堡（他堅持稱呼它列寧格勒），這趟路耗時二十一天。有浩浩蕩蕩的隨行人員陪伴，老饕金正日遍嚐當地美食，在路上還要人空運新鮮的魚和野味給他，甚至包括法國的葡萄酒和乳酪。他的興致高昂到高唱蘇聯愛國歌曲來款待他的廷臣和俄國賓客。以此看來，根據北韓國家媒體的官方說法，他於二〇一一年十二月十七日進行永無止境的「蒞臨指導」之旅時，因心肌梗塞（心臟病發作）而死在這列火車上，也算是得其所哉。

火箭和飛彈

眼尖的讀者會發現我修改了北韓發射衛星運載火箭的日期。截至目前爲止，北韓總共發射了五枚火箭，分別在一九九八年、二〇〇九年、二〇一二年（兩枚）以及二〇一六年。其中顯然只有兩枚成功把衛星送上軌道。然而，火箭計畫的眞正目的幾乎可以肯定是爲了測試能夠攻擊美國的長程洲際彈道飛彈所需的技術。這種飛彈必須離開大氣層再重新進入大氣層，而且過程中彈頭不能燃燒。在二〇一七年夏天數次的飛彈試射，以及二〇一七年十一月成功發射威力強大的洲際彈道飛彈「火星15彈道飛彈」之後，現在可以確定，北韓已經掌握或幾乎已經掌握了這項技術。

延伸閱讀

若是沒有讀過多位作者所撰寫之歷史、報導和回憶錄，我是不可能寫得出這個故事的。我在研究過程中幾乎和寫作時一樣樂在其中，我在查考故事細節時所參考的文本，有許多都具備一流水準。其中一些我已在前文中提及，下面則列出更多精選書目。我必須聲明，小說中任何更動事實或與史料未精確相符之處，都是出自我手。

芭芭拉・德米克的《我們最幸福：北韓人民的眞實生活》是一本可讀性極高的精彩著作，描述平凡百姓如何想方設法熬過一九九〇年代的饑荒，有些人拋棄了累積數十年的意識形態，方能成爲市場中的交易者。

安德烈・蘭科夫所著之《眞實的北韓》（*The Real North Korea*）以及《非軍事區之北——北韓社會與人民的日常生活》都是概論式介紹北韓的優秀入門書，作者善於諷刺的幽默感深得我心；車維德（Victor Cha）的《不可思議的國家》（*The Impossible State*）也同樣厲害，作者曾擔任小布希總統的外交政策顧問。我在撰寫北韓外交官在曼哈頓的二十一俱樂部參加夜宴，以及美國任務團抵達平壤的橋段時，都受惠於車博士的文字。

拉爾夫・哈西格（Ralph Hassig）和吳孔丹（Kongdan Oh，音譯）合著之《被藏起來的北韓人民》（*The Hidden People of North Korea*）引人入勝地描述了金正日帝王般的生活方式；而在社會的另一端，《在同一天空下》（*Under the Same Sky*）對「花燕子」——北韓的街頭流浪兒——的生活提供第一手資訊，作者金約瑟（Joseph Kim）是曾爲花燕子的脫北者。

最後要推薦的是琳賽・莫蘭（Lindsay Moran）的《揭開面紗》（*Blowing My Cover*）以及亨

利・克倫普頓（Henry A. Crumpton）的《情報的藝術》（*The Art of Intelligence*），兩者均針對中情局行動人員的日常活動提供了深入的見解。

我對這些書籍的推崇，非文字所能表達於萬一。

謝詞

我非常幸運，擁有世界級的經紀人——Greene & Heaton的Antony Topping——的支持與鼓勵，他對這本小說的信念推動它由粗略的草稿成長爲完整的故事。同一家經紀公司的Kate Rizzo和紐約Writers House的Daniel Lazar也爲了這本書不遺餘力。我對他們兩人都滿心崇拜。

我的兩位編輯：倫敦Harvill Secker的Jade Chandler和紐約Crown Publishing的Nate Roberson，實在是太棒了。他們用法醫式閱讀法來讀這本書，讓我意識到我是跟業界中的佼佼者在打交道。

我要大大感謝與我相識多年的優秀家族：Claudia讀了（有時候還讀了好幾遍）我改寫的章節；Giles爲我示範跆拳道的基礎；Barret具有我在別處絕對查不到的致命神經毒素知識；還有Nadia，她邀請我去她位於西班牙梅諾卡島的家，提供我能思考和寫作的完美環境。

我的父母也曾多次爲我提供遠離倫敦的靜謐家園，讓我能心無旁騖地寫作，有時候一連住上好幾週。不管我做什麼，他們一向給我徹底的支持，我眞的極爲幸運。

我爲了這本書進行過多趟旅行。我受惠於曾在華盛頓招待我的主人——John Coates和Ed Perlman，他們在二〇一二年珊蒂颶風來襲期間提供我庇護所，讓我待了比原定計畫更長的時間；我還要感謝喬治城大學的Josiah Osgood博士帶我參觀校園。

我終其一生都會感謝在首爾招待我的主人：Choi太太、Yoon-seo和祥明大學攝影學教授Yang Jong-hoon，他們教導這個粗野的西方人許多韓國禮節和文化，讓我深深愛上韓國。

我要向 Kim Eun-tek 致上很深的謝意，他幫助我和首爾的脫北者社群取得聯繫，而且圓滑地成功安排了多場會談，那些會談對象的人生故事都不是那麼容易娓娓道來的。我也要向有無限耐性的 Keunhyun 表達由衷的感謝，他不分日夜隨時在線上回應我的提問。

最重要的是，我要感謝 Seth Yeung，他是我所認識最了不起的人之一，在我寫作的過程中他忍讓了許多事。他的人生改變了我的人生，而且是變得快樂許多。

最後我要感謝人權運動家 Hyeonseo Lee（李晛瑞），感謝她與我分享她的故事，她是我唯一有榮幸稱之爲好友的北韓人。她的勇氣、智慧與強大的意志力在許多方面成爲這本小說的靈感來源。

【Echo】MO0069

北方的光明星

Star of the North

作　　者❖大衛．約翰（D.B. John）
譯　　者❖聞若婷
美術設計❖許晉維
內頁排版❖HAMI
總 編 輯❖郭寶秀
責任編輯❖遲懷廷
協力編輯❖洪詩瑋
行　　銷❖許芷瑀

發 行 人❖凃玉雲
出　　版❖馬可孛羅文化
10483台北市中山區民生東路二段141號5樓
電話：(886)2-25007696
發　　行❖英屬蓋曼群島商家庭傳媒股份有限公司城邦分公司
10483台北市中山區民生東路二段141號11樓
客服服務專線：(886)2-25007718；25007719
24小時傳眞專線：(886)2-25001990；25001991
服務時間：週一至週五9:00～12:00；13:00～17:00
劃撥帳號：19863813　戶名：書虫股份有限公司
讀者服務信箱：service@readingclub.com.tw
香港發行所❖城邦（香港）出版集團有限公司
香港灣仔駱克道193號東超商業中心1樓
電話：(852)25086231　傳眞：(852)25789337
E-mail：hkcite@biznetvigator.com
馬新發行所❖城邦（馬新）出版集團
Cite (M) Sdn. Bhd.(458372U)
41, Jalan Radin Anum, Bandar Baru Seri Petaling,
57000 Kuala Lumpur, Malaysia
電話：(603)90578822　傳眞：(603)90576622
E-mail：services@cite.com.my
輸出印刷❖前進彩藝有限公司
初版一刷❖2021年1月
定　　價❖480元

國家圖書館出版品預行編目(CIP)資料

北方的光明星／大衛．約翰（D.B. John）著；聞若婷譯. -- 初版. -- 台北市：馬可孛羅文化出版：家庭傳媒城邦分公司發行, 2021.1
面；　公分. --（Echo；MO0069）
譯自：Star of the North
ISBN 978-986-5509-53-8（平裝）
873.57　　　　109017434

ISBN：978-986-5509-53-8（平裝）

城邦讀書花園
www.cite.com.tw